河出文庫

白の闇

ジョゼ・サラマーゴ
雨沢泰 訳

河出書房新社

白の闇

ピラールに
わたしの娘ヴィオランテに

見えるなら、よく見よ。
よく見えるなら、じっと見よ。

――「訓戒の書」より

黄色がついた。赤信号にならないうちに、前にいる二台の車が加速した。横断歩道にある緑色の男の絵が明るくなった。待っていた人びとは、黒いアスファルト舗装に白ペンキで塗った縞柄を踏んで、道を渡りはじめた。まるでゼブラに似ていないのに、ここはそう呼ばれている。ドライバーはじれた足をクラッチに乗せたまま、いつでも走りだせるようにしている。車は前にのめったり後ろにさがったり、いまにも鞭打たれる猛った馬のようだ。歩行者は横断を終えたが、信号はさらに数秒のあいだ車の流れをせきとめている。さして意味のないこの遅れを弁護する人もいる。町にある何千という信号機によって、そして三色の連続する変化によって、この遅れが増殖し、深刻な交通渋滞を――最近の言葉でいえばボトルネックを――引き起こしているというのに。

ようやく青に変わり、車はきびきびと走りだしたが、全部がそろってすばやくスタートラインを離れたわけではなかった。まんなかの車線の先頭の車がとまっていた。たんなるガス欠でないなら、アクセルを踏んでも利かないか、シフトレバーが動かないか、サスペンションに異常があるか、ブレーキが故障したか、電気回路がショートしたか、なにか機械に問題が生じたに違いない。こうしたことが起きるのはめずらしくなかった。つぎに渡ろうとする歩行者の一団が交差点にたまり、動かない車のフロントガラスのなかで両腕をふっているドライバーを見た。後続の車はクラクションをけたたましく鳴らした。立ち往生した車を交通のじゃまにならないところへ押していこうと、後ろの車から何人かが降りてきて、閉じた窓ガラスを激しく叩いた。なかにいる男は人びとのほうに首をめぐらし、それから反対側に顔を向けた。男ははっきりとなにごとか叫んでいる。その口の動かし方から判断すると、いくつか単語をくりかえしているようだ。一語ではない。ある人がようやく車のドアをあけたとき、なにを言っているのかわかった。目が見えない。

だれが信じただろう。一見したところ男の眼は健康そのものだ。虹彩はきらきらと輝き、白目は白い磁器のように詰まっている。その両眼がまんまるに見ひらかれ、皺を寄せた顔の肌と眉毛がいきなりゆがみ、だれの目にも、男が心の苦悶にさいなまれて半狂乱になっているのはあきらかだった。ついさっきまで視野にあったものが、あっというまに消え失せていた。男は頭にある最後の景色を、信号機の赤い丸を、とりもどそうとするように、こぶしを眼にあてがった。男は人の手を借りて車から降りながら、目が見えない、目が見えない、と絶望的にくりかえした。死んだと男が言いはる眼には涙がひたひたともりあがり、いっそうの輝きを増した。こういうことはありますよ、たまに神経的なものが原因で。じきに治ります、とある婦人が言った。信号はふたたび変わっており、好奇心にかられた通行人が、男を取り囲む人びとのまわりに集まっていた。はるか後方では事情を知らないドライバーが、この大混乱をなんのせいにもできずに、ヘッドライトの片方が割れたり、フェンダーがへこんだりといったよくある交通事故だと思って、警察を呼べ、おんぼろ車をどかせ、と抗議の声をあげた。失明した男は懇願した。お願いです、だれか家に連れていってくれませんか。神経が原因ではないかと言った婦人が、救急車を呼んで、このかわいそうな人を病院に運ぶべきだと意見をのべたが、失明した男はそれを聞いて、それにはおよばない、ただ自宅のある建物の入口まで連れていってもらいたいのだと言った。近くだし、それ以上手をわずらわせることはないから。それで車はどうするんだね、とある人がたずねた。別の声が返事をした。キーが入ってる。動かして歩道にあげればいい。いやその必要はない、と三番目の声が割りこんだ。わたしが車を運転して、この人を家まで送りとどけるよ。まわりで、それはいいというつぶやき声がした。失明した男は、腕をとられるのを感じた。さあ、いっしょに行こう、と同じ声が言った。人びとは男を助手席にすわらせ、シートベルトを締めてやった。見えない、見えない、男はまだ泣き声でつぶやいていた。家の場所を教えてくれ、と送る男がたずねた。おもしろがって話題をむさぼろうとする顔が、いくつも車の窓をのぞいた。失明した男は両手を眼にもっていくと、身ぶり手ぶりで言った。なんにもない、まるで霧にまかれたか、ミルク色の海に落ちたようだ。でも失明したらそんなふうじゃないだろう、と送る男が言った。まっ暗だっていうじゃないか。いや、まっ白に見えます。じゃ、あの小柄なおばさんの言うとおり、神経的なものかもしれないね。神経ってのは厄介（やっかい）なものだから。そんな話はやめてくれないか。これは天災なんです。そう、天災です。ともかく家の場所を教えてください。と同時に車のエンジンがかかった。男は視覚をなくして記憶力が弱まったように、つっかえつっかえ住所を告げ、感謝の言葉もないと言いたした。送る男は答えた。礼にはおよばない。今日はそっちの番だけど、明日はわたしが助けてもらうかもしれないよ。将来なにがどうなるかなんて、わかりゃしないさ。ほんとです、今朝家を出たときは、こんな恐ろしいことがこの身に起きるとは思いもしませんでした。男は車が動かないので当惑し、どうして走らないんです、と問いただした。信号が赤だから、と送る男が答えた。このさき、男は信号が赤になっても知るすべはないのだ。

　失明した男の言葉どおり、家は近くにあった。しかし歩道には車がぎっしり乗りあげていたので駐車スペースを見つけられず、横丁に入って探さなければならなかった。横丁の歩道は狭かった。このぶんでは助手席側のドアと建物のあいだが手のひらひとつ分しか空かないだろうし、ハンドブレーキやハンドルをよけながら運転席側に移るのも大変なので、失明した男は駐車する前に車から降りた。道路のまんなかに一人で残されると、男は足もとの地面が揺れ動くような気がして、迫りくる恐慌（きょうこう）を懸命におさえこんだ。

さきほど本人が説明したミルク色の海で泳ぐように、焦って顔の前で両手をふっていたが、いまにも口を大きくあけて救いを求める叫びをあげようとした瞬間、送る男の手がそっと腕をさわった。落ち着くんだ、つかまえたから。二人はころばないように、そろりそろりと進んだ。失明した男はすり足で歩いたが、そうするとでこぼこのある路面につまずくことになった。がまんが肝心、もうすぐだよ、と送る男はつぶやいた。すこし進んでからたずねた。家には面倒を見てくれる人がいるのかい？　失明した男は答えた。さあわかりません、妻はまだ仕事から帰ってないんです。今日はたまたまいつもより早く仕事を退けてきたらこんなことになってしまいました。きっと、そんなに深刻なことじゃない。だいたい人間の目が突然見えなくなるなんて聞いたことがないね。考えてみれば、ぼくは眼鏡をかけたことがないのを自慢の種にしてたんです。それなら、すぐに見えるようになるさ。男たちは建物の入口に着いていた。近所に住む二人の女が、腕をとられて連れていかれる隣人の姿をじろじろと見ていたが、どちらも、眼になにか入ったのかと訊く気はなく、ましてや男が、ええ、ミルク色の海が、と答えるかもしれないとは思いもしなかった。建物に入ると、失明した男が言った。ほんとにありがとうございました。お手間をとらせてすみません。もう、一人でも大丈夫です。いや、恐縮されてもね。上までついていくよ。ここで置き去りにしたら、気が揉めてしょうがない。二人は苦労して狭いエレベーターに乗った。何階だね？　四階です。いやあ、どれだけ感謝してるかわかりません。礼など無用だ。今日はきみの番なんだ。ええ、そうですね、あなたの言うとおり、明日はそちらの番かもしれません。エレベーターがとまり、二人は小さなホールに出た。ドアをあけるのを手伝おう。ありがとうございます、でも自分でできますよ。男はポケットから小さな鍵束を取りだすと、ひとつずつギザギザをいじって言った。これだろう。それから、左手の指先で鍵穴をさわってドアをあけようとした。これじゃないな。ちょっと見せてくれ、手伝うよ。三度目でドアはあいた。失明した男は、家の奥に呼びかけた。いるのかい？　返事はなかった。さっき言ったように妻はまだ戻っていないんです、と男は言った。両手をのばして手さぐりしながら廊下を進み、それから慎重に戻ってきた。送ってきた男が待っている場所を計算して、そちらに顔を向けていた。なんとお礼を言っていいかわかりません。お安いご用だ。よきサマリア人（慈悲深い親切な人のこと）はそう言った。礼などいらない。奥さんが戻るまでいっしょにいてあげようか、と言いたした。失明した男は、この熱意にふと疑いを抱いた。ふつうなら赤の他人を家に入れたりしないだろう。ひょっとしたら、まさにいま、どうやって目の見えない哀れな無抵抗の人間をおさえこみ、縛りあげ、さるぐつわをかませて、手あたりしだい金目のものに手をかけてやろうと企んでいるかもしれないではないか。いいですよ、もういいです、心配しないでください、と男は言った。大丈夫です。失明した男はゆっくりとドアをしめはじめ、いいですから、いいですから、とくりかえした。

エレベーターが下りていく音を聞くと、男は安堵（あんど）のため息をもらした。そして目が見えないことをうっかり忘れて機械的にのぞき穴に眼をつけ、ドアの外をのぞいた。向こう側は白い壁が立っているようだった。まつげに金属のドアがさわり、まばたきをするとのぞき穴の小さなレンズがふれた。だが、外を見ることはできなかった。ありとあらゆるものが不透明な白に覆われていた。自宅にいることはわかっていた。匂い、雰囲気、静けさ。手でさわり、かるく指を這わせるだけで、それがどの家具であり、どういう物なのかわかるのだが、同時にそのすべてが方向や判断基準を欠いた、北も南も上も下もない、ある種奇妙な次元へとすでに溶けているようでもあった。たいていの人は憶えがあるだろうが、この男も子どものころ目の見えない人のまねをして遊んだ経験がある。眼をつぶって五分ぐらい時間がたつと、たしかに目が見えないことは恐ろしい苦痛ではあるが、かりにその不幸な犠牲者が、物の色だけでなく、形と平面、表面と輪郭といったものをしっかり記憶にとどめているかぎり、あんがい耐えられるものかもしれないという結論に達したことを思い出す。もちろん、その人が生まれながらの盲人ではないとしての話。そうした目の見えない闇の生活は、たんなる光の不在にすぎないし、視覚を失うことは、生命や物体を損なわずに、ただそれらの外見を黒いヴェールで覆うことにすぎないのだ。あのとき彼はそこまで考えを深めた記憶があった。いまは反対に、どこまでものっぺりとした、ひどく明るい白のなかへ投げこまれていた。その白さは、たんに色のみならず、まさに生命と人間を、吸いこむというより呑みこんで、それらをいっそう見えなくしていた。

男は居間のほうへ向かった。いきなり物にぶつからないように、おそるおそる壁に手を這わせて進んでいったにもかかわらず、花をいけた花瓶を床に落として割ってしまった。そんなものがあることをすっかり忘れていた。いや、それとも妻が仕事にでかける前に、あとで適当な場所を探すつもりで、ひょいと置いていったのかもしれない。男は被害を調べなければと床にかがんだ。磨かれた床に水がひろがっていた。割れたガラスがあることを考えずに花を集めようとして、長く鋭い破片に指を突き刺し、痛いのとふがいないのとで、子どもっぽい涙がにじんできた。すでに夜の帳が下りたアパートの暗い部屋で、男はなにも見えないまっ白な世界に置かれていた。花をつかんだまま、血の雫がしたたるのを感じながら、体をひねってポケットのハンカチをさぐりだし、できるだけうまく指に巻きつけた。それから手さぐりで不器用に家具を避け、敷物につまずかないようにおずおず足を運んだ。男は妻とテレビを観るソファにたどりついた。花を膝にのせてすわると、注意してハンカチをほどいた。べとべとした血の感触が心配になった。見えないからだ、と男は思った。血は、どこか異質な、色のない粘りけのある物質に変わっていた。自分のものなのに、自分を脅迫するもののようだった。無傷の手をそろそろと動かして、ガラスの破片を探した。ガラス片は小さな短剣のように鋭かった。男は親指と人差し指の爪でどうにか引っこ抜いた。傷ついた指にもう一度、こんどは出血がとまるようにハンカチをきつく巻きつけた。男は弱気になってぐったりとソファにもたれた。すこしすると、苦悶や絶望にさいなまれる人がよく投げやりになるように、理性だけで考えれば全神経で警戒し緊張すべきときなのにもかかわらず、実際の疲れというよりけだるさともいうべきある種の倦怠感が、ただもう重くのしかかってきた。男はすぐに、目が見えないふりをしている夢を見た。眼をつぶったりあけたりすると、あたかも旅から戻ってきたときのように、いつでもそのつど、自分が知っているとおりの世界の形と色が確固としてそこにある、という夢だ。とはいえこの心強い確信の裏には、どんよりとしたしつこい不信感があり、こんな夢は欺瞞だ、おそかれはやかれ醒める夢だ、いまはどういう現実が待ちうけているかもわかっていないのだと感じた。それから真剣に考えた。わずか数秒のことを倦怠感と呼ぶ意味などあるのだろうか。とっくに目覚める用意をして、なかば精神を研ぎ澄ましているなら、起きようか、やめようか、起きようか、やめようかと、どっちつかずの状態でぐずぐずしているなど愚かしいことだ。思いきって危険を冒すしかないときは、どんな場合にもある。眼をあけるのを恐れ、膝に花をのせてぎゅっと眼をつぶっているなんて、いったいなにをしてるんだ。あなた、花なんか膝にのせて、いったいそこでなにをしてるの、と妻がたずねた。

　妻は返事を待たなかった。さっそくあてつけがましく花瓶の破片を集め、床をふきながら、いらだちを隠しもしないで、ぶつぶつと文句をつぶやいた。こんなこと、あなたが自分で片づけるべきでしょう。それなのに、おれには関係ないみたいにソファで眠っちゃって。男はかたく閉ざしたまぶたの奥で眼を守って黙っていたが、ふとあることを考えて興奮した。眼をあけて物が見えたら？　男は切ない希望にとらわれて自問した。妻は近づいて血染めのハンカチに気づき、すぐにいらだちを消し去った。あら、かわいそうに、どうしたの？　妻は即席の包帯を解きながら温かくたずねた。男は足もとにかがんでいる妻を見たくてたまらなかった。すぐそこにいるのだから。とはいっても、すでに見えないだろうと観念していた。男は眼をあけた。やっと目が覚めたのね、居眠り屋さん、と妻はほほえんだ。沈黙のあとで、男は言った。目が見えないんだ、なにも見えなくなった。妻は忍耐をなくした。ばかなゲームはやめてよ。言っちゃいけない冗談ってあるでしょう。冗談であればいいと本気で思うさ。ほんとうに目が見えない、なんにも見えないんだ。お願い、恐ろしいことを言わないで、わたしを見て。ほら、ここにいるわ。明かりもついてるし。きみがそこにいるのはわかってる。声も聞こえる。体にもさわれる。きみが明かりのスイッチを入れたことも想像できる。でもそれが見えないんだ。妻は夫にすがりついて、泣きだした。嘘なんでしょ、嘘だと言って。花は床にすべり落ちており、血染めのハンカチの上にあった。傷ついた指からは、また血がしたたり落ちていた。男はほかの言葉が言いたくなったように、それよりも心配なことがある、とつぶやいた。目の前がまっ白なんだよ、と弱々しく笑みを浮かべた。妻は夫の隣にすわり、ぎゅっと抱きしめると、そのひたいに、顔に、まぶたに、優しくそっと口づけをした。いずれ治るわ、あなたは病気じゃないんだもの、突然視力を失うなんて聞いたことがない。たぶんね。どんなふうになったの？　どんな感じだった？　いつ？　どこで？　いえ、そんなこと後だわ。とにかくまず眼の専門家に相談しなければ、だれかいい人がいるかしら。いや、知らないな、ぼくたちは眼鏡をかけたことがないし。じゃあ、病院に行きましょう。でも、目が見えなくなったからといって、急患扱いで診察してくれるとは思えない。そのとおりだわ、まっすぐどこかの開業医のところに行くべきね。電話帳を見て、いちばん近い医者を探してみる。妻は立ちあがりながら、夫に問いかけるのをやめなかった。なにか変だと思うことはない？　なにも、と夫は答えた。注意しててね、いま明かりを消すから、消えたらそう言って。やるわよ。なんにも。なんにもってどういう意味。なんにもない。あいかわらず白い色があるだけだ、夜がないみたいに。

男の耳に、妻が急いで電話帳のページをぱらぱら繰る音が聞こえた。妻は鼻をすすって涙をこらえ、ため息をつき、ようやく口をひらいた。この人がいいかもしれない、診察してくれればいいんだけど。妻は番号をダイヤルし、まだ診療時間内かどうか、医者がいて話はできるだろうか、とたずねた。いえいえ、先生の知り合いではありません。でも一刻をあらそうことなんです。はい。お願いします。わかりました。そのときどういうことかお話ししますけど、とにかく先生につたえていただきたいの。夫が突然失明してしまったんです。はい。はい。突然です。いいえ、そうじゃありません。先生に診ていただくのは初めてです。夫は眼鏡をかけていません。いままで一度もかけたことがありません。そうなんです、視力はいいんです、わたしみたいに。わたしもすごく目はいいんです。ああ、ありがとうございます、感謝します。待ちます。待ってます。はい、先生。いきなり夫は目の前が白一色になったと言って。わたしにはなにが起きたのかさっぱり。訊くひまがなかったものですから。ついさっき家に帰ってきたら夫がそういうことになっていて。夫に訊いてみましょうか。ああ、先生、ありがとうございます。すぐに夫とともにうかがいます。すぐ参ります。失明した男は立ちあがった。待って、その前に指の手当てをさせて。妻はそう言うと、しばらくいなくなり、オキシドールとヨードチンキと衛生綿と箱入りの絆創膏を持って戻ってきた。妻は傷の手当てをしながら夫にたずねた。あなた、車はどこに置いてきたの？　突然声を強めて言った。でも、こんな状態じゃ車を運転できるわけがないわね。それとも、家に帰ってからそうなったの？　いや、ちょうど交差点で信号待ちをしているときだった。知らない人がここまで送ってくれたんだ。車は隣の横丁にとめてある。わかったわ。じゃ、下へ降りましょう。わたしが車を取ってくるから玄関で待ってて。キーはどこ？　どこだったかな。そう言えばあの人はキーを返してくれなかった。あの人って？　家に送ってくれた人さ。男だよ。たぶん、どこかに置いてったのね、ちょっと見てみる。探してもむだだ、家には入らなかったから。でも、どこかにあるわよ、ないはずがないわ。ひょっとしたら、あの人がうっかり持ち帰ったのかもしれない。だってキーがなければどうしようもないわ。きみのキーを使えばいい、あとで解決しよう。そうね、さあ行きましょうか、わたしの手を握って。これが治らなければ、死んだほうがましだ、と失明した男は言った。頼むから、ばかなことを言わないで、そうでなくても大事件なんだから。目が見えないのはこっちなんだぞ、きみじゃない。きみにはこれがどういうものか想像もできないだろう。

ねえ、きっと医者がなにか治療法を見つけてくれるわ。そうかな。

二人は出発した。下のロビーで妻は明かりのスイッチを入れると、夫の耳にささやいた。ここで待ってて。もしご近所の方がやってきたら、自然に話してね。わたしを待ってるんだって。だれも見てないし、まさかあなたの目が見えないなんて思わないわ。こんなことといちいち説明することはないんだから。そうだね、でもあまり待たせないでくれよ。妻は大急ぎで飛びだしていった。出入りする隣人は一人もいなかった。失明した男は、階段の明かりが自動スイッチの音がしているあいだしか点灯しないことを知っていたので、まわりが静かになるたびにボタンを押した。明かり――彼にとってこの明かりは、音に変形していた。男はどうしてこんなに時間がかかるのか、理解できなかった。通りはすぐそこだ。せいぜい八十から百メートルだろう。あんまり遅くなったら、医者が帰ってしまうじゃないか、と心のなかでつぶやいた。思わず無意識に左手首を上げて、腕時計に目を落としていた。突然、男はちくりと痛みを感じたかのように口をすぼめ、隣人が居合わせなくてよかったと胸をなでおろした。こんなときだれかに話しかけられたら、せきとめていた涙をぽろぽろとこぼしてしまいそうだった。通りで車のとまる音がした。ああ、やっと来た、と思ったのもつかのま、男はそれが自分の車のエンジン音ではないことに気づいた。ディーゼルエンジン、ということはタクシーかな、と明かりのスイッチをもう一度押しながらつぶやいた。戻ってきた妻は憤慨(ふんがい)し、気が動転している様子だった。そのよきサマリア人はうちの車を盗んでいったみたい。そんなわけないよ、よく見たのかい？　もちろんよく見たわ、わたしの眼はどこも悪くないんだから。この言葉はうっかり口からすべりでたものだった。あなたは隣の横丁にあると言ったわね、と妻は気をとりなおして言った。道の思い違いをしてないかぎり、車はなかった。いやいや、絶対にそこの道にとめたはずだ。じゃ、やっぱり消えてる。となると、キーは？　そいつはあなたが悲嘆にくれて、わけがわからなくなってるのをいいことに、車を盗んだんだわ。家の物を盗られるんじゃないかと心配して、あいつを家に入れなかったのに、きみが戻ってくるまでいてもらったら車は盗まれなかったのか。さあ、行きましょう、タクシーを待たせてるの。そのならず者の目が同じように見えなくなるなら、人生の一年分をやったって惜しくないわ。そんなに大声を出すなよ。で、持ち物をいっさいがっさい盗まれればいいのよ。やつは戻ってくるかもしれないぞ。へえ、それじゃあなたは、そいつが明日の朝ドアをノックして、出来心で車を盗りました、すみません、ご気分はいかがです、なんて訊くとでも思う？

二人は診療所に着くまで黙りこんでいた。妻は盗まれた車のことを考えまいとしながら、夫の手を愛情深く握っていた。夫は運転手にルームミラーで眼を見られないようにうつむいて、いったいなぜおれがこんなひどい目に遭わなければならないんだと、くりかえし自問せずにはいられなかった。なぜおれが？　タクシーがとまるたびに、まわりで車の行きかう音や、ひときわ大きな声がした。よくあることだ。まだ眠っていて、まるで白いシーツのなかにいるように無意識のヴェールにくるまれているのに、外部の音がそれを突き破って侵入してくる。白いシーツのなかにいるよう、か。男はため息とともに首をふった。妻はそっと夫の頰をなで、気を落ち着けてね、わたしがついてるわ、と彼女らしい口調でなぐさめた。夫は運転手がどう思おうとかまわず妻の肩に首をもたせかけた。あんただっておれのようになれば、二度と運転ができなくなるんだぞ、と男は思った。子どもっぽい空想だった。男はこれが愚かな空想であることなど頭になく、絶望のさなかでも理性的に考えられたことに満足した。タクシーから降りるときは、おとなしく妻に支えられて落ち着いた様子だったが、運命を知ることになる診療所の入口では臆病な声で妻にささやいた。ここを出るときはどんなふうになってるかな。男はあらゆる希望を捨てたとでもいうように首をふった。

妻は受付係に告げた。三十分ほど前に夫のことでお電話した者ですが。受付係は二人に、患者が待っている小さな部屋のドアをあけてみせた。黒い眼帯をした老人、母親らしい連れのいる斜視の少年、黒いサングラスをかけた若い娘、とくに特徴のない人がほかに二人いたが、目の見えない人はだれもいないようだった。目の見えない人は眼科にはかからない。妻はひとつある空いた椅子に夫をすわらせた。ほかは埋まっていたので、妻は夫の横に立っていた。待たなければならないわ、と妻は夫の耳にささやいた。男はその理由がわかっていた。待合室にいる人びとの声が聞こえていたからだ。いま男は別の心配をしていた。医師の診察まで時間がかかれば、それだけ眼が治りにくくなるのではないか。男は椅子の上でそわそわ体を動かし、妻に不安を打ち明けようとしたが、そのときドアがあいて、受付係が二人にお入りくださいと言った。ほかの患者には、先生のご指示なんです、この方は急患なので、と説明した。斜視の少年の母親が、順番だ、こんどはわたしたちの番ではないか、かれこれ一時間も待っているのにと抗議をした。ほかの患者も小声でそれを支持したが、だれもが、そして当の母親自身も、不平を鳴らしつづけるのは賢明ではないと考えていた。そんなことをしたら、医者にもっと長く待たされて、無礼なふるまいのしっぺがえしを食わされるかもしれないからだ。眼帯をした老人は雅量をみせた。どうぞその気の毒な方を先にしてやってください、われわれよりも具合が悪そうですから。しかし、失明した男はその言葉を聞いていなかった。夫婦はすでに診察室へ消えていた。妻が医者に言っていた。ほんとうに親切にしていただいてありがとうございます、先生。夫のことなのですが、と言いかけて口ごもった。率直に言って、彼女はなにがなんだかわからなかった。わかっているのは、突然夫の目が見えなくなり、車が盗まれたことだけだ。医者が言った。さあどうぞ、おかけになって。医者はみずから患者を椅子にすわらせる手助けをし、男の手にさわって直接話しかけた。では、どこが悪いのか言ってみてください。失明した男は、車に乗って赤信号が青に変わるのを待っていたとき、いきなりぱっと目が見えなくなったのだと話した。何人かが急いで助けに駆けつけたが、そのなかの、声から判断すると年配らしい婦人が、たぶん神経のせいではないかと言った。それから、自力では帰れないので、ある男に家まで送ってもらった。すべてがまっ白に見えるんです、先生。男は車が盗まれたことは話さなかった。

医者がたずねた。以前、これに似たことはありませんでしたか？　いいえ、先生、わたしは眼鏡もかけたことがないのです。それで、いきなりそうなったと？　はい、先生、明かりが消えるみたいに。いや、明かりがついたような、というほうが当たってます。この数日間、視覚に異常を感じたことはなかったですか？　いいえ、先生。親族のなかに目が見えなくなった人はいますか？　あるいは、過去にいましたか？　親戚に目の見えない人がいたという話は聞きません。糖尿病ではありませんか？　いいえ、先生。梅毒は？　いいえ、先生。高血圧症や脳の異常は？　脳はどうか知りませんが、そういうほかの病気にはかかっていません、職場で定期的に健康診断を受けてますから。きのうあたりから、頭部に強い衝撃を受けていませんか？　いいえ、先生。年齢は？　三十八です。わかりました、では眼を見せてください。失明した男は診察がしやすいようにと両眼を大きく見ひらいた。だが、医者は男の腕をとると検眼機の後ろにすわらせた。想像力豊かな人ならば、言葉を聴くかわりに眼を見る、新しい型の告解聴聞席だと思うかもしれない。そこでは聴罪司祭がまっすぐに罪人の魂をのぞきこむのだ。あごをここにのせて、と医者は言った。眼をあけたまま動かないで。妻は夫に寄り添い、肩に手を置いて言った。きっとすぐにわかるわ。医者は手前にある双眼のレンズを上げ下げして、つまみを微妙にまわすと診察をはじめた。角膜には異常がなかった。強膜（きょうまく）にも、虹彩にも、網膜にも、水晶体にも、黄斑にも、視神経にも、ほかのどの場所にも異常は認めれなかった。医者は装置を横に押しやって、自分の眼を揉み、もう一度診察を最初からやりなおした。ひとことも話さなかった。終えたとき、医者の顔には困惑した表情があった。傷はまったく見あたりません、あなたの眼は健康そのものですね。妻は幸福そうなしぐさで両手を握り合わせて叫んだ。ほら、言ったとおりでしょ、ねえ、言ったとおりだったでしょ、治るのよ。失明した男は妻を無視してたずねた。あごを上げてもかまいませんか、先生。もちろんです、すみません。先生がおっしゃるようにこの眼が健康そのものなら、どうして見えないんです？　いまはまだ原因が申し上げられません、超音波や脳造影など、各種の検査、分析をしてみなければならないでしょう。脳に関係があると？　可能性はありますが、わたしはそうではないような気がします。でも、眼には異常が見あたらないんでしょう？　そのとおり。変な話ですね。わたしが言いたいのは、もし実際にあなたの目が見えないとしたら、現時点では失明の説明がつかないということです。目が見えないことを疑ってるんですか？　そうじゃありません、問題はあなたの症状が異例だということです。長年目医者をしていますが、個人的にこうした症例に出会ったことはありませんでした。眼科学の歴史にもこうした症例はないと言ってさしつかえないです。治るでしょうか？　いかなる種類の傷も、先天的な形成異常も見つからないところからすると、原則的には、はいと答えておくべきでしょう。でも、打つ手はないと？　わたしはただ慎重を期しているだけです。むなしい期待を抱いてほしくありませんので。わかります。一応そういう状況なのです。では、当面受けられる治療はあるのでしょうか、薬とか。いまのところ薬は処方しないほうがいいと思います。手さぐりで処方することになりますから。ぴったりの表現ですね、と失明した男がつぶやいた。医者は聞こえないふりをして、診察のあいだすわっていた回転スツールから立ちあがると、必要と判断した検査と分析を処方箋に書き出した。医者は男の妻に紙を渡した。これを持ち帰って、結果が出たらまた二人でお越しください、そのあいだに症状に変化があったら電話で知らせてください。おいくらでしょう、先生。受付でどうぞ。医者は励ましの言葉をつぶやきながら二人をドアのところまで見送った。様子を見ましょう。様子を見ることです。気を落とすことはありませんよ。夫婦が出ていくと、医者は診察室の隣にある洗面所に行き、鏡をのぞきこんだ。いったいどういうことなんだ、と彼はつぶやいた。それから診察室に戻り、受付係につぎの患者を入れるよう声をかけた。

　その夜、失明した男は目が見えなくなった夢を見た。

失明した男を助けようと申し出た男は、あとで車を盗んだとはいえ、助けたときは悪事を働くなどこれっぽっちも考えておらず、むしろその反対で、ただ心に湧いた寛容と奉仕の精神にしたがっただけだった。このふたつは、ごぞんじのように人間のいちばんの美点というべき性質だが、彼のような、稼業の先行きになんの希望もないケチな車泥棒よりも、年季の入った犯罪者にはるかに多く見られ、貧しい者の弱みにつけこむこのビジネスの元締たちによって使われているものと言え、とどのつまり困った者に救いの手を差しのべて利用しているわけで、ようするにあとでなにかを盗んでやろうという下心で失明した男を助けるのも、足もとがおぼつかず呂律（ろれつ）のまわらない片眼の老人を遺産ほしさに世話するのも、それほど違いはないのである。失明した男の家に近づいたとき、車泥棒はごく自然にそれを思いついた。宝くじ売りを見かけて、宝くじを買おうと決心したようなものだった。ひらめきがあったわけではなく、ただ、気まぐれな幸運がもたらす誘惑に負けて、なにかいいことがありそうだと宝くじを買ったのだ。いや、これは車泥棒本人の性格からくる条件反射的な行動だという人もいるだろう。この世には頑固な懐疑主義者がたくさんいて、こんな理屈をこねたりする。人間性の問題なら、偶然のチャンスがかならずしも泥棒を生むとはかぎらないし、逆に泥棒を生むきっかけになることもあるだろう、と。わたしたちとしては、かりに最後の瞬間に寛容の精神が打ち勝っていたら、失明した男がこの偽サマリア人のふたつ目の申し出を受け入れていたと思うのである。そう、妻が戻ってくるまでいっしょにいてやろうかと言ったあの言葉だ。とはいえ、こうして与えられた信頼から生じた道徳的責任感が、犯罪の誘惑をおさえこみ、どんなに堕落した心のなかにもかならず見つかる輝かしく気高い感情に勝利させるかどうか、それはわからない。ありふれた注釈を終えるにあたって、いまも教訓たりえている古いことわざにならっておくと、失明した男は十字を切ろうとして鼻っ柱を折ったのだった。

道徳的良心は、思慮分別のない大勢の人びとが背き、さらに大勢の人が受けつけてこなかったものだが、いまも存在しており、つねに存在してきたのであって、けっして第四紀の哲学者が、人間の精神があいまいな命題にすぎなかったころに発明したものではなかった。時代が下り、社会の進化と遺伝子のやりとりが進むにつれて、結局わたしたちは血の色と涙の塩辛さのなかに良心を植えこんだ。そして、それでも充分ではないと思ったのか、わたしたちは眼を、内側へ反転する鏡の一種に変えた。その結果、眼はわたしたちが言葉で否定しようとしたものを、しばしば遠慮なく見せるのである。こうした普遍的な考察にくわえて、個々の精神における特殊な事情というものがある。人が悪の行為を犯したときに生じる良心の呵責（かしゃく）は、よく先祖伝来の根源的なあらゆる種類の恐怖とごっちゃになり、結果的に背信者の罰は、罪に値するものの二倍に情け容赦なくふくれあがることになる。そういうわけで、今回の事件の場合、車泥棒がエンジンをかけて走り去ったときに感じはじめた恐怖の大きさと、悩める良心の大きさの割合を定めることはできない。言うまでもなく車泥棒は、その車のハンドルを握っていて突然失明した人物のいた場所にすわっていたから、けっして心の平静を感じることはなかった。あの男はフロントガラスを見ていて、いきなり目が見えなくなったのだ。そう思うと、それほど想像力を使わなくても、不快で狡猾（こうかつ）な恐怖の怪物が目覚めるのに時間はかからなかった。もう怪物は首をもたげていた。しかし、くりかえすが、それは後悔でもあったし、苦悩する良心のあらわれでもあった。あるいは、示唆に富んだ言葉を使うならば、噛（か）む歯をもつ良心というものであり、それが車泥棒の目の前に、玄関のドアをしめようとする失明した男の絶望的な姿を映しだした。いいですから、と哀れな男は言った。あのときから、男は介添えなしには一歩も歩けなくなったのだ。

　車泥棒は頭を占めている恐ろしい想像から逃れようと、ふだんの二倍も運転に集中した。ほんのわずかなミスも、ささいな不注意も犯してはならない。警察はいたるところにおり、ちょっとしたことで停止させられる可能性がある。身分証と免許証を見せてもらえますか。そして刑務所に戻る。なんと人生はつらいものか。車泥棒はとくに信号を忠実に守った。赤信号ではけっして動かず、黄色に変わると停止して、辛抱強く青に変わるのを待った。しばらくすると、男は自分がとりつかれたように信号を見ていることに気づいた。つねに確実に青信号で走っていられるように、車の速度を調節しはじめた。確実を期すためにスピードをあげたり、逆に落としたりしたので、後続のドライバーはいらいらした。車泥棒は緊張に耐えきれなくなり、思い惑ったあげく、信号のないことがわかっている小さな道へ乗り入れて、ほとんどまわりを見もせずに車をとめた。車泥棒はそれほど運転がうまかった。まるで神経が爆発するようだ、というのが男の胸によぎった言葉だった。神経が爆発しちまう。車のなかは息が詰まった。両側の窓を下げてみたが、風は吹いているのに車内の空気はいっこうに新鮮にならなかった。おれはどうしたらいいんだ、と男は自問した。車を置いておくつもりの納屋は町はずれの村にあり、そこまではかなり距離があった。いまの精神状態では、とてもたどりつけそうにない。警察(サツ)に捕まるか、もっとやばければ事故を起こすぞ、と男はつぶやいた。そのときふと、車から降りて、頭をすっきりさせようと思いついた。たぶん新鮮な空気がクモの巣を吹きはらってくれるだろう。あのみじめな男の目が見えなくなったからといって、おれまでそうなる理由なんてどこにもないからな。風邪じゃあるまいし、ひと歩きすれば不安も消しとぶさ。車泥棒は車を降り、すぐに戻るからとロックもせずに歩きだした。三十歩も行かないうちに、男は目が見えなくなった。

眼科診療所の最後の患者は、人のよい老人だった。突然失明した男に親切な声をかけた人物である。老人がやってきたのは、症状の進んでいる片眼の白内障を手術する日どりの相談のためであり、黒い眼帯の下にあいている穴は当面の問題とは無関係だった。以前医者が言ったように、白内障は老齢につきものの病気で、症状が進んでからとりのぞくことになっている。黒い眼帯の老人が帰ったあと、看護師が待合室にはだれもいないと言うと、医者は失明した男のファイルを取りだして読み、また読み返して、しばらく考えにふけった。そのあと、ある同業者に電話をかけた。今日、奇妙な患者がやってきたんだ。一瞬のうちに完全に失明した男でね、検査をしたが外傷は見つからないし、先天的な欠陥もみとめられない。患者はすべてがまっ白だと言っている。目の前にはぶあついのっぺりとした白い色があるそうだ。できるだけ患者の言葉どおりに説明しようとしてるんだがね。そうだ、もちろん患者の主観だよ。いいや、男はまずまず若いほうだ。三十八歳。そういう症例を知ってるかい？　読んだり聞いたり、わたしもいろいろ考えたんだがな、いまのところ原因が思いつかないんだ。時間かせぎにいくつか検査をしてみることにした。うむ、近いうちにいっしょに診察をしてもいい。夕食のあとで本を調べてみよう。もう一度医学書を見てみるよ、たぶんなにか手がかりが見つかるだろう。失認症は経験がある。ひょっとしたら精神的な視覚喪失かもしれないが、だとしてもこうした特徴は初めてだ。その患者がほんとうに視覚をなくしたことはまちがいない。失認症は見慣れたものを認知することができなくなる病気だからね。もうひとつ考えたのは黒内障ではないかということだが、わたしが最初に言ったことを思い出してくれ、この男は目の前が白いと言っている。白い黒内障といった形態が存在しないかぎり、黒内障はまっ暗になる病気だから正反対だ。まるで白い闇だそうだ。そうだね。うむ。聞いたことがない。そのとおり。明日患者に電話しておこう。いっしょに診察したいと話してみるよ。電話を終えたあと医者は椅子にもたれ、しばらくそのままでいた。それから立ちあがると、疲れたしぐさでゆっくり白衣を脱いだ。洗面所に行って手を洗ったが、鏡に向かって、これはいったいどういうことなんだと、抽象的な問いかけをすることはなかった。医者は医学的展望をとりもどしていた。失認症と黒内障が医学書や実際の診察において正確に見わけられ、はっきり定義できるという事実は、失認症などの名称が適切かどうかはともかく、変種や、突然変異の出現を除外しないと考えられる。その日がやってきたように思われたのだ。脳が機能しなくなる理由は無数に考えられる。たとえば今回のように、まさしく深夜わが家にたどり着いたら門が閉ざされていた、といったように。この眼科医は文学趣味があったので、適切な引用を思いつく才能があった。

その夜、医者は夕食のあとで妻に話して聞かせた。今日、診療所に奇妙な患者がやってきてね。おそらく精神的な視覚喪失か黒内障だろうが、かつてああいう症状がみとめられた例はないんだ。黒内障とか、そのなんとかって、どういう病気なの？　と妻がたずねた。医者は妻の好奇心をみたせる範囲で、素人にわかるように説明し、医学書をおさめてある書棚へ行った。大学時代から持っている古い本もあれば、もっと新しく、まだ研究するひまのない出版されたばかりの本もあった。医者は順序だてて調べるために蔵書目録をあたり、失認症と黒内障についてわかることを余さず読みはじめた。ほんのわずかしか知識のない、自分の能力を超えた分野の脳神経外科という謎めいた領域に無断で越境したようで、どことなく落ち着かない気分になった。深夜、医者は参照していた数冊の本を脇にどけると、疲れた眼を揉んで椅子の背にもたれた。そのとき、きわめてはっきりと二者択一であることが頭に浮かんだ。かりに失認症ならば、いま患者はいつも見ているものを見ているはずだ。つまり視力はまったく衰えておらず、患者の脳が、そこにある椅子を、ただ椅子として認知できないだけである。言いかえれば、患者は視神経につたわる光の刺激に正しく反応しつづけているにもかかわらず、素人にわかる言葉を使うなら、自分が知っていたものを認知する能力を、さらに言えば表現力をなくしていることになる。黒内障についても疑問の余地はなかった。それを今回の患者に有効にあてはめるため「見える」という動詞を使うことを許してもらえるなら、患者はすべてがまっ黒に見えていなければならない。黒内障は完全な闇となる病気である。ここでふたたび「見える」という動詞を使うことを許してもらえるなら、あの失明した男は、眼をあけたままミルク色の海に飛びこんだように、ぶあついのっぺりとした白い色が見えると断言した。語学的な矛盾はさておき、白い黒内障は神経学的にありえない。つまり、正常な視覚がどういうものかを厳密に表現するのはむずかしいが、実在するものが正常な視覚を持つ人にもたらす、色調や、色彩や、形や、像といったもののない、白い絵のような、果てしない白い色を、像や、形や、色彩を知覚できない脳が、感じることはむりなのである。どうやら袋小路に行きついたらしいとはっきり意識して、医者は力なく首をふり、まわりを見た。妻はとうのむかしにベッドへ行っていた。そういえば、妻がやってきて頭にキスをしていったのをぼんやりと記憶している。もう休むわ。たしかそんな声を聞いた。アパートはしんと静まり返っており、本は散らかっている。どうしたんだろう。突然、医者は怖くなった。いまにも自分の目が見えなくなる予感に襲われたのだ。そうなることを知っていたかのように。息をとめてその瞬間を待ちかまえた。なにも起こらない。だが、それは書棚に戻すために本を集めていたときに起きた。まず両手が見えなくなり、それから失明したことを知った。

　黒いサングラスをかけた若い娘の慢性的症状は、けっして深刻なものではなく、医者が処方した目薬をさしていればほどなくきれいに治る軽い結膜炎だった。治し方はわかりますよね、二、三日のあいだ、寝るときに眼鏡をはずすだけですよ、と医者は娘に言った。医者は長年同じ冗談をとばしてきた。これは目医者が世代から世代へ受け継いできた伝統といえるもので、医者がほほえみながらこれを言うと、患者もにっこりするきまりだった。しかもこの場合は充分に冗談を言う価値があった。というのも、娘はきれいな歯ならびをしており、それを見せるこつを心得ていたからだ。この娘の生活にくわしいふつうの懐疑論者はみな、ごく自然な人間嫌いの感情から、あるいはあまりにたくさん人生に失望してきたせいで、あの美しい笑顔はたんなる職業上の手管にすぎないんだよ、とあてこすりを言う。これは、いわれのない意地悪な見方にすぎない。なぜなら娘は、はるかなむかし、未来がまだ閉じられた本で、それを開こうとする好奇心も生まれていないような、もはや死語になった「がんぜない」よちよち歩きの女の子のときから、同じほほえみを浮かべていたからだ。簡単に言えば、娘の職業は売春婦と分類できる。しかしながら、昼も夜も、縦も横も区別しにくい、ここに描かれる時代の社会関係の網の複雑さが、われわれに性急な決定的判断をくだす傾向を、そして、度がすぎた自信過剰のせいでたぶん絶対に捨てられない浮かれ気分を、つつしむようにと忠告している。ユノ（小惑星、および、女性と結婚を守護するローマ神話の最高の女神の意がある）にはあきらかにたくさん雲が湧いているにもかかわらず、大気中に漂うありきたりな少量の水分にすぎないものをギリシャ神話の女神と混同してゆずらないのは、かならずしも許されることではない。娘が金と引き換えに男たちとベッドに入るのはたしかだし、その事実から深く考察せずに娘を売春婦と分類するのはしかたないことかもしれない。しかし一方で、彼女自身が乗り気になった男や、したいと思った男としか寝ないのも事実である。そうした違いが、クラブから警戒されて娘が完全に干される要因になったという可能性も無視できない。つまるところ、この娘は一般人のように職業を持っており、個人としても社会人としても、体の欲求をみたし、不足しているものを手に入れるために自由な時間を好きなように利用しているのである。わたしたちが彼女に最初の分類をあてはめないとしたら、結局広い意味でこういうふうに言うべきだろう。娘は楽しみながら人生を送り、さらに人生から得られるすべての快楽を得ているのだ、と。

娘が診療所を出たとき、すでにあたりは暗くなっていた。娘はサングラスをはずさなかった。街の光に、とくに点灯したネオンサインにいらいらしたからだ。娘は医者が処方した目薬を買うために薬局に入ったが、応対した店員の眼を黒いサングラスで隠すなんてずるいかも、という言葉を無視することにした。その意見はなれなれしく、あきれたことに薬剤師の助手が口にしたことだったが、それは娘の思惑とも違っていた。娘の考えでは、サングラスは行きずりの男たちの好奇心をそそる魅惑的な謎なのである。もしも今日彼女に相手がいなくて、サングラスに興味を持ってくれた男となにかいいことがありそうとか、肉体的にも、ほかのことにも満足できそうと思ったなら、その出会いを実らせてもいいと思っていた。娘がこれから会う男は、以前からの知り合いだった。男は娘がサングラスをはずせない、まだ医者から許されていないからと、ことわりを入れても気にせず、いつもと違うのもいいものだとおもしろがっていた。娘は薬局を出るとタクシーを呼びとめ、ホテルの名前を告げた。座席にゆったりともたれながら、適切な言葉かどうかわからないが、娘はさっそくさまざまな種類の官能的な愉悦の想像にふけった。まずは唇のふれあい、そして密着した肌への愛撫から、まるでめくるめくまぶしい花火のなかで十字架に、神よおゆるしを、磔にされようとするように、連続したオーガズムの爆発に果てて、ぐったりと至福のときに身をゆだねるまでを。相手が義務の果たすすべを心得ているなら、完璧なタイミングとテクニックによってサングラスの娘はあとで請求する金額の二倍をいつも先払いしていると断言してかまわない。娘はセックスを想像しながら、あきらかにさきほど診察にお金がかかったせいで、今日から値上げしてもいいかなと考え、うきうきした気分でたんなる補償のレベルだと自分に言いわけした。

娘はタクシーの運転手に行く先の一ブロック手前でとめるように言い、同じ方角に向かう人の流れにまぎれこんだ。その様子は、罪悪感も羞恥心（しゅうちしん）も外にあらわすことなく、匿名のまま群れに身をゆだねて運ばれていくようだった。娘はさりげなくホテルに入り、ロビーをバーのほうへよこぎった。何分か早く着いたので、時間まで待たなければならなかった。約束の時刻は正確に守るように決められていた。娘はアルコールの入っていない飲み物を注文し、男あさりをするそこらへんの娼婦と誤解されないように人と眼を合わせず、時間をかけて飲んだ。ころあいをみて、娘は午後の博物館見学を終えた観光客が休むために部屋へ上がるようなふりをしてエレベーターに向かった。まだその事実を無視する人がいるだろうか――美徳はいつも完璧を期した小道で落とし穴に出会うが、罪と悪徳はひどく幸運にめぐまれているものである。娘がエレベーターの前に立つとすぐに扉があいたのは、それでだろう。年配の夫婦者が降り、娘は箱に乗りこんで三階のボタンを押した。娘を待っている番号は三百十二だった。ドアの前にやってくると、娘はつつましくノックをし、十分後には裸になっていた。十五分後、娘はうめき声をあげ、十八分後に、もう嘘をつく必要がなくなって愛の言葉をささやき、二十分後には思考力をなくしはじめ、二十一分後には体が歓喜にのたうつのを感じ、二十二分後には叫び声をあげていた。いく、いく、いっちゃう、そして意識をとりもどしたとき、ぐったりと至福の時に身をゆだねて、まだ目の前がまっ白なのと言っていた。

警官が車泥棒を家に連れていった。この慎重で情け深い公務員は、腕をとって連れていく男が筋金入りの犯罪者だとはゆめにも思わなかった。違う状況ならともかく、警官が哀れな男の腕をしっかりとつかんでいたのは、逃亡を防いでいるのではなく、ただつまずいたり倒れたりしないようにしていたからだった。けれども、車泥棒の妻の恐怖は容易に想像できようというものだ。なにしろドアをあけたら、制服警官の顔があり、絶望的な面持ちの囚人が連れられていたのだから。夫のあまりにみじめな表情から察すると、逮捕されるよりもっと恐ろしいことがあったに違いない。まず頭に浮かんだのは、夫が盗みの現行犯で捕まり、警官が家宅捜索をするためにやってきたというものだった。しかし、これは逆説的な言い方だが、夫の盗むものが、大きさでいえばベッドの下に隠せないような物や自動車しかないことを考えると、なんとなく気が強くなったし、すぐに警官がこう告げたので、いぶかしむ気持ちもそれほど長引かなかった。この人は目が見えません、あとはよろしく頼みます。妻は警官がたんに夫を家へ送ってきただけだと知って安心したのだが、夫が身も世もなく泣きだして腕のなかに倒れこみ、これこれしかじかだと話したとき、この出来事が二人の人生に暗い影を落とす、深刻な災難であることに気づいた。

サングラスの娘も、やはり警官に連れられて両親の家に戻ってきた。しかし、失明が判明した皮肉な状況が——ホテルで裸の娘が金切り声をあげてほかの客をあわてさせ、相手の男が大急ぎでズボンをひっぱりあげながら逃げだそうとしたのだ——ともかくも、劇的な場面をやわらげたといえるだろう。娘はことを終えたとき恥ずかしさにどぎまぎし、淑女ぶった偽善的なつぶやきと、見せかけの高潔さによって、金めあての愛の儀式と恥じらいをみごとに両立させていた。ところが、やがて目の見えないことが未知の新しい快楽のつづきではなかったのだと気づいて、絹を裂くような悲鳴をあげた。失明した娘はきちんと着替えるひまもなく、ほとんど力ずくで遠慮なくホテルから追いだされた。もちろん、運命を嘆き悲しんでなどいられなかった。警官は不作法ではないとしても皮肉な口調で住所をたずね、タクシーに乗る金は持っているのかと訊いた。こういう場合、国は運賃を出さないのでね。ついでながら書き留めておくと、この措置はやむをえないことだった。ふしだらなことをして得た収入の税金を納めていない女たちはかなりの数にのぼるからだ。娘はうなずいたが、目が見えないので、警官にそのしぐさが見えたかどうかわからず、はい、お金は持ってます、と口のなかでつぶやき、それから小声で自分に、しなければよかった、と言った。この言葉は奇妙に聞こえるかもしれないが、近道や最短ルートのない人の心の曲折を考えるならば、意味するものははっきりするだろう。娘が言いたかったのは、いかがわしいふるまいをしたため不品行の罰が下り、こういう結果になったということだ。母親には夕食に帰らないと言ってあったが、娘は父親よりも早く帰宅するはめになった。

目医者の場合は状況が違っていた。ふいに目が見えなくなったときも、たまたま家にいたせいだけでなく、医者であったため、むやみに自暴自棄（じぼうじき）におちいることはなかった。医者というものは、体のどこかが痛くなっても、メモをとるような人種である。これから不安な一夜が待っているという苦悩にみちた状況でさえ、医者は死と受難について書かれた史上もっとも偉大な叙事詩「イーリアス」に、ホメロスが書いたことを思い出した。医者は人間数人分の価値がある、という言葉である。数量においては素直に受け入れられないとしても、いずれわたしたちにもわかることだが、質においては受け入れていいだろう。医者は勇気をふるって、妻を起こさずに寝床に入った。妻が寝返りをうち、眠りが浅くなって寝ごとをつぶやきながら寄り添ってきたときも、声をかけようとはしなかった。結局、医者は何時間も目覚めたまま横たわり、どうにか眠りに落ちることができたのは芯（しん）から疲れきったひとときだけだった。眼を治療する職業についているのに、目が見えない、と告げることを思うと、このまま夜が明けなければいいと願った。しかし同時に、見えないとわかっていながら、昼の光をいまや遅しと待ちかまえてもいた。

事実、失明した目医者などなんの役にも立たないが、国の厚生機関に通報して、ひょっとしたら国家的な異変になるかもしれないと警告する責任がある。これまでのところは、まさしく前例のない視覚喪失の形態であり、あらゆる角度から見てとても感染力が強い。そして、どうみても事前に、炎症性とか、感染性とか、退行性などという病理学上の徴候がないままに生じている。診療所にやってきた男を診察して検証したように、あるいは自分自身の眼がそうだったように、これまでは近視や乱視がわずかながら認められはしたものの、眼鏡をかけて矯正するまでもないごく弱いものだった。見ることをやめた眼、完全に見えなくなった眼、にもかかわらず器官としては非の打ちどころのない眼、新しい古いを問わず、あるいは後天的先天的を問わず、いかなる傷も存在しない眼。医者は失明した男におこなった検査を細かく思い出していた。検眼鏡でのぞいた眼のさまざまな部分が、どれほど健康的で、どんな病気の痕跡も認められない、もっと若い年齢でもそうだが、三十八歳と称する男性にしてはどれだけめずらしいものだったことか。あの男の眼が見えないはずはない。医者はいっとき自分が失明したことを忘れてそう思った。このように、ある人びとが驚くほど無私になれるのはすばらしいことだが、これはけっして新しいことではないのである。あきらかに表現は違うとしても、ここでまたホメロスの言葉を思い出しておきたい。

　妻が起きたとき、医者は眠っているふりをした。とても優しいキスがひたいにふれた。おそらく妻は夫が深い眠りに落ちていると思ったのだろう。かわいそうな人、昨夜はあの気の毒な失明した男の病気を調べるために、遅くまで書斎で起きていたのだわ、と。医者は一人になると、まるで胸にのしかかった厚い雲にじわじわと息をとめられているような気がしてきた。雲は鼻孔に入りこみ、内部の光を奪おうとした。医者は短くうめいて、涙をふたつぶ、こぼした。たぶん白いのだろうと思った。こみあげてきた涙はあふれて、こめかみから顔の両側へつたい落ちた。いま医者は、患者がこう言ったときの恐怖がよくわかった。先生、わたしの目は見えなくなるんですか？　家事をする音が寝室にとどいた。ほどなく妻が、まだ眠っているかどうか見にやってくるだろう。いよいよ彼らにも病院に行くときがやってきた。医者は慎重に起きだし、手さぐりで取ったガウンをはおり、おしっこをするためにバスルームに行った。鏡があると思われるほうをふりむいたが、いまはもう疑問もわかず、なにが起きているのか、とも言わなかった。人間の脳が機能しなくなる理由は無数に考えられる。医者はそう言って両手をのばし、鏡にさわろうとした。そこに自分を見る自分の姿が映っていることはわかっていた。その姿は自分を見ていたが、自分はその姿を見ることができなかった。妻が寝室に入ってくる音がした。あら、もう起きてるのね。起きてるよ、と医者は答えた。妻がそばにやってきた。おはよう、あなた。二人は結婚して長い年月をすごしてきたが、いまも愛情をこめた挨拶をやりとりしていた。医者が答えた。その口ぶりは、まるで二人が舞台で演技をしており、こんどは夫が台詞(せりふ)を口にする番になったとでもいうようだった。あまり元気におはようとは言えないな。どうも視覚に問題が起きたみたいだ。妻は最後のところしか耳に入らなかった。ちょっとわたしに見せて。妻はそう言うと、心をこめて夫の眼を調べた。なにも見えないわ。この言葉はあきらかに借り物で、妻の台本にはなく、それを言うべきなのは夫のほうだったが、医者はただこう告げただけだった。目が見えないんだ。それから言いたした。どうやら昨日診察した患者の病気に感染したらしい。

医者の妻たちは、夫とともにすごす時間と親密さによって、ある程度まで医学の知識を持つようになる。この妻の場合はとくに、どんなときでも夫と離れずに暮らしていたので、失明が流行病のように病原菌によって感染するはずのないものだとよくわかっていた。失明した男に見られただけで、失明が感染することはありえない。目が見えないというのは、男女を問わず、持って生まれた眼とその人とのあいだの個人的問題である。いずれにしても、医者たる者は自分の言うことを理解している義務を負っており、そのために医科大学で専門教育を受けるといってもさしつかえない。かりにこの医者が、目が見えないと告げただけでなく、おおっぴらに人からうつされたのだと言ったら、どれだけ医学の知識があるかはともかくとして、疑うのは妻の役目なのである。だが、哀れな女が反駁（はんばく）できない証拠をつきつけられて、ふつうの配偶者のように反応したのはよくわかる。妻はごく自然に悲痛な表情を浮かべて夫の体にすがりつくと、涙ながらにたずねた。わたしたち、これからどうすればいいの？　厚生省に報告しよう、それが先決だ。もしこれが伝染病ならば対策をとらなくては。でも、失明が伝染するなんて、聞いたことがないわ、と妻が言いはった。最後のわずかな希望にすがる思いだった。だが、器官になんの異常もないのに目が見えない人など、これまでにいただろうか。こう言ったとたん、医者は顔色を変えた。ほとんど乱暴とも思える動作で妻を押しやり、自分もあとずさった。離れてるんだ、ぼくのそばに寄るんじゃない。きみにうつすかもしれない。それから固めたこぶしで、ひたいを殴りつけた。ばかもの。ばかもの。なんとばかな医者なんだ。なんでもっと早く気づかなかった。ぼくたちはまるまるひと晩いっしょにいた。書斎に閉じこもって、あそこで寝ればよかった。お願い、そんなことは言わないで、なるようにしかならないわ。さあ来て、朝食の支度をするから。ほっといてくれ、近づくな。いいえ、ほっとかない。妻は叫んだ。あなたはどうしたいの？　つまずいて、家具にぶつかって、電話帳で必要な番号を見つける眼もないのに電話を探してるあなたの姿を、菌をふせぐために入った真空実験用の鐘型(かねがた)のガラス器のなかから冷静に見てろというの？　妻は夫の腕をしっかりとつかんで言った。さあ、こっちへ来るのよ。

妻が用意すると言ってゆずらなかったコーヒーとトーストの朝食を、医者が――どれだけ喜んだか想像できるが――食べ終えたのは早い時刻だったので、報告すべき相手はまだオフィスに来ていなかった。なにが起きたかを報告すれば、事の性質から、当然すぐにも厚生省の幹部のところへ話がまわるだろうと思っていた。だが、そうはならなかった。緊急を要する重大な情報を持っている医者というだけでは、何度も頼みこんだあとで電話交換手がつないだ、たいして権限のない公務員を説得することさえできなかった。男は直属の上司にも代わらず、もっと細かい話を知りたがった。責任感のある医者なら、伝染性の失明病が発生したというようなことを最初に出てきた小役人に打ち明けるわけがない。そんなことをしたら、すぐさまパニックが広がるだろう。電話の向こうの公務員はこう答えた。あなたは医者だと言いますがね、それを信用してほしければ、まあ、もちろん信じてはいますが、こちらも命令を受けてますんで、あなたがどういう話をしたいのか話してくれなければ困ります。でないと、この件を上司に上げることはできませんよ。極秘の用件なのです。極秘の件を電話で扱うわけにはいきません、あなたご自身がこちらにおいでください。しかし家を離れられないんです。それは病気だということですか？　目の見えない医者はすこし黙ったあとで言った。ええ、病気です。それなら医者を、本物の医者を呼んだらいいでしょう、と公務員はからかい、われながら気のきいた台詞だとにんまりして電話を切った。

まるで横っ面を張りとばすような横柄な態度だった。数分ほどして落ち着きをとりもどしてから、医者はいかにひどい扱いを受けたか妻に話した。それから、もっと早く悟っているべきことをいま知ったように、悲しげにつぶやいた。これがわれわれなんだな。半分は無関心、半分は悪意からできている。医者は心もとなげに、これからどうしたものか問いかけようとして、時間を浪費していたことに気づいた。安全な経路で適切な方向に情報をつたえるただひとつの道は、公務員をあいだにはさまず、医者から医者へ、すなわち自分の所属する病院の院長に話すことだ。官僚システムを動かす責任を院長にゆだねればいい。妻がそらで憶えていた電話番号をダイヤルした。病院につながると、医者は名前を告げ、口ばやに言った。ああなんでもないよ、ありがとう。電話交換手から、どうかなさったんですか、と訊かれたに違いない。わたしたち人間は弱みを見せまいとすると、かりに死にかけていても、なんでもないと答えるものである。これは困難に立ちむかう行為として一般に知られており、人類にのみ見受けられる現象といっていい。院長が電話に出て、もしもし、いったいどうしたのかね、とたずねたとき、医者は相手が一人で、話を聞いている人間がそばにいないことを確かめた。電話交換手が盗み聞きをしている心配はなかった。眼科に関する会話よりおもしろいことはほかにあったし、彼女は婦人科にしか興味がなかったからだ。医者の説明は簡単だったが、遠まわしではなく、よぶんな言葉も、重複もない、中身の濃いものだった。状況を考えるにつけ、院長は医者の冷静で平然とした言葉に驚きを禁じえなかった。でも、きみはほんとうに目が見えないいんだね？　と院長はたずねた。まったく見えません。いずれにしても偶然に起きた可能性はあるだろう。厳密な意味では、接触感染じゃなかったかもしれない。そうです、接触感染症だという証拠はありません。しかし、たんに患者の目が見えなくなり、わたしの目が見えなくなったのではないのです。わたしたちはそれぞれが自宅にいたわけでも、会わなかったわけでもありません。わたしの眼科診療所に男が失明した患者としてやってきたあと、わたしは数時間で失明しました。その男の居場所はわかるのか？　診療所のファイルに名前と住所があります。ただちに人を行かせよう。医者をですか？　そうだ、もちろん当病院の同僚のなかから。この出来事を厚生省に報告すべきだとは思いませんか？　この種のニュースが引き起こす社会への影響を考えると、いまは時期尚早だろう。やれやれ、失明は伝染しないものなんだ。死も伝染しません、われわれはいずれみな死にますが。ふむ、それではわたしが対策を立てるあいだ、ひとまず家から出ないでくれ。そのあと、だれかにきみを連れてきてもらうよ、診察してみたいから。わたしが失明したのは、失明した男を診察したからだということを忘れないでください。そこまでは断言できないだろう。少なくとも因果関係はあります。とにかく、いかなる結論であろうと出すのは早すぎる。統計的根拠のない孤立したふたつの症例があるだけなんだ。現時点でわたしたち以外に患者が生まれていなければ、そうですが。きみの心理はわかるが、われわれとしては、いわれのない暗い予測は避けなければならんのだよ。いろいろありがとうございました。追ってすぐに連絡する。では失礼します。

三十分後、電話のベルが鳴った。医者は妻の助けを借りながら不器用な手つきでようやく髭(ひげ)を剃(そ)り終えていた。かけてきたのは院長だったが、こんどは口調が違っていた。病院の患者に、突然失明したという少年が来てるんだ。目の前がまっ白だと言っている。直接母親から聞いたのだが、少年は昨日、きみの眼科診療所に行ったそうだ。その少年は左眼が斜視だと思いますが。そうだ。わかりました、あの子に違いありません。ひょっとしたら深刻な事態かもしれないと憂慮しはじめたところだ。厚生省に知らせますか？　うむ、もちろんそうするし、わたしもただちに病院で指揮をとることにする。それから三時間ばかり時が過ぎた。夫婦が黙って昼食をとり、医者が妻の切ってくれた肉のかけらをフォークでいじっていたとき、ふたたび電話のベルが鳴った。妻が電話を受けにいったが、すぐに戻ってきて、あなたによ、厚生省から。妻は夫を立たせると、書斎に導いて受話器を手渡した。話は短かった。厚生省が知りたがったのは、前日眼科診療所にやってきた患者の氏名だった。医者は診療記録に、名前、年齢、婚姻関係の有無、職業、住所など、関係する事柄がすべて書かれていると答え、最後に、担当者がカルテを取りにくるなら立ち会おうかと申し出た。電話の向こうの声はそっけなかった。その必要はない。電話がどこかに回されたらしく、別人の声が聞こえてきた。もしもし、こちらは大臣だ。政府を代表してあなたの熱意に感謝したい。あなたの迅速な行動のおかげで、われわれは事態の進展をくいとめ、対処することができるだろう。さしあたり、ひきつづき屋内にとどまってもらえれば、こちらとしてはありがたい。最後の言葉は形式にのっとった礼儀正しいものだったが、あきらかに命令を下したようだった。はい大臣、と医者は答えたが、電話の向こうの人物はすでに受話器を置いていた。

数分後、ふたたび電話が鳴った。こんどは病院長だったが、緊張して言葉が混乱していた。いま聞いたんだが、警察は人が突然失明したという報告を二件受けているそうだ。その二名は警察官ですか？　いや、男性と女性、一人ずつだ。男性の場合は、道で目が見えないと泣きわめいているところを保護された。女性は目が見えなくなったときホテルにいた。だれかとベッドに入っていたらしい。二人がわたしの患者かどうかを調べる必要があります。名前はわかりますか？　いいや、名前はわからない。さきほど厚生省から電話がありました。診療記録を取りに診療所へ人をよこすと言ってましたよ。困ったことになったな。ええ、ほんとうに。医者は受話器を戻し、両手を眼にあてがった。これ以上悪いことが起きないように防いでいるようなしぐさだった。それから、かぼそい声をもらした。ああ、疲れた。ちょっと眠ってみたら？　ベッドに連れてってあげるから、と妻が言った。むだだよ、眠れるような気がしないし、今日という日は終わってないんだ。まだなにが起きるかわからない。

最後に電話が鳴ったのは、やがて夕方六時になるころだった。電話のそばにすわっていた医者は受話器を取った。はい、わたしです。医者は真剣に耳をかたむけて、電話を切るまで、かすかにうなずいてばかりいた。だれだったの？　と妻がたずねた。厚生省だ。三十分以内に救急車が来てぼくを連れていくそうだ。こういうことがあると予想してたの？　ああ、そんなことじゃないかと思ってた。どこに連れてかれるのかしら。わからないが、どこかの病院だろう。スーツケースに荷物を詰めるわ、衣類と日用品を。べつに旅に出るわけじゃないよ。でも、どうなるかわからないじゃない。妻は優しく夫を寝室に連れていき、ベッドにすわらせた。なにも言わずにここにすわってて、わたしが全部してあげるから。医者は妻が行ったり来たりし、衣装箪笥(いしようだんす)やクローゼットをあけしめし、衣服を出しては床に置いたスーツケースに詰めていく物音を聞いていた。しかし妻が夫の衣類とともに、ブラウスとスカートと、スラックスとワンピースを何枚か、それに女物の靴をいくつか入れたのは見えるはずがなかった。医者は漠然と、そんなにたくさんの服はいらないのではないか、と思った。だが、そういう些細なことを気にしている場合ではないと、なにも言わなかった。錠がかちりと鳴り、できたわ、いつ救急車が来ても大丈夫、と妻が言った。手伝わせてくれ。それぐらいはぼくにもできる、体はなんともないいんだから。夫の申し出をことわって、妻は外階段につづくドアへとスーツケースを運んだ。それから二人は居間のソファに腰かけて待った。二人は手をつないでいた。どれくらい離ればなれになるかな、と夫が言った。そんなことは心配しないで、と妻が答えた。

二人は一時間近く待った。ドアの呼び鈴が鳴ると、妻が立ちあがってドアをあけにいった。階段の踊り場には人影がなかった。妻はインターフォンに話しかけた。わかりました、いま参ります。妻は夫をふりむいて告げた。下で待ってるそうよ、けっしてこの階まで上がってはいけないと厳命されているんですって。厚生省は本気で警戒してるようだな。行きましょう。二人はエレベーターで降りた。妻は夫に付き添って最後の数歩を助け、救急車に乗りこませると、上の階に戻ってスーツケースを取ってきた。そして、独力で車に持ちあげて押しこみ、最後に自分も乗りこんで夫の隣にすわった。救急車の運転手がふりむいて抗議した。男の人しか乗せられません。そういう命令を受けてますんで、降りてくださいよ。女は落ち着いて答えた。どうせわたしも運ばなければならないわよ、たったいま目が見えなくなったんだから。

提案したのは、大臣その人だった。完璧なアイデアとは言わないまでも、この事件のたんなる衛生面だけでなく、社会的影響および政治的重要性という観点からすると、どちらも満足させるものだった。原因がはっきりするまで、あるいは言葉を借りるなら、「白い悪魔」の病因がわかるまで、ということになるだろう。白い悪魔。想像力豊かな次官のおかげで、失明する病気はそのような耳ざわりな呼び方をされていた。手当ての仕方と治療法が見つかるまで、そして失明者の出現をふせぐワクチンが発見されるまでは、失明した患者、彼らと肉体的接触のあった者、あるいはいかなる意味においても彼らに接近した者たちを、すべて囲いこみ、社会から隔離するべきだというのである。伝染病であるなら、数学的には複比と呼ばれるものにしたがって感染は多少にかかわらず拡大するだろう。それをこれ以上避けるための措置である。クオド・エラト・デモンストランドゥム（これにて証明終わり）、と大臣はしめくくった。コレラや黄熱病の時代から受け継がれてきた旧来の慣例にしたがうなら、汚染された船や、感染したものを運んでいると疑われた船は、四十日間、港の沖に停泊していなければならなかった。大衆にわかる言葉でいうなら、追って通知するまで、そういう人びとを四十日間隔離するということだ。追って通知するまで、というのはまさに口をついて出た言葉であり、実際不思議なことにほかの言い方を思いつかなかったのだが、大臣はあとで考えを整理して、わたしが四十日間と言ったのは、四十週間にも、四十カ月間にも、四十年間にもなるという意味をこめたつもりだ、重要なのは彼らが隔離されることなのだ、と言った。大臣、患者をどこに収容するか決めなければなりません、と防災管理委員会の議長が言った。この委員会は責任をもって患者の輸送、隔離、監視を遂行するために急遽設置された組織だった。すぐに収容できる施設はあるのか、と大臣がたずねた。対策が決まるまで臨時に使えるものとして、からっぽの精神病院がひとつあります。あとは最近の軍備縮小とリストラで使用されなくなった軍事施設がいくつか、完成間近の産業見本市センター、それから、なぜか破産しかけているのに理由がだれにも説明できない大型スーパーマーケットもあります。きみの意見では、そのうちのどれが目的に適っているかね？　防災上からいえば利点が大きいのは兵舎でしょう。そりゃそうだ。ただ、ひとつ欠点があります。敷地が大きいため収容する人びととの監視が困難で、費用もかかります。うむ、なるほど。大型スーパーマーケットですと、さまざまな法律上の障害や考慮すべき法律問題にぶつかるものと思われます。産業見本市センターはどうだ？　あそこは数に入れないほうが賢明です、大臣。なぜだね？　産業界が反発します。この建設プロジェクトには大金を投資していますから。となると残るは精神病院か。はい、大臣、精神病院です。ふむ、では精神病院にしよう。それに諸条件が整っており、あらゆる面を考えても不足がありません。高い塀で取り囲まれているばかりでなく、建物がふたつの翼に分かれているのも好都合です。片方には実際に失明した人、もうひとつには感染した疑いのある人が入れられます。中央部分は、戦争になぞらえればいわゆる無人の中間地帯とし、感染者のなかに失明者が出たら、そこを通って目の見えない人びとのいる翼に移すようにします。問題がひとつある。なんでしょう、大臣。その移動を監督するスタッフをそこに置かなくてはならんだろうが、市民のボランティアをあてにはできんぞ。その必要はないかと考えます、大臣。なぜだ。おわかりのように、大臣、おそかれはやかれ起こることですが、感染者が失明したら、目の見える人びとがすぐに放りだすからです。そうか。もちろん彼らは、失明した人が突然場所の変化に気づいても、二度と自分のほうには入れさせないでしょう。なかなか頭がまわる。ありがとうございます、大臣。事を進めるご指示をいただきたいと思います。よし、きみに全権を委任しよう。

委員会は迅速かつ効率よく動いた。夜になる前に、失明者全員と、感染したとみられる大勢の人びとが集められていた。失明者の家庭と職場でさっそく調査がおこなわれ、とりあえず接触した事実が特定された人が感染者とされた。最初に精神病院に入れられたのは、あの医者と妻だった。そこには見張りの兵士たちがおり、門は二人の体が通れるくらい開くと、すぐに閉じられた。手すりのかわりに太いロープが一本、門から建物の玄関のドアまで張られていた。ちょっと右に行け、ロープがあるからそれをつかんで、まっすぐたぐるんだ。進んでいくと階段がある。全部で六段だ、と軍曹が告げた。建物に入るとロープは二方向に分かれる。一本は左、もう一本は右へ向かっている。軍曹が叫んだ。右へ進め。妻はスーツケースを引きずりながら夫を導き、玄関ホールの隣にある大部屋の病室に入った。細長い部屋だった。旧式の病院にありがちな共同病室で、とっくのむかしにペンキが剝げているが、以前は灰色だったベッドが二列並んでいた。ベッドカバーとシーツと毛布も同じ灰色だった。妻は夫を病室のいちばん奥へ連れていき、ベッドにすわらせて言った。ここにいて。様子を見てくるから。建物にはさらに病室があり、狭い廊下があり、医者たちがいたと思われる部屋と、薄汚れた便所、まずい料理の異臭がいまだに染みついた調理場、トタン板を張ったテーブルのある大食堂、壁に詰めものをした個室が三部屋あった。この個室は床から一・八メートルの高さまで詰めものをした壁になっており、それ以外の部分はコルク張りだった。建物の裏手には、ほったらかされた庭があり、立ち木の幹の樹皮は剝ぎとられているように見えた。そこらじゅうにゴミが散らばっていた。医者の妻は建物に戻った。あきかけの食器戸棚の扉から拘束衣がのぞいていた。夫のもとに戻ると、妻は言った。わたしたち、どこに送りこまれたかわかる？　いいや。妻が、精神病院よ、と答えようとしたとき、夫が先手を打ってさえぎった。きみは目が見えるんだね？　ここに置いておくわけにはいかない。ええ、そのとおり、わたしは目が見えてるわ。じゃ、きみを家まで送りとどけるように言おう、ぼくといっしょにいたいから嘘をついたのだと説明する。もう手遅れよ、ここからではあなたの声は届かないし、聞こえたとしても聞こえないふりをするでしょう。でも、きみは目が見えるのに。見えなくなるのは時間の問題だわ、いまにも見えなくなるかもしれない。頼むから家に帰ってくれ。そんなに強情をはらないで。それに兵士たちがあの階段より外へ出してくれるとは思えないし。力ずくできみを従わせることはできないな。ええ、そうよ、あなた。わたしはここで、あなたや、いずれやってくるほかの人たちを助けてあげたいの。でも、絶対にわたしの目が見えることは人に言わないで。ほかの人たち？　だって、ここに収容されるのが、わたしたち二人きりってことはないわ。とんでもないことになったな。ここをどこだと思ってるの？　精神病院よ。

失明した人びとが到着した。自宅で捕らえられ、一人また一人とやってきたのだ。まず車を運転していた男、それから車を盗んだ男、黒いサングラスの娘、斜視の少年だった。少年は母親が連れていった病院で捕まった。この母親はいっしょには来なかった。なんの異常もないのに目が見えないと宣言した医者の妻のような機転の才に欠けており、そのほうがよいとわかっていても、嘘のつけないお人よしだったからだ。人びとはおぼつかない足どりで、つまずきながら、空(くう)をつかむように手をのばして病室に入ってきた。屋内には頼りになるロープが張られていないため、痛い思いをして学ばなければならなかった。少年は母親を求めて泣き声をあげ、サングラスの娘がなぐさめた。来るわよ、来るわよ。娘は黒いサングラスをかけていたので、目が見えていたときと外見は変わらなかったが、ほかの者たちは見えない眼をきょろきょろさせていた。というのも、サングラスの娘が、来るわよ、来るわよ、と言ったからだ。いかにも母親が命がけでドアから入ってくるのを見ているような言い方だった。医者の妻は夫に身を寄せて、耳うちした。やってきたのは四人だわ。娘が一人、男が二人、少年が一人。男たちはどういう外見だね？ と医者が低い声でたずねた。後から入ってきたほうは知らないけど、もう一人は、あなたの話からすると診療所にやってきた人みたい。男の子は斜視で、娘は黒いサングラスをかけてる。けっこう美人みたいよ。二人とも診療所にいた患者だ。新入りの人びとは安全と思える場所を探してがたがたと音をたてたので、二人の会話は聞こえなかった。おそらく人びとは自分たちしかいないと思っていたに違いない。それと、目が見えなくなって日が浅いため、それほど聴覚が鋭敏になっていないのだ。ようやく人びとはたがいに疑惑をかけあうのは意味がないという結論に達し、それぞれが最初にぶつかったベッドにすわることになった。結局二人の男は知らず知らずに隣り合ったベッドになった。娘は低い声で少年をなぐさめつづけていた。泣かないで、もうすぐお母さんに会えるわよ。沈黙が落ちた。それから、医者の妻が病室全体に聞こえるように、遠い端にあるドアまでとどく声で言った。わたしたちは二人だけど、あなた方は何人？ 予期せぬ声に新入りの人びとはびっくりしたが、二人の男は黙ったまま答えなかった。返事をしたのは娘だった。たぶん四人だわ。わたしと、小さな男の子と。あとはだれ？

なぜしゃべらないの？　と医者の妻がたずねた。ここにいるよ、と片方の男がつぶやいた。ようやく声にしたという口調だ。ここにもいる、ともう一人もあきらかに言い渋っていた。唸るような男っぽい声だった。医者の妻は内心で、この二人は知り合いになるのを恐れてるみたいだ、と思った。見ていると、二人の男はいらいらし、緊張して、なにかを嗅ごうとするように首をのばしている。おもしろいことにその表情はそっくりで、威嚇と恐れが浮かんでいた。しかし、どうやら一方の恐怖は、他方の恐怖と中身が違うようだ。二人の発する威嚇にも違いが感じられた。二人のあいだにはなにがあるのだろう、と医者の妻はいぶかった。

そのとき、大きな声が命令しなれた口調で荒々しくとどろいた。声は人びとが入ってきたドアの上にとりつけてあるスピーカーから飛びだしてきた。連絡する、という言葉が三回つづき、スピーチが始まった。政府としては、緊急に権力を行使せざるをえないことを遺憾に思う。今般あらゆる情勢から判断して、失明の伝染病とみられるものが発生した。この病気は暫定的に白い病気と呼ばれているものである。かかる焦眉の急に際し、われわれはあらゆる手段を講じて、全力で国民を保護することが重大な責務と考えている。これ以上病気を蔓延させないために、われわれが伝染病と闘っていること、そして、説明のつかない同時発生事件だと手をこまぬいて見ているのではないことを、国民のみなさんによく認識していただき、国民の公共心と協力を頼みとするものである。患者を一カ所に集め、すこしでも患者と接触した感染者を隣接した場所に隔離するという方針は、慎重な考慮なしには決定されなかった。政府はその責任を充分に認識しており、この放送を聞いているみなさんにも同様に、社会から孤立した現在の状況が、個人的事情をこえて国中の市町村が結束した結果決定されたものであることに留意していただき、疑いなく高潔な国民として責任を認識されることを期待している。したがって、以下の指示をしっかりと聞くように。一、照明はつねに点灯しておくこと。スイッチをいじってもむだである。二、許可なく建物から出た者は即刻死亡するものと心得よ。三、各病室にはひとつずつ電話があるが、それは衛生上、清潔な物資を調達する際にのみ使用が許される。四、収容された患者は衣服を手洗いする責任を負う。五、病室ごとに代表者を選出することを提案する。これは命令ではなく、提案である。患者は事情に沿うかたちでみずからを組織化し、いま通知している規則に従うようにしなければならない。六、一日三回、食糧の入ったコンテナが玄関ホールに運ばれる。右側に置かれるのが患者用、左側に置かれるのが感染者用である。七、残り物は焼却すること。これには食物だけでなく、可燃性のコンテナ、皿、ナイフ、スプーン、フォークなどがふくまれる。八、焼却は中庭、もしくは運動場でおこなうこと。九、患者は焼却の火を責任をもって始末すること。十、偶然もしくは故意に火災が発生しても、消火不能になった場合も、消防隊員は出動しない。十一、同じく、いかなる病気が発生しても、あるいは施設内で騒乱や暴動が起きても、患者は外部の応援をあてにしてはならない。十二、いかなる原因であれ、死者が出た場合、患者は儀式をおこなわずに中庭に埋めること。十三、両翼に分かれた患者と感染者の接触は、建物中央にある玄関ホールでおこなうこと。十四、感染者が突然失明した場合、その者はただちに反対側の棟に移されなければならない。十五、この伝達事項は新しい患者が到着したらすぐにつたえること。政府と国はすべての男女が義務を果たすことを期待している。おやすみ。

うちつづく静寂のなかで、少年の声がはっきりと聞こえた。ママに会いたい。だがその言葉には、まるで自動リピート装置が以前ぷつんととぎれたまま言い残した台詞を、だしぬけに場違いなタイミングで発したみたいな、無表情かつ人工的な響きがあった。医者が言った。たったいま下された命令で、疑う余地は全然なくなりました。わたしたちは過去のどんな人びとよりも社会から孤立しました。この病気の治療法が見つかるまでは、ここから出られる希望もないでしょう。あなたの声、聞いたことがあるわ、とサングラスの娘が言った。わたしは医者です、目医者です。昨日診察してもらったお医者さんね。声に聞き憶えがあるもの。そのとおりだが、きみはだれかな？　結膜炎にかかってたんだけど、まだ治りきってなかったみたい。でも、いまは全然目が見えないから、そんなことどうでもよくなっちゃった。きみの連れてる子は？　わたしの子どもじゃないわ、わたしには子どもなんかいないもの。昨日斜視の男の子を診察したが、きみがそうかい？　と医者がたずねた。はい、ぼくです。少年の答える声には、身体的欠陥を言ってほしくなかったという非難がこめられていた。しかし、この特徴にかぎらず、そうした欠陥というものは人に見逃されるより、ほとんど人目につかないものから一目瞭然のものまで、いずれ口の端にのぼると決まっている。ほかにわたしの知っている人はいますか？　と医者が訊いた。ひょっとしたら、昨日車の運転中に突然失明して、奥さんに付き添われて診療所にやってきた人は？　わたしです、と最初に失明した男が答えた。ほかにだれかいるなら口をきいてくれませんか？　わたしたちはいつまでここで共に暮らすかわからない。たがいに知り合っておかなければなりません。車泥棒は歯のあいだからつぶやいた。ああ、そうだな。車泥棒は自分の存在を示すにはこれで充分だろうと思ったが、医者は話しかけるのをやめなかった。声からするとわりに若いですね。あなたは白内障のおじいさんじゃないでしょう？　そうだよ、先生、別人だ。あなたはどうして目が見えなくなったのです？　道を歩いてたんだ。それで？　それでもなにも、ただ道を歩いてたら突然なっちまった。医者は、あなたも白さを感じるのかと訊きかけたが、ふと、見えない眼の感じるのが白でも黒でも、相手がどう答えようが、この施設から出られないならどうでもよいではないか、と思ってやめた。医者はためらいがちに妻に手をのばし、途中でその手にふれた。妻は夫の頬にキスをした。彼女以外のだれも、夫のひたいに寄った皺や、食いしばった口や、うつろな眼を見ることはできなかった。その恐怖をたたえた眼はガラスのようで、見えているように見えるのに見えないのだった。いずれわたしもこうなるんだわ、と妻は考えた。もしかしたら、いまこの瞬間にも。こうやっていろいろ思いめぐらすあいだに。考えを心のなかで言い終わらないうちに。みんなのように、いきなり。あるいは目が覚めたら失明しているかもしれない。それとも、ちょっとうたた寝でもしようと眼を閉じたとたん、見えなくなるのだろうか。

医者の妻は、失明した四人を眺めた。それぞれがベッドにすわっており、足もとに持参した小さな荷物を置いていた。少年は学校鞄、ほかの者たちは週末をすごすぐらいの小さなスーツケースだった。サングラスの娘は低い声で少年と話している。二人は向こう側の列にからっぽのベッドをひとつはさんで並んでいた。最初に失明した男と車泥棒は、気づかぬまま顔を向かい合わせていた。医者が言った。わたしたちは全員、さきほどの命令を聞きました。いまなにが起きようと、ひとつだけ確かなことがあります。外部からはだれも助けにこないということです。したがって、わたしたちはすみやかに組織をつくらなくてはならない。まもなくこの病室も患者で満員になります。ここだけでなく、ほかの病室も。どうしてほかに病室があるって知ってるの？　と娘がたずねた。わたしたち、玄関にいちばん近いこの病室を選ぶ前に、建物をあちこち歩いてみたのよ。医者の妻はそう言いながら、注意してと警告するように夫の腕をぎゅっと握った。娘は言った。先生がこの病室の責任者になってくれたら、それがいいわ。だって、あなたはお医者なんだもの。わたしは目が見えないし、薬も持ってないから、医者だとしても利点はないですよ。でも、先生には権威があるわ。医者の妻はほほえんだ。ほかのみなさんが賛成なら、あなた、引き受けるべきだと思うわ。わたしはいい考えだとは思わないね。どうして？　いまはここに六人しかいないが、明日になればもっとたくさん人が到着する。患者は毎日やってくるだろう。その人びとに、自分たちが選んでもいない代表を受け入れるように求めるのは大変だよ。しかも、いくら敬意を払っても、代表からはなにもしてもらえず、つねに権威や規則を受け入れなければならないんだ。そんなことを言ってたら、ここで生活するのはむずかしいわ。むずかしいだけですむなら大変な幸運だ。サングラスの娘が言った。わたしは全然悪気はないわよ。でも飾らずに言えば、先生、あなたは正しいわ。みんなそれぞれ自力でやることになりそう。

その言葉に動かされたのか、それとも自分の怒りを抑えておけなくなったのか、一方の男がだしぬけに立ちあがった。こいつのせいでおれたちは不幸になったんだ、目が見えてたらぶっ殺してやる。男はもう一人の男がいると思った方向を指さしていた。それほど離れてはいなかったが、芝居がかった男の動きは滑稽だった。というのも、指を小刻みに突きつけている相手は、なんの罪もないベッドサイドの小さなテーブルだったからだ。落ち着きなさい、と医者が制した。伝染病の責任はだれにもない。全員が被害者です。おれが親切な男じゃなければ、こいつを助けて家に連れてってやらなければ、おれの貴重な眼は無事だったんだ。きみはだれだね？　と医者がたずねたが、不平をぶつけた男は黙りこんだ。口走ったことを考えて困惑している様子だった。すると、もう一人の男が口をひらいた。この人はたしかにぼくを家に連れてってくれたよ。でも、こっちの目が見えないのをいいことに車を盗んでいった。そいつは言いがかりだ、おれはなにも盗んじゃいない。おまえしか考えられないいじゃないか。だれに盗まれたか知らないが、やったのはおれじゃない。人に親切にしてやったら、おかげで目が見えなくなっちまうとはね。だいいち証人がいるのか？　さあ、どうなんだ。そんなことを言い争ってもなにも解決しないわ、と医者の妻が言った。車は外の世界にあって、あなた方はここにいるのよ。おたがい平和にやりましょう。ここでいっしょに暮らすことを忘れちゃだめ。ぼくは除外してくれてかまわない、と最初に失明した男が言った。別の病室に移るよ。目の見えない者から物が盗めるような人間とは、できるだけ離れていたいからね。ぼくのせいで失明したと言うが、少なくともこの世に正義があるならば、こいつにはずっと失明していてほしい。男はスーツケースを手にすると、自由な手で前をさぐりながら、つまずかないように足を床にすべらせて歩きだし、二列に分かれたベッドのあいだの通路を進んでいった。ほかの病室はどっちにある？　と男は訊いたが、返事があったとしてもそれは聞こえなかった。というのも、すべての不幸の原因となったこの男にたっぷり仕返しをしてやろうと、突然車泥棒が飛びかかって男をねじふせたからだ。二人はかわるがわる上になり下になって狭い床の上をころがり、ときおりベッドの脚にぶつかっては離れた。斜視の少年がまたもや怖くなったらしく、泣きだして母親を呼びはじめた。医者の妻は自分が男たちを説得して喧嘩をやめさせることはできないと悟っていたので、夫の腕をつかんで通路に連れだすと、怒りくるった敵同士が息をはあはあいわせて取っ組みあっているところまで近づいた。妻が御しやすそうなほうの男に夫の手をかけさせ、二人はやっとのことで男たちを引き離した。きみたちはばかなことをしているぞ、と医者は叱りつけた。この場所を地獄にするつもりなら、それもいい。しかし、われわれは自力で生きていかなければならないんだ。外部の援助は期待できない。こいつはぼくの車を盗んだ、と最初に失明した男が泣き声で訴えた。男は殴りあったせいで、ひどい顔に変わっていた。忘れなさい、と医者の妻が言った。車がなくなったとき、あなたはもう運転ができる状態じゃなかったのよ。それはそうだが、あれはぼくのものだし、この悪党はそれを盗んで、どこか知らないところに放りだしたんだ。医者が言った。たぶん車は、この人が失明した場所に置いてあるんじゃないかな。あんたは頭の回る人だね、先生、まあそういうこったろう、と車泥棒が喘ぎながら言った。最初に失明した男は、おさえられた手から逃れるそぶりをみせたが、実際にはやろうとしなかった。自分の正しさが証明されたとはいえ、激しく怒れば車が戻ってくるわけでも、車があれば視力が回復するわけでもないと気づいたようだった。だが、車泥棒は嚇しをやめなかった。おまえが責任逃れをしようと思ってるなら、そいつは大まちがいだぜ、いいだろう、たしかにおれは車を盗んだが、おまえはおれの眼を盗みやがった。どっちが大それた泥棒だ？　もういい、と医者がたしなめた。わたしたちはみんな目が見えないんだ。人を非難したりしちゃいけないよ。おれは他人の不幸に興味はないね、と車泥棒が小ばかにしたように言った。別の病室に行きたいなら、わたしの妻が案内しますよ、と医者が最初に失明した男に告げた。あれのほうが、わたしより様子がわかってますから。いや、いいいんだ。もう気が変わった。ここにいます。車泥棒があざけった。臆病なガキが一人になって、お化けに捕まるんじゃないかと肝がちぢんだに違いねえや。いいかげんにしろ、と医者はこらえきれずに叫んだ。いいかい、聞きなよ先生、と車泥棒がどすを利かせた。ここじゃみんなが平等だ。命令するのはやめてくれ。だれも命令などしていない。わたしはただ、この気の毒な人にからむな、と言ってるんだ。わかったわかった、だがな、おれを相手にするときは用心しろよ。むかつく野郎はただじゃおかない性分なんでね。そうでなければ、あんたが会いたくなるようないいダチだが、敵にまわしたら厄介だぜ。車泥棒は荒っぽい動作で、さっきまですわっていたベッドに手さぐりでたどりつき、ベッドの下にスーツケースを押しこんで宣言した。おれはちょっと寝る。そして注意をうながすように、あっちを向いてろ、服を脱ぐからな、と告げた。サングラスの娘は斜視の少年に、きみも眠ったほうがいいわ、と言った。あっちに行っちゃだめよ。夜中になにかほしくなったら、わたしを呼ぶのよ。おしっこがしたい、と少年が言った。それを聞いて、全員が急に強い尿意をもよおした。人びとはみな似たようなことを考えた。これからこの問題をどう処理したらよいのだろうか。最初に失明した男はおまるがないかとベッドの下をさぐったが、同時に、そんなものがあったらいやだなと思った。人前で便器を使うのは恥ずかしかった。もちろん見られるからではなく、おしっこをする音がすぐにわかるし、みっともないからだ。男はそれでいいとしても、女は使うわけにいくまい。その意味では、おまるがないのはさいわいだった。ベッドにすわりこんだ車泥棒は、クソ、いったいどこで小便をすりゃいいんだ、と言った。言葉遣いに気をつけてよ、子どもがいるんだから、とサングラスの娘がたしなめた。上等じゃねえかよ、ねえちゃん、だがな便所が見つからなけりゃ、いずれその坊主は小便をズボンのなかに垂れ流すだろう。医者の妻がさえぎった。ひょっとしたら、わたし、場所がわかるかもしれない。臭いがしたような記憶があるから。いっしょに行くわ、とサングラスの娘が少年の手をとって言った。いちばんいいのは全員で行くことです、と医者が意見をのべた。そうすればそれぞれが行きたいときに行けるでしょう。車泥棒は声に出して言う気はなかったが、あんたの下心は読めてるぞ、と思った。尿意をもよおすたびに、あんたの妻が毎回おれを便所まで連れていくことになったらまずいからだ。その場面を想像したとき、むくむくと勃起しかけたので車泥棒は驚いた。目が見えなくなれば、性の欲望も減退するか、なくなると思いこんでいた。よかった、と車泥棒は思った。すべてをなくしたわけじゃない。死人とけが人に囲まれていても、助かる者だっているんだ。車泥棒は人びとの会話から離れて、白昼夢を見はじめた。夢があまり進まないうちに、医者の声が聞こえた。さあ列になろう。先頭はわたしの妻だ。みんなが前の人の肩に手をかければ迷子になる恐れはない。最初に失明した男が言った。あいつといっしょなら、わたしはどこにも行かないぞ。むろん、あいつとは男から盗みを働いた悪党のことだった。

たがいを避けるにしろ探すにしろ、人びとは狭い通路をすこしずつしか動けなかった。そのうえ、医者の妻は目が見えないふりをして足を運ばなければならなかった。人びとはようやく一列になった。サングラスの娘が斜視の少年の手を引き、つぎに下着のパンツとヴェスト姿の車泥棒、そのあとに医者、どん尻に最初に失明した男がくっついた。

そこなら暴力をふるわれる恐れはないからだ。人びとはゆっくりゆっくり進んだ。信用ならない人に導かれているように、それぞれが自由な手でなにかしら固いもの、壁や、ドアの枠といったつかまれるものをさぐった。サングラスの娘の後ろにくっついた車泥棒は、娘のはなつ香水に刺激され、さきほどの勃起を思い出して、この機をのがす手はあるまいと、片手を娘の髪の下のうなじに這わせ、もう一方の手でおおっぴらに乳房をいじりまわした。娘はその手をふりはらおうと身をよじったが、男はしっかりとつかんで離さなかった。娘は力のかぎり後ろへ脚を蹴りあげた。細く、短剣のように鋭いハイヒールの踵が、車泥棒の裸の太腿を切り裂いた。びっくりしたのと痛いのとで、男は悲鳴をあげた。どうしたの？　と医者の妻がふりむきながら訊いた。つまずいたのよ、とサングラスの娘が答えた。後ろの人にけがをさせちゃったみたい。車泥棒は悪態をつき、うめき声をあげて腿をおさえたが、指のあいだからは血が滲みだしていた。男は娘にやられたことを言いたてた。けがをしたじゃないか、このあばずれが、やたらめったら蹴りやがって。あんたこそ、やたらめったらさわったじゃないの、と娘は激しく言い返した。医者の妻はなにが起きたのかを察して、最初はほほえんだ。だが、見たところ傷の具合は厄介そうだった。血は哀れな人でなしの脚からしたたり落ちているのに、ここにはオキシドールも、ヨードチンキも、絆創膏も、包帯も、消毒薬もなかった。人の列もいまはばらばらだった。医者が訊いた。傷はどこだね？　ここだよ。ここといってもね。おれの脚だよ、ほら、このあばずれが、ハイヒールで蹴りつけやがったんだ。つまずいたんだから仕方ないでしょ、と娘は言ったが、すぐに腹にすえかねて激しくののしった。このスケベ男、わたしの体をさわりまくったのよ、いったいわたしをなんだと思ってるの。医者の妻が仲裁に入った。この傷は洗わなくちゃ。それからなにかで巻かないと。水はどこだ？　と車泥棒が訊いた。調理場だわ、調理場に行けばあるけど、全員で行くこともない。夫とわたしがこの人を連れてくから、ほかの人たちはここで待ってて。すぐに戻るわ。ぼく、おしっこが漏れちゃう、と少年が言った。もうちょっとがまんしなさい、あっというまに戻ってくるから。医者の妻は右に曲がり、左に曲がって、直角にまじわる細い廊下をまっすぐ行った奥に調理場があることを知っていた。何歩か進んでまちがいに気づいたふりをし、足跡をたどるように戻ってから、ああ思い出した、と言って、あとはまちがえずに調理場へやってきた。ぐずぐずしていられなかった。傷からは血がたえまなく流れだしていた。蛇口から出る水は濁っていたが、しばらく出しっぱなしにするとだんだん澄んできた。水はなまあたたかく饐えた臭いがした。水道管のなかで腐っていたようだが、傷ついた男はそれでもホッとした様子だった。傷口は無残だった。で、これをなにで巻こうかしら？　と医者の妻が言った。テーブルの下には雑巾に使われていたらしい汚いボロ布があったが、それを包帯にするのはいくらなんでも愚かな行為だった。探すふりをしながら、ここには適当な物がなさそうだわ、と妻が言った。でも、このままじゃまずいよ、先生、血がとまらないんだ。頼む、ついさっき無礼な態度をとったとしたら許してくださいよ、と車泥棒は泣き声をあげた。助けようとしてるじゃないか、そうじゃなければここには来ていない、と医者は言い、ヴェストを脱ぎなさい、ほかに手はないから、と命じた。ヴェストは困る、と傷ついた男は抵抗したものの、言われたとおりに脱いだ。すぐさま医者の妻が包帯がわりに太腿に巻きつけ、ぎゅっと引っぱり、ヴェストの肩と裾を固く結びとめた。そのどれもが、目の見えない人にすばやくできる動きではなかったが、医者の妻は芝居をしている心の余裕はなかった。わからないふりをするのは、もうたくさんだった。車泥棒は妙なことが起きていると感じていた。いくら目医者とはいえ、ふつう傷に包帯を巻くのは医者の仕事だろう。しかし漠然とそう感じただけだし、手当てを受けてホッとしたせいもあって、車泥棒はふと胸によぎった疑いを忘れてしまった。二人は足を引きずる男とともに、みんなとふたたび合流した。医者の妻はすぐに気づいたのだが、斜視の少年はこらえられなくなってズボンを濡らしていた。最初に失明した男も、サングラスの娘も、気づいていなかった。少年の足もとには小便の水たまりができ、ズボンの裾は濡れそぼっていた。だが、医者の妻はなにごともなかったように声をかけた。さあ、トイレを探しにいきましょう。目の見えない人びとは手さぐりで列になったが、サングラスの娘が体をいじりまわした卑劣な男の前を歩くのをはっきりとことわったため、車泥棒と最初に失明した男が入れ替わることになった。二人の男のあいだには医者が入った。車泥棒は足を引きずるのがひどくつらくなってきた。きつく縛られた包帯がわずらわしかったし、傷口がずきずきしていた。まるで心臓が場所を替え、どこかの穴の底に横たわっているようだった。娘はふたたび少年の手を引いていたが、少年のほうはお漏らしを知られるのを恐れて、できるだけ体を遠ざけていた。なんだか小便の臭いがするな、と医者がつぶやき、医者の妻はその印象を認めてやらなくてはと、ええ、臭うわね、と答えたが、まだ遠くにある便所から臭ってくるのだとまでは言えなかったし、目の見えないふりをしなければならないので、少年の濡れたズボンが臭っていることを明かすわけにもいかなかった。

便所にやってくると、男も女も、まず少年に用を足させてやろうと意見が一致した。だが結局切迫の度合いや年齢に関係なく、男たちが少年といっしょに入ることにした。こういう場所ではそういうものだが、小便器は男女共同であり、大便器でさえ男女共用だった。女たちはまだ辛抱ができそうだというので、ドアのところで待っていた。しかし、なにごとにも限界はある。医者の妻がすぐに言った。どこかほかにもトイレがあるんじゃない？　サングラスの娘が言った。わたしなら待ってられるわ。わたしもそうだけど、と医者の妻が応じた。それから沈黙が流れた。やがて二人は話しはじめた。あなたはどういうふうに目が見えなくなったの？　ほかの人たちと同じよ、突然見えなくなったの。家で？　違うけど。じゃ、夫の診療所を出たとき？　まあそんなとこ。そんなとこって、どういう意味？　すぐにはならなかったから。痛みはなかった？　ええ、ただ眼をつぶってて、あけたら見えなかったのよ。わたしは違ってたわ。違うって？　眼をつぶっててなったんじゃなく、夫が救急車に乗りこもうとした瞬間に見えなくなったの。幸運ね。だれが？　ご主人がよ。だって夫婦いっしょにいられるじゃない。そういう意味なら、わたしも幸運だったわ。ほんとうね。あなた、結婚は？　まさか、してないわ、それにもう結婚は望めないと思うし。でも、この失明はあまりに異常だわ、医学的にもずいぶん矛盾してるから、長くつづくわけがない。わたしたち、死ぬまでここで暮らすことになるのよね。わたしたちって？　すべての人が。そんなことになったら恐ろしいでしょうね、世界が目の見えない人ばかりになったら。え？　そんなの、考えただけでも耐えられない。

斜視の少年が先に便所から出てきた。もとより入る必要はなかったのである。少年はズボンを半分まくりあげ、靴下を脱いでいた。すんだよ、と少年が言った。サングラスの娘は声のする方角に歩いていったが、一度、二度とやりそこねたあと、三回目に少年のためらう手を見つけた。そのすぐあとに医者があらわれた。それから最初に失明した男。みんなはどこにいる？　というだれかの声がした。医者の妻はすでに夫の腕をつかんでいた。医者のもう一方の腕にさわり、ぎゅっとつかんだのはサングラスの娘の手だった。最初に失明した男は、数秒ほど孤立していたが、やがてだれかの手が肩に置かれた。みんないる？　と医者の妻がたずねた。けがをした男が別の欲求をみたしてる、と夫が答えた。するとサングラスの娘が、きっとほかにもトイレがあるはずよ、もう待てなくなってきたわ、悪いんだけど、と言った。じゃ、二人で行きましょう、と医者の妻が言った。二人は手をつながないで歩きはじめた。二人の女は十分もしないうちに戻ってきた。トイレのついた診察室を見つけたのだ。車泥棒はすでに便所から出ており、脚が冷たくなってきたし、痛みがひどいと訴えていた。人びとはふたたび来たときと同じ順序につながり、こんどは揉めることもなく、それほど苦労せずに病室へ帰りついた。医者の妻は気をきかせて、さりげなく元のベッドにそれぞれを戻す手助けをした。病室に入る前に、みんなが最初からわかっていたような口調で、自分のベッドに戻るには入口からベッドの数をかぞえていけば簡単だと言ったのである。わたしたちは右列のいちばん奥、十九番目と二十番目よ。まっさきに通路をたどっていったのは車泥棒だった。裸同然の車泥棒は、けがをしているのだから一番に行く権利があると考えていた。頭のてっぺんから爪先まで震え、いくらかでも脚の痛みがおさまらないかと願いながら、おぼつかない足どりでベッドからベッドへ自分のスーツケースを探していった。車泥棒はようやく発見して、あったぞ、と声をあげ、十四番目だと言いたした。どっち側？ と医者の妻がたずねた。左側だ、と男は答えたが、彼女は訊かないでもわかっていたみたいだと、なんとなく驚いた。つぎに最初に失明した男が歩きはじめた。自分のベッドは車泥棒の近くだとわかっていたが、男のうめき声とため息で脚の傷がよくなさそうだと感じたので、もう近くで眠ることを恐れていなかった。あれでは動くのもむずかしいだろう。男はベッドに着くと、十六番目、左側だ、と言い、服を着たまま横になった。サングラスの娘が小声で言った。あなたたちの向かい側のベッドに移ってもいい？ そこのほうが安全みたいだから。四人はいっしょに進んで、ほどなくそれぞれのベッドに落ち着いた。すこしすると斜視の少年が、おなかがすいた、と言った。サングラスの娘がつぶやいた。明日よ、明日になったら、なにか食べ物が見つかるから、いまは眠りなさい。娘はハンドバッグをあけ、薬局で買った小さな瓶を探した。サングラスをはずし、眼を大きくあけたまま首をそらすと、手で眼をおさえて目薬をさした。全部がうまく入ったわけではなかったが、そのように注意深く手当てをすれば、やがて結膜炎はきれいに治るはずだった。

眼をあけなければ、と医者の妻は思った。夜中、さまざまな時刻に目覚めたときは、閉じたまぶたを通して、かろうじて病室を照らせるほどの仄(ほの)かな明かりを感じたが、いまはそれと違う光の存在を感じていた。それは夜が明けそめた微光の効果かもしれないし、ひょっとしたらついに眼を覆ったミルク色の海なのかもしれない。十だけ数えよう、そうしたら眼をあけよう。医者の妻は心に二度そう言い聞かせ、二度十まで数え、二度眼をあけそこなった。隣のベッドでは夫が深い寝息をたてており、だれかのいびきが聞こえていた。あの男の脚の傷はどうなったかしら、と思ったが、本気では同情していないことに気づいた。なにかを心配するふりをしていたい、ただ眼をあけずにすむようなことがしたい、と思ったのだ。医者の妻はふっと眼をあけた。べつに意を決したわけではなく、ただそうしただけだった。壁の高さの半分から始まって天井から手の幅ぐらいのところまで切り取られている窓から、青みのあるくすんだ夜明けの光が差しこんでいた。まだ見える、と医者の妻はつぶやいた。突然あわててベッドに起きあがった。向かい側のベッドにいるサングラスの娘に聞かれたかと思ったのだ。娘は眠りこんでいた。その隣の少年も、片側が壁にくっついたベッドでやはり眠っていた。あの娘はわたしと同じことをした、と医者の妻は思った。少年にいちばん安全な場所を与えたのだ。わたしたちのつくる壁はなんと脆いのか。まるで、敵がそれにつまずくのを見るほかになんの希望もない、道のまんなかにあるただの石ころだ。敵？　敵ってなんだろう。だれもここにいるわたしたちを襲いはしない。外にいるときに盗みを働き、人殺しをしたとしても、警察は逮捕しにこない。車を盗んだあの男がこれほど自由を確信したことはないだろう。わたしたちは世界からあまりに遠く離れたため、いずれ自分がだれであるかわからなくなり、名前すら思い出せなくなるに違いない。それに名前があったとしても、なんの役に立つというのか。犬は与えられた名前でほかの犬を見わけるわけではない。犬は匂いを嗅ぎわけてほかの犬を特定する。ここにいるわたしたちは、ある意味でひとつの血統の犬種のようなものだ。わたしたちは相手が吠えたり話したりするのを聞いて知り合う。顔かたち、眼、髪の色といったほかの特徴はなんの意味も持たない。わたしはまだ目が見えているが、それがいつまでつづくかわからない。明るさがやや変化した。夜が戻ってくることはないのだから、空が曇って、朝の訪れが遅くなっているに違いない。車泥棒のベッドでうめき声があがった。傷が黴菌に侵されていても、わたしたちには治療する手段がない。こういう状況では、ごくちっぽけな事故でも悲劇に発展する恐れがある。たぶんそれが待ちうける運命なのだ。わたしたちはここで死んでいく。一人、また一人と。獣が死ねば、害毒もともに死ぬ。医者の妻はベッドに起きあがり、夫のベッドに身をのばして起こそうとしたが、わざわざ眠りをさまたげ、あえてまだ目の見えない状態がつづいていることを意識させる気になれなかった。妻は裸足で一歩ずつあるき、車泥棒のベッドに行った。男の眼はあいており、ぴくりともしなかった。具合はどう？　と医者の妻がささやいた。車泥棒は声のするほうに首をまわした。よくないよ、脚はものすごく痛い。妻はあやうく、ちょっと見せてと言いそうになり、言葉を呑みこんだ。そういう軽率さは男にもあった。車泥棒はここに目の見えない人しかいないことを忘れていた。数時間前、外にいたときもそうだったろうが、男は考えなしに行動するたちであり、いまもちょっと傷を見せてくれと医者に言われたら、迷わずそうしていただろう。車泥棒は毛布をあげた。仄暗い光のもとでも、目の見える人なら、マットレスが血で濡れそぼち、傷口の穴のまわりがぶよぶよと腫(は)れているのがわかっただろう。包帯は解けていた。医者の妻はそっと毛布を引きおろし、すばやく繊細な動作で男のひたいにふれた。皮膚は乾いており、燃えるように熱かった。ふたたび明るさが変化した。雲が流れ去ったのだ。医者の妻はベッドに戻ったが、横にはならなかった。寝ごとをつぶやく夫や、灰色の毛布をかけている人びとの影のような寝姿、汚れた壁、人を待つからっぽのベッドなどを見つめていた。医者の妻は澄んだ気持ちで、なれるものなら失明したいと願った。見えている物体の外皮をつらぬき、それらの内側にある、まばゆく治しようのない盲目状態へ入っていけたらと。

突然、病室の外から、おそらく建物のふたつの棟を分ける玄関ホールからだろうが、気色ばんだ声がさまざまに響いてきた。出ろ、出ろ。出ていけ、おまえらはあっちだ。ここにいるな。命令なんだから従えよ。騒ぎの音はしだいに大きくなり、それから静かになった。ドアが激しくしまる音がしたあと、悲嘆にくれるすすり泣きと、まぎれもなく人が倒れ伏すような物音がした。病室の人びとは一人残らず目覚めていた。全員が入口のほうに首を向けたが、目が見えなくても、失明した人びとがやってきたことがわかった。医者の妻は立ちあがった。どれだけ新しくやってきた人たちに優しい言葉をかけたり、ベッドに案内して助けたりしたかっただろう。教えてやりたかった。憶えていてね、このベッドは左側の七番目、これは右側四番目、まちがえないように。ええ、わたしたちは六人なの。昨日ここに入ったのよ、そう、最初に。名前？　名前になんの意味があるの？　一人は車を盗んだ人みたい、それから車を盗まれた男がいるでしょ。あとは結膜炎に目薬をさしてるサングラスをかけた謎の娘。目が見えないのにどうしてサングラスをかけているのがわかるのかって？　それはわたしの夫が目医者で、娘が診療所に診察を受けにきていたからよ。ええ、もちろん夫もここに来ている。わたしたち、みんな急に目が見えなくなったから。そうそう、斜視の男の子もいるわ。医者の妻は動かなかった。そして、ただ夫にこう告げた。来たみたい。医者がベッドから降り、妻の手を借りてズボンをはいた。だれも見ていないので、妻は気がねせずに手伝えた。そのとき目の見えない患者の一団が病室に入ってきた。男が三人、女が二人、合わせて五人だった。医者が声を張りあげて告げた。落ち着いてください、あわてる必要はありません。わたしたちは六人ですが、あなた方は何人ですか？　場所は全員にありますよ。到着した人びとは何人でやってきたのか知らなかった。実際たがいに体にふれながら、ときにはぶつかって、左側の棟からこちらへ押しやられてきたのだが、自分たちの人数も知らず、荷物も持っていなかった。病室で目覚めたら失明しており、その運命を嘆きはじめたとたん、いっしょにいた親族や友人に別れを告げるいとまももらえず、目の見える人びとに即刻追いだされたというわけだ。医者の妻が言った。あなた方が自分たちで数えて。名乗り合うのがいちばんいいから。失明した患者たちは身じろぎもせず、ためらっていたが、だれかが行動を起こさなければならないと、二人の男が同時に話しだし、ありがちなように二人とも黙りこんだ。すると三人目の男が口をひらいた。一番。そこで黙った。つづけて名前を言うのかと思ったが、つぎに男が口にした言葉は、警察官です、だった。医者の妻は思った。名前を言わなかった。この人もここでは名前がなんの意味も持たないことを知ってるんだわ。つづいて名乗った男は前例にならって、二番、タクシーの運転手、と言った。三人目の男が、三番、ぼくは薬局の助手です、そのあと女が、四番、ホテルの客室係です、最後の女が、五番、会社勤めをしています、と言った。その声は妻だ、ぼくの妻だよ、どこにいるんだ、どこにいるか言ってくれ。ここよ、あなた。女はわっと泣きだすと、眼を大きくあけ、あふれるミルク色の海と闘うように手さぐりをしながら、おぼつかない足どりで通路を歩きはじめた。男はさらに確信を深めて、どこだ、どこだ、と祈りの言葉のようにつぶやいて女のほうへ近づいた。手が手を見つけたとたん、夫婦は抱き合ってひとつの体になり、たがいを探しながらキスをした。相手の頬や眼や唇が見えないので、そのキスはたびたび宙でまごついた。医者の妻はすすり泣き、自分もたったいま再会したかのように夫にしがみついた。だが口をついて出たのは、ひどいこと、なんて不幸なの、という言葉だった。そのとき斜視の少年の声がした。ママもそこにいるの？　少年のベッドに腰かけたサングラスの娘がつぶやいた。心配いらない、きっと来る、きっと来るからね。

　ここでは、眠る場所が事実上それぞれの家にほかならない。新しく来た人びとにとって、目が見えていたときに反対側の棟の病室でそうしたように、まず関心をもつのがベッド選びだというのは不思議でもなんでもなかった。最初に失明した男の妻の場合は迷うこともなかった。当然かつ自然な場所といえば、夫の隣の十七番目だ。十八番目のベッドがサングラスの娘とのあいだにひとつ残された。人びとができるだけ近くに寄り集まろうとするのも驚くことではなかった。いくらかは当人たちも気づいており、いずれあきらかになることもあるだろうが、ここには多くのつながりがあった。たとえば薬局の助手はサングラスの娘に目薬を売り、タクシー運転手は最初に失明した男を医者のもとへ運んだ。警察官と名乗った男は、迷子のように泣いていた車泥棒を見つけ、ホテルの客室係はサングラスの娘が悲鳴をあげたとき、まっさきに部屋へ駆けつけた。とはいえ、すべての関係があきらかになり、知られることはないだろう。ただそういう機会がないせいなのか、そんな関係があるとはよもや思いもしないからか、あるいは、たんに感性と機転の問題からなのか。ホテルの客室係は自分の見た裸の娘がここにいるとは想像しなかったし、薬局の助手は娘のほかにも、目薬を買いにきたサングラスの客の相手をしていた。車を盗んだ男がいると警官に告発するような軽率なまねをする人はいないだろうし、タクシーの運転手は最近目の見えない人を乗客にしたことはないと誓うだろう。当然ながら、最初に失明した男は小声で、患者のなかに車を盗んで逃げた悪党がいると妻に話した。なんという偶然だろうね。しかし男は、哀れな人でなしが脚にひどいけがをしたことを知っていたので、寛大にもこう言いたした。まあ、充分罰は受けてるが。妻は失明したことを深く悲しんでいたが、夫に再会できたのは最大の喜びだった。喜びと悲しみは水と油のようではなく、たがいにまざり合うことができた。妻は二日前に口にした、そのならず者が失明したら人生の一年分をやってもいい、という言葉を憶えていなかった。そして、たとえ心を悩ます非難の影がまだあったとしても、傷ついた男が悲痛な泣き声をあげたとき、それはすっかり吹きはらわれたのである。先生、助けてくれ。医者は妻に手を引かれるまま男のもとへ行き、そっと傷の縁を触診してみたが、それ以上どうすることもできなかった。街の路面やこの建物の床にふれていたハイヒールの踵の先端が深く男の肉に食いこんで病原菌に感染したのか、老朽化してすさまじい状態にある水道管から澱(よど)んだ汚い水が出たせいなのか、どちらの可能性も考えられたので、洗うことすら考えられなかった。サングラスの娘は男のうめき声を聞いて立ちあがり、ベッドの数をかぞえながらゆっくりと近づいた。娘は身を乗りだして、手をのばしたが、なでたのは医者の妻の顔だった。それからどうにかして傷ついた男の燃えるように熱い手を見つけると、悲しげに言った。許して、わたしが悪かったわ、あんなことしなくてもよかったのに。いいさ、と男は答えた。人生にはありがちなことだって。おれのほうも、しちゃいけないことをしたんだから。

男が言い終わらないうちに、不快な声がスピーカーから大音量で響きわたった。連絡する、連絡する、食糧ならびに衛生上必要な物資が玄関に置かれた。目の見えない者が先に食糧を引き取ること。感染者棟にいる者は、われわれが順番が来たことを知らせるまで待機せよ。連絡する、連絡する、食糧が玄関に届いている、目の見えない者が先に出てこい、目の見えない者が先だ。傷ついた男は高熱で頭がぼんやりしていたので、すべてを聞きとることができず、建物から出てもいい、拘留が終わった、と聞き違えて、起きあがろうとした。医者の妻が押しとどめて問いただした。どこに行くの？　聞こえなかったのか？　目の見えない者は出てこいだと。そうよ、でも、食糧を取りに出てこいと言ったの。傷ついた男は落胆してため息をつき、ふたたび肉を切り裂くような痛みを傷に感じた。医者が言った。ここにいてくれ、わたしが行ってくる。わたしも行くわ、と妻が言った。二人が病室から出ようとしたとき、感染者棟からやってきたある男が問いただした。いまのはだれだ？　返事は最初に失明した男がした。医者だよ、目医者なんだ。そいつはいいや、とタクシー運転手が言った。なにもできない医者といっしょになるとは幸運だぜ。どこにも連れてってくれないタクシー運転手ともいっしょみたいね、とサングラスの娘が皮肉そうに言い返した。

ホールに食糧を入れたコンテナがあった。玄関のドアへ連れていってくれ。どうして？　病原菌に感染した重病患者がいるのに、薬もなにもないことをつたえようと思うんだ。警告を忘れないで。わかってる。でも、原因が具体的にはっきりしてる病気だからな。だいじょうぶ？　確信はないが、やってみなければ。前庭に面した階段の上に立つと、外光を浴びた医者の妻はめまいがした。とはいっても、それほど明るい光ではなかった。空には黒雲がよぎっており、いずれ雨になりそうだった。こんなにわずかしか時間がたっていないのに、まぶしい光に不慣れになるんだわ、と医者の妻は思った。そのとき門にいる兵士が叫んだ。とまれ。建物へ戻れ。われわれは撃てという命令を受けている。それから兵士は同じ口調で、銃口を向けながら言った。軍曹、逃げようとする者がいます。われわれは逃げる気はない、と医者が抗議した。見たところ逃げるつもりはなさそうだ、と軍曹が門に近づきながら言い、門の格子のあいだからのぞいた。どうした？　脚をけがした者が病原菌に感染した。緊急に抗生物質と治療薬がほしい。命令はとてもはっきりしている。何人たりともここから出てはならない。われわれが入れていいのは食糧だけだ。感染症はひどくなる一方だし、ぐずぐずしていると命とりになるんだぞ。わたしの関知するところではない。それなら上層部に連絡をとってほしい。いいかね、はっきり言うが、二人とも建物に戻らなければ撃たれるだけだぞ。戻りましょう、と医者の妻が言った。どうしようもないわ。あの人たちが悪いんじゃない、怖がっていて、ただ命令に従ってるだけなのよ。こんなことは信じられない。あらゆる人道的行為に反してるじゃないか。信じたほうがいいわ。これ以上はっきりした真実はないんだから。おまえたち、まだそこにいる気なら、三つ数える。数え終わっても姿が見えたら、建物に戻る意思がないものとみなすぞ。いーち、にーい、さーん。それでよし。軍曹は言葉に忠実な男だった。兵士たちのほうを向いて、わたしの兄弟でもこうしたよ、と言ったが、その兄弟というのが薬を求めてきた男のことか、脚の傷が悪化した男をさしているのか、どちらとも説明しなかった。建物のなかでは、傷ついた男が薬は手に入るのか知りたがった。どうしてわたしが調達しにいくと思ったんだね、と医者がたずねた。ただ想像しただけさ、あんたは医者だから。すまなかった。それは薬が来ないってことか？　そうだ。なるほど、お手上げか。

食糧はきっちり五人分が計算されていた。瓶入りのミルクとビスケットがあったが、食糧を準備した者はグラスを入れていなかった。それどころか、皿も、ナイフなどの食器類さえなかった。おそらく昼食といっしょに運ばれてくるのだろう。医者の妻は傷ついた男になにか飲ませなくてはと持っていったが、男は吐いた。タクシー運転手はミルクが嫌いだと言い、コーヒーはないのかとたずねた。人びとは食事を終えてベッドに戻り、最初に失明した男はいろいろな場所に行ってみようと妻を連れて出ていった。病室を離れたのはこの二人だけだった。薬局の助手が医者に、すこし話をしてもよいかとたずねた。助手は医者がこの病気について、どういう意見を持っているのか訊いてみたかったのだ。わたしは厳密な意味でこれが病気と呼べるものかどうか疑問に思っています、と医者は説明を始めた。それから、失明する前に医学書で調べたことを、かいつまんでわかりやすく話した。いくつか離れたベッドでタクシー運転手が熱心に聞き入っていたが、医者が話し終えると、病室に響きわたるような声を張りあげた。きっと眼から脳につながる道が詰まったんだ。ばかを言うな、と薬局の助手が憤慨して怒鳴った。ひょっとしたらそうかもしれません。医者はそう言って、思わず口もとをゆるめた。事実、眼はたんなるレンズにほかならないのです。フィルムに映像があらわれるのと同じで、実際にそれを見ているのは脳ですし、そちらの人が言うように、それをつなぐ経路がせきとめられたら見えなくなります。キャブレターのようなものですよ、ガソリンが入っていかなければエンジンは動かないし、車も走らない。単純な理屈だから、あなたにもわかるでしょう、と医者は薬局の助手に説明した。じゃあ先生、わたしたち、どれくらいここに入ってなきゃならないの？　とホテルの客室係がたずねた。少なくとも目が見えないうちは。それはどれくらい？　正直に言ってだれにもわかりません。時間とともに治るかもしれないし、永遠に治らないかもしれない。それが知りたいわね。ホテルの客室係はため息をつき、しばらくしてぽつりともらした。あの女の子がどうなったかも知りたいけど。どの子のこと？　と薬局の助手が訊いた。ホテルにいた娘よ、ほんとうにびっくりしたわ。部屋のまんなかで生まれたまんまの裸で、黒いサングラスだけかけてね、目が見えないって悲鳴をあげてたの。たぶん、わたしはあの子にうつされたんだわ。医者の妻が見ると、娘は動きを気どられないようにそっとサングラスをはずし、斜視の少年に、もうひとつビスケットを食べる？　と訊きながら眼鏡を枕の下へ差しこんだ。医者の妻はここに来て初めて、のぞかれているとは夢にも知らないさまざまな人間たちのふるまいを、顕微鏡でじっと観察しているようだと思い、はっとした。これは卑しむべき汚らわしい行為ではないのか。ほかの人びとにわたしが見えないなら、わたしにだって見る権利はない、と医者の妻は心の裡でつぶやいた。娘は震える手で、目薬を数滴さした。こうしておけば、眼から流れているのは涙じゃないと言いわけができるだろう。

　数時間後、スピーカーから昼食を取りにくるようにというアナウンスがあった。最初に失明した男とタクシー運転手が行ってこようと申し出た。目が見えなくても、手でさわれさえすれば、充分こなせる任務である。コンテナは廊下と玄関ホールをつなぐドアからすこし離れた場所に置いてあったので、それを見つけるにはよつんばいで、片手をのばし、床を払うようにさぐらなければならなかった。もう一方の手は三本目の肢のように体を支えていた。二人が病室に苦労もなく戻れたとしたら、それは医者の妻が編みだしたアイデアのおかげだった。彼女はそれをいかにも個人的な経験から思いついたようによそおったのだが、そのアイデアとは毛布を紐のように細く裂いて即席のロープをつくり、一方の端は病室の外側のドアノブに結びつけ、もう一方は食糧を取りにいく者の足首に結んでおくというものだった。二人の男が運んできたが、皿や食器はあったものの、分量はこんども五人分しかなかった。警備を命じられた軍曹は、失明者が五人増えたことに気づいていないに違いない。いったん外に出れば、いくら玄関の向こうの薄暗いホールで起きていることに注意を払っていても、棟から棟へ人が移動しているところなど、よほどの偶然でなければ見えないからだ。タクシー運転手が外に出て食糧の不足分を要求してこようと言い、人と連れだつのは気がすすまなかったので一人で出ていった。おれたちは五人じゃない、十一人いるんだ、と男は兵士たちに叫んだ。さきほどの軍曹が塀の外から返事をよこした。よけいなことは言うな、まだたくさんやってくるぞ。病室に戻ってきたタクシー運転手の言葉を踏まえるなら、軍曹の声の調子はあざけるようだったという。まるで笑い物にしやがった。人びとは五人分の食べ物を十人で分け合った。傷ついた男はやはり食欲がなく、水を飲みたがるだけだった。男は唇を湿してくれとたのんだ。体は燃えるように熱かった。毛布が傷にさわるのに耐えられず、また長いあいだ乗せていると重いので、男は何度も毛布を脚からどけたが、病室が寒いためすぐに戻さざるをえず、そんなことを何時間もつづけていた。男は定期的にうっとこらえるように息をとめてうめいた。たえまない痛みが、突然どうしても御しきれなくなるかのように。

午後のなかばごろ、目の見えない者が新たに三人やってきた。やはり感染者棟から追いだされた人びとだった。一人は夫の眼科診療所に勤めていたので、医者の妻はすぐにだれかわかった。ほかの二人は、運命の定めと言うべきか、ホテルでサングラスの娘とすごした男と、彼女を家へ送りとどけた無作法な警察官だった。三人がベッドを選んですわると、すぐに診療所の受付係が絶望のあまり泣きだした。男二人はわが身に起きたことを測りかねて黙りこくっていた。すると、いきなり外の通りで人びとの叫び声がして、命令が大音量で轟いた。反抗的などよめきがあがった。目の見えない人びとはいっせいに首をドアのほうに向けて待ちかまえた。目は見えなくても、あと数分のうちになにが起きようとしているのか悟っていた。ベッドで夫の隣にすわっていた医者の妻が低い声で言った。きっとそうよ、約束された地獄がいよいよ始まるんだわ。夫は妻の手を握ってつぶやいた。じっとしてるんだ。これからは、きみの手に負えなくなる。叫び声はやみ、混乱した物音がホールから聞こえてきた。目の見えない人びとがヒツジのように追いたてられ、たがいにぶつかって、ドアのまわりでひしめきあっていた。ある者は方向感覚をなくして、ほかの病室へ行き着いたが、大多数はおたおたとつまずき、数人の塊になったり、一人ずつばらばらになったりして、溺れる人のように手をふりまわしながら竜巻みたいに病室へなだれこんできた。まるで外からブルドーザーで押されたように。何人もの人が倒れ、あとから来た者に踏みつけられた。人びとは狭い通路にぎゅうぎゅう入ってきて、しだいにベッドのあいだの空間まで埋めはじめた。嵐に巻きこまれた船が、やっとのことで港へたどりついたようだった。人びとは寝棚を、この場合はベッドを、わがものにすると、ほかの人にはおまえの場所などない、あとから来た者はほかの場所を探しにいけと強要した。病室の奥から医者が、病室はほかにもあるぞと叫んだが、ベッドを確保できなかった人びとは、結局は発見することになるさまざまな部屋、廊下、閉ざされたドア、階段といった建物の迷宮を恐れて動けずにいた。そのうちようやくそこにはとどまれないことに気づき、入ってきたドアを苦労して見つけると、思いきって未知の世界へと進んでいった。第二集団の五人の失明者は、これが最後の安全な避難所とでもいわんばかりに確保したベッドにしがみついていた。けがをした男だけが、左側の十四番目のベッドで保護もされずに孤立していた。

十五分後、泣いたり嘆いたりしている数人をのぞけば、人びとは心の平和をとりもどした。というよりは冷静になっており、病室には身のまわりを整える生活の音が戻ってきた。すべてのベッドがふさがっていた。日が暮れかかり、仄暗いランプが明るさを増したようだった。そのとき、だしぬけにスピーカーの音声が聞こえた。最初の日と同じ、病室の秩序をいかにして保つかという注意、そして患者が守るべき規則がくりかえされた。政府としては、緊急に権力を行使せざるをえないことを遺憾に思う。かかる焦眉の急に際し、われわれはあらゆる手段を講じて、全力で国民を保護することが責務と考えている、などなど。声がやむと、憤慨した抗議の合唱がいっせいに沸きおこった。おれたちはここに閉じこめられたんだ。ここで全員死ねというのか。こんなことは許せない。約束の医者たちはどこにいる。これは新しい情報だった。政府は、医者と、医療援助と、おそらく完治するまでの治療さえ約束したらしい。目医者は、医者が必要ならば、わたしを自由に使ってくれ、とは言わなかった。けっしてそんなことは口にするまいと思った。両手があるだけでは医者の資格はない。医者は内服薬や薬品や化合物を、あれこれ組み合わせて治療する人間だ。ここにはそうした材料はひとつもなく、入手する望みも絶たれている。目が見えないため、病人の肌の青白さや、毛細血管の充血による赤みに気づくこともできない。細かい検査をしなくても、こうした外見上の徴候から病気がわかることはよくあることだし、臨床医学の歴史全体からその有用さは証明されている。粘液や皮膚の色が、正しい診断を下すあらゆる可能性を持っていると言ってもいい。おまえはこれを逃れるすべはないのだ。近くのベッドがすべて埋まったので、医者の妻は起きていることを夫に告げられなくなっていた。医者は一触即発の緊張と不穏な空気を感じとった。それは新たな患者の一団が到着してから生まれたものだ。病室の空気はどんよりと重く、ふいをついて吐き気をもよおさせる無音のおならとともに、強い臭いをじっとりと発散していた。一週間もするとこの場所はどうなるだろう、と医者は自問した。そして一週間後もまだここに拘束されているところを想像してゾッとした。かりに食糧の供給体制に問題はないとしても、食糧不足が生じていないと断言できる者が政府側にいるのだろうか。たとえば外にいる人びとが、ここに収容されている人員の数を、刻一刻と把握しているかどうかは疑わしい。それに衛生上の問題をどう解決しよう。つい二、三日前に突然失明し、介助してくれる人さえいないわれわれが、自分たちの体をいかに清潔に保つかとか、シャワーが使えるのかどうか、それもどれくらい長く、といった問題を言っているのではない。ここで言いたいのは、想定されるそれ以外のすべての問題である。たとえば便所がひとつでも詰まったら、この建物は下水道に変わるだろう。医者は顔を両手でこすった。三日間髭を剃っていないので、のびた髭がざらざらしていた。このほうがいい。彼らにはわたしたちに剃刀の刃やハサミをくれるという不幸なアイデアを思いつかないでもらいたい。医者はスーツケースのなかに髭剃り道具一式を持参していたが、髭を剃るのはまちがいだと意識した。妻がわたしの髭を剃るとしても、どこでできるというのか。大勢の人のいる病室ではできない。いずれ人びとはそれを嗅ぎつけて、そういう奉仕のできる人がいることに驚きをあらわすだろう。シャワー室でそんなことをしたら混乱が起きるのは必至だ。ああ、神様、視覚をとりもどしたい。目が見えるようになりたい。ほんのかすかな影でもいい。鏡の前に立ち、黒っぽいぼやけたものを見て、あれがわたしの顔だ、と言えたらいいのに。光を持つものは、いまやなにひとつわたしのものではないのだ。

不平はすこしずつおさまってきた。ほかの病室から男が来て、食糧が残っていないかと訊くと、タクシー運転手がすぐさま、ひとっかけらもないぞ、と答えた。薬局の助手が善意を示そうと、うむを言わさぬ否定をやわらげた。あとから届きますよ。しかし、なにひとつ来なかった。夜の帳が下りても、外からは食糧も言葉も届かなかった。隣の病室でいくつか泣き声があがったが、そのあとは静かになった。だれかが泣いているとしても、声をおしころしているのだろう。壁はすすり泣きを通さなかった。医者の妻は傷ついた男がどうしているか、様子を見にいった。わたしよ、と言いながら、彼女は毛布を用心深く持ちあげた。男の脚は恐ろしい様相を呈していた。腿から下がすっかり腫れあがり、傷口はさらに大きくなって、内出血の紫色の斑痕のある黒い輪になっていた。まるで肉が内側から広げられているようだった。傷はかすかに甘さのある悪臭を放っていた。気分はどう？　と医者の妻がたずねた。来てくれてすまない。どうなの？　よくないさ。痛む？　痛くもあるし、そうでもない。どういうこと？　痛いよ。でも、脚がもう自分のものじゃないみたいだ。体から切り離されたようでね。うまく説明できないが、寝てるおれが痛くてしょうがない脚を見てるような、妙な感じだ。それはきっと熱があるからよ。だろうな。何分かでも睡眠をとったほうがいいわ。医者の妻は男のひたいに手をのせた。引き揚げるため、おやすみなさいと声をかけようとしたとき、傷病者は彼女の腕をつかんで、自分の顔のほうへ引っぱった。あんた、目が見えてるんだろ、と男は低い声で言った。医者の妻は驚いて身をふるわせ、なにを言ってるの、どこから思いついたか知らないけど、わたしはみんなといっしょよ、とつぶやいた。ごまかすなよ、あんたが見えてることはわかってるのさ。だが、心配するな。おれはひとことも人には言わない。眠りなさい、眠るのよ。おれを信用しないのか？　もちろん信じるわ。泥棒の言葉は信じられないというのか？　信じてるって言ったでしょ。じゃあ、なんで正直に言わないんだ。明日話しましょう、いまは眠らなければ。わかったよ、明日にな。そこまでもてばだが。悪い想像はしちゃいけないわ。考えるさ。いや、熱がおれのかわりに考えてるのかな。医者の妻は夫のところに戻り、傷が恐ろしく悪化して、壊疽になっているみたいだと耳もとでささやいた。こんなに短い時間でそんなふうになるとはね。いずれにしても具合はよくないわ。医者はわざと大きな声で言った。それじゃ、ここに閉じこめられたわれわれは、突然失明しただけじゃ足りないのか、これでは手足を縛られたも同然じゃないか。左側の十四番目のベッドから、傷病者が答えた。おれの手足はだれにも縛らせないよ、先生。

　時間はゆるゆると過ぎた。目の見えない患者たちは眠りこみ、何人かは頭から毛布をすっぽりとかぶっていた。まるで、夢でくすんだ太陽となったその眼を、現実の黒ぐろとした闇がこれきり消してしまうかもしれないと恐れるかのように。高い天井から吊り下げられた手の届かない三つの明かりは、にぶい黄色の光をベッドに投げかけているものの、影さえつくれなかった。四十人の人びとが、眠るか、必死に眠ろうとしており、ため息をついたり、夢を見ながら寝ごとをつぶやいたりしていた。おそらく夢のなかで夢が見えていて、これが夢ならば覚めたくないと、ひとりごとを言っているのだろう。人びとの腕時計はすべて停止していた。ネジを巻くのを忘れたか、そんなことをしても無意味だと考えたからだ。医者の妻の時計だけが動いていた。時刻は午前三時過ぎだった。車泥棒はゆっくり時間をかけて、両肘で体を支えながらベッドにすわる姿勢になった。脚は痛みのほかに感覚がなく、彼のものではなくなっていた。膝はこわばっていた。男は体をひねって、どうにか健康な脚をベッドから降ろした。つぎに腿の下に手をついて傷ついた脚を浮かせ、同じほうへ動かそうとした。オオカミの一団が急に目覚めたように、痛みが全身をつらぬいて、それが発生した黒い噴火口へ戻っていった。両手で体を支えながら、男はずりずりとマットレスの上を通路側へ動いた。ベッドの端の手すりにたどりついたときには、ひと息つかなければならなかった。男は喘息（ぜんそく）の発作が起きたように激しく喘いでいた。肩の上で首が左右にぐらぐらと揺れた。まっすぐに身を起こすのが精一杯だった。数分後、息づかいがいつものように落ち着いてくると、男はゆっくり健康なほうの脚に体重をかけて立ちあがった。もう一方の脚は役に立たないとわかっていた。どこへ行くにも引きずっていかなければならないのだ。男は突然めまいをおぼえた。抑えられないおののきが体をつらぬき、発熱のせいで歯の根ががちがちと合わなくなった。ベッドの鉄枠に手をかけて体を支えながら、ひとつ、またひとつ、鎖をたぐるようにベッドを通り過ぎ、眠りこむ体のあいだをそろそろと進んでいった。傷のある脚は引きずる袋のようだった。だれも男の行動に気づかず、だれも問いかけてこなかった。こんな時間にどこへ行く？　そう訊かれたら、男はこう答えるつもりだった。ちょっと小便に。医者の妻には呼びとめてほしくなかった。彼女は騙（だま）したり、嘘をついたりできる相手ではないから、考えていることを話さなければならないだろう。この穴ぐらで腐るのを待つのは耐えられない。あんたの旦那ができるだけのことをしてくれたのはわかってる。だが、車を盗まなけりゃならないときは、人に頼んで盗んでもらうわけじゃない。これも同じことだ。自分がやらなきゃならない。やつらだっておれのこの状態を見たら、すぐにひどい傷だとわかるだろう。救急車に乗せて、病院に運んでくれるさ。目の見えない人のための病院があるはずだ。一人ぐらい患者が増えたってどうってことはない。傷の手当てをして、治してくれるよ。死刑囚にはそうすると聞いたことがある。盲腸になったら、まず手術をしてから処刑するんだ。健康な体で死ねるようにな。おれの場合は、やつらがそうしたけりゃここに戻せばいいし、そうなってもおれはかまわない。男は歯をくいしばり、うめき声をもらさないようにしながら一歩ずつ前進した。だが、最後の列にやってきてバランスを崩したときは、さすがに苦悶のすすり泣きを抑えることができなかった。ベッドを数え違え、もうひとつあると思ってのばした手が空をつかんだのだ。男は床に這いつくばったまま、倒れた物音と声で人が起きださなかったことを確認するまで動かなかった。そのとき男は、この体勢が目の見えない人間にとって理想的であることに気づいた。よつんばいで進めば、もっと楽に道がわかるだろう。こうして男は玄関ホールまでよつんばいで這っていき、そこで、これからどうしようかと考えた。玄関のドアのところで呼びかけるのがいいか、それとも、たぶん手すりがわりに張られたロープがまだあるだろうから、それをつたって正門まで行くほうがいいか。玄関から助けを求めれば、すぐに建物へ戻れと命じられるのはわかりきっている。かといって、しっかりしたベッドの手すりの支えがあってもあれだけつらかったことを思うと、揺れるロープをたぐっていくのもためらわれた。しばらく考えて、男は解決策を思いついた。よつんばいで行けばいい。ロープの下を、ときどき手を上げて道がそれていないかどうか確かめながら。車を盗むときのように方法はかならず見つかるものだ。突然男は驚いた。だしぬけに良心が目覚め、失明した不運な男から車を盗むようなことをした自分を激しく責めたてたのだ。でも、おれがこういう状況にあるのは車を盗んだからじゃなく、あいつを家に連れていったからだ。つくづくへまなことをしたよ。男はそう反論したが、良心のほうは詭弁を弄する気分ではなく、その理屈は単純明快だった。目の見えない人を侵害してはならない。目の見えない人から物を盗んではならない。でもよ、厳密に言えば、おれはあいつから奪ったわけじゃない。あいつは車をポケットに入れて持ち歩いてもいないし、おれはあいつの頭に銃をつきつけてもいない。良心に告発された男はそう自己弁護をした。屁理屈はやめろ、と良心が言い返した。さあ早く行け。

夜明けの寒気が男の顔を冷やした。ああ、外の空気を吸うのはいいもんだ、と男は思った。脚の痛みが軽くなったような気がしたが、それは驚くことでもなかった。しばらく前から、一度ならずそういうことがあったからだ。男は玄関の外に出ていた。やがて階段にさしかかるだろう。前向きに階段を降りるのは、かなり危なっかしいぞ、と男は思った。手を上げてロープがあるのを確かめながら、進みつづけた。予想したとおり、よつんばいで一段ずつ降りるのは容易なことではなかった。片脚がなんの役にも立たないとあってはなおさらだ。そのことは遠からず証明された。階段のまんなかで手をすべらせ、体が片側にかしいで、悲惨にも脚の重さに引きずられながらころげ落ちたのだ。

痛みは瞬時によみがえった。まるで傷口を針で縫われ、ドリルでえぐられ、金槌（かなづち）で叩かれたようだった。どうやって悲鳴を噛み殺したのか、男は自分でも説明できなかった。たっぷり数分間、男は顔を伏せたまま地面に横たわっていた。一陣の風がひゅうと地表を吹きぬけて、男を震えあがらせた。着ているのはシャツと下着のパンツだけだった。傷口が地面に当たっていたので、こんなことをしていたら黴菌が入るぞ、と愚かなことを考えた。病室からここまで、ずっと床に脚を引きずってきたことを忘れていた。まあ、問題ないか。感染する前に治療してくれるだろうから、と男は自分をなぐさめた。楽にロープを探れるように横を向いた。ロープは見つからなかった。階段をずり落ちたときに、体がロープに対して直角になったことを忘れていた。だが本能は動くべきじゃないと告げていた。それから順序だてて考えた結果、地面にすわる姿勢になり、腰の後ろが階段の一段目にくっつくまでゆっくりと戻っていった。上げた手がざらざらしたロープをつかんだとき、男は晴れがましい勝利の気分を味わった。たぶんその達成感がすぐに新たな発見につながったのだろう。門に対して後ろ向きにすわり、両腕を松葉杖がわりにして腰を浮かせて進めば、傷口を地面にこすりつけることもなく、脚の萎（な）えた人がするように休息もとりやすい。そうだ、後ろに退（さ）がればいい、後しざりするほうが前に進むよりはるかに楽だ。このほうが脚も痛まないし、さらに門へとつづく前庭がゆるやかなスロープになっているのもずいぶん助かる。頭がふれそうなところにロープがあるから、もうわからなくなる恐れはない。正門までは、かなり距離がありそうだと男は考えた。手の幅半分ずつ小刻みに退がるのは、歩くのと、とくに健康な二本の足で行くのと同じではない。一瞬、目が見えないことを忘れて、あとどれくらい距離があるのかと門のほうをふりかえり、やはり不透明な白に向かい合った。夜だろうか、昼だろうか。昼間なら、もう見つかっていて当然だ。それに、朝食しか配給されていないが、あれは何時間も前のことだ。男はおのれの推理の速さと正確さに驚いていた。こんなに論理的に考えられるとは。自分に別の光があたっているようだった。新しい人間がいた。このお荷物の脚さえなければ、生まれてこの方、これほどの充実感を味わったことはないと言いきれた。背中の下半分が正門の下部の鉄板にぶつかった。たどりついたのだ。箱のような衛兵詰所のなかで寒さから身を守るようにうずくまっていた当番の兵士は、正体不明のかすかな音を聞いたような気がした。まさか門の内側からの音だとは思わなかった。きっと風で急に樹がざわめき、風に揺すられた枝が柵でもこすったのだろう。つづいてまた物音がしたが、こんどは種類が違っていた。より正確に言うならドンという衝突音であり、風によるものではありえなかった。兵士はびくびくしながら自動小銃の引き金に指をかけ、衛兵詰所から出て、正門のほうを見た。なにも見えなかった。しかし、またもや音がさらに大きくなって戻ってきた。こんどは人が、ざらざらした表面を爪でひっかいているようだった。門の鉄板だ、と兵士は思った。兵士は軍曹が眠っている野営テントに向かいかけたが、もしもこれが人騒がせな結果に終わったら大目玉を食らうだろうと思いとどまった。軍曹というものは、やむをえない理由があるときでも、眠りをじゃまされるのは大嫌いときまっている。兵士は正門をふりかえり、緊張して身がまえた。二本の縦格子のあいだからじわじわと、幽霊のように白い顔があらわれはじめた。目の見えない男の顔だ。兵士の血は恐怖で凍った。そして、恐ろしさのあまり、小銃で狙いを定めると至近距離から数発発砲した。

銃撃の音を聞いて、兵士たちが着替えながらテントから飛びだしてきた。彼らは特命でこの精神病院と収容患者を警護する任務についた分隊だった。軍曹はいちはやく現場にやってきた。いったいなにごとか。目の見えない男が、目の見えない男が、と兵士はくりかえした。どこだ。そこにいます。兵士は正門のほうを小銃の台尻で指した。なにも見えんぞ。いるんです、この眼で見ました。兵士たちは軍服と装備をつけ終え、整列して待機している。小銃はいつでも使えるようになっていた。投光器のスイッチを入れろ、と軍曹が命じた。兵士の一人が軍用車両の荷台に登った。数秒後、目もくらまんばかりの光線が正門と建物の正面を照らしだした。だれもおらんじゃないか、ばか者、と軍曹が言った。さらに同じ調子でいくつか罵声を浴びせようとしたとき、強い光をうけて、門の下から黒い水たまりが広がりだしているのに気づいた。殺っちまったみたいだな、と軍曹は言った。それから与えられた厳命を思い出し、退がれ、感染するぞ、と叫んだ。兵士たちは恐ろしそうに後退したが、小道に敷かれた細かい玉石の隙間にゆっくりと広がる血だまりを見つづけていた。そいつは死んだと思うか？　と軍曹が訊いた。ええ、おそらく。顔のまんなかに命中しましたから、と兵士は答えた。いまは狙いが正確だったことがはっきりと証明できて喜んでいた。そのとき、別の兵士が緊張した叫び声をあげた。軍曹、軍曹、あそこを見てください。投光器の白い光に照らされて、何人もの目の見えない患者が階段の上に立っていた。十人はこえているだろう。おまえたちはそこを動くな、と軍曹が怒鳴りつけた。一歩でも降りてきたら、容赦なく発砲する。反対の棟の窓からは、銃声で目覚めた数人が恐怖の表情を浮かべて外の様子を眺めていた。軍曹が叫んだ。おまえらのなかから四人出てきて、死体を運べ。患者たちは目も見えず、数える手段もなかったので、六人が進みでた。四人と言っただろうが、と軍曹は興奮してわめいた。目の見えない患者はたがいを何度もさわり、二人が後に残った。ほかの者たちはロープをつかんで前進をはじめた。

シャベルか鍬か、なんでもいいから掘るのに使える道具を探さなければ、と医者が言った。その朝、人びとは大変な苦労をして死体を中庭に運びこみ、ゴミや枯れ葉の散らばった地面に横たえた。つぎにこれを埋めなければならなかった。医者の妻だけが死体のおぞましい状態を知っていた。顔と頭蓋骨は銃撃で原形をとどめぬほど潰れていた。首と胸骨周辺には三発の貫通銃創があった。医者の妻は建物のどこを探しても、墓穴を掘るのに使えそうな道具がないことも知っていた。彼女は閉じこめられた精神病院のいろいろな場所をすでに探索していたが、鉄の棒のようなものを一本見つけたきりだった。なにもないよりましだが、役に立つとは言えない。医者の妻は見ていた。感染者の収容された棟の廊下には、壁の低いところに閉ざされた窓が並んでおり、そこに恐れおののきながら自分たちの番が来るのを待っている人びとの顔があった。いったいいつ目が見えないと周囲に告白せざるをえなくなるのだろう。いつ目が見えないことを隠そうとして見当はずれのほうに顔を動かしたり、目の見えるだれかに不用意にぶつかって申し開きができなくなるといったぎごちない動作で失明が発覚するのだろう、と。道具がないことは医者も知っていた。だからさきほど口にした言葉は、夫婦でこしらえたカムフラージュのひとつにすぎなかった。それでいま、医者の妻がこう答えたのだ。兵士に頼んで、シャベルを塀越しに投げ入れてもらうのはどうかしら。いい考えだ、やってみよう、とみんなが賛成したが、サングラスの娘だけはシャベルや鍬を探す問題についてひとことも意見をのべなかった。娘は涙にかき暮れており、泣き声しかあげなかった。わたしがいけないの、と彼女はすすり泣いた。たしかにそれは真実だったし、だれも否定はできなかった。しかし彼女のなぐさめになるならば、こういうことは考えてよいだろう。そもそもわれわれがどういう行動をとるにしても事前に結果を真剣に考慮して、まずすぐにわかる結果があり、つぎに確率の高い結果、つぎに可能性のある結果、そして、想像できる程度の結果があると予測することからはじめるなら、われわれはけっして第一感でこれ以上行けないと思った地点を越えないはずだ、ということもまた真実なのである。われわれの言葉や行為から生まれた善や悪は、こういう果てしない日々もふくめて、これからつづくすべての日々のあいだずっと、われわれがそれを解明したり、自分たちを祝福したり、あるいは、許しを求めたりしなくても、おそらく適度に均されたバランスのよい形で善悪自身を分配しているのだろう。じつに、これがよく言われる永続性ということなのだと主張する人もいる。そうかもしれないが、この人は死んでるんだ、埋めなくてはならないよ。こうして医者とその妻が直談判することになり、悄然としたサングラスの娘はいっしょに行くと言った。良心がうずいたのだ。三人が玄関の外にあらわれたとたん、兵士が叫んだ。とまれ。いかに力強い口調とはいえ、兵士はこの命令が無視されるのを恐れたように、空へ向けて発砲した。三人は震えあがり、玄関ホールの陰へ、あけたドアの分厚い板の後ろへと引っこんだ。それから医者の妻が一人で、必要とあればすぐに逃げこめるように、兵士の動きが見えるところまで出ていった。ここには死んだ人を埋める道具がないわ。シャベルがほしいの。死んだ男が倒れたあたりの門の外に、別の兵士があらわれた。男は軍曹だったが、さきほどの軍曹ではなかった。なにがほしいんだ？　と男は叫んだ。シャベルがほしいのよ。ここにはそんなものはない、とっとと帰れ。死体を埋めなければならないの。埋めることなどない。そこに置いて腐らせとけ。放置したら大気中に病原菌がばらまかれるわ。それなら感染してしまえ。そのほうがおまえらも身のためだぞ。病原菌が風に乗って、ここだけでなくそっちに運ばれてもいいの？　この説得力ある意見を聞いて、軍曹は考えこんだ。この男は後任であり、前の軍曹は失明して、ただちに陸軍の病人が隔離されている兵舎に連れていかれたのだった。言うまでもなく空軍や海軍にもそれぞれ施設があったが、両軍の人員は多くないので、それほど大規模ではなく重要視されていなかった。この女の意見はもっともだ、と軍曹は考えた。こういう状況では慎重になりすぎるということはない。安全対策として、ガスマスクをつけた二人の兵士が、すでに大きな瓶に入ったアンモニアを二本血だまりにふりかけていた。あたりにはまだ揮発したアンモニアが漂っており、そのせいで眼から涙は出るし、鼻や喉は刺激臭で痛んだ。軍曹はついに折れた。なにができるか考えよう。食糧はどうなってるの？　この機をのがすまいとして、医者の妻はたずねた。まだ届いてないわ。わたしたちの棟だけでも五十人以上の人数がいる。みんなおなかがすいてるし、配給される食糧は粗末すぎて充分とはいえない。食糧について軍はいっさい関知していない。この問題はなんとかしてもらわなくちゃ。政府がわたしたちの食事を保証しているのに。建物に戻れ。玄関に人がいるのは見ていたくない。シャベルはどうするの？　医者の妻は食いさがったが、軍曹はすでに姿を消していた。病室のスピーカーから声が流れたのは、午前のなかばだった。連絡する、連絡する。患者たちは食事に関する連絡だと思って顔が明るくなった。しかし、それはシャベルのことだった。取りにこい、ただし集団でなく一人で出てこい、という命令だった。わたしが行くわ。一回話をしてるから、と医者の妻が言った。玄関のドアをあけると、シャベルが目に入った。落ちている場所を目測すると、階段よりは門寄りにあり、塀越しに投げ入れられたものと思われた。目が見えないことを忘れちゃだめよ、と医者の妻はわが身に言い聞かせた。どこにあるの？　階段を降りろ。そのあとはまた指示をする、と軍曹が言った。うまいぞ、そう、同じ方向に進んでこい、そうだ、それでいい、とまれ、ちょっと右に向きを変えろ、違う、左だった、行きすぎた、もうちょっと戻れ、そう、そこで前進、よしと言うまで進んでこい、いずれ行き着くから、だめだ、方向を変えるなと言ったろう、離れた、離れた、こんどは近づいた、近づいてるぞ、そうだ、よし、そこで体を半回転させろ、そこからまた指示する、ぐるぐるうろついたあげく、門のほうに来てほしくないからな。心配しなくていいわ、と医者の妻は思った。ここからならまっすぐ玄関に帰れるから。だって、目が見えるんじゃないかと疑われても関係ないもの。どうせここに入ってきて、わたしを連れだすことなどできないでしょう。医者の妻は仕事に出かける墓掘り人のように肩にシャベルをかつぎ、一瞬も迷わずにすたすたとドアのほうへ歩いた。あれを見ましたか、軍曹、と兵士が素っ頓狂な声をあげた。あの女、目が見えてると思いませんか。目の見えない人間はあんがい早く動くコツをおぼえるものさ、と軍曹は自信たっぷりに解説した。

　墓穴を掘るのは重労働だった。地面がかちかちに踏み固めてあるうえに、すぐ下に樹の根が張っていた。タクシー運転手と、二人の警官と、最初に失明した男が、交代で穴を掘った。死に直面すると、さすがに深い恨みもその力と毒をなくす。それが人間として自然というべきだろう。過去の憎しみはしぶとく消えず、文学や人生のなかにその証拠がたっぷりあるという俗説は正しいとしても、ここでの深い感情は憎しみではなかった。とりわけこのような酷たらしい死体に出会えば、いったいどうして車の盗難が、それを盗んだ男の命と釣り合うなどと言えるだろう。いくら目が見えなくとも、死体の顔に鼻や口がないことはわかったのである。男たちは七十センチたらずしか掘ることができなかった。かりに死人が太っていたら腹が地面から突き出ていたかもしれないが、車泥棒は痩せており、最後は絶食していたので、骨と皮だけといってもいいくらいに細くなっていた。それで墓穴は車泥棒の体が二人分入るくらい余裕があった。死者への祈りはなかった。十字架ぐらい立てられるんじゃない？　とサングラスの娘が注意をうながした。これは自責の念から出た言葉だったが、そこにいた人はみな、死者が生前に神や宗教のことを考えていたとは思わなかったので、死に対しては別の態度をとるほうが正しいとわかっていても、黙っているのが賢明だと考えた。それに、十字架をつくるのは思いのほか手間がかかるし、わずかな時間でも、自分がどこを歩いているかもわからない人びと同士がいっしょにいるのは大変なのである。人びとは病室に戻った。そこはもう中庭のようにぽっかりと空いた場所ではなく、なにかしら手がかりがあったので、患者たちは迷わなかった。片手をのばし、数本の指を昆虫の触覚のように動かせば、どこへ行くにも道がわかる。なかでも才能のある人なら、前方視野と呼ばれるものをすぐに発達させることだってできるかもしれない。たとえば医者の妻が、さまざまな部屋、壁のくぼみ、廊下などからなる変化に富んだ迷路を、迷うことなく進めるのはじつに驚くべきことであった。どういうわけか彼女は角を正確に曲がることができ、ドアの前に来ると立ちどまり、ためらいもなくあけられ、ベッドの数をかぞえずに歩いて自分の寝場所に行き着けた。いま医者の妻は夫のベッドに腰かけて、いつものように小声で話していた。傍目（はため）から見れば、二人は教養のある夫婦だとわかるだろう。この二人は最初に失明した男とその妻と違って、いつでもたがいに話しかける話題があった。一方の夫婦は再会した感動が過ぎたあと、めったに口をきかなくなっていた。おそらく時間とともにこの状況にも慣れるだろうが、現在の不幸のほうが過去の愛情にまさっているのである。サングラスの娘が自分の食べかけを分けてやっていたにもかかわらず、患者のなかで、ひたすら空腹感を訴えつづけているのは斜視の少年だけだった。少年が最後にママのことをたずねてから長い時間が過ぎたが、いずれ食べ物が腹におさまって、体が生命を維持するという単純な、しかし切迫した欲求から生じる獣のような利己心から解放されたら、また母が恋しいと訴えるに決まっていた。今朝早く起きた事件のせいか、あるいはわれわれには理解しがたい理由からか、悲しいことに朝食の時間にはコンテナが届けられなかった。もう昼どきである。医者の妻がこっそり腕時計を見ると、やがて午後一時になるところだ。目の見えない数人の患者が、胃液の要求をこらえかねて、玄関ホールでコンテナの到着を待つ気になったのもむりはなかった。これにはもっともな動機がふたつある。建前上は、取りにいく時間の節約になること、そして本音を言えば、だれでもわかることだが、先んじた者がまず食事にありつけるからである。こうして総勢十人ほどの患者が、正門のあく音がしないか、ありがたいコンテナを運ぶ兵士の足音が聞こえないかと耳を澄ましていた。一方、左側の棟にいる感染者たちは、うっかりホールに出ていって目の見えない人びとと接触し、突然失明したらどうしようと恐れて、なかなか出ていけなかった。それでも、何人かはドアを細めにあけて順番が来るのをいまかいまかと待ちうけた。時が過ぎた。待ちくたびれた患者のなかには床にすわりこむ者もいた。そのあと、二、三人が病室に戻っていった。やがて、まぎれもなく門の軋（きし）る金属的な響きが聞こえた。患者たちは興奮し、われがちに押しあいながら、外からの音で判断してドアのほうへ進んだ。だが、ふと漠然とした胸騒ぎをおぼえた。その胸騒ぎの正体がなんなのか、あきらかにしたり説明したりするひまもなく、人びとは足をとめ、うろたえて後ろに退がった。そのあいだに、食糧を運ぶ兵士と武装した護衛の足音は、はっきりと聞こえるまでに近づいた。

コンテナを運ぶ兵士たちは早朝の悲劇のショックが抜けておらず、とりあえずこれまでしてきたように建物の左右の棟に通じるドアの前に食糧を置くのではなく、玄関ホールにコンテナを投げだして帰るつもりだった。仕分けは勝手にやってくれ、ということだ。ドアをあけた彼らは、明るい外光になれた目がくらんだのと、だしぬけに逃げだした人びとが玄関ホールの陰に入ったせいで、最初は患者たちがそこにいるのに気づかなかった。だが、見つけるのに時間はかからなかった。兵士たちは恐怖の悲鳴をあげて、コンテナを床に投げだすと、まっしぐらにドアを通り抜けて外へ飛びだした。外にいた護衛の二人の兵士は、危機に直面してみごとに対応した。どうして恐怖を克服できたのかは神のみぞ知るだが、二人はとにかくドアの際へ進み、弾倉がからっぽになるまで発砲した。患者たちはばたばたと折り重なっていった。弾薬の浪費としかいいようがないが、彼らの体は倒れても銃弾を浴びて穴だらけになった。すべてが信じられないほどゆっくりと起きていた。映画やテレビの場面のように、一人が倒れ、また一人が倒れ、患者たちは果てしなく倒れつづけた。これが銃撃の理由を説明しなければならない時代なら、兵士たちは正当防衛だと国旗に誓って証言しただろう。そしてまた、人道的な任務についていたのに突然目の見えない患者の集団に数で圧倒され脅かされた丸腰の仲間を守るためだ、とも。兵士たちは死にものぐるいで正門へ逃げ帰り、自動小銃を持った警備の兵士は、生き残った患者たちが報復に攻撃を仕掛けてくるとでもいうように、鉄格子の隙間からぐらぐらと狙いのさだまらぬ銃口を突きだした。発砲した兵士の一人は、血の気のひいた顔で怒りを吐きだした。なにがあろうと絶対におまえらのところには戻らないぞ。その日、夕闇が落ちて、警備の兵士の交代の時間になると、この兵士も、つぎつぎに失明したほかの兵士とともに失明した。さいわい兵士は陸軍に所属していたから救われたものの、そうでなければこの建物に入れられ、彼が撃ち殺した患者の一員となっていたはずだ。死んだ人びとの仲間が兵士をどうするかは、神にしかわからない。軍曹の感想はただ、死んだ者もほうっておかれて飢え死にするよりはましだったろう、というものだった。獣が死ねば、毒素も死ぬからな。ごぞんじのように、目の見える人びとはしょっちゅうそう言い、そう考えてきたが、うれしいことになにがしかは人間性への貴重な関心が残っていたとみえ、軍曹は急いでつけくわえた。これからはコンテナを途中までしか運ばない。われわれが監視するなかを、やつらに取りにこさせることにしよう。ほんのわずかでも疑わしい動きがあれば、われわれは即座に発砲する。軍曹は戦闘司令所におもむき、マイクのスイッチを入れて、似たような場面で耳にした言葉をぼんやりと思い出しながら、できるかぎり上手に組み合わせて演説をおこなった。軍としては、切迫した危機的状況を生みだした煽動的な動きを武器で鎮圧せざるをえず、残念に思っている。そのことについて、直接あるいは間接を問わず、軍はいっさい責任を負うものではない。今後、患者は食糧を建物の外まで取りにくるように。また、本日発生したような混乱をくりかえす動きがあった場合は、結果的に患者が苦しむものと心得よ。軍曹は演説をどうしめくくるべきか迷って、ひと呼吸置いた。自分の言葉を持っていたはずなのに忘れてしまい、いまはひとつ憶えのように、こうとしかくりかえすことができなかった。われわれに責任はない。われわれに責任はない。

建物内では、玄関ホールの狭い空間で轟いた耳を聾する銃撃の炸裂音が、人びとを極度のパニックにおとしいれていた。当初人びとは、兵士が病室に突入して手当たりしだいに撃ちはじめたのだ、政府は戦術を転換して患者の全面的な根絶を選んだのだと思い、ある者はベッドの下に這いこみ、それ以外の者は恐怖のあまり身がすくんで動けなかった。なかには、そのほうがいい、と思った者もいた。このままでいるより、どうせ死ぬなら、いっそひと思いにやってくれ。最初に反応したのは感染者棟の人びとだった。銃撃が始まると逃げだしたのだ。が、静寂がつづいたので思いきって戻り、もう一度玄関ホールに出るドアのところに行った。人びとが見たものは積み重なった死体と血だまりだった。タイル張りの床にゆっくりと広がっていくうねうねとした血の流れは、まるで生き物のようだった。それから食糧の入ったコンテナが目にとまった。空腹が人びとを動かした。喉(のど)から手が出るほどほしい食べ物がそこにあった。順番からいえばそれは目の見えない人びとのものであり、感染者の食糧は規定どおり運ばれてくる途中だったが、もうそんな規定などどうでもよかった。なに、だれも見ちゃいないさ。前を照らすロウソクは二倍明るい、という古今東西を問わず語られることわざがある。古人はこういうことを抜け目なくわかっていた。とはいえ、空腹のせいで三歩進む力しか出せず、理性にも押しとどめられた。無用心に進めば、あの生命のない死体にひそむ、とりわけあの血にひそむ、危険が降りかかる恐れがある。死体にあいた傷口から、いったいどういうものが揮発し、流出し、どういう有毒な瘴気(しょうき)が漏れだしているのか、だれにもわからなかった。みんな死んでるんだ、なにも害はない、とだれかが言った。自分もふくめてみんなを安心させようとする言葉だったが、これが問題をいっそう厄介にした。目の見えない患者たちは死んでいる。もう動くことはできず、ぴくりともしないし、息もできない。だが、この白い失明が霊魂の病気でないとだれが言えるだろう。もしも霊魂の病気だとしたら？　いまごろ、死んだ人びとの魂はかつてないほど自由に動きまわっているはずだ。体から遊離して、勝手気ままに好きなことをしている。とりわけ悪いことをするのも自由だ。なぜなら、だれもが知っているように、悪事はつねに人がもっとも簡単にできることだからだ。しかし感染者の視線は、すぐにそこにある食糧のコンテナにそそがれた。胃袋の要求とはそういうものであって、自分のためになることにもまったく無頓着なのである。コンテナのひとつから白い液体が流れて、ゆっくりと血だまりのほうに向かっていた。その色からするとミルクに違いない。より勇気があるというべきか、たんにより悲運というべきか、つねに両者の区別はつけがたいのだが、二人の感染者が歩きだし、ひとつ目のコンテナに欲深な手をかけようとしたとき、右側の棟の戸口に目の見えない患者の集団があらわれた。想像力は、ことにこのような身の毛のよだつ状況で、こうした悪戯をすることができる。掠奪しようとした二人の男には、まるで死人が地面から突然起きあがったように思われたことだろう。相手が失明しているのはもちろん脅威だが、おそらく復讐心を漲らせているから、さらに危険きわまりなかった。二人は用心深く、静かに感染者棟の入口へと引きさがった。たぶん目の見えない患者たちは、博愛と敬愛の精神に命じられるままに死者の後始末を始めるだろう。そうでなければ、ひょっとしたらコンテナをひとつぐらい運び忘れるかもしれない。小さなやつでいい。実際、ここに収容されている感染者はそれほど数が多くなかった。最善の策は頼んでみることかもしれない。お願いだ、こっちにも情けをかけてくれ、小さなコンテナひとつでいいんだ、こんなことがあったら、今日はもう食糧が届くとは思えない。目の見えない人びとは、いかにもそれらしい動きで、手をのばして前方をさぐり、つまずいたり、足を引きずったりしていた。とはいえ集団行動を心得ており、任務を効率よくこなす方法も知っているようだった。数人がどろりとした血糊とミルクをはねあげながら、すぐに死体の処理にとりかかり、中庭へと運びはじめた。残りの人びとは兵士が放りだしていった八個あるコンテナのほうに行き、ひとつずつ片づけにかかった。目の見えない人びとのなかに、いつどこを見てもそこにいるような印象を与える女が一人おり、男たちを指揮しているようだったが、その動きには目が見えないとは思えないものがあって、偶然にか故意にか、一度ならず感染者が拘留されている棟のほうへ首をふりむけた。しかも、まるで感染者を見ているような、そこにいるのを知っているようなしぐさだった。やがて玄関ホールはからっぽになり、いたるところについた赤や濡れただけの足跡のほかは、巨大な血痕と、その横にこぼれた白いミルクの痕しか残っていなかった。感染者たちはあきらめて、ビスケットのかけらでも探すしかないとドアをしめた。あまりに落胆がひどかったせいだろう、ある感染者がこんなことまで口にしたのが、人びとの絶望ぶりをよくあらわしていた。いずれ失明する運命にあるなら、いま向こうの棟に移ったっていいんだ。少なくとも、あっちには食べ物がある。たぶん兵士がわれわれの食糧を運んでくるよ、とだれかが言った。あんた、軍隊にいたことがあるのかい、とある男が訊いた。いいや。そうだろうな。

死者がどちらの病室に所属していたのかと考えながら、第一と第二の病室の患者が集まって、先に食事をして埋葬をすませるべきか、それともその逆にするかを決めようとした。人びとは死んだ人間の素性には関心がなかった。そのうちの五人は第二病室の患者だったが、たがいに知り合いだったかどうかも、自己紹介をして心の重荷を軽くするひまとその気があったかどうかもわからなかった。医者の妻はその五人がやってきた憶えがなかった。残りの四人はわかっていた。ある意味では、彼女といっしょに寝ていたからである。そう、ひとつ屋根の下で。とはいっても、一人についてはそれくらいしか知らなかった。自尊心の強い男は、初対面の人に個人的な打ち明け話をしないものだ。ホテルの部屋でサングラスの娘とやっていた、というようなことは。一方、娘のほうも、まさか相手をした客がここに収容されているとか、自分の眼を白い色しか見えなくした男がすぐ近くにいるとは思ってもみなかった。残る犠牲者はタクシー運転手と二人の警官だった。この三人は一人でもしっかり生きていける頑丈な男たちであり、職業や方法こそ違え、いずれも人の面倒を見るのが仕事だった。結局、彼らは残酷にも人生の花の盛りに惨殺され、横たえられて、人びとが運命を決めるのを待っていた。死体は生き残った人びとが食事を終えるまで待たされることになった。それは生者のエゴイズムではなく、九つの死体を埋めるのは、固い地面と一本しかないシャベルを考えると、どんなに頑張って働いても夕食の時間にはなってしまうとある人が道理を説いたからだった。それに、ほかの人が腹に詰めこんでいるあいだに、善意から作業を申し出た人が働くというのも許しがたいというので、それなら死体のほうを後まわしにしようということになった。食糧は一人分ずつになっていたので配りやすかった。はいあなたの分、はいどうぞ、と行きわたるまで分ければよかった。だが、より公平心に欠けた一部の患者の不安は、ふつうの状況ならば至極単純にすむことをややこしくした。人が穏やかに公平な判断をすれば、食糧の余りが出たときは教えてほしいと注意をうながすだけで終わるだろう。たとえばこの場合は、全員に食事が行きわたるかどうかなど、事前には判断できないことを思い出せばよいのである。実際、食糧も人も見えないのに、人数をかぞえて分配するのは容易なことではなかった。そのうえ、第二病室からやってきた患者のなかに、ふらちな嘘で人数を水増ししようとする者がいた。いつもながら、ここでも医者の妻の存在が役に立った。冗長な演説なら事態を悪化させかねないところを、つぼをおさえた短い言葉が問題を解決するのはつねなることである。とはいえ、まさに悪事をたくらむ不届き者は、やろうと試みただけでなく、実際に二人分の食糧を手に入れた。医者の妻はこの不正に気づいたが、黙っているほうが賢明だと考えた。もし目が見えることが知られたら？　その結果を想像すると耐えられなかった。少なくともだれもが彼女を意のままに使おうとするだろうし、最悪の場合、一部の人びとの奴隷にされることもありうる。責任を引き受けるべき代表者を病室ごとに選ぶという最初に口にされた案は、こうした問題や、もっと深刻な問題を解決するのに役立つかもしれない。しかし、かりにやるとしたら、その任にあたる人の権力は、もろく、不安定で、どんなときにも不信を持たれるものとし、全員の利益のために、大多数の承認を受けて行使されるべきだという条件を付けなければならない。これを成功させなければ、わたしたちは結局ここで殺しあいをすることになる。医者の妻はそう考えた。彼女はこの扱いにくい問題をあとで夫と話し合おうと心に決め、食糧を配りつづけた。

ある者は怠け心から、ほかの者は吐くと困るからと、食事のあとすぐにおこなわれた墓掘りに出たがらなかった。職業柄、医者はほかの者より責任を感じていたので、さあ、死体を埋めにいこう、と声をかけたのだが、あまり気のない声だったせいか、これに応じた者は一人もいなかった。患者たちはベッドに体をのばして横たわり、食べた物を静かに消化することしか興味がないようだった。ある者はたちまち眠りに落ちた。これだけ恐ろしい体験を経てきたのだから驚くことでもない。栄養のない食事にもかかわらず、体はゆっくりとした消化作用の働きをむさぼっていた。夜が忍び寄り、自然光がしだいに弱まるにつれて、仄かな照明の光が強さを増したように見えた。ほとんど役に立たないかぼそい光ではあったが、ないよりはましだった。医者は妻を伴い、同じ病室にいる二人の男を説得して中庭に連れだした。しなければならない作業をすませ、すでに硬直している死体を選別するだけでもいい。死者が決まれば、それぞれの病室で埋めることになるだろう。目の見えない人びとにも楽しめるものはあった。光のイリュージョンと呼んでもいいかもしれない。実際患者たちにとっては、昼も夜も、かわたれの曙光も、たそがれの薄暮も、早朝の静謐な時刻であろうが、あるいは白昼の喧騒のさなかであろうが、まるで違いはなかった。ここにいる人びとは、霧の向こうから太陽が照らしてくるようなまばゆい白さに、ずっと囲まれつづけていた。つまりそれは、失明することが平凡な暗闇に放りこまれるのではなく、輝く光輪の内側で生きることを意味していた。医者がうっかり死体を選別しようと言ったとき、手伝おうと申し出た一人である最初に失明した男は、どういう方法で区別するのか知りたくなった。目の見えない人から筋の通った疑問を投げられて、医者は狼狽した。医者の妻は秘密が発覚するのを恐れて、今回は手伝わないほうがよいかもしれないと思った。医者は白状するという過激な方法でこの難局を脱出した。すなわち、自分をだしにしておもしろがるような口調で、過ちを認めたのである。人は目が見えることに慣れすぎて、もうなんの役にも立たないのに、まだ眼が使えるようなつもりになってるんだな。わかるのは、われわれの病室の人間が四人いるということだけだ。タクシー運転手、警官が二人、それに彼らと同じ日に来た男。とにかく、死体のなかから四体を適当に選び、弔意をもって埋葬すればいいんだ。そうすれば義務は果たしたことになる。最初に失明した男が賛成し、もう一人の仲間もこれにならい、ふたたび彼らは交代で墓穴を掘りはじめた。二人の手伝いは目が見えないので知るすべもなかったが、作業はまるで行き当たりばったりのように見えながら、妻に導かれた医者の手によって葬るべき人の亡骸(なきがら)もきちんと埋められた。妻が腕か脚をつかみ、医者はただ、これにしよう、とだけ言った。二人を埋め終えたとき、時刻は真夜中になっていた。ようやく病室から、おそらくだれかに言われて嫌々やってきたのだろうが、三人の男が手伝いに出てきた。昼光の下で墓穴を掘るのと、日が落ちてからするのとでは、たとえ目が見えなくても、心理的にかなり違いがあることをわたしたちは知っておかなければならない。汗にまみれ、泥だらけになって人びとが病室に戻ったとき、上にあるスピーカーからいつもの命令がくりかえされた。人びとの鼻には、腐敗の始まった肉体のいやな臭いがまだこびりついていた。スピーカーの声は銃撃のことも、至近距離で撃たれた死者のことも言わず、起きた出来事にはいっさいふれなかった。警告は以下のとおり。許可なく建物を離れることは、すなわち死を意味する。患者はいかなる儀式もせずに死体を地下へ埋めること。いまや過酷な人生経験と、情け容赦ない規律のおかげで、こうした警告は現実に具体的な意味を帯びていた。その一方で放送が、一日三回、かならず食糧のコンテナが届けられると約束したのは、グロテスクな皮肉というか、もっと悪く言えば、人を愚弄しているように思われた。声がやんで静寂が戻ったとき、医者は一人で隣の病室に行き、というのもすでに建物のくぼみや隙間をくまなく知っていたからだが、戸口のところで患者仲間に告げた。わたしたちは自分のほうの死体を埋めたよ。ほう、それができたなら、おまえら、残りも埋められるな。室内から男の声が返ってきた。それぞれの病室から出た死人は、各自で埋めると約束したはずだ。こっちは四人を数えて埋め終えた。そりゃあ上出来だ。おれたちは明日やることにするよ、と別の男の声が言った。それから声の調子を変えて、そいつがたずねた。あれから食糧は来ないのか？　来ない、と医者は言った。でも、スピーカーは一日三回と言ってるぞ。約束がきちんと守られるとは限らないようだ。じゃ、届きしだい分配しなければね、と女の声が言った。そうなればいいが、よかったら、この件については明日相談しよう。わかった、と女が答えた。医者が立ち去りかけたとき、最初に返事をした男の声が聞こえた。ここではだれが命令を出してるんだ？　男は返事を待つように黙った。するとと同じ女の声が答えた。わたしたち、真剣に組織をつくらないと、飢えと恐怖に支配されるようになるわ。向こうの人が死んだ人を埋めてるときにいっしょにしなかったのは、恥ずべきことよ。じゃあ、なんであんたが行かないんだ？　そんなに利口で自信があるなら、埋めに行きなよ。一人じゃ行けないけど、手伝う気はあるわ。口論などしてる場合じゃないだろう、とまた違う男の声が割って入った。朝になったら話を決めよう。医者はため息をついた。共同生活は困難なものになりそうだった。病室に戻りかけたとき、医者は急に切迫した便意をもよおした。いま自分のいる場所から便所を見つけられるかどうか自信がなかった。それでも、彼はやってみようと決心した。あとはただ食糧のコンテナといっしょに届いたトイレットペーパーを、だれかが忘れずにそこへ運んでくれたことを祈るのみだ。医者は二回道に迷い、絶望を感じはじめて焦り、もうこれ以上がまんできないと思ったとき、ついにズボンを下ろして仕切りのないしゃがみ式の大便器にしゃがむことができた。すさまじい異臭で息が詰まった。なにか柔らかい、トイレットペーパーのようなものを踏んだような気がした。だれかが大便器の穴に排泄物を落としそこねたか、人の迷惑を考えないで糞をひりだしたか、どちらかだろう。医者はここがきっとこう見えるという光景を想像してみたが、やはりまぶしいくらいにきらめく白一色の世界であり、壁や床が白いかどうか知るすべはなかったので、光と白さがこの異臭を放っているのだというばかばかしい結論を思いついた。わたしたちは恐怖で頭がおかしくなるだろう、と彼は考えた。汚れを拭こうとしたが、紙がなかった。後ろにある壁に手を這わせ、トイレットペーパーかへらがないかと期待した。そこには、ないよりはましだと思える古紙すら、一枚も積まれていなかった。なにひとつない。みじめだった。気が滅入った。耐えられない不幸、落胆、不快きわまる床に一瞬でもくっついたズボンをおさえながら、医者は感情をコントロールできなくなって、目が見えない、目が見えない、目が見えない、と言いながら声をおしころして泣きはじめた。よたよたと何歩かあるくと、前方にある壁にぶつかった。片手をのばし、それからもう一方をのばし、ようやくドアを探り当てた。だれかのおぼつかない足音が聞こえた。あれも便所を探しにきた人に違いない。つまずきつづけている人物が、淡々とした声でつぶやいた。どこにあるんだろう。心の奥底で、べつに見つけなくてもかまわないと思っているような口ぶりだった。男はトイレのそばを、そこに人がいることにも気づかずに通り過ぎた。もちろん状況を考えれば、無作法に堕したというものでもなかったが、医者は脱ぎかけのみっともない恰好が恥ずかしく、狼狽するあまり衝動的にさっとズボンをひっぱりあげた。それから一人になったと思ったところでズボンを下ろしたが、すぐに服に汚れがついたことに気づいた。生まれてこのかた、これほど汚れた思いをしたことはなかった。人が獣になるには多くの道がある、と医者は思った。これはその筆頭にくることだ。とはいえ、本心から不平は言えなかった。彼には嫌がらずに体をきれいにしてくれる人がいたからだ。

患者たちはベッドに横たわり、この悲惨な境遇をあわれむ眠りが訪れるのを待っていた。医者の妻は気づかれないように、夫の体をできるだけきれいにしてやった。ほかの人にこのみじめな光景を見られる危険があるような用心深さだった。部屋には、病院にありがちな悲しい沈黙があった。患者は寝ており、その眠りのなかでさえ苦しんでいた。医者の妻はベッドにすわり、油断なくベッドの人びとを見ていた。影のような体、凝りかたまった青白い顔、夢を見ているときに動く腕。医者の妻は、いつ彼らのように目が見えなくなるのだろうと考えた。なぜかは知らないが、いまだに失明していなかった。くたびれたしぐさで、彼女は髪を両手で後ろへ梳(と)かしつけ、わたしたちはいずれ鼻が曲がるほど臭くなるのだ、と思った。そのとき、あちこちで吐息がもれた。うめき嘆く声、かぼそい泣き声、最初はくぐもっていたが、言葉のような音も聞かれた。おそらく言葉なのだろうが、しだいに大声になるにつれて意味は消え、憤懣(ふんまん)やるかたない怒鳴り声に変わり、しまいには大きないびきまじりの寝息になった。病室の遠い端でだれかが抗議の声をあげた。ブタだ、やつらはブタそっくりだ。彼らはブタではない。おそらくたがいをこの程度しか知らない、目の見えない男と目の見えない女にすぎないのだ。

からっぽの腹は早くから目覚める。数人の患者が朝まだきに眼をあけた。ただし、彼らの場合、空腹はそれほど大きな理由ではなく、体内時計とでもいうものがきちんと働かなくなり、もう朝日が差していて、うっかり寝すごしたと思ったのである。けれども、人びとはすぐに朝でないことに気づいた。同室の仲間はまちがいなくまだすうすうと寝息をたてて眠っているようだった。本で読んだことや、それ以上に個人的な体験から知っていることだが、早起き体質の人や、必要に迫られて早く起きざるをえない人は、ほかの人がぐっすり眠りつづけていると癪(しゃく)にさわるものである。わたしたちが話している事例でも、そうなって然るべき理由は充分にあった。というのも、眠る人と、なんの目的もなく眼をあけている人のあいだには、いちじるしい違いがあったからだ。こうした人間心理の観察、その機微は、われわれの物語が苦労して語ろうとしている驚くべき規模の大異変を考えると、あきらかに直接的な関連性はなにも持っておらず、ただ、患者全員がなぜそんなに早起きなのかを説明するだけのことである。最初に言ったように、ある者はからっぽの胃袋が食べ物をほしがってむかむかするせいで起きだすのだが、それ以外の者は早起きをした者の短気なふるまいによって眠りから引きずりだされた。早起きの人びとは、兵舎や病室で人と寝起きをともにしていても、おかまいなしに人がいやがるような、心がけしだいで出さなくてもすむ音をたてた。つまり、ここには分別のある、礼節をわきまえた人ばかりではなく、遠慮など考えもせずに毎朝咳とともに痰を吐いたり、おならをしたりする、正真正銘の下品な人びともいたということである。じつを言えば、そういう輩は昼のあいだもたいてい行儀が悪く、空気をどんどん饐えさせたのだが、それに対する有効な対策はなく、あけられるのはドアだけで、高すぎる窓には手が届かなかった。

　狭いベッドとはいえ、ほかに選択の余地はないので、医者の妻はできるだけ夫に寄り添って寝ながら腕時計を見た。真夜中にだれかがブタ呼ばわりした人びとのようにふるまうのではなく、礼儀をわきまえてすごすのはどれくらい手間のかかることなのだろう。医者の妻は時計を見た。針は二時二十三分をさしていた。眼を寄せると秒針がとまっていた。哀れな時計のネジをうっかり巻き忘れていたのだ。それとも、巻き忘れたのは哀れな彼女をなのか、哀れなわたしをなのか。というのも、わずか三日間隔離されただけで、こんなに単純な日常習慣をし忘れたのだから。彼女は自分を抑えられなくなり、突然最悪の災難に襲われたように、うっと泣きだしてしゃくりあげた。医者は妻が失明したのだと思った。あれほど恐れていたことがついに現実になったのだと、見えなくなったのか、とわれを忘れて訊きそうになった。その言葉が出る寸前、いいえ、そうじゃない、そうじゃないの、という妻のささやきが聞こえた。二人の頭はすっぽりと毛布の下に包まれていたので、ほとんど周囲にはもれなかったが、妻はのろのろとささやいた。わたし、ばかみたい。時計のネジを巻き忘れちゃった。それから遣る瀬ないすすり泣きをつづけた。通路の反対側ではサングラスの娘がベッドを降り、すすり泣きの聞こえるほうへ両腕をのばしながら歩いてきた。どうかしたの？　なにか持ってきてあげようか？　娘は声をかけると、ベッドにいる二人の体にさわった。分別がすぐに手を離したほうがいいと告げた。たしかに脳からはそういう命令が出ていたが、娘の手はそれに従わず、むしろもっと微妙な手つきで、分厚く温かい毛布をいつくしむようにさすった。なにか持ってきてあげようか？　と娘はふたたびたずね、両手を離して、目の前に上げた。その手は、どうすることもできない不毛な白さにまぎれて見えなかった。医者の妻はまだすすり泣いていたが、ベッドから抜けだして娘を抱きしめた。なんでもない。ただ急に悲しくなっただけだから。あんなに強いあなたが気落ちしたら、わたしたち、ほんとうに救いがなくなっちゃう、と娘が訴えた。医者の妻はいくらか冷静になり、娘をまっすぐ見ながら思った。結膜炎はほとんどよくなってるのに、それを話してやれないなんて。きっと喜ぶわ。そんなことに満足するなんてばかばかしいけど、きっと喜ぶはずよ。自分が見えないだけじゃなく、ほかの人びともみんな見えなくて、だれにも見てもらえないなら、いくらきらきらした美しい瞳を持っていても宝の持ち腐れだけど。医者の妻は言った。わたしたちはみんな弱くなる瞬間がある。泣けるのはいいことよ。涙に救われることもよくあるし、泣かなかったせいで死ぬことだってあるもの。わたしたちに救いなんかないわ、とサングラスの娘が言い返した。でも、わからないじゃない？この失明は従来のものとは全然違う。なったときと同じように、突然見えるようになるかもしれない。死んだ人たちにはもう手遅れだわ。でも、わたしたちはいずれみんな死ぬのよ。そんなこと言うけど、殺されるのはよくないでしょ、わたしだって人を殺しちゃったし。自分を責めちゃだめ、状況のせいなんだから。ここにいるわたしたちはみんな、有罪でもあり無罪でもある。それよりよくないのは、わたしたちを守る兵士のとった行動だわ。たとえ、どんな言いわけにもまさる恐怖のせいだと弁明できたとしてもね。わたしかに、あの卑劣なやつは体をいじったかもしれないけど、死ぬことはなかった。わたしの体はあのときとなんの違いもないのに。そのことはこれ以上考えないこと。休息をとりなさい、寝るのが一番よ。医者の妻は娘に付き添ってベッドへ戻してやった。さあ、ベッドに入って。あなたはほんとうに親切ね。それから声を低くして言った。どうしようか困ってるの、そろそろ来るころなんだけど、生理用品を持ってなくて。心配しないで、手もとにすこしあるわ。サングラスの娘の手がつかまるものを求めて探ったが、それを優しくつかんだのは医者の妻の手だった。休みなさい、さあ。娘は眼をつぶり、一分ばかりそうしていた。もしも喧嘩が起きなければ眠りこんでいたかもしれない。だれかが便所に行って戻ってきたら、自分のベッドがふさがっていたのだ。悪意からではなかった。まちがえたほうも同じ理由でベッドを離れ、二人は途中ですれ違っていたが、戻ってきたら違うベッドに入らないようにしよう、と相手に告げることなど、たがいにまるで思いつかなかった。医者の妻は立ったまま、目の見えない二人の男が口論するのを見ていたが、彼らが体をほとんど動かさず、いっさい身ぶり手ぶりをしないことに気づいた。二人にとって要求をみたす道具は、声と聞くことしかないことがすぐにわかった。俗に言うように、手が出るということはある。体はあるのだから、取っ組みあい、殴りつけることもできるだろう。だが、人生の誤解がすべてこういうものにすぎないとしても、ベッドの取り違えにそれほどの騒ぎを起こす価値はない。二人はただ合意に達するだけで事をまるくおさめられた。二番目はわたしので、あんたのは三番目だ。それがわかっていればいいのさ。目が見えていれば、こんな取り違えなどしないよ。そうだな、問題はわれわれの目が見えないことだ。医者の妻は夫に言った。ここの世界は正しく動いてるみたい。

かならずしもそうではなかった。たとえば、食糧は外にあっても、到着するまでに果てしなく時間がかかった。両方の病室から数人が出ていき、玄関ホールでスピーカーから命令が来るのを待っていた。人びとは辛抱しきれず、いらいらと歩きまわった。兵士たちが約束を守って正門と階段の中間地点に置いていった食糧のコンテナを回収しなければならないのだが、人びとは策略か罠(わな)があるのではないかと怖がった。向こうが銃をぶっぱなさないと、どうして言える？　やつらはもうあれだけのことをしたんだ、なんだってできるだろう。信用なんかできないやつらだからな。おれをむりやり外に出そうと思うなよ。おれもだ。でも、食べたいなら、だれかが行かなければ。飢え死にするより、撃たれて死ぬほうがましかどうかは疑問だな。おれは行くよ。わたしも。全員で行くことはないよ。兵士どもが喜ばないかもしれない。というより、心配するんだろ？　われわれが逃げるんじゃないかと。脚をけがした男が撃たれたのは、それでだからな。そろそろ覚悟を決めなければ。でも、用心しすぎることはない、昨日のことを思い出せ、九人も殺されたんだぞ。兵士はわれわれを恐れてる。おれも兵士を恐れてるけどね。おれが知りたいのは、やつらの目も見えなくなるのかってことだ。やつらって？　兵士だよ。おれの意見じゃ、やつらがまっさきになるべきだ。人びとはそうだそうだとうなずいたが、なぜなのか自問せず、ちゃんとした理由を話す人間もいなかった。じつは、そうなれば兵士たちが小銃で狙うことができなくなるからだ。そうこうするうちに時間はどんどん過ぎ、スピーカーはうんともすんとも言わなかった。そっちの死人を埋める作業は進んでるのかい？　第一の病室の男が間を埋めようとしてたずねた。いいや、まだだ。臭ってきてるし、まわりに病原菌が広がるぞ。じゃあ、なんでもかんでも黴菌だらけになって、鼻が曲がるくらい臭くなればいいさ。おれはそれでかまわない。腹がいっぱいになるまでなにもする気はないからな。古人いわく、まず食事、鍋洗いはそれからだ。おいおい、そんな慣習はないし、その格言はまちがってるぞ。会葬する人はふつう、死者を埋めてから飲んだり食ったりするものだ。おれのやり方は反対なんだよ。数分してから、そこにいる患者の一人が言った。ひとつ気がかりなことがある。なんだい？　食糧をどうやって分けるかだ。これまでどおりさ。ここにいる人数はわかってる。容器の数をかぞえて、全員にひとつずつ行きわたるように配る。いちばん簡単で公平なやり方だよ。だが、前回はうまくいかなかった。食事がもらえない患者が何人かいた。そう、ふたつ取ったやつがいたし。ここの配り方にはまるで秩序がない。だが、人がたがいに敬意を払い、規律を守らないかぎり、秩序正しくできるわけがない。ちょっとでも目が見える人間がここにいればな。そんなことになったら、そいつがでっかい分け前をせしめようと一計を案じるだけさ。こういうことわざがあるぞ、盲人国では片眼の男が王様だ。ことわざはもういいよ。だが、これはさっきのとは違う。いいかね、ここじゃ斜視の人間だって病気はまぬがれないんだ。おれの意見を言おう。食糧全体を二等分にし、病室ごとに容器を分配すれば最善の解決策になるんじゃないか。そのほうがそれぞれの病室で管理できる。いったいだれが話してるんだ？　おれだよ。おれとはだれだね？　おれさ。きみはどっちの病室から来た？　第二だ。そういうずるい方法をだれが信じるのかね？　第二病室は人数が少ないから、そんな取り決めを結んだら、そちらの得になって食糧をよけいに取られるだけだ、こちらの病室は満員だから。おれはただ一案を出しただけさ。こういうことわざがあるぞ、自分で分けて人より多く取らないやつは、ばかかうすのろのどちらかだ。おい、くだらんことわざはいいかげんにやめろ、聞いてるといらいらする。こういうのはどうだろう。食糧はすべて食堂に運び、病室ごとに分配を担当する代表を三人選ぶ。六人で数えれば、悪用や不正の危険はほとんどなくなる。しかし、一方が病室の人数を申告しても、どうしてそれが真実だともう一方にわかる？おれたちが相手にするのは正直者だよ。それもことわざかい？　いいや、おれが言ってるんだ。なあみんな、正直についちゃよく知らないが、われわれはえらく腹がへってるんだよ。

その言葉が、ひらけゴマ、始まりの合図のようだった。合言葉が出るのをずっと待っていたように、ついにスピーカーから声が流れてきた。連絡する、連絡する。患者は外に出て、食糧を回収せよ。ただし注意するように。門に近づきすぎた者は一回目の警告を受ける。すぐに戻らなければ、二回目の警告は銃弾となるだろう。目の見えない人びとはゆっくりと前進した。ある者は自信のある足どりで、玄関のドアがあると思ったほうへ近づいていき、それほど方向感覚に自信のない残りの人びとは、壁づたいに横向きに歩く方法を選んだ。そうすればまちがえる心配はなかった。隅にたどりついたら、あとは直角に曲がってドアに出会うまで歩けばいい。威圧的なスピーカーの声が、じれったそうに出てこいとくりかえした。疑心暗鬼でない者にさえはっきりとわかったが、声の調子はがらりと変わっており、それが人びとを怖じけづかせた。一人が宣言した。おれはここから一歩も動かないぞ。やつらは外に出たおれたちを捕まえて、全員殺すつもりなんだ。ぼくも動かない、と別の男が同調し、わたしも、と三人目が口をはさんだ。

人びとはその場でぴたりと足をとめた。なかには行きたがる者もいたが、全員が恐怖に支配されていた。またもやスピーカーが声を放った。いまから三分以内にコンテナを回収しに出てこなければ、われわれが食糧を運び去る。この脅かしも人びとの恐怖を制することはできず、彼らの頭の最深部にある穴に恐怖を押しこんだだけだった。患者たちはまるで攻撃するチャンスをうかがう、狩りたてられた獣のようだった。彼らはたがいに人の後ろへ隠れようとしながら、こわごわと階段の最上段にあらわれた。コンテナは人びとの予測と違って案内ロープの近くには置かれていなかった。兵士が感染を恐れて、患者のつかんだロープに近づくのを拒んだことなど知るはずもない。食糧のコンテナは医者の妻がシャベルを拾ったあたりに積みあげられていた。前に進んでこい、前に進め、と軍曹が命じた。患者たちは規律正しく行動しようと内輪もめをしながら一列になったが、それを軍曹が怒鳴りつけた。コンテナはそこにはない、ロープを放せ、ロープを放せ、もっと右だ、右側だ、ばか者、右側と言ったろう、右手のあるほうが右側なんだ、目が見えなくてもわかるだろう。警告がすぐに発せられた。こうしたことを几帳面（きちょうめん）に考える一部の患者が、四角四面に命令を解釈し、右側なら話をする人物の右側と考えるほうが筋が通っていると考え、どこにあるか見当もつかないコンテナを探しにロープをくぐっていこうとしたのである。このへんてこりんな光景は、違う状況でなら、ささいなことでは表情を変えない観客をぷっと吹きださせ、笑いの渦に巻きこんだことだろう。言葉にする以上に滑稽だった。ある者はよつんばいになり、ブタのように地面に顔がつきそうなほど頭を低くして、片手を宙にのばしながら前進していた。別の人びとは、おそらく守ってくれる屋根がないので、白い空間に呑みこまれるのではないかと不安げにロープにしがみつき、コンテナが見つかったという第一発見のうれしい叫び声がいつ聞こえるかと、一心不乱に耳を澄ましていた。兵士たちは、もしも許されれば、目の前を動きまわるこの愚かしい人びとを銃口で狙い、良心の呵責を感じずに射殺したいと思ったことだろう。人びとは、ひょこひょこと危なっかしげにハサミをふりながら、なくした肢を探しまわるカニのようだった。兵士たちはその朝兵舎で、連隊長から言われていた。この失明した患者の問題は、これから失明する人もふくめて、欺瞞的な人道主義を考慮することなく、その肉体をきれいに地上から消し去ることによってしか解決しない。連隊長が実際に口にした言葉によれば、壊死した部分を切除することによって、全身を救うようなものである。連隊長はこうも言った。わかりやすく言えば、死んだ犬の狂犬病は自然に治る、と。兵士のなかには比喩表現の美しさにあまりピンとこない者がおり、なぜ目の見えない人びとと狂犬病の犬が関係しているのか、いまひとつ理解できなかった。だが、連隊長の言葉は、またもや比喩をもちいるなら、黄金の重みがあった。それに、考えること、言うこと、することのすべてにおいて正しくなければ、だれも軍隊でこの地位まで昇りつめることはできないのだ。ある患者がようやくコンテナにぶつかって、見つけたぞと大声をあげた。ここにあったぞ、ここだぞ。視覚がいずれ回復するあてがあるなら、男はこのうれしいニュースを、これほど有頂天になって告げはしなかったろう。あっというまにほかの患者がコンテナに飛びついて、腕や脚がいりみだれ、それぞれが手前に引いて優先権を主張した。わたしが運ぶ。いや、おれがやる。まだロープにしがみついている人びとは焦りはじめた。自分たちが臆病で怠け者だったせいで、食糧を分配するときに除け者にされるのではないかという新たな不安の種が生まれていた。へえ、おまえらは銃撃される危険を冒してケツをあげ、地面に這いつくばりもしなかったじゃないか。だから食い物はないんだよ。ことわざをよく憶えておけよ、虎穴に入らずんば虎児を得ずってな。こうした金言にうながされて、一人がロープを手放し、腕を前にのばしながら騒ぎの聞こえるほうへ歩きだした。これでもう除け者にはなるまい。だが、突然人びとの話し声がやみ、地面を這いまわる音だけになった。そこに、あとか、おいとか、くぐもった感嘆詞がまざった。音は散らばり、あらゆる方角から、どこからともなく、たくさんの音がまざって聞こえてきた。男は立ちどまり、態度を決めかねて、もう一度安全なロープに戻ろうとしたが、すでに方向感覚をなくしていた。男の見る白い空には星がなく、いま聞こえるのは、コンテナを取りあう人びとに階段へ戻れと命じる軍曹の声だった。しかし、軍曹の指示は彼らだけのためのものだった。男も同じところに行きたいのだが、いまいる場所が違うので行けるはずがなかった。すでにロープをつかんでいる人はおらず、人びとは来た道を戻るだけでよかった。先に階段をのぼった者が後から来る人びとを待っていた。方向感覚をなくした男は、立っている場所から動く勇気がなかった。困りはてた男はついに、お願いだ、助けてくれ、と大声をあげた。兵士たちが自動小銃の銃口を向けて、彼が生と死を分ける見えない線を越えるのを待ちかまえているとも知らなかった。そこに一日中立ってるつもりか、このばか者、と軍曹が言った。その声はどこかいらだっていた。というのも、軍曹はかならずしも連隊長と同意見ではなかったからだ。明日、同じ運命がドアを叩きにこないとだれが保証できるだろう。兵士というものは命令を受ければ殺すだけだし、違う命令を受ければ死ぬだけのことだ。わたしが撃てと言うまで撃つんじゃないぞ、と軍曹は怒鳴った。それを聞いて、迷った男は生命の危険に気づいた。男はがっくりと膝をついて懇願した。頼むから助けてくれ。どう行けばいいのか教えてくれ。ある兵士が遠くから、いかにも仲間のような偽りの親しみをこめて呼びかけた。こっちへ歩いてこい、こっちへ歩いてこい。迷った男は立ちあがって三歩あるいたが、ぴたりと立ちどまった。こっちへ歩いてこい、とは歩きつづけろという意味ではない。ただこっちへと言っているだけだ。こっちの方角へ行き、呼ばれた場所までやってきたら、銃弾が撃ちこまれるだけかもしれない。そうなったら、いわば別の盲目状態に置きかわるだけだ。犯罪的と言ってもいいこの呼びかけは、悪い性格で評判の兵士のしわざだったが、軍曹はすぐにこの男を制止し、とまれ、体を半回転させろ、と立てつづけに鋭い声で指示を出した。軍曹はつづいて規律を守らない兵士を厳しく怒鳴りつけた。この兵士はどこから見ても安心して小銃を持たせられない階層に属する人間だった。階段の上にいる患者たちは軍曹の親切な介入に励まされ、突然、迷った男の方位磁石になれとばかりに大騒ぎを始めた。迷った男はさらに確信を深めて、まっすぐに歩きだした。そのまま叫んでいてくれ、叫んでいてくれ、と迷った男は懇願し、待っている患者たちは、長くダイナミックな、しかし消耗する全力疾走を走りきる人を見まもるように喚声をあげた。迷った男は逆境のなかで熱狂的な歓迎を受けた。患者たちにできることはそれくらいしかなかったが、予測どおりであれ、たんに立証されただけであれ、こういうことを通じて人はだれが友人なのかを知るのである。

この同志愛は長つづきしなかった。大騒ぎを利用した数人の患者が、こっそりとコンテナを持ち運べるだけ運んで奪い去っていたからだ。分配するときに予想された不正を未然に防ぐ、公然とした裏切りの手段だった。人がなんと言おうとかならずいる正直な人びとは、義憤に駆られて、こんなことでは生きていけないと抗議した。ある者は、もっともな主張ではあるが、空疎で大げさな問いをぶつけた。たがいを信じられないなら、われわれはどうなってしまうんだ？　そのほかの者たちは険悪に言いたてた。こういう悪党どもは痛い目に遭いたいのさ。悪党がそんなことを望むはずはなかったが、だれもがその言葉の真意を理解した。きわめて適切なため、とりあえず大目に見られる不正確な表現といってもよいだろう。患者たちはすでに玄関ホールに集まり、合意に達していた。これは自分たちの置かれた苦境の最初の部分を解決するには、もっとも実際的な方法だった。残ったコンテナの中身をふたつの病室で平等に分けようというのである。コンテナはさいわいにも偶数個あった。それから各病室から同人数をだして委員会をつくり、なくなった食糧、つまり盗まれたコンテナをとりもどすことを目指して調査することになった。患者たちは習い性になったように空論をたたかわせて時間を浪費した。すなわち、どちらを先にするかという議論である。食べてから調査するか、あるいはその逆にするか。有力なのは、これだけ長い時間空腹を抱えてきたことを考えれば、まず腹を満足させ、しかるのちに調査を進めるほうが都合がよかろうという意見である。そっちは死体を埋めなければならないのを忘れるなよ、と第一病室の人間が言った。おれたちが殺したわけじゃないぞ、それなのにおまえたちはおれたちに埋めろというのか、と口達者な男が答えた。言葉遊びをおもしろがっている口調だった。みんなが笑った。にもかかわらず、人びとはすぐにふたつの病室には犯人たちがいないことを知った。両方の病室の戸口で食糧がやってくるのを待っていた患者たちは、大急ぎで廊下を通り過ぎる足音を聞いたが、病室にコンテナを持ちこんだ者はもちろん、入ってくる者もいなかったと主張した。それは誓って断言できた。ある者が、そいつらを安全に特定する方法があると思いついた。みんながそれぞれのベッドに戻れば、からっぽのまま残ったベッドが泥棒のものということになる。やつらがこそこそと隠れ、食い物をしゃぶっていた場所からベッドに戻ってくるのを待って、さっと飛びかかればいい。集団の財産にまつわる神聖な原則を尊重することを知ってもらおうじゃないか。とはいえ、それがいかに適切であり、確固たる正義感を守るものであろうとも、この計画を進めるにはひとつ決定的な不利があった。すなわち、時間がかかるという点である。人びとが喉から手が出るほど食べたい朝食はすっかり冷えており、しかも、いったいいつまで待たされるか予測がつかなかった。まず食べよう、と一人が提案した。大多数がそれを歓迎して、まず食べるほうがいいと同意した。ああ、しかし、この卑劣な盗みの余りはなんと少量だったことか。古く荒廃した建物のどこかに隠れた泥棒どもは、まさにいま、コーヒーに冷えたミルク、ビスケット、マーガリン付きのパンといった思いがけなく改善された食糧を、二人分も三人分もがつがつむさぼり食っているに違いない。一方で常識をわきまえた人びとは、その二分の一から三分の一、場合によってはもっと乏しい食事で腹をみたさなければならなかった。外ではスピーカーが鳴り、食糧を取りにこいと感染者に呼びだしをかけていた。その音は右側の棟で悲しくクラッカーを噛んでいる患者の耳にもとどいた。そのうちの一人が、あきらかに食糧泥棒が出たあとの不健全な空気に影響されてだろう、あるアイデアを思いついた。おれたちが玄関ホールで待っていれば、やつらはそこにいるのを見て心底震えあがり、コンテナのひとつやふたつ、落として逃げていくんじゃないか。だが、医者が言った。それはよくないよ。落ち度のない人びとを罰するのは正義じゃない。人びとが食事をすませると、医者の妻とサングラスの娘が段ボール製のコンテナを中庭に運んだ。ミルクやコーヒーの容器、紙コップなど、言いかえれば食べられないものすべてだ。そのとき医者の妻が言った。ゴミを燃やして、この気持ち悪いハエの群れを追っ払わなきゃ。

患者たちはそれぞれのベッドにすわり、泥棒の一団が帰ってくるのを待ちはじめた。

ある荒っぽい声が、やつらは泥棒犬だ、それがやつらの本性だ、と評した。本人は意識していなかったが、その口調は、ほかに物の言い方を知らないために責められない田舎の人間を思い出させた。しかし、悪党どもはあらわれなかった。おそらく一味のなかに、彼らは痛い目に遭いたいんだと言った者のような目端のきく男がおり、なにかを勘づいて疑惑の声をあげたに違いない。時が刻一刻と過ぎるうちに、人びとは体をのばし、なかにはすでに眠りこんだ者もいた。なぜなら、食べて寝ることの意味はまさしくこれなのである。物事はあらゆる面を考えると悪くなるものだ。食糧がなければ生きていけないのだから、われわれに食事が届くかぎり、ここはホテルと同じである。反対に、市中にいる病人は、なんとつらいことだろうか。街路をよろよろと歩き、その姿を見るとだれもが逃げ、家族はあわてふためき、近づくのを見るだけでゾッとする。母の愛や、子どもの愛や、つくり話が、ここに収容されたわれわれのようにその人を部屋へ監禁するだろう。もしもドアの外に皿が一枚置いてあれば、かなり恵まれているかもしれない。われわれの理性をつねに曇らせる先入観や恨みなしにこの状況を客観的に見ると、政府は、失明した人同士をひとつにまとめることに決定したとき、すばらしい洞察を示したといっても過言ではない。類は類でかためる。いっしょに暮らさざるをえない人びとにとって、それは賢明なルールだ。また病室のいちばん奥にいる医者の、われわれは組織をつくるべきだという意見もまさに正しい。まず食糧、それから組織、このふたつは人が生きていくうえで不可欠である。問題なのはそうした組織が、多くの信頼できる男女を選び、彼らに仕事を与え、この病室でわれわれが共生するための納得できるルールを確立するかどうかだ。たとえば、床を掃き、整理整頓をし、洗濯をおこない――洗濯という点では石鹸も洗剤も届いているので不満はないが――ベッドがいつでも整えられているようにするルールである。だいじなのは、わたしたちが自尊心をなくさないこと、そして、わたしたちを警戒し、監視しつづける任務しか与えられていない兵士と争いを起こさないことだ。これ以上の死者は出したくない。夜、わたしたちを楽しませたいと思っている人を募り、お話、寓話、逸話、なんでもいいから語ってもらう。もしも聖書をそらで憶えている人がいて、天地創造からの物語をずっとたどることができたら、なんと幸運なことだろう。大切なのは、わたしたちがたがいの声に耳をかたむけることだ。残念ながら、ここにはラジオがない。もしあれば、音楽はむかしからすばらしい気晴らしであるし、たとえばニュースを追うことだってできる。この病気の治療法が発見されたとしたら、わたしたちの喜びはひとしおだ。

　そのとき、避けられない事態が持ちあがった。外の街路で銃撃音が鳴り響いたのである。やつらが殺しにきたんだ、とだれかが叫んだ。落ち着きなさい、と医者が言った。筋道を立てて考えなければ。もしわたしたちを殺すつもりなら、ここに入ってきて撃つはずだ。外からは撃つまい。医者の言うとおり、空に向かって撃てと命じたのは軍曹だった。引き金に指をかけたとたんに失明した兵士のしわざではない。トラックからころげでてきた新しい患者たちを統率し、怖じけづかせるには、それしか方法がなかったのだ。すでに厚生省から防衛省に連絡が入っていた。われわれは貨物トラック四台分の患者を送りこむところです。総計何人だ？　約二百名です。それだけの人数をいったいどこに収容するつもりだ。失明者用の右側の棟には病室が三室あるだけだし、収容可能な人員は百二十名と聞いている。すでに六、七十名が収容されており、われわれが殺さざるをえなかった十名程度を引いたとしてもベッド数が足りない。ひとつ方法があります。左右の棟に分けるのをやめればいいのです。ということは、失明者を感染者に接触させるということか？　感染者はおそかれはやかれ失明します。それにこの状況からすれば、われわれもいずれ感染者となるでしょう。目の見えない者の視野に入らない人間など一人もいませんから。内心疑問に思うのだが、失明者の目が見えないのに、その視野を通じて病気が感染するなんてことがあるのかね？　将軍、これは世界でもっとも論理的な病気なのです。簡単に言えば、見えない眼が見える眼に見えなくなる病気を感染させるのです。部下の大佐に、目が見えなくなったら、そいつを即刻撃ち殺すのが解決策だと信じている男がいるが。失明した患者のかわりに死体が増えても状況はあまり改善されません。目が見えなくなることと、死体になることは同じじゃないぞ。はい、しかし死んだら目は見えなくなります。で、失明者が二百人増えるんだったな。はい。トラックの運転手たちはどうするんだ？　いっしょに施設に入れます。同じ日の午後遅く、防衛省から厚生省に連絡があった。最新情報を知りたくはないかね？　先刻話題にした大佐の目が見えなくなったんだ。本人があのすばらしいアイデアをどう考えるか興味津々ですね。すでに考えたよ。自分の頭を撃ち抜いたそうだ。ほう、それは首尾一貫した態度といえますな。軍隊はつねに身をもって示す用意があるということだ。

正門は大きく開かれていた。兵舎の日常習慣にならって、軍曹は人びとに五列縦隊に並べと命じたが、目の見えない患者は数がよくわからず、横に五人以上になったり、それ以下だったりしたまま、結局玄関のまわりにごちゃごちゃと集まっていた。その意味で人びとはなんの秩序感覚もない民間人であり、沈没する船上のように女子どもを先に行かせるといったことすら思い出さなかった。忘れないうちに言っておくと、銃声のすべてが空へ向けて放たれたわけではなかった。目の見えない患者とともに行くのを拒んだトラック運転手の一人がおり、男は完璧に目が見えると抗議したが、三秒後に行政命令によって、厚生省の者の言う「死んだら目が見えなくなる」ことを実証するはめになったのだ。軍曹は命令を下した。前へ進め。六段の階段がある。そこに着いたら、ゆっくり階段をのぼれ。一人でもつまずけば、どうなるか知らんぞ。ロープをつかんで進むことは推奨されなかった。ロープなどを使っていたら、いつまでたっても建物に入れなかっただろう。聞け、と軍曹が注意をうながした。とりあえず全員が門の内側に入ったので、軍曹はほっとしていた。病室は右側の棟に三部屋、左側の棟に三部屋あり、それぞれの部屋にベッドが四十ずつある。家族は家族単位でまとまり、ほかの集団にはまざるな。全員玄関ホールで待機し、先に収容された患者に援助を頼むこと。いずれすべてが落ち着くだろう。居場所を見つけて冷静になれ。いいか、冷静に行動せよ。諸君の食糧は追って届けられる。

これだけ大勢の患者が進んでいくところを、習い性のように泣きごとを口走りながら進む羊の行列に見立てるのはよくないことかもしれないが、ある意味でごちゃごちゃと群れている姿は、彼らの常日頃の在りようを反映したものだった。ぴったりと体をくっつけ、息も匂いもまざりこみ、泣くのをやめられない人もいれば、恐怖か怒りから叫ぶ人もおり、ののしったり、怖い顔をしたりして不毛な嚇しをかける者もいた。おまえらをこの手で捕まえたら、とある男が兵士たちのことを言った。目玉をくりぬいて搔きだしてやる。避けられないことだが、最初に階段にやってきた患者は片足をのばして段の高さと奥行きを探らなくてはならなかった。後ろから進んでくる人びとはとまらず、二、三人が背中を押されて地面に倒れたが、さいわいにも何人かが向こう脛をすりむいただけで、それ以上深刻な事態にはならなかった。軍曹の助言の効果が証明されていた。新着の患者はかなりの人数が玄関ホールに入ったが、二百人からの人びとが自力で分散するのは容易なことではなかった。しかも、人びとは失明しており、案内する人もいなかった。この悲惨な状況をさらに悪化させたのは、ここが古くて設計の悪い建物だという事実だった。軍関係のことしか知識のない軍曹にそれを言えというのはむりだったろう。建物の両翼に三部屋の病室があるのはそのとおりだが、内部の様子も知っておかなくてはならない。戸口は瓶の口のように狭く、行き来がしづらかった。精神病院の廊下は、さしたる明確な理由もなく始まり、どこまでつづくかもわからず、だれもが見つけにくいようにできていた。先陣を切った目の見えない患者は本能的にふた手に分かれ、それぞれ玄関ホールの壁に沿って、入口のドアを探りながら進んだ。家具で行く手がふさがれていなければ安全確実な方法である。コツをおぼえて、辛抱強くやれば、新しい患者たちもそのうち居場所を見つけて落ち着くはずだ。ただし、左側の棟へ進んだ一団はその前に感染者との闘いに勝利をおさめなければならなかった。それは予測できたことだった。左側の棟は感染者専用であるという協定はもちろんあったし、厚生省の立案した規則にもそう記されていた。感染者は全員失明すると思われており、かりにそれが正しいとしても、純然たる論理から言えば、実際に失明するまではかならずそうなるという保証はどこにもなかった。少なくとも病気は治ると自信を持っていた人が心穏やかにすわっているところへ、突然いちばん恐れている人びとが口ぐちにわめきながら、まっすぐ向かってくるところを想像してもらいたい。当初感染者たちは、ただ人数が多いだけの同じ仲間の集団だと考えた。だが、その誤解は短命だった。やってきた人びとは全員失明していたのだ。おまえたちは入ってきちゃだめだ。ここはわれわれの居る場所で、失明者の来るところじゃない。反対側の棟に行け。戸口で警戒していた感染者たちはそう叫んだ。それを聞いて、数人が別の入口を探そうと引き返しかけた。左右どちらの棟に行こうがかまわなかったからだ。だが、患者たちは後から後から、容赦なく押し寄せてきた。感染者は殴ったり蹴ったりしてドアを守り、目の見えない人びとは力のかぎり反撃した。彼らには敵の姿が見えなかったが、パンチが飛んでくる方角はわかった。二百人かそこらの数の人びとが病室の棟に入ることができず、ほどなく前庭に面した玄関のドアも、かなり幅があるにもかかわらず、詰め物をされたように完全にふさがれた。新入りの患者は進退きわまった。建物に入った者たちはそこで揉みくちゃになり、のされたりしながら、息を切らした隣の人間を蹴ったり肘打ちをしたりして身を守ろうとした。悲鳴があがった。目の見えない子どもがすすり泣き、目の見えない母親は気を失い、そのあいだにも玄関から入れない大勢の人びとが、兵士の怒鳴り声に震えあがって、さらに力を込めて押しまくった。兵士たちはどうしてこの愚か者の集団がどんどん入っていかないのか理解できなかった。とそのとき、人びとが混乱から、そして叩きのめされる切迫した危険から、脱出しようともがくうちに激しい逆流現象が起こり、一度入った人びとが兵士の前に姿をあらわした。兵士たちはかなりの人数が、突然勢いよく出てくるのを目にし、最悪の事態を思い描いた。前例を思い起こせば、新しい患者が外へ向かってきたら大量殺戮になっても不思議はなかった。さいわい、ここでも軍曹が危機に対応した。軍曹は注意を引くためにみずから空へ銃を撃ち、スピーカーを通して叫んだ。落ち着け、階段にいる者はすこし後ろへさがれ。道をあけろ。押すのをやめて、たがいに助け合うんだ。そこまで言う必要はなかった。というのも、建物のなかでは小競りあいがつづいていたが、右側の棟へ新入りが大量に入っていき、玄関ホールが少しずつ空きはじめたからだ。右側の棟では先住の患者たちが喜んで仲間を出迎え、いまのところ空いている第三の病室と、第二病室の空きベッドに連れていった。このため、闘いはいっとき感染者に有利に解決しそうに思われた。軍曹が戦略と基本的な軍事戦術について解説してみせたように、感染者に視力があって、より強かったからではなく、目の見えない人びとが妨害に遭わない反対側の入口に気づき、きれいに離れていったからである。しかし、守る側の勝利も長くはつづかなかった。右側の棟のドアから、もうこちらには空きがない、病室は満員だと告げる声が、いくつも聞こえてきた。それでもまだ玄関ホールから廊下へ押し入ろうとしている者が何人かいた。しかし、それまで玄関をふさいでいた人間の詰め物がなくなり、外に取り残されて兵士に威嚇されていた多くの人びとは、前進して屋根の下へ入ることができた。ともかくも命だけは助かったのだ。これらふたつの移動が同時におこなわれた結果、左側の棟のドアでの争いが再燃することになった。ふたたび殴りあいがあり、またもや怒声があがり、それだけでは足りないとでもいうように、まごついた何人かの患者が混乱のさなかに直接中庭へ出るドアを発見して押しあけ、外に死体があるぞと悲鳴をあげた。その恐怖を想像してほしい。人びとはできるかぎり後ずさった。外に死体があるぞ。つぎに死ぬのが自分だと思ったように彼らはくりかえした。すぐさま玄関ホールはひどく乱暴な混乱状態に突入し、それから突然、死にものぐるいの衝動に駆られて、大集団がいっせいに左側の棟へ押し寄せた。その圧力の前に感染者の抵抗は破られた。多くはもはやたんなる感染者ではなくなって、くるったように逃げまどい、呪われた運命をしぶとくまぬがれようとしていた。だが、逃げてもむだだった。人びとは一人また一人と目が見えなくなった。その眼はいきなり忌まわしい白の洪水に溺れた。廊下、病室、あらゆる空間が、白の水びたしとなった。玄関ホールや中庭では、無力な患者たちが立ちあがれずにいた。何人かは殴られたり、踏みつけられたりしてひどいけがを負っていた。その大半が老人であり、多くは女や子どもなど、身を守るすべを持たない人びとだった。埋める死体が増えなかったのは奇跡にほかならない。床や地面には、人びとの足から脱げた靴以外にも、バッグ、スーツケース、バスケットなど、それぞれのささやかな財産が散らばっていたが、いずれも持ち主の手には永久に戻らなかった。なぜなら、拾った者がそれを自分のものだと言えば、証明のしようがないからだ。

片眼に黒い眼帯をした老人が中庭から建物に入ってきた。老人も荷物をなくしたのか、なにひとつ持っていなかった。彼は最初に死体につまずいた男だったが、悲鳴はあげなかった。そのかたわらに残り、平和と静けさが旧に復するのを待っていた。一時間待った。さて、いよいよ避難所を求める番がまわってきた。老人はゆっくりと腕をのばして道を探した。右側の棟にある第一病室のドアを見つけ、なかから聞こえてくる声を耳にしてたずねた。ベッドは余っていませんか。

　大勢の患者の到着によって、少なくともひとつは利益がもたらされた。いや、ふたつと言えるかもしれない。ひとつ目は心理的なものである。つまり、いつ新しい患者仲間がやってくるかと待ちうけるのと、建物がついに完全に満員となり、これからは妨害されることなく隣人たちと持続する堅固な関係を確立し、維持すればよいと意識するのとでは、心理的に大きな違いがあるということである。これまでは新着の人びとが来るたびに中断したり、じゃまが入ったりして、意思伝達の経路をつくりなおさなければならなかったのだが。ふたつ目は、実際的、具体的、直接的なものである。外にいる政府の人びとは、文官であれ軍人であれ、二、三十人分の食糧を供給すればよいと理解していた。小人数だから数量もだいたい、準備もだいたい、ときどきまちがいがあろうが、配給が遅れようが頓着しなかった。ところが、こんどは二百四十というベッド数を埋める人間を、しかもあらゆる種類の経歴や気性を持つ人間を養うという複雑な責任が突然ふりかかってきた。これはまったく別問題だった。二百四十人という定員は、少なくとも二十人の患者にベッドがなく、床に寝なければならないということを示している。しかし、いずれにしても十人分の食糧で三十人を養うのと、二百四十人分の食糧で二百六十人を養うことの違いには気づいてしかるべきである。この場合、二十人分の差はないに等しいといえるだろう。さて、政府の省庁はこの増大した責任を意識的に引き受けるとともに、たぶん無視できない仮説というべき、これからも騒動が勃発するのではないかという恐れから、処理方法を見直し、食糧を時間どおりに、量をまちがえずに運べという指令を出していた。わたしたちが目撃せざるをえなかった今回のような争いが、嘆かわしいあらゆる動機から起きてみると、これほどたくさんの患者を収容するのは容易ではないし、衝突も避けられないように思われる。ただ、わたしたちは記憶しておく必要がある。以前は見ることができたのに、いまはなにも見えない哀れな左棟の感染者のことや、離ればなれになった男女、迷子の子ども、踏みつけられ殴り倒された人びとの痛み、なかにはそれが二度や三度にわたった者たちのこと、そして、大切な所持品を探し歩きながら見つけられない人びとのことを。こうした悲しい人びとの不幸を、まるでどうでもよいことのように忘れたなら、完全に無神経な人間に違いあるまい。とはいえ、昼食がすぐに配達されるというアナウンスが、だれにとっても心を癒す香草だったことは否定できない。そして、この作業のための適切な組織化がされておらず、あるいは必要な規律を課すことのできる権威が不足しており、このような大量の食糧を集め、このような多くの口を養うために分配する作業が、さらなる誤解を助長したことは否定できないとしても、古びた精神病院中が静まりかえり、二百六十の口が食べ物を咀嚼する以外の音が聞こえなくなったとき、雰囲気はかなり改善されたと言っておくべきだろう。食後、出たゴミをだれが片づけるかは、いまだに答えの出ていない問題だったが、午後遅くふたたびスピーカーの声が、人びとの幸せのために遵守すべき、整然とした行動をとるための規則を一からアナウンスすれば、新しい患者たちがこれらの規則をどの程度尊重するかわかるはずである。この点、右側の棟の第二病室にいる患者が、とうとう自分のところの死体を埋めると決定したことは大きかった。これであの特別な悪臭を追っぱらえるし、生きている者の匂いは、いかに臭かろうともまだ鼻になじむものだ。

第一病室について言えば、おそらく患者が収容されたのがいちばん古く、そのため目の見えない状態への適応と手順がもっとも確立していたので、同室の仲間が食事を終えた十五分後、床に落ちている汚れた紙屑や、忘れた皿、あるいは汁のついた容器といったものは、たいして残っていなかった。ゴミは小さなものを大きなものに入れ、汚いものをより汚れの少ないものにくるむなどして全部集められた。合理的な衛生上の規制をみたしていたし、残りものやゴミを集める際のもっとも効果的な方法という点でも、この作業を実行するのに必要な労力を節約する面でも、行きとどいていた。こうした社会性をもつ行動をとる精神の在りようは、一朝一夕につくれるものではないし、まして自然発生的に生まれるものでもない。このケースを細かく見てみると、病室のいちばん奥にいる女による教育的はたらきかけが決定的な影響を及ぼしたようである。この女は眼科の医者と結婚しており、つねにこう語って倦むことがなかった。わたしたちがどうしても人間らしい暮らしができないなら、少なくとも動物的な暮らしにならないように力のかぎり頑張りましょう。医者の妻はその言葉をたびたびくりかえしたので、同じ病室の人びとはついに彼女の助言を、処世訓や金言、あるいは主義や人生の原則だと思うようになった。心に深く沁みいったその言葉はとても簡潔で基本的なものだった。おそらくそれは、必要なことやさまざまな事情を理解する点で好都合な、たんなる精神の在りようだった。そのおかげで、黒い眼帯をした老人が病室のドアからのぞいてベッドは余っていませんかと人びとにたずねたとき、ささやかではあったが温かい歓迎を受けたのである。じつはこの物語のつづきをはっきりと暗示しているのだが、さいわいなことに偶然空きベッドがひとつだけ残っていた。どうしてあの侵入の後でそれが生き残ったのか、だれもがいぶかしく思うに違いない。それは車泥棒が筆舌に尽くしがたい激痛に苦しんだベッドだった。たぶんその苦痛の霊気がまだ漂っていて、人びとを遠ざけたのだろう。こういうことは運命のなせる業、神秘の謎である。もともと偶然の符合は初めてではない。それどころか、思い起こせば最初に失明した男が眼科診療所にあらわれたとき偶然居合わせた患者は全員この病室にやってきていた。そのときは、まさかそこまで状況が発展するとは思えなかったのだが。いつもながら医者の妻は、秘密があることを人に疑われないように、声を落として夫の耳にささやいた。たしかあの人はあなたの患者の一人だわ。頭の禿げた年寄りで、白い髪がちょっと残ってる。片っぽの眼に黒い眼帯をしていて。わたし、あなたが話してくれたのを憶えてる。どっちの眼だね？　左よ。あの人か。医者は通路に出ていき、わずかに声を大きくして言った。たったいまこの部屋の住人となった人にさわりたいんだ。こっちに進んできてほしい。わたしもそちらへ向かうから。二人は途中で出会った。二匹のアリが触角をあやつって相手を確認するように指と指をふれあわせたが、それだけではすまなかった。医者は許しを得て老人の顔に両手を這わせると、すぐに眼帯を発見した。まちがいない。ここにいてもいいのに、いないなと思っていました。黒い眼帯をした患者さんですね、と医者は叫んだ。どういうことです？　あなたはどなたです？　と老人がたずねた。わたしですよ、いや、あなたのかかっていた目医者です。ほら、憶えてませんか、白内障の手術の日程を打ち合わせたでしょう？　どうしてわたしだと気づいたのですか？　声です。声は盲目の人の眼ですから。なるほど、声ですか。そういえば、だんだんあなたの声を思い出してきましたよ。まさかこんなところで聞けるとは、先生、いまはもう手術も必要ありません。この病気に治療法があるなら、おたがいにそれが必要ですね。先生がおっしゃったことを憶えています、手術が終わったら、住んでいた世界がこれまでと違って見えるだろう、とね。これであなたの言葉の正しさがわかりますな。いつ失明されました？　昨晩です。それで、もうここへ連れてこられたのですか？　外の世界の恐慌たるや、失明した人を即座に殺しはじめるのは時間の問題というくらいです。ここでもすでに十人が抹殺されましたよ。これは別の男の声だった。死体に出くわしました、と黒い眼帯の老人はあっさり言った。あの死体は別の病室の人たちです。われわれの病室の死体はすぐに埋めました、と同じ声が報告をしめくくるように言った。サングラスの娘が近づいてきた。わたしを憶えてる？　黒い眼鏡をかけてるんだけど。白内障ではあったが、よく憶えているとも。あんたはとてもきれいだった。娘はほほえんだ。ありがとう。そう言うと娘は自分の場所に戻り、そこから大きな声で告げた。あの男の子も来てるのよ。ママに会いたいよ、という少年の声が聞こえた。望みのないむだな泣き声をあげつづけて疲れきったようだった。わたしが最初に失明したのです、と本人が言った。妻もここにいます。わたしは診療所に勤めていました、と受付係が言った。医者の妻が、最後に残ったのはわたしみたいですね、と言って自己紹介をした。すると老人が歓迎に応えるように告げた。わたしはラジオを持ってるんです。ラジオですって、とサングラスの娘が手を打ち合わせながら叫んだ。音楽ね、なんてすてきなの。ええ、でも電池式の小さなラジオです。乾電池は永遠にもつわけじゃない、と老人が注意をうながした。永遠にここに閉じこめられるなんて言わないでくださいよ、と最初に失明した男が言った。永遠に？　いやいや、永遠とはつねに長すぎる時間のことです。これでニュースが聞ける、と医者が言った。それに音楽もちょっとね、とサングラスの娘がこだわった。みんなが好む音楽は同じじゃないが、外の世界でなにが起きているかはみんなが知りたがっているよ。ラジオはそのためにとっておくほうがいいだろう。わたしも賛成です、と黒い眼帯の老人が同意した。彼はポケットから小さなラジオを取りだしてスイッチを入れた。老人はいろいろな局を探しはじめたが、手がふらついて、なかなかひとつの局の周波数に合わせられず、聞こえるのは断続的な雑音、音楽や言葉の切れはしばかりだった。やがて手つきが安定したとみえ、音楽がとぎれずに聞こえるようになった。ちょっとだけそのままにして、とサングラスの娘が哀願した。歌詞がはっきりしてきた。ニュースじゃないわ、と医者の妻が言った。そのとき、ふとあることを思いついたように、いま何時かしら、と訊いた。しかし、答えられる者がいないことは彼女もわかっていた。チューニングのつまみは小さな箱から雑音を引きだしつづけ、やがて一カ所にとどまった。歌だった。なんの歌かはわからないが、目の見えない患者たちがゆっくりと周りに集まりはじめた。押しあいはしなかった。前に人がいるのを感じると足をとめ、その場で歌声のするほうに向かって、目をまるくしながら聴き入った。ある者は泣いていた。おそらく泣くしかなかったのだろう。涙はただただ泉からあふれるようにしたたり落ちた。歌が終わったとき、アナウンサーが言った。三点鐘が四時をお知らせします。ある目の見えない女が笑いながらたずねた。四時っていうけど、午前か午後かどっちなのよ。笑うと痛むような笑いだった。医者の妻は腕時計の針を直してネジを巻いた。時刻は午後四時だったが、じつは時計も十二時間単位なので、午前だろうが午後だろうが関係なかった。そんなことを気にするのは人間の頭だけだ。その小さな音はなに？　とサングラスの娘が訊いた。なんだかそれって。わたしよ。ラジオが四時と言ったので、ネジを巻いたの。つい手が癖になって無意識にやってしまうのね、と医者の妻は先手を打って説明した。それから彼女はひそかに、こんな危険を冒す価値はなかった、と思った。その日到着したばかりの患者の腕時計をのぞけばすんだことだ。一人ぐらいは時刻の合った時計をしていただろう。そのとき気づいたのだが、黒い眼帯の老人も腕時計をはめており、時刻は正確だった。医者がたずねた。外の状況がどうなってるか教えてくれませんか。もちろんですとも、でも、足が棒のようだから、ちょっとすわったほうがよさそうです、と黒い眼帯の老人は答えた。人びとはひとつのベッドに三、四人ずつ集まり、できるだけ上手に連れだっておのおのの居場所を決めた。部屋は静まり返った。すると、黒い眼帯の老人は知っていることを話しはじめた。まだ視力があるときに、実際にその目で見たこと、この伝染病が流行しだしてから目が見えなくなるまでの数日間に聞いたことなどを。

　広まっている噂がほんとうならば、と老人は言った。最初の二十四時間のうちに失明者数は数百人にのぼり、そのすべてが同じ症状を呈していました。一瞬のうちに発病し、おかしなことに外傷がなく、視野はまぶしいばかりの白で覆われ、それ以前も以後も痛みはないというのです。二日目、新しい失明者がかなり減ったという噂が流れました。数百件から数十件に減ったというので、政府はすぐに、事態はやがて収束に向かうとみなされると発表することにしました。さて、ここから先、どうしても引用するべきいくつかの発言は別として、黒い眼帯の老人の話は、本人の言葉どおりには語られないことになる。つまり正しく、より適切な語彙をもちいるという観点から訂正され、つくりなおされた話に置き換えられるということだ。これは予定になかった変更であり、その理由は、語り手の使う整理されコントロールされた言葉からすると、老人が物語の補完的な報告者としてあまりふさわしくないからだが、だからといって老人の存在の重みが減るわけではない。事実を描写する際には、つねに使われる言葉が厳密かつ適切でなければならないのはそのとおりなのだが、この老人が一人の補完的な報告者として存在しなければ、われわれは外の世界の異常な出来事を知るすべがなかったのである。では、当面の問題に話を戻そう。これによって政府は、前代未聞の病気——瞬時に変化をもたらし、かつ潜伏期間の徴候もまったくない、不気味な正体不明の媒介物によって引き起こされる伝染病——が国中に蔓延するという当初の仮説を撤回した。そのかわり政府は、最新の医学的意見と必然的に更新された行政上の解釈にしたがって、偶然起きた不幸な一時的状況に対処する、と言い、つぎのように声明で強調した。まだ裏付けられていないが、発病の広がりを示すデータの分析を始めれば、病気の勢いが衰えつつあるきざしをはっきりした変化の曲線であらわすことができるだろう。あるテレビの解説者はうまいたとえ話をした。今回の病気は、伝染病と呼べるかどうかはともかく、空に向かって放たれた矢のようなもので、最高点までのぼると、一瞬そこで静止したようになり、そこから放物線のとおりに降りてくる。それが神の思し召しである。この解説者は神を引き合いにだして、人間の論考の陳腐さや、今回の伝染病と呼ばれるものや、わたしたちを苦しめる恐ろしい悪夢がついに消えるまで落下速度を増す引力などについて説明した。

こうした言葉はマスコミでひんぱんに使われ、失明した不運な人びとは神の思し召しでやがて視力を回復するだろう、当面は公私のいかんにかかわらず社会全体の結束をはかろう、といった結論が流された。遠いむかしに、同じような議論とたとえ話が、一般の人びとの大胆な楽天主義によって生みだされている。たとえばこういう言いまわしである。待てば海路の日和あり。良きにつけ悪しきにつけ、永遠につづくものはなにもない。人生や経済の浮沈から学ぶひまのあった人による、すぐれた格言である。これが目の見えない人びとの王国にも採り入れられ、以下のようになった。昨日は見えた、今日は見えない、明日はまた見えるだろう。三番目の最後の文は、かすかな疑問の響きをこめて読まれる。最後の最後に用心深さが頭をもたげて、この希望にみちた結論にかすかな疑惑をつけくわえることにしたかのように。

悲しいことだが、こうした希望の虚しさはやがてあきらかになった。政府の期待と医学界の予想はあとかたもなく崩れ去った。失明の発症は広がりつづけた。それは一気にすべてのものを押し流す突然の洪水というよりも、知らないうちにあふれた荒れ狂う無数の細流のようだった。大地はゆっくりと水びたしになり、だしぬけに水没した。社会の大破局に直面した政府は、早くも責任のなすりあいをし、大急ぎでさまざまな医学者を招集した。とくに呼ばれたのは眼科医であり神経科医だった。一部から要求のあった学術会議は時間がかかるため招集されず、その埋め合わせに、討論集会、セミナー、円卓会議などがおこなわれた。これらは公開されたものも、閉ざされたドアのなかでおこなわれたものもあった。無益さが透けて見える討論の全体的効果と、こうした会議のさなかに発言者が、目が見えない、目が見えない、と言いだす突然の発症例は、結果としてほとんどの新聞、ラジオ、テレビといったメディアから、率先して状況を打開しようという興味を奪った。たんなる慎み深さに欠けた、あらゆる意味でいう殊勝なふるまい以外のものが促進されたのである。他人の幸運や不運などさまざまな種類のセンセーショナルな話題を食いものにする一部報道機関は、たとえば、突然眼科学の教授の目が見えなくなるといった絶対保証付きのドラマチックな場面もふくめて、生中継で報道するチャンスを見逃すはずがなかった。

一般にモラルの堕落が進行していたが、その責任の一端は政府自身にあった。六日のあいだに二度も方針を変えたからだ。まず、政府は失明者と感染者を特定の場所――たとえばわれわれのいるような精神病院――に隔離することで病気の広がりを食いとめられると自信を持っていた。そのあと失明者数が容赦なく増加してくると、政府の有力者たちは、公の指導力では問題に充分な対応ができないことや、国庫に経済的負担がのしかかることを恐れて、失明者を家庭内に監禁し、街路に出してはならないという案にとびついた。これはすでに悪化している交通状況をこれ以上悪くならないようにするためでもあり、そしてまた、まだ視力のある、一時しのぎの気休めには無関心な、病気の眼を見ただけでそれにふれると災難がやってくる凶眼のように恐れ、白い病気が感染すると信じている人びとの不安な心をしずめるためでもあった。そもそも、悲しみ、無関心、あるいは陽気さ——まさかいまそんな気分の人がいるとは思えないが——といったさまざまな思いにとらわれている人に、ある人が恐怖の表情を浮かべ、目が見えない、目が見えないと、なすすべなく叫びながら血相を変えて向かってきても怖がるな、と望むほうがおかしい。どんなに図太い神経の持ち主でも、これには耐えられなかった。最悪なのは、とくに小家族の場合、家族全員がたちまち視力を失ったことだ。そうなると、導いたり世話をしたりできる人がだれもいなくなり、目の見える隣人たちさえも守ることができなくなった。父親であれ、母親であれ、子どもであれ、こうして失明した人びとにたがいの世話ができないのははっきりしていた。そうなると彼らには、絵に描かれた盲目の人びとのように、ともに歩き、ともに倒れ、ともに死ぬという運命が降りかかってくる。

こういう事態に立ちいたると、政府は急いでギヤを逆に戻すしか道がなかった。徴用できる施設の場所や面積について、決定していた基準を広げ、廃工場や、使われなくなった教会、競技用体育館、からっぽの倉庫といった建物を、即刻改装して使えるようにしなければならなかった。二日前から、軍が野営用のテントを張ったという噂も流れていました、と黒い眼帯の老人はつけくわえた。最初は、まさしく最初だけは、いくつかの慈善団体が失明した人びとを支援するボランティアを提供していた。ベッドづくりとか、便所掃除、衣類の洗濯、食事の準備、それがないと目の見える人でさえ生活が不便になるこまごまとした世話などである。このりっぱな人びとはすぐに失明したが、その寛容の精神は少なくとも歴史に残るだろう。その人たちはここへ来ましたか？　と黒い眼帯の老人がたずねた。いいえ、と医者の妻が答えた。だれも来てないわ。じゃ、噂だったんでしょうな。市内や交通はどうなってます？　と最初に失明した男が訊いた。自分の車のことと、自分を眼科診療所に運んでくれて、墓穴を掘るのを手伝ったタクシー運転手のことを思い出したのだ。交通はまあ大混乱といっていいですよ、と黒い眼帯の老人が答え、典型的な事故や事件について細かく話した。初めてバスの運転手が公道を運転中に失明したとき、この惨事で死者や負傷者が出たにもかかわらず、人びとはそれほど関心をもたなかった。つまり、いつものことだからである。運輸会社の広報部長などは、この事故は人為的ミスが原因であり、あきらかに遺憾ではあるが、事前に心臓の異常を訴えたことのない人間が心臓発作を起こしたようなもので、あらゆる点を考慮しても予見は不可能だった、という釈明がもしかしたらあっさり通るかもしれないと考えたくらいだ。わが社の従業員は、と部長は説明した。わが社のバスの機械部品や電気部品と同じく、定期的に厳しい検査を受けています。ごぞんじのように、概してわが社の車両の起こした事故がきわめて低いパーセントしかないというところに、原因と結果のはっきりとした関係が明示されております。この強引な釈明は新聞に掲載されたが、じつは、もはや人びとの頭には一件のバスの事故を心配している余裕などなかった。かりにブレーキの故障が事故原因だったら、これほど悪い結果にはならなかったのだ。あまつさえ、この二日後にまた同じ原因による事故が発生したとき、世の中というものは往々にして目的を達成するために真実へ偽りの仮面をかぶさざるをえないにもかかわらず、じつは運転手の目が見えなくなったのだという噂が広まった。じつはこれこれでした、と大衆を説得することはもう不可能だった。結果はすぐにあらわれた。人が失明したせいで死ぬくらいなら、自分が失明するほうがましだと、人びとはぱったりとバス便を使わなくなった。すぐに同じ原因による三件目の事故が起きた。その車両は乗客を運んでいなかったが、事故の後、さも心得たような、大衆にありがちな知り顔のこういう発言が聞かれた。わたしだってそうなってたかもしれないよ。これを口にした者には想像もつかなかったが、彼らはじつに正しかったのだ。民間航空機の操縦士が二人いっぺんに視力をなくし、地上に墜落して炎上、乗員乗客が全員死亡する事故が起きたが、唯一生存したブラックボックスが後日明かしたところでは、機械及び電気系統の異常はどこにも見当たらなかった。これほどの規模の悲劇になると、たんなるバス事故とは比較にならなかった。この結果、まだ幻想を抱いていた者もすぐにそれをなくし、社会からエンジン音がまるで聞こえなくなるとともに、車輪という車輪はすべて、大きなものも小さなものも、速いものも遅いものも、いっさい回転しなくなった。以前口癖のように、増えつづける交通量をこぼしていた人びとは——たとえば、車が停止していようがいまいが、いつも進路の妨げとなってどう行けばいいのかわからないと文句を言う歩行者や、街の区画を何周も回ってようやく駐車場所を見つけ、まっさきにその苦情を言ってから歩行者としてさきほどと同じ苦情をのべたてるドライバーは——いま満足していることだろう。ただし、二点間を移動するのに、自動車、トラック、バイクはともかく、自転車さえ運転しようとする者がいなくなったので、乗り物が市内全域にごちゃごちゃ散らばっているのも否定できない事実だった。すなわち、恐怖が人のたしなみに打ち勝った場所に、ことごとく車両が放置されていたというわけだ。牽引トラックが一台の乗用車を前輪の車軸から吊り下げたまま停止しているのは、その証拠ともいうべきグロテスクな光景だった。おそらく最初に失明したのは乗用車の運転手だったろう。状況はだれにとっても悪かったが、失明者にとっては破局といっていいほどだった。つまり、最近の表現を使うなら、人びとは足の置き場も見えなかった。失明した人が放置された車にぶつかるのは痛々しい光景だった。彼らはつぎつぎに向こう脛をぶつけてはけがをし、倒れて哀れっぽい声をあげた。だれか立たせてくれませんか。けれども、なかには生まれつき粗暴なのか、絶望がそうさせるのか、助けようとする手を激しく払いのけ、ほっといてくれ、おまえの番がすぐにやってくるぞ、とののしる者もいた。同情を寄せた人はぎょっとして、突然親切心から危険に身を晒したことに気づき、すばやく逃げだした。彼らは失明者の見ているあの白い濃厚な霧のなかへ消えていくのだが、おそらく数歩も進まないうちに失明したことだろう。

外の世界はそんなふうですよ、と黒い眼帯の老人は話を終えた。わたしは全部を知っているわけではありません。この眼で見たことしか話せませんのでね。ここで老人は黙りこみ、いまの言葉を訂正した。眼といっても片眼です。しかも眼はまだありますが、役には立ちません。そう言えば、どうしてあなたが義眼ではなく眼帯をしているか、理由を訊きそびれていました。逆に、どうしてわたしが義眼を望まなければいけないのか、教えてくれませんか、と黒い眼帯の老人がたずねた。そのほうが見かけも一般的になりますよ。それに衛生的です。義眼は入れ歯のように洗うことができますから。そうですか。しかし、いま失明した人が全員眼球そのものをなくしたとしたら、そこにふたつの義眼を入れて歩くことになにか利点があるでしょうか。なるほど、なにも利点はありません。どうやらそうなりそうですが、われわれ全員の目が見えなくなったら、だれが美意識に興味を持つでしょう。それに衛生面ですがね、先生、この場所でどんな種類の衛生が期待できますか？　たぶん目の見えない人の世界のなかでだけ、物事は真の姿になるでしょうね、と医者が言った。じゃ、人はどうなるの？　とサングラスの娘が訊いた。人もそうです、だれも見ていませんから。ひとつ思いついたのですが、と黒い眼帯の老人が言った。気晴らしにゲームをしませんか？　どんなゲームをしているかも見えないのに、どうしてゲームができるの？　と最初に失明した男の妻が訊いた。いやまあ、正確に言えばゲームじゃありません。それぞれが失明したとき、最後に見たものを話さなければならないというのですよ。それは恥ずかしいな、とだれかが言った。ゲームに参加したくない人は黙っていればいい。だいじなのは嘘の話をしてはいけない、ということです。例を出してみてください、と医者が言った。わかりました、と黒い眼帯の老人が答えた。わたしが失明したのは、見えない眼を見たときです。どういう意味ですか？

単純なことです。からっぽの眼窩が炎症を起こしているみたいに熱かったので、理由が知りたくなって眼帯をはずしました。その瞬間に失明したのです。寓意がありそうだなあ、と見知らぬ声が言った。おのれの不在を認めない眼、というわけだね。わたしは、と医者が言った。自宅で眼科学の参考書を調べていました。まさにそのときです。最後に見たのは本にのっている自分の手でした。わたしが最後に見たものは違うわ、と医者の妻が言った。救急車のなかです、夫が乗るのを手伝っていて。わたしは先生にもう説明しましたよ、と最初に失明した男が言った。信号で車をとめたときです。赤でした。通りを横断してくる人たちがいて、その瞬間見えなくなったのです。このあいだ死んだ男がわたしを家に連れていってくれましたが、彼の顔は見ていません。わたしの場合、と最初に失明した男の妻が言った。最後にハンカチを見ていたことを憶えてます。家で椅子にすわりこんで、わあわあ泣いていたんです。眼にハンカチをあてがったとき見えなくなりました。わたしは、と眼科診療所の受付係が言った。エレベーターに乗って、ボタンに手をのばしたときに突然見えなくなったの。たった一人で箱のなかに閉じこめられたのよ。その怖さがわかる？　降りるのか昇るのか、知るすべがないの。扉をあけるボタンだってわからなかった。ぼくの場合は、と薬局の助手が言った。もっと単純でした。大勢の人の目が見えなくなってるという噂を聞いて、自分もそうなったらどうなるんだろうと眼をつぶったんです。あけたら見えなくなってました。それにも寓意を感じるね、とさきほどの見知らぬ声が割りこんだ。見えなくなるように願ったら見えなくなった、というわけか。みんなは黙ったままだった。ゲームに参加しなかった人びとはベッドに戻っていたが、それは大変な作業だった。それぞれの番号がわかっていても、二十番から減らしていくか一番から増やしていくか、ともかく部屋の端から数えなおさなければ、思いどおりの番号に行き着けなかったからだ。人びとが数をかぞえる単調なつぶやき声はそのうち消え、サングラスの娘が自分の身に起きたことを話しはじめた。わたしはホテルの部屋で男の人を上に乗せてたの。そこで彼女は黙りこんだ。そこでしていた行為を口にするのはあまりに恥ずかしいことだった。あのときすべてがまっ白になったのだ。だが、黒い眼帯の老人がたずねた。それで、あなたは目の前がまっ白になったのですか？　そうよ、と娘は答えた。たぶん、あなたの症状はわたしたちのとは違うでしょう、と老人が言った。その部屋である人が失明したんです。白いシーツを持ってベッドメイクをしていました。その部屋である人が失明したんです。最後は、ホテルの客室係だった。わたしはベッドメイクをしていました。白いシーツを持ってベッドいっぱいに広げ、片側からマットレスの下に折りこんで、両手で皺を伸ばしていたら突然見えなくなりました。どういうふうにシーツを伸ばしていたかよく憶えてますよ。下側のシーツだったので、ゆっくりゆっくりやってたんです。そこに特別な意味があるとでもいうように、客室係は言いたした。みなさん最後に見たものを話しましたか？　と黒い眼帯の老人がたずねた。ほかにいないなら、わたしが話しましょう。そう言ったのは見知らぬ声の主だった。ほかにいたら、あなたの後にしてもらえばいい。さあどうぞ。わたしが最後に見たのは絵でした。絵ですか、と黒い眼帯の老人がくりかえした。どこにある絵です？　美術館に行ってたんですよ。カラスとイトスギのあるトウモロコシ畑の絵で、太陽がいくつもの太陽の断片でできているように描かれていました。あるオランダ人画家を思い出させますね。そうだと思います。そこには溺れかかった犬も描かれていました。かわいそうに。もう、半分ほど体が見えなくなっているのです。その絵は、スペインの画家のものに違いありません。彼以前にそういう境遇にある犬を描いた人はいませんし、以後も同じテーマを描く勇気のある人はいませんでした。たぶんそうでしょうね。それから馬が干し草を積んだ荷車を牽いて、小川を渡っていました。左側に家がありませんでしたか？　ええ。それはイギリスの画家の絵です。そうかもしれませんが、わたしは違うと思いますよ。子どもを腕に抱いた女がいたからです。母親と子どもというのは、絵ではありふれた題材ですね。ほんとうに、それは同感です。わたしが理解できないのは、ひとつの絵のなかに、どうしてそういうさまざまな画家による、そんなにたくさんの絵が入っているかということですね。男たちが食事をしていました。美術史上、昼食や午後のお茶や晩餐はそれこそ無数に描かれてきましたから、それだけではどういう人物が食べているかわかりませんな。十三人の男たちです。ああ、それなら簡単です。あとは？　金髪の裸の女性がいました。海に浮かぶ貝殻のなかにいて、彼女のまわりにはたくさんの花がありました。まちがいなくイタリアの画家でしょう。戦いも描かれています。晩餐や母親の腕に抱かれた子どもを描いた絵と同じで、たったそれだけの説明では、絵の作者を当てるのに充分とはいえませんね。死体があり、負傷者がいました。当然でしょう。おそかれはやかれ子どもたちはみんな死にますし、兵士もそうです。それから恐怖におののく馬がいました。目玉が飛びだしそうな顔をした？　そのとおりです。馬はみんなそういうものですよ。あなたの見た絵には、ほかにどういう絵が描かれていたのですか？　ああ、もうそれ以上はわかりません。馬を見たとたん、見えなくなったのです。恐怖から目が見えなくなるってことはあるわ、とサングラスの娘が言った。まさに真実の言葉です。それ以上の真実はありませんよ。われわれは失明したとたん目が見えなくなる。恐怖が目を見えなくするのです。恐怖が目をくらませつづけるのです。いま話しているのはだれです？　と医者がたずねた。目の見えない男です、と声が答えた。ただのそういう男です。わたしたちは、それだからここにいるんです。すると黒い眼帯の老人が問いかけた。目を見えなくするには、失明した人間が何人必要なのでしょうかな。その答えはだれにも出せないでしょう。サングラスの娘が、ラジオのスイッチを入れてくれと老人に頼んだ。ニュースがあるかもしれないわ。ニュースは後で報じられ、それまでのあいだ人びとはすこし音楽に聴き入った。そのうち病室の戸口に数人の患者があらわれて、ある人が、ギターを持ちこもうとした者がいないのは残念だと言った。たいして元気のでるニュースはなかった。挙国一致体制をつくり、国家を救うことが急務だという噂が流れていた。

当初この病室の患者たちは、十本の指にみたない人数だった。見知らぬ他人同士が不運な目に遭った仲間という意識を持つには、ふたことみこと言葉をかわすだけでよかったし、さらに三つか四つ言葉をやりとりすれば、たがいの過ちを、実際かなり深刻なものであっても許しあうことができた。かりに充分な謝罪がなくても、ただ二、三日がまんして待っていればすむ問題だった。やがてわかったことだが、欲求を満足させるたびに、いや、ありていに言えば切迫した便意をもよおすたびに、みじめな人びとは何度もばかげた苦痛を味わうはめになった。にもかかわらず、完璧なエチケットはほとんど期待できないことを、そして、もっとも慎み深い謙虚な性質にさえ弱点があることを知りながら、最初にここに隔離された患者たちが多かれ少なかれ誠実に、糞便にまつわることを大いに好む人類特有の性質によって負わされた受難を気高く耐えたことを認めてしかるべきだろう。さて、床で眠る人びとをのぞけば二百四十すべてのベッドが失明した患者で埋まったいま、ここの不潔さを適切に描くのに、比較や、具体的描写や、比喩をもちいれば創造力豊かに描写できるとしても、想像力はいっさいいらなかった。便所はたちまちのうちに、有罪を宣告された魂がぎゅう詰めになった地獄の汚水溜のように臭い洞穴となり果てた。そしてまた、一部の患者の節度のなさと、突然の便意をがまんできなかった人びとのせいで、廊下やそのほかの通路がまず便所に変わった。最初はときたまのことだったが、いまでは日常的に使われていた。こうしただらしない人や短気な人は、どうせ見られないんだから関係ないさと考えて、遠くへは行かなかった。あらゆる意味で、便所に行けないようになると、患者たちは中庭で小便をし、下腹をからっぽにした。もともとの性格や躾から潔癖な人びとは、一日中便意をこらえてすごし、夜の帳が下りるまでじっと耐え抜いた。彼らは病室のほとんどの人が眠ると夜がきたと思い、おなかをおさえ、両脚をよじりながら、踏みつけられた排泄物の果てしない絨毯のなかに、ほんのちっぽけな汚れていない地面があればと中庭へ出ていった。問題を面倒にしたのは、広い中庭で迷う危険があることだった。そこにはかつての入院患者から執拗に樹皮を傷つけられながらどうにか生きのびた樹が二、三本あるだけで、あとはほとんど平らになった死者の埋まっている低い土盛りがあるぐらいだった。一日一度、いつも午後の遅い時間、同じ時刻にセットした目覚まし時計が鳴りだすように、スピーカーの声がおなじみの指示と禁止事項をくりかえし、習慣的に洗剤などを使用する利点を強調して、必要な消耗品を求めるための電話が各病室に備えつけられていることを患者たちに思い出させた。だが、ほんとうに必要なものは、そこらじゅうにある糞便を洗い流すための強力なジェット水流が出せる高圧洗浄機と、貯水槽を修理してふたたび使えるようにする配管工の一団だった。そうすれば、排水管に詰まったものを水で押し流せるだろう。さらに言うなら眼がほしい。一対の眼。それから手。わたしたちを導く手。それから声。こっちだ、とわたしに告げる声。ここにいる患者は、わたしたちが手足にならなければ、すぐに獣になってしまう。目の見えない獣だからもっとひどいことになる。そう言ったのは、この世界の絵画と図柄について話した見知らぬ声ではなかった。別の言葉にしても、深夜それを口にしたのは、夫のそばに寝て、いっしょに毛布をすっぽりと頭からかぶった医者の妻だった。このひどい混乱をどうにかする解決策を見つけなければ、とても耐えられないし、目が見えないふりをつづけることもできないわ。そんなことをしたらどうなるか考えるんだ。彼らはまちがいなくきみを奴隷にするぞ。みんなの下働きだ。全員の命令に応じなければならなくなる。給仕をさせ、体を洗わせ、ベッドに入れさせ、朝は起こさせ、どこに行くにも連れまわす。洟をかませ、涙を拭かせ、きみが眠っていても起こしにきて、待たせでもしたら居丈高に侮辱するだろう。あなたはこんな悲惨な状態をずっとわたしに見させておいて平気なの？　この人たちをいつまでも目の前に置いて、救いの指を一本も動かせないなんて。きみはもう充分頑張ってるじゃないか。目が見えることを懸命に悟られないように心配するばかりで、なんの役に立ってるというの？　目が見えるというだけで、きみを憎む者もいるだろう。失明したからといって、われわれが善良になるとは考えるな。これ以上は悪くなりようがないわ。でも、まだわれわれは途上にある。食糧を分けるときになにが起きるか見てごらん。それなのよ。目の見える者がいれば、ここにいる全員に食糧が行きわたるかどうか監督できる。常識を持って公平に分配すれば、不平不満はなくなるし、聞いてると頭にくる絶えまない言い争いもやむわ。目の見えない患者同士の喧嘩を見るのがどんなものか、あなたには想像もつかないでしょうね。争いごとは、見えないことにいつもつきまとってきた問題だ。ここのは違うわ。きみは自分がいちばんいいと思うことをすればいい。だが、われわれがここにいる理由を忘れるな。目が見えないんだ。ただ目が見えないから、ここにいるんだ。きれいごとが言えない、同情の言葉も持たない、目の見えない人間なんだ。もはや慈悲深い、絵のような、幼い盲目の孤児たちの世界じゃない。いまわれわれがいるのは、がさつで残酷で無情な、目の見えない人びとの王国だ。わたしが見せられてるものを見たら、きっとあなたも視覚をなくしたくなるはずよ。きみの言うことはわかる。でも、もう目が見えないから、その必要はないよ。ごめんなさい、あなた。ただわかってほしかったの。いいんだよ、ぼくはこれまで人の眼をのぞいて生きてきた。人の体のなかで、いまだに魂が宿っていると思える唯一の場所だ。その眼が失われているとしてもだ。明日、みんなに目が見えると話すわ。それを後悔しないで生きていけることを祈ろう。明日、わたしは話す。医者の妻はそこで間を置いてつけくわえた。そのときみんなと同じ世界に入っていなければ。

　しかし、そうはなっていなかった。翌朝いつものようにとても早く目覚めたとき、彼女の眼はあいかわらずはっきりと見えていた。病室の患者は全員眠っていた。医者の妻はどのように話そうかと思案した。みんなを集めて知らせるべきだろうか。たぶん、遠慮がちにしたほうがいいだろう。ひけらかすような印象を与えるのは禁物だ。この問題をあまり深刻に扱ってほしくないという言い方がいい。考えてみると、こんなに大勢の患者に囲まれているのに、目が見えてるなんて信じてもらえるだろうか。それとももうすこし賢く、実際に失明していたのに、突然視力をとりもどしたことにするほうがいいかもしれない。そうすれば、ほかの人にもいくらか希望を与えるだろう。彼女がまた見えるようになったのなら、われわれだってそうなる、と口ぐちに言いあうに違いない。反対に、みんなが彼女に言うかもしれない。目が見えるなら、ここから出ていけ。おまえなどいらない。そうなったらこう言い返そう。夫を残して放りだすわけにはいかない。それに隔離した場所から釈放するなど軍隊が許すはずがない。ここに留まるしか道はないのだ、と。数人の患者がベッドで寝返りを打っている。毎朝のことだが、あちこちでおならを放つ音がした。しかし、すでにこれ以上汚せないほど、空気にはむかむかする臭さが染みついていた。吐きたくなるような臭さは、便所からきた悪臭ばかりではなかった。すこしずつ溜まってきた二百六十人の人間の体臭があった。患者たちは汗にまみれた体を洗うこともできず、洗い方がわからないので衣服も不潔になっていき、しょっちゅうベッドで排泄して、そのまま寝ている者までいた。多くのシャワーは水が出ず、水道管がはずれた状態になっており、詰まった下水管からは汚水があふれて洗い場の外に広がり、廊下の床板を濡らして、敷石の隙間に染みこんでいた。こういう状況で、建物のどこかに置き去りにされた石鹸や、漂白剤や、洗剤といったものがなんの役に立つだろう。この流れを食いとめようとするのは無謀かもしれない、と医者の妻は思いはじめた。たとえみんなから奉仕作業を命じられなくても、きっとわたしは体力のあるかぎり掃除と洗濯を始めずにはいられない。これはまちがいなく、一人の人間の手には余る。鼻の穴に侵入し、目に不快感をもたらす絶望的な現実に向きあうと、あれほど揺るぎないと思えた彼女の勇気はぼろぼろに砕けはじめ、しだいに心から離れていった。すでにあの言葉を実行に移すタイミングは過ぎていた。臆病者、と医者の妻はいらだってつぶやいた。意気地のない伝道師のように動きまわるより、目が見えないほうがどんなにいいだろう。三人の患者が起きあがっていた。一人は薬局の助手だった。彼らは第一病室に割り当てられた食糧を運ぶために、玄関ホールで待機しようと腰をあげた。目が見えないので、コンテナをもうひとつ多く、コンテナをもうひとつ少なくと、勘に頼って分配することになるのは責められなかった。むしろ、途中で数がわからなくなり、また一からやりなおすのを見ると哀れをもよおした。疑り深い性格の者は、ほかの人びとがなにを運んでいくか正確に知りたがり、最後には決まって口論になった。たがいをこづいたり、女をひっぱたいたりすることも避けられなかった。病室では全員が目覚めて、食糧が配給されるのを待っていた。人びとは経験から、とても簡単な分配方法を編みだしていた。すべての食糧を病室のいちばん奥の、医師とその妻、サングラスの娘と母を恋しがる少年がいるところへ運ぶ。それから入口に近いベッドの持ち主から順に、右の列の一番と、左の列の一番の人が最初、つぎに二番の人というふうに、二人ずつ取りにいく。時間はかかるが、不機嫌なやりとりも押しあい揉みあいもない。平和を守れば、待つかいもある。食糧が手の届くところにある人間は最後に取るというシステムだ。ただ、斜視の少年だけは例外で、サングラスの娘が食糧をもらうころには食べ終えてしまい、彼女の食糧の一部はかならず彼の腹におさまることになっていた。患者たちの首がいっせいにドアのほうを向いた。仲間の足音が聞こえないかと期待したのだ。患者が物を運ぶおぼつかない足音は、聞き違えようのない音だ。だが突然聞こえてきたのは、ばたばたと早足で駆けてくる音だった。足をどこに置いたらいいかわからない患者たちに、あんな芸当ができるだろうか。しかし、彼らがぜいぜい息を切らして戸口にあらわれたところをみると、ほかには説明のしようがなかった。そんな勢いで走ってくるとは、いったいなにがあったのか。三人は同時に戸口から入ろうとしながら、予想だにしないニュースをつたえた。やつらがわれわれに食糧を持っていかせないんだ、と一人が言った。ほかの二人も同じ言葉をくりかえした。やつらが持っていかせないんだ。だれが？　兵士がか？　病室の患者が口ぐちにたずねた。違う、目の見えない患者どもだ。なんだって？　ここにいるのはみんな目の見えない患者だろう。どういうやつらかはわからない、と薬局の助手が言った。しかし、たぶん大勢でやってきたグループの一部だ。最後に来た連中だろう。食糧を持っていかせないとはどういうことだね？　と医者が訊いた。これまではなんの問題も起きなかったが。やつらは言うんだ、すべては終わった、これからは食べたいなら金を支払えと。病室の両側の列から抗議の声があがった。そんなばかな。わたしたちの食糧を盗んだんだわ。泥棒だ。恥知らずめ。目の見えない者同士が喧嘩をするなんて。こんなことになるとは思わなかった。軍曹に不満をぶつけに行こう。さらに強硬な人びとは、全員で押しかけていって、自分たちの物を要求するべきだと提案した。簡単にはいかないぞ、と薬局の助手が言った。やつらは大きな集団をつくってるような感じがする。それに最悪なのは向こうが武器を持ってることだ。武器とはどういうことだ？　少なくとも棍棒がある。わたしは殴られた腕がまだ痛みますよ、と運搬当番の一人が言った。平和に治められればそれにこしたことはない、と医者が言った。わたしがいっしょに行って、その人たちと話してみよう。なにか誤解があるに違いない。もちろん、先生に助けてもらえば心強いですけど、やつらの態度からすると、先生にも説得できるとは思えません。やってみないとわからないさ。とにかく行かないことには話にならないし、放ってはおけない。わたしも行くわ、と医者の妻が言った。腕が痛いと言った男をのぞく小人数のグループが病室から出ていった。当番の男は自分の義務は果たしたと思い、すぐそこに食糧があるのに人間の壁が立ちはだかっていたんだと、危険な冒険を仲間に語るために後へ残った。棍棒を持ってたんだぞ、と男は強調した。

　彼らはほかの病室から来た患者たちのあいだを、小隊のようにひとかたまりになって進んだ。玄関ホールに着くと、医者の妻はすぐにどんな交渉も不可能だということに気づいた。たぶんこの先も期待できないだろう。玄関ホールの中央では、棍棒と、ベッドからはずした鉄の棒で武装した患者たちが食糧のコンテナを囲んで輪をつくっていた。彼らは武器を銃剣や槍のように突きだして、まわりからどうにか人の壁を突破しようとぶざまにこころみるほかの患者に立ち向かっていた。なかには人垣の隙をつこうとしている者もいた。武装勢力がうっかりあけたわずかな隙間に向かっていき、降りかかる殴打を両腕をあげて防いだり、よつんばいで前進し、敵の足にぶつかって、背中を殴られたり蹴られたりしていた。その殴り方は、俗に言う、めったやたらといった形容がぴったりだった。この騒ぎには抗議の怒号や叫び声が重なっていた。われわれの食糧をよこせ。食べる権利があるんだ。悪党め。ひどいじゃないか。信じられないことだが、無邪気というか取り乱したというか、警察を呼べ、と言った者さえいた。たぶん患者のなかにも警察官が何人かいただろう。当然のことだが、失明は職業や仕事を選ばない。とはいえ、突然目が見えなくなった警官と、盲目の警官は同じではないのだが。われわれの知っている二人の警官はすでに死亡し、みんなが難儀したすえに埋めたあとだった。行政当局なら精神病院にもとの静けさを復活させ、正義を強化し、心の平和をとりもどしてくれるのではないかという愚かな希望につきうごかされて、ある女が懸命に玄関のドアまでたどりつき、外の人びとに聞こえるような大声をあげた。助けて。悪者がわたしたちの食糧を盗もうとしてるの。兵士たちは聞こえないふりをした。軍曹が大佐の公式視察の際に受けた命令は、これ以上ないほどはっきりしていた。患者たちが殺しあいをするに至ったら、いっそ都合がいい。数が少なくなるからな。目の見えない女は、むかし狂気に駆られた女がそうしたようにわめきたてた。女は精神に異常をきたしているようだったが、それは深い絶望のなせるわざだった。結局、女は嘆願してもむだなことに気づいて黙り、建物に入って身も世もあらぬようにむせび泣いた。そして、あてどなくさまよううちに、頭を殴られて床へ昏倒した。医者の妻は駆け寄って助けたかったが、周囲のあまりの騒ぎに一歩も動けなかった。食糧を要求してやってきた患者たちは、すでにいりみだれて後退しはじめていたが、方向感覚をなくし、よろけてぶつかったり、倒れて立ちあがってまた倒れたりしていた。なかには床にころがったまま、あきらめたようになにもしない者もいた。タイルの床に顔を押しつけ、痛みに苦しみ、うちひしがれてへたばっていた。と、そのとき医者の妻は恐怖におののいた。一人のならず者がポケットから拳銃を取りだすと、ぞんざいに銃口を上へ向けたのだ。銃撃音とともに天井から剝がれた漆喰のかけらが患者たちの無防備な頭に降りそそぎ、人びとはさらにあわてふためいた。ならず者が叫んだ。みんな静かにしろ、黙るんだ。声を出しやがったら容赦なく拳銃をぶっぱなすぞ。どいつに命中しようが知ったことか。これでもう不平を言うやつはいないだろう。患者たちは凍りついた。拳銃を持った男はつづけた。いいか、言っておくが、もう後戻りはしない。今日からおれたちが食糧の面倒を見る。わかったか。のこのこ出てきて食糧を探すことなど考えるな。おれたちは玄関に見張りを出す。

この命令に逆らうやつは、痛い目を見るから覚悟しろ。食糧は売り物だ。食いたけりゃ、金を出せ。どうやって支払うの、と医者の妻が訊いた。黙ってろと言ったはずだ、と武装したならず者が拳銃をふって怒鳴った。だれかが話さなければならないわ。今後どうしたらいいのか、知っておかなければ。どこに食糧を取りにいけばいいの？　全員で行っていいのか、一度に一人ずつなのか。この女、なにか企んでるぞ、と集団の一人が言った。撃ち殺せば、食わせる口もひとつ減るぜ。目が見えてたら、とっくに腹へ弾丸をぶちこんでるんだが。それから全員に告げた。すぐに自分の病室へ戻れ。ぐずぐずするな、食糧を運び入れてから、どうするか決める。支払いの件は？　と医者の妻が食いさがった。コーヒーとミルクとビスケットに、いったいどれだけ支払えというの？　この女、本気で訊いてるぜ、とさきほどの声が言った。女はおれにまかせろ、と拳銃の男が言い、口調を変えて、病室ごとに代表を二人出せと告げた。そいつが貴重品を集めるんだ。金目のものならなんでもいい、現金、宝石、指輪、ブレスレット、イヤリング、腕時計、所持品はすべてだ。代表はそれをすべておれたちのいる左側の棟の第三病室へ持ってこい。おまえらのためを思って助言してやるが、おれたちを騙そうなんて思うなよ。なかにはかならず金目のものを隠すやつがいるはずだ。だが、そいつらは考えなおせ。おまえらがどうも全部出してないようだと感じたら、食い物はやらないぞ。せいぜいお札やダイヤモンドでもしゃぶってることった。右棟の第二病室から来た男がたずねた。どうすればいいんだ？　一度に全部渡せと言うのか、それとも食べる物の分だけ出すのか。

どうもはっきりと説明してなかったみたいだ、と拳銃を持った男が笑いながら言った。まず支払え。それから食い物だ。いちいち食べた分だけ支払うんじゃ、計算が面倒になる。最初に全財産を出せば、おれたちもおまえらにどれだけ食糧をやる価値があるのかわかるだろう。だが、もう一度警告しておく。財産を隠すな。さもないと、そのツケはおまえらが支払うことになる。それから、約束を守らないなどとおれたちを責めるなよ。集まった所持品はちゃんと検査する。硬貨が一枚しかなかったら、おまえらは身の破滅だ。さあ、全員とっとと引き揚げろ。男は腕を上げて、もう一発撃った。またもや漆喰のかけらが床に降った。それからおまえ、と拳銃を持ったならず者が言った。おまえの声は忘れないぞ。わたしもその顔はね、と医者の妻が答えた。

目の見えない女が、見えないはずの顔を忘れないと言った矛盾に、気づいた者はいないようだった。すでに患者たちは大急ぎで病室に帰りはじめ、ドアを探しまわっていた。第一病室の人びとも部屋に帰って、さっそく同室の仲間に状況を説明した。われわれが聞いたかぎりでは、信じられないことですが、とりあえずやつらの要求に従うしかありません、と医者が言った。向こうは人数が多いし、最悪なのは武器を持っていることです。こっちも武装しよう、と薬局の助手が言った。そうだ、手の届くところに樹の枝が残っていたら、それを切って棍棒にするんだ。ふりまわす力がなくても、ベッドから鉄の棒をはずそう。いかにやつらが拳銃をふりかざそうが、そんな悪党に所持品を渡すのはごめんだ、とある患者が言った。わたしも、と同調する声がした。そのとおり、全部渡すか、いっさい出さないかのどちらかです、と医者が言った。わたしたちに選択の余地はないわ、と医者の妻が言った。それに、ここの支配体制は、外の人びとが押しつけるものと同じようなものよ。支払いたくない人はそうすればいい。そうする権利があるんだから。でも、そうなれば食べ物は手に入らないし、その人はほかの人から食糧を分けてもらおうと期待してはならない。持っている物を全部渡すことにしましょう、と医者が言った。出す物がない人はどうするんです？　と薬局の助手が訊いた。向こうがくれる物を食べるしかありません。よく言われるように、それぞれの資産と必要しだいでピンからキリまでと。いっとき沈黙が落ちた。黒い眼帯の老人がたずねた。では、代表はだれにしますかね。わたしは先生がいいと思うわ、とサングラスの娘が言った。投票する必要はなかった。病室の全員が賛成だった。代表は二人です、と医者が注意をうながした。立候補する方はいませんか？　ほかにやる人がいなければ、わたしがやります、と最初に失明した男が言った。いいでしょう。それでは集めはじめます。袋か、バッグか、小さなスーツケースか、そういうものが必要ですね。これを空けるわ、と医者の妻が言い、化粧品などのこまごまとした日用品の入っている袋をからっぽにした。こんな状況で暮らすことになるとは想像もしなかったときに用意したものだ。瓶や箱やチューブといった別世界の品物のなかに、先の尖った長いハサミがあった。医者の妻はそこに入れたことを憶えていなかったが、そういうものが入っていたのだ。彼女は顔を上げた。患者たちは待っていた。夫は最初に失明した男のベッドに行っており、そこで話しこんでいた。サングラスの娘は斜視の少年に、じきに食べ物がくるからねと教えていた。ベッドサイドの小卓の陰になった床に、血のついた生理用品が隠されていた。サングラスの娘は、乙女のような、そして的はずれの慎みから、目の見えない人びとの目のとどかないところに隠したのだろう。医者の妻はハサミを見た。彼女はなぜ自分がそれをこんなふうに見つめているのか考えようとした。どのように？　こんなふうに。だが、理由は思いつかなかった。手のひらに置いた一本の長いただのハサミ。先端がきらきらと鋭く尖るニッケルメッキをほどこした刃。ありていに言って、わたしがそれにどういう理由を期待できるのだろう？　用意はいいかい？　と夫がたずねた。ええ、ここにあるわ、と彼女は答え、からの袋を差しだしながら、片手を後ろにまわしてハサミを隠した。どうしたんだい？　と医者が訊いた。なんでもない、と妻は返事をした。あら、どうかして？　とでも答えればよかった。きっとわたしの声が変だったのだろう。そうだ、それだけのことだ。医者は最初に失明した男を伴って、妻のほうに近づき、ためらいがちにのばした手で袋を取った。では、品物の準備をおねがいします。これから集めに回ります。医者の妻は腕時計の留め金をはずし、夫のものもはずし、イヤリングをとり、ルビーの小さな指輪を抜き、首にかけている金の鎖のネックレスをはずし、結婚指輪を抜き、夫のも抜いてやった。指輪は簡単に抜けた。あなたもわたしも指が細くなったんだわ、と妻は思い、集めたものをすべて袋に入れた。つぎに家から持ってきた現金、さまざまな金額の紙幣に小銭がすこし。これですべて、と彼女は言った。まちがいないね？　と医者がただした。もれのないように頼むよ。値打ちのある物はこれで全部入れたわ。サングラスの娘はすでに所持品をまとめ終えていたが、それほど違う内容ではなかった。彼女の場合はブレスレットがふたつあり、結婚指輪がなかった。医者の妻は、夫と最初に失明した男が背中を向けるまで待った。サングラスの娘が斜視の少年に身体をかがめて、わたしをママと思うのよ、あんたの分も支払ってあげたから、と言った。そのあいだに医者の妻はいちばん奥まった壁へひっこんだ。そこにはほかの壁同様に大きな釘が打ってあった。おそらくむかしの患者が安ピカの宝物をぶらさげていたのだろう。彼女は自分の手がとどくいちばん高い釘を選んで、ハサミをひっかけた。自分のベッドにすわって見ていると、夫と最初に失明した男はすこしずつドアに向かって移動していた。立ちどまっては、両側のベッドから供出される物を受けとっている。みすみす奪われるのは屈辱だと抗議する者もいた。それはいつわりのない真実だった。ほかの人びとは無関心な様子で装身具などを自分の体から剝ぎとった。その態度はまるで、いろいろ考え合わせれば、厳密な意味でわれわれに属する物などこの世にはないのだと悟っているようだった。これまたまぎれもない真実であろう。二人が徴集を終えて病室のドアにたどりつくと、医者がたずねた。全部出しましたか？　あきらめた声が口ぐちに、はいと答えた。黙っている者もいたが、時が至れば、これが嘘を避けるためにしたことかどうかがわかるはずだ。医者の妻はハサミを見上げた。かなり高い場所にあるのに驚いて、まるで掛けたのが自分ではなかったような気がした。そのとき、ハサミを持ってきたのはすばらしい思いつきだったと思った。これで夫の髭を見苦しくなく整えられるのだ。知ってのとおり、この状況ではふつうのように髭を剃ることはできない。ふたたびドアに眼を向けると、二人の男はすでに暗い廊下へと消えたあとだ。左棟の第三病室へと向かっているのだろう。食糧がほしければ、そこに行って支払いをしろと命じられていた。今日の分、そして明日の分も。たぶん今週はもらえる。そのあとは？　答えはない。これでみんなの所持品はすべて支払いに消えてしまった。

驚いたことに、廊下ではいつもと違って揉みあいがなかった。ふだんなら、患者たちは病室を離れると、かならずつまずいたり、衝突したり、倒れたりして、ぶつかられたほうがののしり、悪口雑言を投げつけ、それに対して、ぶつかったほうが悪態をついて反撃に出るといった騒ぎがあったからだ。とはいえ、とりわけ目が見えないと、どうしてもどこかで感情を発散させざるをえないので、あまり関心を持つ者もいないのである。前方から足音と声が聞こえてきた。同じ命令に従ったほかの病室の代表に違いない。とんでもないことになりましたね、先生、と最初に失明した男が言った。目が見えなくなるだけじゃ不幸がたりないみたいに、こんどは目の見えない泥棒にやられるなんて。わたしは呪われてる。最初は車泥棒。つぎに銃をつきつけて食糧を盗む烏合の衆です。そこが違うね、武装してるところが。でも、弾薬はいずれ尽きます。どんなものも永遠ではないが、この場合は弾薬が尽きないほうがいいんじゃないかな。どうして？　弾薬が尽きるのは、それを使用した場合だからね。もう死体はたくさんだ。行くもならず、戻るもならずですか。それはここに来たときからだが、それでも耐えていかなければ。あなたは楽天家ですね、先生。いや、楽天家じゃない。いまより状況が悪くなるとは思えないだけなんだ。わたしは不幸と悪事に際限があるとは、なかなか思えませんよ。たぶんきみの言うとおりだろう。それから医者は、ひとりごとのようにつぶやいた。ここではなにかが起きてしかるべきだ。矛盾をふくむ結論だが、その結果いまより状況が悪くなることか、あるいは、すべてが逆を示しているとはいえ状況が良くなることか、それはわからないが。二人は着実に進み、いくつか角を曲がって第三病室に近づいていった。医者も最初に失明した男も、建物のこちら側に来るのは初めてだったが、ふたつの棟の平面図が予想どおり左右対称形になっており、右棟に馴れていた者にしてみれば、左棟で方向を決めるのはさほどむずかしくなかった。いままで右に曲がっていた場所で左に曲がればよかった。声が聞こえてきた。二人より先に来た人びとの声らしい。待つことになりそうだ、と医者が低い声で言った。なぜです？　部屋にいる連中はみんなが持ってきた物を正確に知りたがってる。もう食事は終わってるし、急ぐ必要もない。やつらにとっては切実な問題じゃないからな。じきに昼食の時間になりますよね。たとえ目が見えたとしても、それを知ったところでいいことはなかった。二人はもはや時計も持っていなかった。十五分後、一、二分の誤差はあるだろうが、物々交換の取引は終わった。医者と最初に失明した男の前を、二人の男が通り過ぎた。その会話から、食糧を持っていることがわかった。気をつけろ、ひとつも落としちゃだめだぞ、と一人が言った。すると相棒がつぶやいた。よくわからんが、全員に充分な量があるとはいえないようだな。みんなベルトをきつく締めなくては。医者はすぐ後ろに最初に失明した男を従えて、壁に手を這わせ、戸口の脇柱を探りあてた。われわれは右棟の第一病室の者だ、と医者は叫んだ。一歩足を前に進めようとして、なにか障害物にぶつかり、ベッドが横わたしに置いてあることに気づいた。そこがいわば取引カウンターになっているらしい。連中は組織化されている、と医者は思った。これは衝動的な犯行ではない。声と足音が聞こえた。グループは何人いるのだろう。妻は十人だと言っていたが、それ以上いるとしても意外ではない。玄関ホールに食糧を取りに出てきたのが全員とはかぎらないからだ。拳銃を持った男が首領だった。その嘲(あざけ)るような声が、では、右棟の第一病室からどんなお宝が届けられたか見てやろう、と言った。それから、そばに人が立っているらしく、小声で告げた。記録しろ。医者はどういう意味かと小首をかしげた。記録しろ、とこの男は言った。つまり、文字の書ける人間がいるということだ。もし目が見えるとしたら、目の見える人間が二人いることになる。よく注意しなければ、と医者は思った。明日になったら、この悪党はわれわれの隣に立っているかもしれない。しかも、気づかないうちに。医者の考えたことと、最初に失明した男の考えていることはほとんど同じだった。拳銃があり、さらにスパイがいれば、こちらは絶望的だ。二度と頭を上げられないかもしれない。部屋の内側にいる盗賊の首領はすでに袋をあけており、馴れた手つきで品物と現金を探って調べあげた。男はさわっただけで、金かどうかを見わけた。さわっただけで紙幣や貨幣の金額も言いあてた。といっても経験を積めばむずかしいことではない。医者は何分もしないうちに紙を打つ音を耳にした。それがなにかはすぐにわかった。まぎれもなく、点字でアルファベットを打つ者が近くにいる。浅浮き彫り文字（アナグリプトグラフィア）とも呼ばれる点字をつくるために、点字器が厚手の紙を打ち、その下に敷かれた金属板を叩く静かでくっきりとした音だ。悪事に走った目の見えない患者のなかに、ふつうの盲人がまざっていたのだ。かつて盲人とは、みんなこういう目が見えない人びとのことだった。気の毒に、この男はたんなる一般人だったのに、ほかの患者たちと十把（じっぱ）ひとからげに縄をかけられたのだろう。だがいまは、最近目が見えなくなったのですか、それとも何年も前から？　失明したのはどういう理由から？　などと質問したり、秘密を探ったりしている場合ではなかった。連中はまちがいなく運がいい。くじで会計係を引き当てただけでなく、案内係にも使えるのだから。盲人として長く生きた人間は別格であり、その価値は黄金にも匹敵する。財産目録の作成はつづき、拳銃を持った盗賊はときおりこの会計係に助言を求めた。これはどうかな。すると男は簿記の手を休めて意見をのべた。安っぽい贋物（にせもの）です。それを聞くと、拳銃を持った男は感想をもらす。こういうものが多ければ食い物は出ないなあ。高級品です。この場合の感想はこうなる。正直者と取引をするのはこたえられねえ。結局ベッドには食糧のコンテナが三個のせられた。これを持っていけ、と武器を持った首領が言った。医者はそれを数えて、三個では足りない、われわれの病室しか人がいなかったときでも四個受けとっていたんだ。そのとたん、医者は銃口が首に押しつけられるのを感じた。目の見えない男にしては狙いが正確だった。おまえらが不平をならべたら、そのたびにコンテナをひとつ減らすぞ。さあ、こいつを持って、さっさと帰れ。まだ食べる物があることを神に感謝しろ。医者は、しかたがない、とつぶやき、コンテナをふたつ抱えた。最初に失明した男がもうひとつを担当した。二人はやってきた経路を戻ったが、荷物を持っているので行きよりもゆっくりだった。玄関ホールに着くと、周囲に人の気配はなかった。ああいうチャンスは二度とないな、と医者が言った。どういう意味です？　と最初に失明した男がたずねた。あの男はわたしの首に拳銃を突きつけたんだよ。奪いとれたろう。それは危険ですよ。思ったほど危険じゃないさ。こっちは拳銃のある場所がわかっていて、向こうはこっちの手がどこにあるか知りようがなかった。あのとき、わたしは相手のほうに隙があると確信したのに、それを思いつかなかったんだ。いや、思いついたのに勇気がなかった。だからなんだと言うんですか？　というと？　かりに先生があいつの武器をつかんだとしても、それを使えるとは思いませんね。もし状況を変えられる自信があれば使えただろう。でも、あなたには確信がなかった。そうだね、実際は。だったら、武器は相手に持たせておくほうがいいですよ。少なくとも、やつらがあれをわれわれに向けて使わないかぎりは。拳銃で人を脅かすのは、それで人を襲うようなものだ。でも、先生があいつの拳銃を奪っていたら、ほんとうに戦争が始まってました。そうなったら、われわれは絶対にここから生きては出られない。きみの言うとおりだ、と医者が言った。そう考えて、やめたことにしておこう。先生、さっきおっしゃったことを忘れちゃいけません。わたしがなにか言ったかな。なにかが起きてしかるべきだと。せっかく起きたのに、わたしはそれを利用しなかった。きっと別のことが起きますよ、それではなく。

二人は病室に入ると、運んできた乏しい食糧をテーブルに並べてみせなければならなかった。数人が、なぜ抗議をしなかったんだと二人を責め、もっとくれと要求した。代表ならばそれに見合ったことをしてくれ。そこで医者が起きたことを話した。目の見えない会計係がいること、拳銃を持った男の無礼なふるまい、そして拳銃のことも。不平を鳴らす者たちは声を低め、たしかに病室の利益は正しい人びとに託されていると納得した。ようやく食糧が分配されたが、乏しいとはいえ全然ないよりはましだし、もうじき昼食の時間だと、いらだつ者をなぐさめる人もいた。ある男が言った。もしもわれわれが、食べる習慣をなくして死んだあの有名な馬のようになったら最悪だ。人びとは弱々しくほほえみ、馬は死期を知らずに死ぬというが、ほんとうならばそれも悪くないな、と一人が言った。

黒い眼帯の老人は食糧と引き換えに手渡す財産リストから、ポータブルラジオを除外してもいいと考えた。壊れやすい構造だということと、いずれ使えなくなることがわかっていたからだ。この機械が役立つ条件を考えると、第一に乾電池が入っているかどうかにかかっている。第二は乾電池がいつまでもつかである。小さな箱から流れてくる、ややかすれた声から判断するかぎり、寿命が長くないのは明白だった。そのため、黒い眼帯の老人はこれ以上一般放送を聴かないことにした。それは、左棟の第三病室にいる患者集団があらわれて、違う意見をのべた場合を考えた対策でもあった。いま考察したように、実際にとるに足らないラジオの金銭的価値というより、拳銃を持っているくらいなら乾電池も持っているだろうという可能性の高い仮説は言うにおよばず、彼らがこれを当面役立つものとして評価する恐れがあったからだ。そこで黒い眼帯の老人は、これからは毛布を頭からすっぽりとかぶってニュースを聴くことにすると言った。興味深いニュースがあれば、すぐにみんなに知らせるから、と。サングラスの娘はときどき少しだけ音楽を聴かせてほしいと頼みこんだ。忘れないためなの、と彼女は説得した。だが老人は頑固だった。重要なのは外でなにが起きているかを知っておくことだ。音楽がほしければ頭のなかで聴けばいい。結局記憶というものも上手に使うべきなのだ。黒い眼帯の老人の言葉は正しかった。ラジオの音楽はとっくに痛ましい思い出に特有の、すりきれた音をたてていた。老人は音量をできるだけしぼって、ニュースが入ってくるのを待ちうけた。ニュースになると少し音量をあげ、ひとことも聞きもらすまいと熱心に耳をかたむけた。それから自分の言葉で要約し、すぐに近くの人びとにつたえた。情報はベッドからベッドに送られ、ゆっくりと病室中を一巡した。ただしニュースは、つたえられるたびにゆがみ、細かいことが過小申告されたり誇大に描写されたりした。それは受け渡しする人の性格が楽観主義か悲観主義かによって変わった。だが、それも言葉が途絶するまでのことであり、そのあと黒い眼帯の老人にはなにもつたえるものがなくなった。それは、ラジオが壊れたり、乾電池を使いはたしたりして、だれも時を支配することはできないのだと人生経験と日々の生活体験が納得のいくように示したからではなく、いかにも長持ちしそうにないこの小さな機械がうんともすんとも言わなくなるより先に、人間のほうが黙りこんだからだった。盗賊グループにふりまわされた一日目、黒い眼帯の老人はずっとラジオを聴き、公式に伝達される楽観的な予言の見えすいた嘘をはぶきながら、ニュースの伝言をつづけた。夜は更けていた。老人は頭を毛布から出して一心に聴き入った。ラジオの力が弱まるにつれて、アナウンサーの声が変化した。と突然、アナウンサーが大声をあげた。目が見えない。なにかがマイクにぶつかる音、ばたばたとあわてるような混乱した雑音があり、叫び声があがり、それからだしぬけに沈黙が訪れた。この機械で聞けたただひとつのラジオ放送局が音声を出さなくなった。黒い眼帯の老人はしばらくのあいだ音の出ない箱に耳を押しつけ、アナウンサーの声が戻ってきて、ニュースが再開されるのを待っていた。しかし、老人は感じていた、というより悟っていた。ニュースは二度と放送されないということを。白い病気はアナウンサーの視力を奪っただけでなく、火がついた火薬の導火線のように、たちまちスタジオに居合わせた人びと全員をつぎつぎと襲ったのだ。黒い眼帯の老人はラジオを床に落とした。こうしておけば、目の見えない盗賊どもが隠された宝石探しにやってきて、かりにポータブルラジオに価値を見いだしても、財産リストからはずした理由がわかるだろう。黒い眼帯の老人は思いきり泣けるように毛布を頭からかぶった。

仄暗い電灯のくすんだ黄色っぽい光の下で、病室はすこしずつ深い眠りに落ちていった。これまでめったにないことだったからか、その日、三度の食事をとった人びとの体は満足していた。この状態が持続するなら、最悪の不幸にあるとはいえ、われわれはふたたび忍耐力でこの不幸をもちこたえる光明を持てると結論できるかもしれない。とりあえずいまの状況だけに言えることだとしても、食糧をひとつの組織に集め、そこで割当と分配をおこなうという方法は、当初の予想に反して明るい側面を持っていた。いかに理想主義者たちが、たとえ頑固さから空腹に苦しんでも、独自に生存競争をつづけるほうがいいと抗議をしようと。先払いをすると、人は結局その後のサービスの低下に苦しめられるものだが、大多数の人びとは明日の心配を忘れて、どこの病室でもぐっすりと眠っていた。それ以外の者たちも、誇りを傷つけずに悩みの種から逃れる方法を探しあぐねて、やはり一人また一人と眠りに落ちていった。夢見るのはいまよりもよい日々のことであり、より贅沢とは言わないまでも、より自由な日々のことだった。右棟の第一病室では、医者の妻だけがまだ眠れずにいた。ベッドに横たわりながら、彼女は夫の話について考えをめぐらしていた。ほんの一瞬だが、盗賊の一味に目の見える人間が、連中がスパイとして使える人間がいるのではないか、と夫は疑ったという。その話題が二人のあいだでふたたび口にされなかったのは奇妙なことだった。まるで妻の目がまだ見えることに馴れすぎていて、医者の頭に浮かばなかったかのようだった。妻はふと思い出すこともあったが、黙っていた。わかりきった言葉を口にしたくなかったからだ。結局彼にできないことが、わたしにはできる。それはなんだい？　と医者はわからないふりをして訊くだろう。医者の妻は壁に掛けてあるハサミに目をやり、心に問いかけた。わたしの視力はなにに使えばいいの？　その問いは想像を絶するような恐怖に彼女を曝した。目が見えなくなるほうがよほどましだった。用心深く体を動かして、ベッドに起きあがった。向かい側では、サングラスの娘と斜視の少年が眠っている。妻はふたつのベッドがかなり寄せてあるのに気づいた。娘が母を求めて泣く少年をなぐさめ、その涙をぬぐってやるために自分のベッドを寄せたのだろう。どうしてわたしは前にそのことを思いつかなかったのか。自分のベッドを寄せればいっしょに眠れたし、夫もベッドから落ちる心配をせずにすんだのに。彼女はまっさきに眠りこんだ夫を見つめた。疲れきったのか、深い眠りに落ちていた。夫にはまだハサミがあることも、その髭を切ってやろうかとも、言っていない。ハサミならば目の見えない男でも、肌に刃をあてずに切れる。妻はハサミのことを内緒にしておく言いわけを思いついた。そんなことをしたら、ここにいる男たち全員にせがまれて、髭を切る以外なにもできなくなるではないか、と。彼女は体をまわして足を床につけ、靴を探った。見つけてそれを履きかけ、ふと動きをとめると、よくよく見つめてから首をふった。彼女は音をたてないように靴をそっと脱いだ。ベッドのあいだの通路を歩き、ゆっくり病室のドアのほうに進んだ。はだしの足にぬるぬるした糞便がついたが、外の廊下のほうがもっとひどい状態だとわかっていた。彼女はつねに通路の両側に目をやって、目を覚ましている患者がいないかどうか注意を払った。とはいえ、夜っぴて不寝番をしている患者が何人いようが、病室全員が起きていようが、音をたてさえしなければ重要なことではない。たとえ音をたてたところで、人は生理現象がどれだけ急で時刻を選ばないものか知っている。ひとことで言えば、医者の妻は夫を起こしたくなかったのだ。たちまちいないのに気づかれて、どこへ行くんだ？　と訊かれるに違いない。たぶん世の夫族がしょっちゅう細君にする質問というのがそれだろう。あるいは、どこにいたんだ？　ある目の見えない女がベッドにすわっていた。低いヘッドレストに両肩をもたせかけ、見ひらいた虚ろな眼を対面の壁へ向けている。もちろん見えてはいない。医者の妻は立ちどまった。宙に浮いている透明な糸に触れていいものかどうかと逡巡するように。ほんのわずかでも触れたら、ちぎれて、おしまいになるとでもいうように。眠れない女は片腕を上げた。穏やかな空気の振動を感じたに違いない。やがて女は興味をなくしたのか、腕をおろした。隣の人のいびきで眠れないだけで、もうたくさんだと思ったのかもしれない。医者の妻はドアに近づくにつれて、さらに足どりを速めた。玄関ホールに向かう前に、こちらの棟のほかの病室に通じる廊下を見渡した。遠くには便所があり、いちばん奥には調理場と大食堂があった。壁にもたれて眠っている患者がいた。入ってきたときにベッドを見つけそこなった人たちだ。あの騒動のさなかに暴力をふるわれて出遅れたか、非力なためにベッドを争って奪いとれなかったか、どちらかだ。十メートル先では、ある男が女の上に乗っかるように寝ており、女は脚で相手の体をはさんでいた。二人とも控えめな性格なのか、できるだけ遠慮がちにしていたが、べつに大きな声をたてなくても、していることはすぐにわかった。やがて片方が、つづいてもう一方が、おさえきれずに吐息をつき、あえぎ声をもらし、うわごとのような言葉を発した。そこまでくれば、行為はもう終わりに近づいている証拠だった。医者の妻は足をとめて二人を見た。羨望（せんぼう）からではなかった。彼女には夫がいたし、夫に満足してもいた。それを見て感じたのは、名づけえない、もうひとつの秩序を見た感銘だった。たぶん共感といっていいのだろう、彼女は自分が二人にこんなことを言っているところを想像した。わたしがここにいても気にしないで。どういうことなのかわかるわ。つづけなさい。たぶん思いやりなのよ、と。この至福の瞬間が一生消えないとしても、二人はけっしてひとつになることはないだろう。目の見えない男と目の見えない女は体を離し、そばに寝ころがって休んでいたが、まだ手を握り合っていた。若い二人だった。たぶん恋人同士で、映画館に行ったときにでも失明したのだろう。それとも別の場所で失明し、奇跡的にここで出会ったのだろうか。だとしたら、どうやって相手に気づいたのか。たがいの声？　もちろんそうだ。眼を必要としないのは血縁の声だけではない。よく言うではないか、恋は盲目だと。恋も自分の声を持っている。とはいえ、二人はいっしょに捕まった可能性が高い。だとしたら手を握り合ったのも最近のことではなく、最初からそうしていたに違いない。

医者の妻はため息をついて、両手を眼にあてがった。前がほとんど見えなかった。だが、眼をこすったのは心配したからではなく、涙がにじんだからだった。彼女はまた歩きだした。玄関ホールから前庭に面した扉へ向かった。外をのぞくと、門の向こうには明かりがあり、兵士の黒いシルエットがひとつだけ浮かんでいた。通りの向こう側では町の建物が漆黒の闇に沈んでいた。医者の妻は階段へ出ていった。危険はなにもなかった。たとえ兵士が人影に気づいたとしても、彼女が階段を降りて、もっと近づかなければ発砲しないはずだ。それも、兵士の安全圏をあらわす、目に見えない線の手前で警告した後でのことになるだろう。医者の妻は病室のたえまない雑音に慣れていたので、この静寂が奇妙に感じられた。だれもいない空間を占拠しているような静けさ。まるで人類がまるごと消えてしまい、たったひとつの明かりと、それを見張りつづける一人の兵士が残されたかのようだった。医者の妻は玄関前にすわり、ドアの脇柱にもたれた。ちょうど病室でまっすぐに凝視していたあの女と同じ姿勢だった。夜気は肌寒く、建物の正面には風が吹き抜けていた。この世界にまだ風が吹き、夜がまっ暗なことが、信じがたいように思われた。自分のことは考えていなかった。その日が果てしなくつづく、目の見えない人びとについて考えていた。明かりに照らされて、別の人影が浮かびあがった。当番兵の交代だ。睡眠をとるためにテントに帰っていく兵士が、異常なし、と告げることだろう。どちらの兵士もこのドアの内側で起きていることを知らない。おそらく銃声も塀の外まではとどかなかったはずだ。ふつうの拳銃はそれほど大きな音をたてない。ハサミはもっと静かだ、と彼女は思った。どこからそんなことを思いついたのかと、わざわざ自問はしなかった。時間のむだだった。彼女はむしろその遅さに驚いた。どうしてその言葉がそんなに遅くやってきたのか。どうしてその考えをたどるのに時間がかかったのか。それに、なぜその考えが以前からすでにどこかに存在しており、言葉だけが失われていたことがわかったのか。まるで、ただ横たわるために用意されていた窪みをベッドのなかで体が探しまわっていたように。兵士が門に近づいてきた。明かりに背を向けて立っているにもかかわらず、こちらを見ているのがわかった。たぶんそのとき男は、微動だにしない人影に気づいたに違いない。明かりがないので朧(おぼろ)げではあるが、どうやら女はじかにすわり両腕で脚を抱きかかえ、あごを膝にのせているようだ。兵士は懐中電灯の光線を当てた。まちがいない。女は頭に浮かんだあの考えのようにのろのろと立ちあがろうとしていた。もちろん兵士はあの考えのことなど知りもしない。ただ彼にわかるのは、立ちあがるあいだに歳をとりそうなほどゆっくり動く女の姿が恐ろしいということだった。一瞬、兵士は警告を発するべきかどうか迷ったが、すぐにやめることにした。女がたった一人いるだけだし、距離もだいぶ離れている。念のために銃口を女のほうに向けておこうとしたが、そうするためには懐中電灯を横に置かなければならなかった。兵士は装備を動かす途中で光をまともに眼に浴びた。突然、網膜にちかちかする残像が焼きついた。兵士が視覚を回復したとき、女の姿は消えていた。この兵士は交代にやってきた兵士に言うことができなくなるだろう、異常なしとは。

医者の妻はすでに左棟に入りこんでいた。第三病室に通じる廊下だった。ここでも患者たちが床に寝ており、その数は右棟よりも多かった。彼女は音をたてないようにゆっくりと歩いた。足の裏になにかがべっとりとくっついた。最初のふたつの病室をのぞいて、予想どおりのものを見た。毛布をかぶって寝ている人の姿、そして、眠れない男が苦しげに不眠を訴えていた。ほとんど全員が、とぎれとぎれにいびきをかいていた。放たれる臭いにも驚きはしない。建物全体がその臭いしかしなかった。それは彼女の体であり、彼女の着ている服の臭いだ。角を曲がって第三病室のある廊下へ入ったとき、医者の妻は急に足をとめた。見張りがドアのところに立っている。男は棒を手にして、それをゆっくりと動かしていた。近づく人間の通行を妨害するかのように、向こうからこちらへ、またその逆へと。この廊下は床に寝ている患者がいないので、がらんとしていた。ドアの前の男は一定の動きをくりかえしており、疲れ知らずのようだったが、そうではなく、数分後に棒を別の手に持ちかえてまた同じ動作を始めた。医者の妻は、壁をこすらないように注意しながら、ドアの反対側の壁沿いを進んだ。弧を描く棒は広い廊下の半分にも届いていない。いわば、見張りは弾薬をこめていない武器を持って立っているようなものだ。男の真正面にやってくると、後ろにある病室が見えた。空いているベッドがある。全部で何人いるのだろう、と医者の妻は考えた。すこし前に出てみた。棒がとどきそうだ。足をとめた。見張りが異変を感じたように、彼女が立っているほうへ顔を向けた。空気が振動したのだろうか。男は長身で、大きな手をしていた。まず棒を握った手を前方にのばしてきた。それからすばやく前を払った。ついで足を一歩踏みだす。医者の妻は、一瞬、男の眼が見えているのではないかと怖くなった。彼女のいちばん弱そうな場所を探っているだけかもしれない。あの眼は見えている。いや、そうじゃない、見えてない。この屋根の下と壁のあいだにいるすべての患者同様に。彼女以外のすべての人びとのように。だれだ？　男は低い声で、ほとんどささやくようにただした。本物の歩哨（ほしょう）のように大声で誰何（すいか）はしない。そこを行くのはだれだ？　味方か敵か、と。当然こちらは、味方だ、と答える。そうすれば男は、通れ、だが近づくんじゃないぞ、と言うに違いない。しかし実際にはそうならなかった。男はただ首をふり、ひとりごとのように言った。ばかだったたな。ここに人が来るはずはない。みんな眠ってる時間じゃないか。からっぽの手で宙を探りながら、男はドアへとさがり、自分の言葉に安心したように両手を下へおろした。男は眠くなってきた。交代が来るのをずいぶん待っているような気がした。だが、それが実現するには、交代する仲間が義務を果たそうとする内なる声を聞き、自力で眠りから目覚めなければならなかった。なぜなら目覚まし時計はなく、それにかわる手段もなかったからだ。医者の妻は慎重にドアに近づくと、室内をのぞいた。やはり病室は満員ではない。すばやく人数を計算して、十九人か二十人だろうと結論した。部屋のいちばん奥に食糧のコンテナが山のように積んである。積みきれない分は空いたベッドにも置いてある。思ったとおりだ。彼らは配給された食糧をすべて分配したわけではない。見張りはまた心配になったらしいが、こんどは調べようともしなかった。何分かが過ぎた。部屋のなかで激しく咳きこむ音がした。ヘビースモーカーがいるに違いない。見張りはじれったそうに首をまわした。ようやく眠れるかもしれない。ベッドで眠る人びとは一人も起きてこなかった。すると見張りはおずおずと、規則違反の現場が見つかるのを恐れるように持ち場を離れ、入口をふさぐベッドの端にすわった。しばらくのあいだ男はこっくりこっくりしては、ドキリとして目覚めていたが、ついに眠りの川に呑まれた。きっと眠りに落ちながら、男は考えたことだろう。かまうものか、だれもおれのことは見えないのだから。医者の妻はもう一度人数をかぞえた。見張りを勘定に入れて二十人。少なくとも彼女は正しい情報を手に入れた。夜の遠出はむだにはならなかった。だが、これだけのためにわたしはここに来たのだろうか、と医者の妻は心に問いかけた。この疑問の答えは深追いしたくなかった。見張りはすっかり寝入っており、首をドアの脇柱にあずけていた。棒が音もたてずに床へすべり落ちた。ここには無防備な男がおり、彼のまわりには崩壊を防ぐ支柱が一本もなかった。医者の妻は意識的に、この男が食糧を盗んだ、ほかの者に権利がある物を盗んだ、子どもの口から食糧を盗んだのだ、と考えたかった。だが、そう思っても、軽蔑の気持ちはまったく湧かず、ほんのわずかな憤りさえ感じなかった。ぐったりとした体、だらりと後ろに寄りかかった頭、太い血管が浮きあがった長い首を前にしていると、奇妙な同情のほかはなにも感じられなかった。病室を離れてから初めて、体に寒けのような震えが走った。まるで床の敷石が足を氷に変えたようだった。しかも足は焼けたように火照って いた。熱が出たのでなければいいが、と思った。たぶんそうではない。果てしない疲労といったほうが近いだろう。ちぢこまって、自分自身の奥へ、眼の奥へ、とくに眼の奥へ入りこみたいという願望だ。もっと、もっと、もっと、内側へ、内側に到達して、自分の脳を観察できるところまで。そこでは裸の眼にさえ、見えることと見えないことの違いが見えないだろう。医者の妻はゆっくりと、これまで以上にゆっくりと、体を引きずるようにして自分の属している場所へと足跡をたどった。夢遊病者のような患者たちの横を通り過ぎた。向こうにも夢遊病者だと思われているだろうから、目が見えないふりをすることもない。目の見えない恋人たちはもう手をつないでいなかった。くっつきあって、身をまるめて眠っていた。男がこしらえる窪みのなかに、女が暖を求めて入りこんでいた。よく見ると、やはり二人は手を握り合っていた。男の腕が女を抱き、二人は指を搦めていた。病室に入ると、あの眠れずにいる女がすわった姿勢のまま、体がくたびれはてて精神の頑固な抵抗をやぶるのを待っていた。ほかの患者はすべて眠っているようだった。ある者はいまなお暗闇が信じられないように、頭から毛布をかぶっていた。サングラスの娘のベッドサイドのテーブルには目薬の瓶が立っていた。本人は知らないが、その眼は完治していた。

もしも、不正手段で得たごろつきどもの財産の簿記をまかされた男が、突然さまざまな疑惑をおさえつける啓示を受けて、筆記板と厚紙と点字器を持ってこちら側にやってこようと決心したなら、きっといまごろは、不足した食糧と、強奪された仲間たちの数ある困苦について、教訓的かつ涙なしには語れない年代記（クロニカ）を刻印していただろう。男はまず自分のいた場所の話から始める。強奪者は病室を占領するために多くの患者を追放したばかりか、左棟にあるほかのふたつの病室の患者に、その棟の個室便所などの衛生施設へは、近づくことも使用することも許さないと命じた。この破廉恥な暴政の結果はすぐにあらわれた。困った人びとが大挙してこちらの棟の便所に押し寄せるという事態となったのだ。そうなると、この病院の当初の状態を憶えている人ならだれでも、つぎにどうなるか簡単に想像がつくだろう。まず男が記すのは、中庭を歩けばかならず、下痢便を排泄したり、たくさん出ると思って力んでも結局ほとんど出ずじまいに終わるという、むだな努力を重ねる患者たちにぶつかることだ。そして会計係が几帳面な人間なら、患者たちが食べる量は少ないのに、糞便の量は多いというこの歴然とした矛盾をまちがいなく書きしるすだろう。よく言われることだが、こうして少なくとも排泄物の量の点から言えば、因果関係はかならずしもあてにならないということが示されるのである。また会計係は、この時刻に下賤(げせん)な泥棒どもの病室は食糧のコンテナでいっぱいになっているのに、こちら側では、やがて哀れな患者たちが汚い床からビスケットのくずを集めるはめになることも記すはずだ。さらにこの会計係は、それまで自分が犯罪に加担し、その記録者となった二重の役割を責めるのを忘れないだろう。この迫害者たちは、喉から手が出るほど食糧をほしがっている人びとに与えるより、腐らせるほうを選ぶような連中である。食糧には、二週間も長持ちするものがある一方、とくに調理品はすぐに食べなければたちまち酸っぱくなったり、カビに覆われたりして、この気の毒な集団がまだ人間と見なされていたらの話だが、人間の食用に適さなくなるものがある。主題はそのままにして話題を変えると、さらに記録者は、深い憐(あわ)れみを抱きながら書くはずだ。ここでの病気は消化器系だけではない。来たときは、ほとんどの人が健康体だった。目は見えないものの、なかには全身がはじけんばかりに輝いている人もいたのである。にもかかわらず、食事の量の乏しさからか、さもなければ食糧の消化の悪さからか、そういう人びともいまはほかの人同様、どうして蔓延したかはともかく、インフルエンザにかかって悲惨な状態のベッドから身を起こすことができなくなっていた。五つの病室では、どこを探しても、熱を下げ、頭痛をとめるアスピリンが見つからなかった。いくらか残っていたアスピリンはすぐに使われてしまい、女たちのハンドバッグの裏張りまでひっかきまわして調べられた。記録者は、この残酷な隔離状態を強いられた二百数十にのぼる患者の大半が苦しむ、ほかの病気のすべてを細かく報告するという考えは思慮深く捨てるだろうが、少なくとも二人が完全な進行癌に侵されていたことにふれずにすませるわけにはいくまい。政府は失明した人びとを捕まえ、ここに閉じこめるにあたって、人道的な良心のとがめをいささかも感じなかった。しかも彼らは、つくられた法律はだれに対しても平等であり、民主主義に優遇はありえないとまで言った。さらに運が悪いと言おうか、患者たちのなかには医者が一人しか、それもいちばん必要とされない目医者しかいなかった。ここまで来ると、目の見えない会計係は、あまりにみじめで悲しい話を記すのにうんざりし、金属の点字器をテーブルに落とすと、記録者としての義務を果たす時間が終わるまで傍らに置いていたカビ臭いパンを震える手で探すだろう。だが、それは見つからない。なぜなら、ある患者がせっぱつまった必要から、鋭敏になった嗅覚を駆使してくすねていたからだ。そこで会計係は、友愛精神にもとづく態度と、こちら側の棟へ来るように自分を駆りたてた利他的な衝動を捨てて、まだ間に合うなら、左棟の第三病室へ戻るしかないと決断するだろう。あそこに行けば、ならず者どもの不正に義憤がかきたてられたとしても、ともかく空腹を抱えずにすむのである。

実際それが問題の要だった。食糧を取りにいった者が貧弱な分け前を病室に持ち帰るたびに、激しい抗議の声が噴出した。いつもだれかが集団行動をとろう、大勢で示威運動をしよう、と提案する。数を合わせれば強いという説得力ある意見が出され、何度もくりかえして意志が確認され、人びとの決意は二者択一で断定されるまで高められる。固まった決意はふつう人から人へしだいにつたわるものだが、ある種の状況下ではひとりでに無限に増殖する。しかしながら、ほどなく用心深い者が、提案された行動の利点と危険性をはかりにかけて単純な異論をとなえ、惨事を招きかねない拳銃の性質を興奮した人びとに思い出させると、それだけで患者たちの熱は冷めた。彼らはこう言った。先頭に立つ者はなにが待っているか思い知るだろうし、後ろからついていく者は、どういうことになるか考えないほうが身のためだ。最初の銃声に恐れおののいて、撃たれて死ぬより将棋倒しになって潰れる人のほうが多いだろう、と。あいだをとる結論がある病室で出され、その言葉がほかの病室にもつたえられた。食糧をもらいに行くとき、バカにされているいつもの代表を送りだすのではなく、十人か十二人のグループにして、みんなの不満をひとつの声としてぶつけてみようという案だ。志願者が募られたが、さきほど言った用心深い人びとの警告がききすぎたのか、どの病室でもすすんで立候補する者はほとんどいなかった。さいわいにも、この精神的弱さのあからさまな披瀝は、さして重要な事態に至らず、人びとの面目を失わせる要因にもならなかった。つまり、その案を思いついた病室で組織した遠征隊の結果が出て、用心深くすることが正しい対応だったと証明されたからだ。大胆な八人の勇気ある男たちはたちまち棍棒で追われた。

銃弾も一発発射されたが、それは最初の威嚇射撃と違って空へ向けられず、抗議者たちに言わせれば、頭のすぐ上をビシッと音をたてて飛びすぎていった。とりあえず人を殺す意図があったかどうかの判断は保留し、狙撃者を証拠不充分によって無実としておこう。ただこの銃撃が、もはや威嚇ではない真剣なものか、あるいは悪党集団の首領が抗議者たちの身長をもっと低いと見積もっていたか、どちらかだとは言えるだろう。それとも、首領が冷静さをなくして、もっと背が高いと勘違いしたか。その場合はあきらかに殺意があったのである。さしあたりこうしたとるに足らない疑念はさておき、話を流れに戻せば、抗議者たちがこれこれの病室の代表者だと宣言したのが、たとえたんなる思いつきであったとしても、やはりそれは神意であったというべきだろう。その結果、この病室は罰として三日間絶食を強いられたのだが、餌をやる手に嚙みつけば、食糧の配給を永久にとめられても不思議ではないのだから運がよかった。この三日間、反抗をくわだてた病室の人びとは、ほかの病室の戸口をまわって、パンの皮をくれ、哀れと思って、できれば肉かチーズのかけらもと、物乞いをするしか手立てはなかった。たしかに飢えで死にはしなかったが、彼らは耳にタコができるほど聞かされた。あんな思いつきで、いったいなにを期待していたんだ？　われわれがあんたたちの言うことを聞いてたら、こっちだってどうなっていたか。だが、最悪の言葉は、がまんしろ、がまんしろ、だった。これほど残酷な言葉はなかった。侮辱されたほうがまだましだった。三日間の懲罰が終わり、新しい一日が明けるように思われたとき、反抗的な四十人の患者が寝起きする不幸な病室の罰はまだ終わっていないことがあきらかになった。それまで二十人分あるかどうかだった食事の量が、十人の飢えをみたせないほどまで減らされていたのだ。彼らの怒りと憤りは察するにあまりある。そしてまた事実は事実なのだが、悲しいことに残りの病室の人びとの恐怖も想像にかたくない。すでに彼ら自身、貧窮に苦しめられており、人間として連帯責任を引き受けるという古典的な義務感を支持する者と、慈善はまず自分のところから始めるべきだという伝統的な教訓のある慣習を優先する者とで、不幸な人びとへの反応が分かれた。

この段階で悪党どもから、もっと金や金目の物をよこせ、という命令がやってきた。ならず者の言い分は、とっくに最初に受けとった物の価値以上に食糧は渡しているし、しかも気前よく高めに見積もってやっている、というものだった。各病室からは、ポケットには硬貨一枚残っていない、とっくに金目の物はひとつもあまさず渡した、という絶望的な返事が戻ってきた。さらに、これはほんとうに恥ずべき意見だが、人によって供出した物の価値が違うのだから、それを考慮しなければどんな決定も公平ではありえない、ということを言った者もいた。それは簡単に言えば、正直者が罪人に支払った物の価値は同じではないから、差引勘定の残高が残っている人には食糧の支給をとめるべきではない、という意見だった。どこの病室も、ほかがどれだけ価値のある物を出したのか知りようがないにもかかわらず、ほかの病室が預金を使いはたしたとしても、自分たちには食糧をもらう権利があると思っていた。さいわい、こうした潜在的な摩擦は悪党どもの耳に入る前に未然に防がれたので、彼らは頑として、命令にはすべての人間が従わねばならない、かりに個々の品物に価値の差があったとしても、それは会計係にしかわからない、と言いはるのみだった。各病室では議論が激しく辛辣なものになり、ときには暴力にまで発展した。なかには、わがままで不正直な同室の仲間がまだ値打ちのある物を隠しているのではないかと疑う者がいた。そういう人間は病室のためにすべてを供出した人の支払いで食糧をもらっているのだ、と。ほかの者たちが、これまでの意見をまとめて強く主張した。自分たちが渡した物の価値からすれば、寄生虫に食べさせたとしても、まだ長い間食べていけるはずだ。一方ならず者は、まず病室の調査をおこない、命令に従わない者には罰を与えると脅迫した。調査は各病室の内部でおこなわれ、正直者と、不正直者あるいは悪意の持ち主が対立した。たいした財産は見つからなかったが、腕時計や指輪がいくつか出てきた。隠していたのは、ほとんどが女ではなく男だった。内部でおこなわれた刑罰は、数回の行き当たりばったりの平手打ちや、およびごしの、狙いの悪い殴打にすぎず、あとはほとんどが悪態、侮辱の言葉だった。おまえは自分のおふくろにさえ盗みをはたらくんだろう、というような古くさい言いまわしから借りてきた非難もあった。考えてみると、まるで失明した日にこうした恥ずべき行為や、もっとひどい行為が犯されて、人びとはみな眼の光を失うとともに、敬意という教え導く灯火(ともしび)さえもなくしたかのようだった。ならず者はこの支払いを、過酷な賠償を請求するぞと脅して受けとった。さいわい彼らがそれを実行することはなかった。忘れたのだろうと人びとは思っていたが、やがて、じつは別のことを思いついたからだということが判明した。悪党が脅しを実行に移し、このうえさらに不正をはたらいていたら、状況は悪化して、おそらくすぐに劇的な結果を招いたように思われる。なぜなら、ふたつの病室が貴重品を出さなかった罪を隠すためにほかの病室の名を騙り、無実の病室に犯してもいない違反の罪を着せていたからだ。実際、ある病室などはとても正直で、最初の日にすべての物を渡してしまっていた。さいわい会計係は仕事を増やさないように、さまざまな種類の上納物をただ一枚の紙に記録しようと決めており、そのどんぶり勘定がみんなにとって、無実の者と罪人の双方にとって役に立った。もしもそれぞれの病室に分けて帳簿をつけていたら、すぐに彼がおかしな点に気づいたはずだから。

一週間後、悪党どもは女がほしいという伝言を送った。ただひとこと、女をよこしな、と。けっして異例なことではないにしても、この予期せぬ要求は、予期されたように激しい抗議を引き起こした。弱りきった代表者は命令を持って戻ってくると、すぐに病室の人びとに相談した。右棟の三病室、左棟の二病室、そして床に寝ている男たち女たちも、全員が異口同音にこの品のない不当な要求を無視することに決めた。人間の尊厳を、この場合は女性だが、そこまで貶めるわけにはいかない。左棟の第三病室に女がいないとしても、その責任を押しつけられるのはごめんだ、という意見だった。返事は短く、非妥協的だった。おれたちに女をよこさないなら、食い物はないぞ。屈辱を味わった代表が各病室に戻って報告した。女が行かなければ、われわれに食糧を配らないそうだ。

伴侶のいない、少なくとも固定した関係にある連れのいない女たちがすぐに抗議の声をあげた。よその女の男たちのために、脚のあいだにあるもので食糧を買う覚悟などできるわけがなかった。ある女などは大胆にも、自分の性に対する敬意を忘れてこんなことを言った。わたしは自分が行きたくなれば、あっちへ行くけれど、稼ぐのは自分のためよ。満足するためなら、あっちへ移ったっていいもの。そうすればベッドだってあるし、食べるには事欠かないからね。この女は態度を決めたように言ったが、実行するには至らなかった。相手は肉欲に目がくらんで性急な要求をしてきた二十人の男たちだ。その好色な熱狂を処理しなければならないとしたら、いったいどんな目に遭わされるかわからないと、すぐに恐怖をおぼえたのである。とはいえ、右棟の第二病室で軽く口にされたこの宣言が聞きながされることはなかった。代表の一人がこの機を敏感にとらえて彼女を支持し、この奉仕活動に志願する女性を募ろうと提案した。人が率先してやってもよいと思うことは、監禁されてなにかをさせられるとしても、概してそれほどつらいものではないだろうと説得したのである。その男にしても、さすがに良心のとがめからか、警戒する必要を思い出したからか、人びとに訴える演説を、精神が前向きのときは足りが軽くなる、という有名なことわざでしめくくりはしなかった。それでも、この男が主張を終えるやいなや抗議の声が澎湃（ほうはい）として沸きおこり、怒りはそこらじゅうで爆発した。遠慮も仮借もなかった。男の道義心は地に堕ちた。チンピラ、ヒモ、寄生虫、吸血鬼、ポン引き、売春業者、スケコマシ。正当な怒りをあらわにした女たちの、育ち、社会階層、個人的性格などに応じて、男たちはさまざまな呼び名で罵倒された。なかには、窮境にある連れあいの性の申し出を純粋な寛大さと同情から受け入れたことを後悔すると言った女たちもいた。なにしろ、その連れあいたるや、彼女たちを呪われた運命へ押しやろうとご機嫌をとっているのだ。男たちは正当化しようとした。問題が違うんだ。芝居がかったことは言うな。なにをばかな。話し合えば、人は妥協点を探れるはずだ。つらく危険な場所へおもむく志願者を募るのは、物事がそういう慣例になっているにすぎないからだ。ある男がずばりと言った。女も男も、われわれ全員が飢え死にする危険を抱えてるじゃないか。女たちの一部はこの理屈を聞いて冷静になった。しかし、冷静にならなかった一人が皮肉っぽくこう訊いて、またもや火に薪を投げこんだ。あのごろつきどもが、女をよこせというかわりに、男をよこせと言ったらどうするの？　ねえ、男はどうするの？　全員に聞こえるように大声で言って。女たちは歓声をあげた。言ってよ、言ってよ、と女たちは合唱した。男たちを壁際に追いつめて喜んでいた。男の理屈を逆手にとって、逃げ場のない罠にはめたのだ。女たちはあれほど賛美された男性の論理がどういう答えを出すのか知りたがった。ここには同性愛の男はいないよ、とある男が思いきって言った。売春婦だっていない、と挑発的な質問をした女が切り返した。いたとしても、あんた方のために身を売りたくはないね。男たちはいらいらして肩をすくめた。復讐心に燃えた女たちを満足させる答えはひとつしかないと気づいていた。もし向こうが男をよこせと言ってきたら、われわれが行こう。だが、この率直ではっきりとした短い言葉を口にする勇気を持つ者はいなかった。男たちはあまりにしょげかえっていたので、それを言ったところでたいした害がないことを忘れていた。なんといってもあの畜生どもは、男ではなく女相手に放出することしか興味がなかったのである。

　さて、男たちがだれも思いつかないことを、女たちは思いついているようだった。そうでなければ、こうした対立が起きた病室に、徐々に静寂が垂れこめてきた理由は説明がつかない。才知で言葉の戦いに勝ったところで、つづいてやってくるどうしても避けられない敗北となんら変わりはない。おそらくほかの病室でも、議論は似たようなものだったろう。ごぞんじのとおり、人間の理性と理性の欠如はどこでもそっくり同じだからである。ここで最終判断を下したのは五十五歳の女だった。老母といっしょに来ていた女は、ほかに母に食べさせる手段はないと考えてこう言った。わたしが行きます。女は知らなかったが、その言葉は右棟の第一病室にいる医者の妻も口にしていた。わたしが行きます。この病室にはあまり女がいなかった。たぶんそのために抗議の声がほかとくらべて少なく、過激にもならなかった。ここにいたのは、サングラスの娘、最初に失明した男の妻、眼科診療所の受付係、ホテルの客室係、そして、だれもが素性を知らない女だった。ほかに不眠症の女がいたが、あまりにみじめそうで、憔悴（しょうすい）していたので、そっとしておくのが望ましかった。当然、この病室でも女たちが連帯責任を負って男だけが利益を受ける理由はどこにもなかった。最初に失明した男がこんなことを宣言した。なにと引き換えようと、見知らぬ人に体を与えるという屈辱を妻に強いるわけにはいかない、妻も望まないし、彼も許さない、なぜなら高潔な人品に値段はないからだ、人間は小さな譲歩を始めたとき、結局人生の意味をすべてなくしてしまうのだ。すると医者がこんなふうにたずねた。自分たちのいる状況にどういう意味があるのか、飢えに苦しみ、全身汚穢(おわい)にまみれ、シラミにたかられ、ナンキンムシに食われ、ノミにやられているのに、と。わたしだって妻には行かせたくない。でも、損得勘定抜きでみんなの役に立ちたいとも思っている。妻は行ってもいいと言った。本人が決断したことだ。わたしは自分がいい恰好をしてることは承知しているよ。男の見栄といってもかまわない。これだけたくさん屈辱を強いられてきたあとで、まだそう呼べるものがわれわれに残ってるならばだ。今後苦しむこともわかっている。いや、もう苦しんでいるし、それをとめるすべはない。だが、われわれが生きていたいなら、これしか打開策はないんだ。最初に失明した男が激しく反論した。人はそれぞれ違う倫理観に従って生きている。それがわたしの見方だし、自分の考えを変える気はないね。そこでサングラスの娘が言った。やつらは女の人が何人ここにいるか知らないわ。だから、あなたは奥さんを独占して使ってればいいじゃない。わたしたちが、あなたも奥さんも養ってあげる。そのとき、あなたが自分の高潔な人格とやらをどう感じるか、わたしは興味津々だわ。わたしたちが持ってくるパンはどういう味がするかしらね？　それは問題のすりかえだ、と最初に失明した男が言い返そうとした。問題なのは……そこで男は絶句し、言葉はそのまま宙に浮かんでいた。現実に、男はなにが問題なのかわからなかった。さきほど彼が言ったことはすべて、的はずれな意見でしかなかった。この世界ではなく、別の世界に属する意見以外のなにものでもなかった。まちがいなく彼がすべきなのは、ほかの男の妻のおかげで生きのびていることを意識していらだちを耐えるより、両手を天に上げて、まだ自分に恥の感覚が残っている幸運に感謝することだったろう。いま、ほかの男の妻と言ったが、厳密には医者の妻だけだった。なぜなら、その放蕩な生き方をすでにわれわれもよく知っている未婚で自由気ままなサングラスの娘は別として、ほかの女たちに夫がいたとしてもわからないからだ。言葉がとぎれたきり打ちつづく沈黙は、これを最後にだれかが状況を明確にするのを待っているようだった。ほどなく、話すべき人物が話しはじめた。最初に失明した男の妻の声は、それほど震えていなかった。わたしはほかのみんなと違わない。みんながすることを、わたしもします。きみはぼくの言うことを聞いていればいいんだ、と夫がさえぎった。偉そうに言うのはやめて。ここじゃそんなことはなんの役にも立たないわ。わたしもだけど、あなただって目が見えてないのよ。品をなくすだけだぞ。下品になるかどうかは、あなたしだいだわ。たったいまから食べるのをやめたら？　それは今日まで夫に対して従順で遠慮深かった妻にしては、思いがけないほど冷酷な返事だった。短く激しい笑い声があがった。ホテルの客室係だった。ほら、食べなよ、食べなよ、旦那さんはどうしたらいいの、かわいそうに。突然笑いが泣き声になり、女の言葉が変わった。わたしたちはどうしたらいいの？　それは問いだったが、答えのないことがわかっている、ほとんどあきらめに近い問いだった。女は意気消沈したように首をふった。あまりのことに、診療所の受付係も同じ言葉をくりかえすしかなかった。わたしたち、どうしたらいいの？　医者の妻は壁に掛けてあるハサミを見上げた。その日に浮かんだ表情からすると、胸の裡で同じ問いをぶつけているように思われた。じつは胸の裡で人びとに投げ返した質問の答えを探していたのだったが。みんな、わたしになにをしてほしい？

けれども、どんなものにもそれにふさわしい時期がある。人が早く生まれたから早く死ぬというものではないように。左棟の第三病室にいる患者たちはシステムをよく考えていて、すでにいちばん近い病室の女たちから始めることに決めていた。もっと適切な表現をすれば、この交代制の適用は、いいことずくめで不都合なことはなかった。まず第一に、いつどんなときでも、どこまでやって、なにをし残しているかを知ることができる。たとえば時計を見て、その日が過ぎるのがわかるように。わたしはここからここまで生きている、わたしはこんなに持っている、あるいはこんなに少なくなったと言うことができる。第二に、病室を一巡して最初に戻れば、官能の記憶がすぐに消える者はとくに気分が一新するだろう。右棟の女たちは喜んだ。口には出さないが、わたしは隣人の不幸にも平気でいられるんだ、と全員が内心で思っていた。事実、エゴイズムと呼ばれる第二の皮膚を持たない人間はいまだ生まれておらず、この皮膚はたやすく血を流すもうひとつの皮膚よりも耐久性があるのである。さらに言っておかなければならないのは、彼女たちが喜んだ点がもうひとつあったことだ。かくも人間の魂は不可解なのだくるが、脅迫されて服従させられる、逃げようのない屈辱のときが女たちに差し迫ってくると、各病室で性欲がかきたてられ、倦怠していた夫婦の交わりが激しくなった。まるで男たちは妻に自分の女である印を、それが消される前に必死につけておこうとし、女たちはできれば感じたくない興奮の侵略から身を守れるように、自発的に感じる興奮で記憶をみたそうとしているかのようだった。わたしたちとしては、たとえば右棟の第一病室で、男と女の数の違いの問題をどう解決したか、訊かずにはいられない。ただし、ここではだれとも言わないし、とくに記す価値もないので省くことにするが、たとえば黒い眼帯の老人のように、老若を問わずさまざまな理由から性的に不能な者がおり、これは彼らを除外しての話になる。すでにご承知のように、この病室には不眠症に苦しむ女とだれも知らない女をふくめて七人の女性がいた。いわゆるふつうの夫婦はふた組であり、あの斜視の少年を数からはぶいて引き算をすれば、釣り合いを欠いた数の男たちが残ることになる。おそらくほかの病室では女のほうが男よりも数が多いのかもしれないが、この場所で人びとにすぐに受け入れられ、その後定まった不文律によれば、すべての問題は各病室で解決すべきだった。これは、わたしたちが倦まず称賛する古人の、充分に世話してほしければ自分ですること、という教えから浮かんできた知恵だった。それによって右棟の第一病室の女たちは、同じ屋根の下に住む男たちに慰めを与えたのである。ただ、医者の妻は例外だった。なぜかだれもが彼女に言葉をかけず、手をのばしてもこなかった。すでに最初に失明した男の妻は、夫に突然うってかわった返事をしてから、慎み深くであったとしても、みずから宣言したようにほかの女たちがすることをしていた。とはいえ、たとえばサングラスの娘の場合のように、理性や感傷ではどうにもならない抵抗も確かにあった。薬局の助手がいろいろ議論をふっかけ、たくさん泣き言をならべたにもかかわらず、彼女をものにすることができず、最初から敬意を欠いていたツケを支払うことになった。サングラスの娘はなかでも美人で、スタイルもずばぬけており、もっとも魅力的だった。そのとびきりの美貌は、噂になって男たちの羨望の的になっていた。とはいえ、女とはわからぬものである。ある夜、彼女はついに自分の自由意思でベッドに入ったのだが、その相手は黒い眼帯の老人だった。老人は娘を夏の雨のように歓迎して、できるかぎり満足させようとした。その年齢からすれば大健闘だった。こうして、ここでもまた外見は当てにならないことが、すなわち人の顔や体のしなやかさから心臓の強さは判断できないことが証明された。病室のだれもが、サングラスの娘が黒い眼帯の老人に体を与えたのは一種の慈善行為にすぎないと思っていた。とはいえ、なかにはすでに娘の好意を楽しんだ感受性の強い夢想家の男たちもおり、ありえないことを考えながら一人ぼっちでベッドに寝ころんでいる男にとってこれ以上の褒美はないと思うのだった。ふと気がつくと、ある女がそっと毛布を持ちあげ、するりともぐりこんできて、ゆっくり彼女の体を彼にこすりつけ、二人のびくっと反応した皮膚のおののきをしずめるために、血が熱く滾（たぎ）るまでじっと添い寝をしてくれる。しかもそれがとくに理由もなく、彼女の望んだことなのだ。これはかけがえのない幸運であり、享受する男がときには年寄りで、完全に見えない片眼に眼窩を覆う黒い眼帯をつけているることが必要なのである。ほかにもまだ、説明されないままのほうがよいことはある。人びとの深い思いや感情をあれこれつかずに、ただ起きたことだけ言っておくのが望ましいだろう。医者の妻がベッドから抜けだして、斜視の少年がずり落とした毛布を直しにいったおり、彼女はすぐにはベッドに戻らなかった。病室の奥の壁にもたれて、二列あるベッドのあいだの狭い空間から、絶望のまなざしで真正面にあるドアを見ていた。ある日彼らが入ってきたあのドアがあまりに遠く離れ、いまはどこにも通じていないように思われた。立っていると、夫が起きあがるのが見えた。医者は夢遊病者のようにまっすぐ前方に眼を向けながらサングラスの娘のベッドに足を運んだ。妻は夫をとめようとはしなかった。じっと動かずに夫が毛布をあげ、横になるのを見ていた。すると娘は目を覚まし、抵抗せずに受け入れた。妻はふたつの口がたがいを見つけるまで探り合うのを見た。避けられないことが起きた。一人の快楽、もう一人の快楽、そして二人そろった快楽、おしころした叫び、娘は言った。ああ、先生。この言葉はひどく滑稽に聞こえても不思議ではなかったが、そうは聞こえなかった。医者が、許してくれ、と言った。自分がなににとりつかれたのかわからないんだ。実際、ほとんど目が見えていないわたしたちに、どうして彼の知らないことがわかるだろう。狭いベッドに寝ている二人は、見られていることなど想像もしなかった。医者はすっかり失念していたが、突然心配になった。妻はちゃんと寝ているだろうか。それとも毎晩そうしているように、廊下を歩きまわっているのだろうか。医者が自分のベッドに戻ろうと動きかけたとき、声がした。起きないで。手が鳥のような軽さで彼の胸に置かれた。医者は話しだそうとした。たぶんそれは、自分がなににとりつかれたのかわからない、という言葉のくりかえしだった。しかし、声は言った。あなたがなにも言わないほうが、わたしにはわかりやすい。サングラスの娘は泣きだし、わたしたち、なんて不幸な仲間なの、とつぶやいた。それから、わたしもほしかった、わたしもほしかったのよ、先生が悪いんじゃない。なにも言わないで、と医者の妻が優しく言った。静かに黙っていましょう。言葉がなんの役にも立たないときがあるんだから。わたしだって、もし泣けるなら、わかってもらうために話さなくてもいいならば、涙ですべてを言うわ。医者の妻はベッドの端にすわり、ふたつの体に腕をのばした。二人の抱擁にまじわるかのように。それからサングラスの娘にかがみこむと、耳もとでささやいた。わたしは目が見えるの。娘は身じろぎもせず、落ち着いていた。ただ、自分が驚きもしないことにとまどっていた。最初の日からわかっていながら、自分の秘密ではないから、あえて口に出して言いたくなかったことのような気がした。娘は首をかすかにまわし、医者の妻の耳にささやき返した。わたし、わかってたわ。完全には確信がなかったけど、たぶんそうだと思ってた。秘密よ、だれにも話しちゃだめ。心配しないで。あなたを信じてる。信じてもらっていいわ、裏切るくらいなら死ぬほうがましだもの。わたしのことを、「あなた」と呼んでいいのよ。そんなことできない、言いにくくて。二人はささやき声で話しつづけた。かわるがわる、たがいの髪にふれ、耳たぶに、唇にさわりながら。矛盾した言い方をするなら、それはとるにたらない会話でありながら、深く真剣な会話でもあった。あいだに横たわる男を無視した、共犯者同士のような短いやりとりだった。平凡な思いつきと現実からなる世界の、外にある論理だという点では彼にも関係があった。やがて医者の妻が夫に言った。ここにいたいなら、もう少し寝ていたら。いいや、ぼくらのベッドに戻るよ。じゃあ、手を貸すわ。医者の妻は起きあがって、夫が動きやすいように場所をあけ、一瞬、ふたつの頭が汚れた枕にならんでいるのを熟視した。二人の顔は汚く、髪は汗と垢でもつれていたが、眼だけは虚しく輝いていた。医者は支えを探しながらのろのろと立ちあがった。ふと、突然自分のいる場所の知覚をまるで喪失したみたいに、ベッドの脇で迷って静止した。そのとき妻が、いつもそうしてきたように夫の腕をとった。だが、その動作は今回は別な意味を持っていた。いまほど医者はだれかに導いてほしいと願ったことはなかった。ただ、その導きがどういう広がりを持つものかはわからなかった。実際にわかっていたのは二人の女だけだろう。医者の妻がもう一方の手で娘の頰をさすると、娘は衝動的にその手をつかんで唇に押しあてた。医者はすすり泣きを聞いたような気がした。それは、頰をゆっくりとつたい落ちて、唇の端へ吸いこまれる涙しかたてられない幽(かそ)けき音だった。涙はまるで、人の喜びと悲しみの不可解な永遠の輪廻(りんね)をふたたび始めるように口へと消えていった。サングラスの娘は一人ぼっちになろうとしていた。なぐさめられていいのは彼女なのだと、医者の妻はなかなか手が引っこめられずにいた。

翌日の夕食どき、カビ臭いパンのみじめな小さいかけらとカビだらけの肉が夕食の名にふさわしいかどうかはさておき、左棟の第三病室から三人の男がやってきて戸口にあらわれた。ここには女が何人いる？　六人、と医者の妻が答えた。善意から不眠症の女を除外したのだ。だが、本人がおしころした声で訂正した。七人います。目の見えないならず者が笑った。それは気の毒に、と一人が言った。おまえら、今夜は重労働になるぞ、と別の一人が言った。隣の病室に増援を頼んだほうがいいかもな。それには及ばねえ、と計算のできる三人目の悪党が言った。一人の女が三人ずつやればいいんだ。それぐらい耐えられるよ。大きな笑い声があがった。さきほど、ここには女が何人いる、とたずねた男が命じた。食事を終えたら、おれたちのところに来るんだ。明日も食い物をもらって、男たちに乳をやりたければな。悪党どもはどの病室でもこう言い、この冗談を思いついた日と同じように、いまだに喜々として笑いころげた。男たちは腹をかかえて笑い、足を踏み鳴らし、太い棍棒で床を叩いた。突然、一人が笑いをひっこめて警告した。いいか、ひとことでも文句を言うやつがいたら、おまえらはいらねえ。つぎの順番が回ってくるまで、おあずけだ。だれも文句は言わないわ、と医者の妻が告げた。ならば準備をしろ、ぐずぐずするなよ、おれたちは待ってるんだからな。悪党どもは身をひるがえして立ち去った。病室には沈黙が落ちた。一分後、最初に失明した男の妻が、もう食べられない、と言った。気持ちばかりの貴重な食糧が手のなかにあったが、それさえも食べられなかった。わたしも、と不眠症の女が言った。わたしも、とだれにも素性がわからない女も言った。食べ終えたわ、とホテルの客室係が言い、わたしも、と眼科の受付係が言った。最初に近づいてきた男の顔にもどしちゃいそう、とサングラスの娘が言った。女たちはみんな立ちあがり、身震いしながら決意を固めた。すると医者の妻が、わたしが先頭に立つ、と言った。最初に失明した男は毛布を頭からかぶった。もとより目が見えないのだから、なんの役にも立たないのだが。医者は妻をそばに引き寄せ、なにも言わずにひたいにキスをした。それ以外になにができるだろう。ほかの男たちはある意味でどうでもよかった。彼らはここにいる女たちのだれに対しても、夫としての権利や義務を持っていない。だから、二人の夫に近づいて、承知のうえの寝取られ男は二重の寝取られ男だ、などと言う者はいなかった。サングラスの娘は医者の妻の後ろについた。その後ろにホテルの客室係、眼科の受付係、最初に失明した男の妻、だれも知らない女、しんがりに不眠症に苦しむ女がついた。垢光りした破れ衣装に身をつつむ、くさい臭いの女たちの滑稽怪奇な行列だった。獣じみた性の欲望が、もっとも繊細な感覚である嗅覚をここまで麻痺させるほど強力なものだとは信じがたい気もする。神学者のなかには、正確な引用ではないとしても、地獄で理性的な暮らしを送ろうとする際、最悪なのはその凄まじい悪臭に馴れることである、と断言する者さえいるくらいである。医者の妻の先導で、女たちはそれぞれ前の人の肩に片手をかけながらゆっくりと歩きだした。全員がはだしなのは、これから耐えることになる試練と辛苦のさなかに靴をなくさないための用心だった。正面玄関のホールにやってくると、医者の妻は玄関のドアに向かった。世界がまだ存在しているのかどうか、知りたくなったのだろう。新鮮な空気を感じたホテルの客室係が、怖そうに思い出した。外には出られないわ、兵隊がいるから。不眠症に苦しむ女が言った。わたしたち、一分以内に死ねたらそのほうがいいんじゃない？　どうせ死ぬんなら、みんな死ぬんなら。みんなって、わたしたちのこと？　と眼科の受付係がたずねた。いえ、全員よ。ここに入ってる女全部。少なくともそのときには、目が見えなくてよかったと思えるわ。ここに連れてこられてから、彼女がこんなに話したのは初めてだった。医者の妻が言った。さあ、行きましょう。死ぬべき人だけが死ぬのよ。死は人を選ぶときに、けっして警告しないものだわ。女たちは左棟に入るドアを通り抜け、長い廊下を進んでいった。もしも望めば、手前にあるふたつの病室の女たちから、どんなことが待っているか話が聞けただろう。だが、そこにいる女たちはたっぷりぶちのめされた獣のように、ベッドでまるくなっていた。男たちは手をふれようとも近づこうともしなかった。そんなことをしたら、女たちが金切り声をあげたからだ。

　奥まった最後の廊下に入ると、医者の妻はふだんどおり見張っている男に気づいた。見張りは女たちの引きずる足音を聞きつけたらしく、来たぞ、来たぞ、と仲間に知らせた。部屋のなかでは、歓声と、馬のいななくような声と、高笑いが沸いた。四人の患者がすぐに入口をふさいでいるベッドをどかした。早くしろ、女ども、部屋に入れ、さあさあ、ここにいるのは盛りのついた種馬ばかりだ、おまえらの下っ腹は満杯になるぜ、とある男が言った。悪党どもが女たちを包囲し、なでまわそうとしたが、拳銃を持った首領が叫ぶと、男たちはいりみだれて後ろへさがった。最初に選ぶのはおれだぞ、わかってんだろうな。男たち全員の眼がものほしげに女たちを見つけようとし、数人が貪欲な手をのばしていた。女たちが通り過ぎるとき、その手が偶然でも体にふれたら、どのあたりに顔を向ければよいかわかるからだ。ベッドのあいだの通路の中ほどで、女たちは閲兵を受ける観兵式の兵隊のように立っていた。悪党どもの首領が拳銃片手に、まるで女たちが見えるように元気よく機敏に近づいてきた。まず、列のいちばん端にいる不眠症の女の肩に手を置くと、体の前と後ろをなでまわし、つづけて腰、乳房、脚のあいだをさわった。女が金切り声をあげると、首領は押しのけ、おまえは屑みたいな淫売だ、と言った。首領はつぎの女に移った。それはだれも素性を知らない女だった。首領はズボンのポケットに拳銃をつっこみ、両手で女の体をなでまわした。ふむ、こいつは悪くない。つぎは最初に失明した男の妻だった。つぎは眼科の受付係、それからホテルの客室係。首領はそこで歓声をあげた。おい、野郎ども、よく耳をほじって聞けよ。今日の女たちは極上だ。悪党どもは鼻声をたてて、足を踏み鳴らした。早くしようぜ、時間がもったいねえ、とだれかが怒鳴った。落ち着け、と拳銃を持ったならず者が言った。おれが最後まで見てからだ。男はサングラスの娘をなでまわして口笛を吹いた。こいつはすごい、一発大穴だぞ。こんな極上の姐(ねえ)ちゃんは初めてだ。男は興奮して娘をいじりながら、医者の妻に移り、ここでも口笛を吹いた。こっちは年増(としま)だが、なかなか上玉だ。

終わったら、おまえらにまわしてやる。首領は二人を病室の奥に引っぱりこんだ。そこには一連隊を賄えるだけの食糧のコンテナ、包み、缶詰などが積みあげてあった。女たちはすでに全員が首をふって悲鳴をあげていた。あちこちで殴打と、平手打ちと、命令する声がした。黙れ、うるさい、この淫売め、牝豚はみんな同じよ、最初はわめきたてるのさ。ご馳走をきつくお見舞いしてやりゃ、すぐに静かにならあ。おれにやらせろって、どうやればもっともっととほしがるか教えてやる。早くしてくれよ、もう一分も待てねえ。不眠症の女は大男にのしかかられて必死に泣き叫んでいた。ほかの四人は死体に群がるハイエナのような男たちに囲まれていた。彼らはズボンを下げて、押しあっていた。気がつくと医者の妻は連れてこられたベッドの脇に立っており、震える手でベッドの手すりを握りながら、拳銃を持った首領がサングラスの娘のスカートを引き裂き、自分のズボンを下ろし、指でいちもつをとりだし、娘のあそこに男のものをあてがい、押しこんで、動かすのをじっと見ていた。うめき声と猥褻な言葉が聞こえたが、サングラスの娘はなにも言わず、げろを吐くときだけ口をあけ、首を横にして、ほかの女たちのほうへ眼を向けていた。男はなにが起きたか気づきもしなかった。げろの臭いは、その場の空気やなにやらが、まったく違う匂いのときしかわからないのである。ついに男は全身を震わせ、三本の梁を打ちこむように三回激しく突きたてて、息切れした豚さながらに喘いで果てた。サングラスの娘は声もなく泣いた。拳銃を持った男はまだしたたっているものを引きぬき、医者の妻に手をのばしながら、ためらいがちに言った。やきもちをやくなよ、つぎはおまえだから。それから声を張りあげ、おい、野郎ども、こっちに来てこの娘とやっていいぞ。だが、優しく扱え。こいつはまたおれが使うからな。六人ほどの男たちが手さぐりしながら通路をやってきて、サングラスの娘をつかみ、引きずっていこうとした。おれが先だ、おれが先だ、と全員が言った。拳銃を持った男はベッドにすわっており、ズボンを足首まで下げていた。マットレスの縁に萎れたものが乗っていた。脚のあいだにひざまずけ、と男が言った。医者の妻は膝をついた。しゃぶれ。いいえ。しゃぶるか、たっぷり鞭打ちを受けて食い物がもらえなくなるか、どっちにする？　それを食いちぎられないか心配じゃないの？　やってみろよ、おれはおまえの首に手をかけてるからな。血が出るほど噛みついたら、縊り殺してやる。男は凄みをきかせた。その声、聞き憶えがあるぞ。わたしもその顔、見憶えがあるわ。目が見えないなら、顔が見えるわけがない。ええ、見えないわ。じゃ、なんで顔に見憶えがあるなどと言うんだ。その声を聞いて思い浮かぶ顔はひとつだからよ。つべこべぬかすな、しゃぶれ。いいえ。しゃぶるか、おまえの病室にパンがひとつかけも行かないか、どっちかだ。病室に戻って、おまえが男をしゃぶらなかったから、みんなの食糧が来ないかもしれないと言えばいい。医者の妻は男に身を近づけ、右手の二本の指先でべとべとしたいちもつをつまんで持ちあげた。床に置いていた左手で男のズボンにふれ、そっと探ると、拳銃の冷たく硬い金属の感触がつたわってきた。殺せるかもしれない、と彼女は思った。だが、むりだった。足首のまわりに下ろされたズボンのポケットに手を入れるのは不可能だ。いまは殺せない。医者の妻は首を近づけ、口をひらいて、見ないように眼を閉じるとしゃぶりはじめた。

悪党どもが女たちを解放したとき、夜が明けてきた。不眠症の女は仲間の腕に抱きかかえられていった。女たちは歩くのがやっとの状態だった。彼女たちは何時間にもわたって、男から男へ、屈辱から屈辱へ、暴行から暴行へと、つぎつぎにまわされた。女の体が動かなくなる以外のことはすべてさせられた。わかってるだろうが、支払いは現物支給だ。おまえらの哀れな亭主たちに、食い物を取りにこいとつたえるんだ、と拳銃を持った男は帰っていく女たちへ嘲るような声を浴びせた。それからさらに嘲笑して、またな、かわい子ちゃん、次回のために英気を養っておけよ、と言いたした。ほかの悪党どもも、たいがいの者が声をそろえてくりかえした。またな。なかには娘さんと呼ぶ者もいたが、ほかの男たちは淫売と呼んだ。声に確信が失せているところをみると、性の欲望が衰えたのははっきりしていた。女たちは耳も聞こえず、目も見えず、口も利けず、前にいる人の手を離さないだけの気力をかろうじて保ちつづけ、おぼつかない足どりで歩いていた。往きのように肩をつかむのではなく、手を握り合っていた。なぜ手をつなぐのかと訊かれても、おそらくだれもどう答えていいかわからなかった。ただそうしているだけだ。かならずしも簡単には説明できない、ときには理由を見いだすのがむずかしい動作もある。玄関ホールを通り抜けるとき、医者の妻はまた外をのぞいた。兵士たちと、おそらく隔離された人びとへ届ける食糧を運んできたトラックが見えた。まさにそのとき、突然一撃されて両足がもげたように、不眠症の女の脚の力がなくなった。そして心臓も音(ね)をあげた。リズムを刻んでいた搏動(はくどう)が途中で停止したのだ。女が眠れなかったわけがやっとあきらかになった。もう彼女を騒がすまい、これでぐっすりと眠れるのだから。死んだわ、と医者の妻が言った。その声には表情がなかった。生きている人の口から出たとは思えないほど、語られた言葉同様死んだ声だった。医者の妻は、だしぬけに脱臼(だっきゅう)した遺体の両腕をかかえ起こした。脚は血だらけで、腹には打撲傷があり、小さな乳房はむきだしになり、無残に傷つけられ、嚙みつかれた肩に歯型が残っていた。これはわたしの体だ、と医者の妻は思った。ここにいるすべての女たちの体の描写だ。この暴虐の痕跡とわたしたちの悲しみのあいだにある違いは、たったひとつだけ。いま、わたしたちはまだ生きている、というだけだ。彼女をどこに運べばいいの？　とサングラスの娘がたずねた。いったんは病室へ。あとで埋めましょう、と医者の妻は言った。

　男たちはドアのところで待っていた。最初に失明した男だけがいなかった。彼は女たちが戻ってくる気配を感じると、ふたたび頭から毛布をかぶってしまった。斜視の少年も眠りこんでいた。医者の妻は迷いもせず、ベッドを数えもしないで、不眠症の女を本人のベッドに横たえた。ほかの者たちから変だと思われることなど気にしていなかった。結局ここにいる全員が、医者の妻を部屋のすみずみまで知っている人だと思っていたからだ。死んだのよ、と彼女はくりかえした。なにがあったんだ、と医者が訊いたが、妻は答えようとしなかった。夫の質問は、どうして死んだのか、という聞いたとおりの単純なものかもしれない。だが、言外には、あそこでやつらはきみたちになにをしたのか、という意味がふくまれていた。質問がどちらであっても、答えがあるはずはなかった。彼女はたんに死んだのであって、原因はほとんど重要ではない。人が死んだとき、なぜ死んだのかと問いかけるのは愚かなことだ。原因はやがて忘れられ、死んだ、という言葉だけが残される。彼女は死んだのよ。わたしたちはもう出発したときと同じ女じゃない。彼女たちが話したはずの言葉を、わたしたちはもう話すことができない。わたしたちは名づけえない存在。それ以外のなにものでもない。医者の妻はそう思い、声をかけた。さあ行って、食べ物を取ってきて。めぐりあわせ、不運、幸運、宿命、あるいはあまりにたくさんの名前を持つそれにぴったり合う言葉がなんであれ、それは純然たる皮肉からできている。でなければ、病室の代表者に選ばれ、食糧を取りにいく人間が二人の女の夫であるわけと、いましがた余人には想像もつかないもので代金が支払われたという理由が、わたしたちには理解できないだろう。その仕事は守るべき夫婦の名誉を持たない、未婚の自由な男がしていてもよかったのだ。しかし、いまその役目をになっている男たちはそうではなかった。もちろん彼らとて、妻を犯した不埒（ふらち）な悪党どもに物乞いする恥辱を耐えたくはないだろう。最初に失明した男は固い決意をみなぎらせて言った。だれでもいいから行ってくれ、わたしは行かない。わたしは行くよ、と医者が言った。お伴をしましょう、と黒い眼帯の老人が申し出た。量は多くないが、それでも相当重たいはずです。自分の食べるパンを運ぶ力ぐらいあります。重く感じるのは、いつもほかの人の分のパンですよ。不平をこぼす資格など、わたしにはありません。みなさんのおかげで、わたしも食べ物が得られるのですからな。想像してみよう。すでに終わっている用済みの会話ではなく、いままさに言葉をかわす男たちの姿を。二人の男がそこにいて、あたかもたがいが見えるように顔と顔をつきあわせ、まぶしい白い闇のなかで、それぞれの記憶が言葉をはっきりと発音する口を思い描いている。そして、闇の中央からゆっくりと光が照射されるように、顔のほかの部分があらわれはじめる。ひとつは老人であり、もう一人の男はそれほど老けていない。こうしてまだ見えるならば、けっして目の見えない人と呼ぶことはできまい。最初に失明した男が憤慨して激しく抗議した、まさにその屈辱の賃金を二人の男が受けとるために去ったとき、医者の妻がほかの女たちに告げた。ここにいて。すぐに戻るから。彼女は自分のほしいものがわかっていたが、見つかるかどうかはわからなかった。バケツかそれにかわる物だ。ごぞんじのように、魂の清浄はだれにもできないことだから、せめてわれわれの住むこの精神病院で、まだ肉体の清浄と言って意味が通じるなら、たとえ臭かろうが汚染されていようが彼女は水をそれに入れてきて、不眠症の女の亡骸を洗い清め、本人の血と他人の精液をふきとりたかった。

患者たちが大食堂の長いテーブルで大の字になって寝ていた。生ゴミでいっぱいになった流しの水道の蛇口から、細い水流がしたたたっていた。医者の妻はあたりを見まわしてバケツか洗面器を探したが、目的にかなう物は見つからなかった。ある患者が人の気配に目を覚まし、だれだ、と問いかけた。医者の妻は答えなかった。歓迎されないことはわかっていた。水がほしいなら持っていきな、死んだ女の体を洗うなら、好きなだけ持っていっていいよとは、だれも言わないだろう。床には食品が入れてあったビニール袋が散乱していた。なかには大きなものもあった。破れているだろうと思ったが、二、三枚重ねて使えば、水はそれほど漏れないはずだと考えなおした。彼女はすばやく行動した。目の見えない患者たちはすでにテーブルから降りはじめ、だれだ、と口々に言っていた。水の音を聞いて、人びとはさらに警戒し、音のするほうへ向かってきた。医者の妻はすぐに身をかわし、テーブルを動かして彼らが近づけないように進路をふさいだ。それからビニール袋をまた蛇口にあてたが、水はちょろちょろとしか出てこなかった。必死に力をこめて蛇口をひねった。すると、監獄から釈放されたように水がほとばしりでた。水は飛沫(しぶき)をあげて撒きちらされ、彼女も頭から爪先までずぶ濡れになるほどだった。患者たちもひるんで後ろへさがった。たぶん水道管が破裂したと思ったのだろう。水が床にたまり、足を浸しはじめたので、彼らはますますそう思いこんだ。部屋に入ってきたよそ者が、流しから水をあふれさせたことまではわからなかった。あまり重くなると運べないので、彼女は袋の口を結ぶと、肩にかついで足早に立ち去った。

食べ物を持って病室に入ったとき、医者と黒い眼帯の老人は六人の裸の女とベッドに横たわる不眠症の女の遺体を見ることもなかった。というより、見ることはできなかった。遺体は生前のどのときよりもきれいになっていた。女は仲間の体を一人ずつ洗ってやり、それから自分の体に移った。

四日後、悪党どもはまた戸口にやってきた。第二病室の女たちから厳しく代金を取り立ててやろうと右側の棟にやってきたのだが、途中で第一病室に立ち寄り、女たちに先夜の乱交から体が回復したかどうか訊いておこうとしたのである。最高の夜だったぜ、なあ。一人が舌なめずりをしながら叫ぶと、相棒がそれにうなずいた。ここの七人は十四人分の値打ちがあったよ。一人はたいした玉じゃないが、あの騒ぎじゃほとんど区別はつかない。ここの亭主どもは幸運だ、あいつらを満足させるほど男らしけりゃな。そうでないほうが、こっちは都合がいいぜ。女たちが、もっと気合を入れてくるじゃないか。病室のいちばん奥から、医者の妻が言った。もう七人じゃないわ。一人がずらかったのか？　とならず者が笑いながら訊いた。ずらかったんじゃない、死んだのよ。そいつは気の毒に。おまえたち、こんどはもっと重労働で頑張らなくちゃならないな。たいした損失でもない、彼女はたいした玉じゃなかったから、と医者の妻が言った。使者たちは面食らって、なんと答えてよいのかわからなかった。いま聞いた言葉がずいぶん下卑たもののような気がしたからだ。たしかに彼らのなかには、つまるところあらゆる女は淫売だ、という考えに同調する者がいる。だが、おっぱいが不恰好で、尻が貧弱な女をそういう言い方で片づけるのは、ひどく敬意を欠いたもののように思われたのだ。医者の妻は悪党どもを見つめていた。三人の使者はどうしたものかと態度を決めかねて、機械仕掛けの人形のようにうろうろしていた。医者の妻は彼らに見憶えがあった。この三人すべてに強姦されていたからだ。ようやく一人が棒の先を床に打ちつけ、さあ行こう、と言った。男たちは床を打ち鳴らして、さがれ、さがれ、おれたちが通るぞ、と叫びながら立ち去った。廊下を遠ざかるにつれて音も弱まった。静寂がおかれ、ついでぼんやりとした音が聞こえた。第二病室の女たちが、夕食後に来いという命令を受けているところだろう。ふたたび棒が床に打ち鳴らされた。さがれ、さがれ、三人の目の見えない男たちの影が戸口を通り過ぎていった。

斜視の少年にお話を聞かせてやっていた医者の妻は、腕をのばして、音もなく釘からハサミをはずした。そして少年に、お話のつづきは後でしてあげるわね、と言った。なぜ彼女が不眠症の女をあのように蔑(さげす)んだのか、病室の者はだれ一人たずねなかった。しばらくすると医者の妻は靴をぬぎ、安心させるために夫のもとへ行った。それほど長くかからない。すぐに戻ってくるから。彼女はドアに向かった。そこで立ちどまって待っていた。十分後、第二病室の女たちが廊下に出てきた。十五人の集団だった。泣いている者もいた。女たちは列をつくらず、シーツを裂いた布の紐を体に結んでつながっていた。女たちが通り過ぎると、医者の妻は後からついていった。女たちはだれ一人、連れができたことに気づかなかった。いまでは女たちの受ける凌辱（りょうじょく）がどういうものか話が行きわたっていたので、全員がこれから起きることや、そうした凌辱がけっしていまに始まったものではないことを知っていた。なぜなら、こういうことから世界が始まったのは確実であるからだ。女たちが怖がっているのは強姦そのものではなく、したい放題の乱交であり、恥辱であり、恐ろしい夜が来る予感だった。十五人の女たちはベッドや床に横たわり、男たちはブタのように鼻を鳴らして嗅ぎまわるだろう。最悪なのはちょっとでも快感があるかもしれないことだ、とある女はひそかに思った。めざす病室のある最後の廊下に女たちが入ったとき、見張りの男が仲間に知らせた。聞こえるぞ。女がもうじきやってくる。ゲートがわりのベッドがすぐにどけられ、女たちは一人ずつ部屋に入った。すごい、たくさんいるぞ、会計係が数えながら叫んだ。十一、十二、十三、十四、十五、十五、全部で十五人だ。会計係は最後の一人を追いかけ、スカートの奥へ興奮した手をつっこんだ。こいつはいい、この女はおれがもらった、と彼は言った。ならず者は女たちの品定めをし、肉体的特徴の事前評価を終えた。実際、すべての女が同じ目に遭うならば、身長、胸、腰などのサイズによって男たちが女選びをし、ぐずぐず時間を浪費して、情欲を冷ますことに意味はなかった。男たちはすぐにベッドへ連れていき、力ずくで服を剝ぎとった。ほどなく、いつものように泣き声と慈悲を乞う哀願が聞こえたが、それに対する応答もいつもとまるで同じだった。食い物がほしければ脚をひらけ。女たちは脚をひらき、ある者は口を使うように、と命じられた。ごろつきどもの首領の膝のあいだにひざまずく女もそうしていた。この女はなにも言わなかった。医者の妻は病室に入り、ゆっくりとベッドのあいだをすり抜けていったが、そのような用心など必要はなかった。木靴を履いていようが、足音はだれにも聞こえなかっただろう。たとえこの騒ぎのさなかに目の見えない男にさわられ、女だと気づかれたところで、最悪乱交に引きずりこまれたとしても、不審に思われることはあるまい。このような状況で、十五人と十六人の違いを言いあてるのは容易ではなかった。

悪党どもの首領はあいかわらず、食糧のコンテナが積んである病室のいちばん奥のベッドを自分のものにしていた。周辺のベッドが片づけてあるのは、首領が近くで人にぶつかることなく自由に動きまわりたいからだ。彼を殺すのは簡単だろう。医者の妻はゆっくり狭い通路を進みながら、殺そうとする男の動きを観察していた。快楽を得たときに首をのけぞらせるさまは、まるで刃に首を差しだしているようだ。医者の妻はじりじりと接近した。ベッドのまわりをめぐり、男の真後ろにやってきた。目の見えない女が、求められたことをしていた。医者の妻はおもむろにハサミを上げていった。二本の短剣で切り裂くようにするために、刃をすこしひらいていた。ふと、男は人の気配を感じたようだった。だが、絶頂の波が通常の感覚の世界から男を遠ざけ、あらゆる反射神経を奪っていた。医者の妻は凄まじい力で腕をふりおろしながら、おまえは放出するひまなどない、と思った。ハサミは首領の喉に深く刺さり、軟骨と膜質の抵抗に遭ってひとりでに捻じれ、さらに猛りたって、頸椎（けいつい）にぶつかって跳ね返されるまで肉体に食いこんだ。断末魔の叫びはほとんど聞こえなかった。それは射精をする瞬間に獣がしぼりだすようなり声のようであり、男たちのなかにはそういう声を出す者もいた。おそらくそうだったに違いない。間髪をいれず、女は血しぶきを顔に浴び、放出された精液を口のなかに受けとめた。悪党どもを驚かせたのは、女の絶叫だった。悲鳴にはかなり慣れていた男たちだが、この叫び声はどれとも似ていなかった。女の絶叫はつづいた。血がどこから来るものかわからないからだろう。ひょっとしたら、ひそかに想像したとおり、どのようにかはわからないが男のペニスを食いちぎってしまったのかもしれない。男たちは女から離れ、手さぐりで病室の奥へと歩きだした。なにがあった？　なんで悲鳴をあげてるんだ？　と彼らは問いかけた。だが、もう女の口には手があてがわれており、その耳もとで、静かに、というささやきが聞こえた。女の体が優しく後ろへ引っぱられた。なにも言わないで。それが女性の声だと気づいて、女は冷静になった。このように悲惨な状況でそれが可能ならば。ほかのだれよりも早くやってきたのは例の会計係だった。まず、ベッドにひっくり返った死体にふれたのも彼であり、最初に両手を死体に這わせたのもそうだった。死んでるぞ、と会計係はすぐに大声をあげた。首はベッドの向こう側にぶらさがり、血がまだ迸（ほとばし）りでていた。女どもに殺されたんだ、と彼が言うと、悪党どもは足をとめた。耳にした言葉が信じられなかった。いったいどうやって女に殺せるというんだ？　だれが殺したんだ？　喉が大きく裂かれてる。首領といっしょにいた売女（ばいた）の仕業に違いない。捕まえなければ。ならず者たちがまた動きだしたが、こんどは首領を殺した刃物に出会うのではないかと恐れて、動作はゆっくりだった。彼らには会計係が大急ぎで死者のポケットを探っているのが見えなかった。会計係は拳銃と小さなビニール袋入りの弾薬約十発を取りだしていた。突然女たちが騒ぎだし、この場所から逃げだそうと大あわてで立ちあがった。女たちはどっちにドアがあるのかわからず、別の方向へ歩いて男たちにぶつかり、彼らは彼らで女に襲いかかられたのかと勘違いしてあわてふためいた。この結果、右往左往する体のぶつかりあいが新たに混乱の頂点へと達した。病室の奥では医者の妻が気配をころして逃げだすチャンスをうかがっていた。彼女は女の手首をしっかりと握り、もう一方の手にはハサミを持って、ならず者が近づいたら突き刺せるように身構えていた。しばらくのあいだ、周囲には都合よく空間があいていたが、そこにぐずぐずしていられないこともわかっていた。何人もの女たちがすでに出口を見つけだし、ほかの女たちは引きとめにかかる手から逃れようと必死にもがいていた。なかには敵の首を絞めあげて、もうひとつ死体を増やそうとする変わった女もいた。会計係が威厳をこめて病室の男たちに呼びかけた。落ち着け、あわてるんじゃない。この事件の真相はいずれ突きとめてやる。そして、命令に絶対的な重しをつけようと、空中へ向けて拳銃を二発撃ってみせた。結果は本人が期待していたものとは正反対だった。拳銃が別の人間の手に渡ったことと、新しい首領ができたことに驚いて、目の見えない悪党どもは女たちを手放し、彼女らを支配することをあきらめ、首を絞められていた一人は完全にもがくのをやめた。医者の妻が動くことにしたのはそのときだった。左へ右へと男たちを一撃しながら、彼女は通り道をあけていった。悲鳴をあげているのは、いまや悪党どものほうだった。打ち倒され、ほかの者の上に積み重なっていた。かりに目の見える人がここにいれば、さっきまでの大混乱など、これにくらべるとほんの冗談みたいなものだとわかっただろう。医者の妻は人を殺したくはなかった。ただ、女を一人も残さずに、できるだけ早くここから脱出すること、それだけを望んだ。こいつは死ぬかもしれない、彼女はある男の胸にハサミを深く突き刺しながら思った。ふたたび一発、銃声が鳴り響いた。さあ、行くのよ。医者の妻は進む途中で、目の見えない女にぶつかるたびに前へ押してやった。倒れている者は立ちあがらせ、早く、早く、とくりかえし急かした。すると部屋の奥から会計係が、捕まえろ、逃がすな、と怒鳴った。だが、時すでに遅し。女たちは廊下に出ており、半分脱げかかったぼろぼろの服をなるべく上手に押さえて、こけつまろびつしながら逃げだしていた。医者の妻は病室の戸口に立ちどまると、激しく憤って呼びかけた。憶えてる？　以前、わたしは首領の顔を忘れないと言った。これからは、この言葉を思い出すがいい。わたしはおまえたちの顔も忘れない。この無礼の罪は高くつくぞ、と目の見えない会計係が嚇した。てめえと、てめえの仲間と、てめえのいわゆる男どもにな。わたしがだれか、どこから来たか、おまえたちにはけっしてわからない。そいつは向こうの棟の第一病室の女だ、という声があがった。女たちを呼びにきた使者の一人だった。つづけて会計係が言った。てめえの声はすぐにわかる。おれの前でひとことでも口をきいてみろ。即、ぶっ殺してやる。首領も同じ台詞を吐いたけど、いまは死体になってるわ。だが、おれはてめえやあいつみたいな病気の患者じゃないのさ。てめえらが失明したときには、とっくにこの世界のすべてを知っていたんだ。おまえはわたしがどう見えていないのか、まるでわかってないのよ。てめえは目が見えてる、おれは騙されないぞ。たぶんわたしはどんな人よりも目が見えてないわね。すでに人殺しをしてるし、せざるをえないなら、また殺すわ。てめえらはまっ先に飢えで死ぬぜ。今日を最後に食い物はいっさい与えない。てめえら全員が生まれつき持ってる三つの穴を、盆にのせて献上しにこようが許さない。おまえたちが食糧を剝奪するなら、一日一人、ここの男どもはこのドアから一歩出ただけで死ぬことになるわよ。このすべた、絶対に逃れられないぞ。あら、そうかしら。これからは、わたしたちが食糧を取りにいくわ。おまえたちはここに隠匿した物を食いつなぎなさい。畜生め。畜生は男でも女でもない。畜生が畜生なのよ。おまえたちはいまに畜生の値打ちがどんなものか思い知るでしょう。怒りくるった会計係は、ドアを狙って発砲した。銃弾は目の見えない男たちの頭上を唸りながら飛びすぎ、だれにも命中せずに廊下の壁に食いこんだ。わたしを撃つことはできない、と医者の妻は言った。おまえも注意することね、弾薬が尽きたら、ほかに首領になりたがるやつが出てくるわよ。

彼女は立ち去ろうと数歩あるいた。まだしっかりした足どりだった。壁に沿って歩くにつれて、意識が朦朧とし、やがて膝の力が抜けて立っていられなくなった。医者の妻は床にくずおれた。目の前がかすんでいた。見えなくなる。そう思ったが、いや、まだだと気づいた。涙が視界をぼやけさせているだけだ。こんな涙は生まれてから一度も流したことがない。わたしは人を殺した、と彼女は低い声でつぶやいた。殺したいと思い、それを実行した。病室のドアのほうをふりむいた。いまならず者が追ってきたら、彼女は身を守れないだろう。廊下には人けがなかった。女たちは全員いなくなっていた。悪党どもは仲間うちから死体が出たことと銃撃の驚きからいまだに醒めておらず、あえて廊下に出てみる気になれないのだ。すこしずつ気力が回復してきた。涙は不治のなにかにでくわしたように流れつづけていたが、勢いは弱まってきた。医者の妻は力をふりしぼって立ちあがった。手も服も血みどろだった。突然、疲れはてた体が、おまえは歳をとっているのだと告げた。歳もとっているし、殺人を犯した女でもある、と彼女は思った。だが、必要になれば、また人を殺すこともわかっていた。玄関ホールのほうへ曲がりながら、必要になるとは、どういうときなのか、と心に問いかけた。答えが浮かんだ。まだ生きているものが、すでに死んでいるときだ。彼女は首をふって考えた。それはどういう意味だろう。言葉だ、言葉だ、言葉以外のなにものでもない。一人歩きつづけて、前庭に面した玄関ドアに近づいた。門の鉄格子のあいだから、警備をしている兵士の影がぽつんとのぞいていた。外にはまだ人がいる、目の見える人が。背後から足音が聞こえてきた。身が震えた。やつらだ、と彼女はハサミを構えながらすばやくふりむいた。夫だった。第二病室の女たちは、第一病室の前を通り過ぎるときに、向こうで起きた出来事を叫んでいったそうだ。ある女が悪党どもの首領を刺して殺した。拳銃も発砲された、と。医者は女の特徴を問いただそうとはしなかった。妻に決まっているからだ。妻は斜視の少年に、お話のつづきは後でしてあげる、と言っていた。妻はどうなったのか。たぶん同じように死んでいるのだろう。ここよ、と彼女は言った。そして夫に近寄り、夫を血で汚しているのも気づかずに抱きしめた。いや、気づいていながら、かまわなかっただけかもしれない。ここに至るまで、二人はずっとすべてを分かち合ってきた。なにがあった、と医者がたずねた。男が殺されたそうだが。そう、わたしが殺したの。なぜ？　だれかがしなければならなかった。やれる人はほかにいないわ。それでいまは？　もう、わたしたちは自由よ。こんどわたしたちを虐待しようとすれば、なにが待ってるか思い知ったでしょう。闘いになるんじゃないか、戦争に。目の見えない人はいつも闘ってる、いっときも休まずに。きみはまた人を殺す覚悟なのか？　せざるをえないなら。わたしはこの立場からけっして解放されないでしょうね。それで食糧はどうなる？　これからはわたしたちが取りにいくの。ここに出てくる勇気が彼らにあるかどうか疑わしいわ。少なくともあと数日は、同じことが起きるんじゃないか、ハサミに喉を切り裂かれるんじゃないかと怖がるでしょう。ぼくたちの失敗は抵抗しなかったことだ。最初にやつらが命令してきたときにすべきだったのに。もちろん、それは怖かったからだけど、でも、恐怖はかならずしも賢明な相談相手じゃないわね。さあ、戻りましょう。より安全にするために、病室の戸口にベッドを積み重ねてバリケードを築かなくては。あいつらのところみたいに。何人かが床で眠ることになるのは大変だけど、飢えで死ぬよりはましよ。

それからの一日二日、人びとは、まさかそんなことにはならないだろうと自分たちに言い聞かせてすごした。最初はとくに驚かなかった。そもそもの出発点から、食糧の遅配は毎度のことであり、すっかり慣れっこになっていたからだ。食糧を運ぶ兵士がしょっちゅう遅刻する、と悪党どもが言ったのは嘘ではなかった。とはいえ、やつらはそれを悪用し、おどけた口調で、これがあるから食糧を配給制にするしか選択の余地はないし、統治する側にとってもつらいところなのだ、と言ってのけた。三日目、食糧が尽きて、一枚の皮もひとかけらのパン屑もなくなったとき、医者の妻は数人の仲間と前庭へ出ていって呼びかけた。ちょっと、どうして食糧が遅れてるの？　なにがあったか知らないけれど、わたしたちはもう二日も食べてないのよ。以前とは違う軍曹が手すりのところにあらわれて、軍隊にはなんの責任もないことだと言った。軍曹によれば、だれも患者からパンを取りあげようとする者はいない、軍は威信にかけてもそうした不正を許さない、もしも食糧がないならば本当にないのだ、ということだった。おまえたちはそこから一歩も動くんじゃない、一歩でも前に進んだやつは、どうなる運命かわかってるだろうな、命令は変わっていないんだ。この警告を聞いて人びとは建物のなかに戻り、どうしたものかと相談した。このさき食糧が途絶えたら、われわれはどうしたらいいんだ。明日（あす）になれば、いくらか来るかもしれない。それとも明後日（あさって）には。来たときには、もう動く力なんか残ってないわ。外に出るべきだ。でも、門までもたどりつけないわ。目さえ見えればな。目が見えてたら、こんな地獄には来てないさ。塀の外の暮らしはどんなでしょうね。頼めば、あの悪党どもも食べ物をくれるかもしれない。食糧が来ないってことは、外のやつらも食糧が不足してるってことだ。それじゃ、なおさら悪党どもが食糧を出すわけがない。ならず者の食糧が尽きるときには、こっちは餓死してるわね。じゃ、どうすればいいんだ？　人びとは玄関ホールの床にすわり、ただひとつ灯った黄色い明かりの下で、おおよそ円居の形をとっていた。右側の棟からも左側の棟からも各病室から一名か二名の男女が来ており、そのなかには第一病室の医者とその妻、黒い眼帯の老人がいた。やがて、この失明した人びとの世界ならではの、起こるべくして起こった出来事があった。男たちの一人がこう言ったのだ。とにかく、悪党どもの首領が殺されなければ、いまわれわれはこうしていないだろう。女たちがひと月に二度、人に与えるようにと自然が与えたものを、やつらに与えにいってたら、いまどうなってるのかと、わたしは自問しているのさ。数人がこれをおもしろく思い、何人かはつい笑みをもらした。反論しようとした者は空腹のせいで思いとどまった。その男がつづけて言った。わたしが知りたいのは、だれが刺し殺したかということだ。あのときあそこにいた女たちは全員自分じゃないと断言してる。われわれは自分たちの手で法律を定めて、犯人を裁くべきじゃないか。だれが犯人かわかったら、これがおまえたちの探してる人間だ、さあ食べ物をよこせ、と言うのさ。だれが犯人かわかったらな。医者の妻はうなだれて考えた。彼の言うとおりだ。ここにいる患者が一人でも餓死することになったら、それはわたしの過ちだ。でも――心のなかで沸きあがる怒りは、いかなる責任も取ることはないという声を響かせた――この人たちをまず死なすことになってもいいのだ、わたしの犯した罪が彼らの罪を償えるかもしれないから。それから医者の妻は目をあげながら思った。いま首領を殺したと打ち明ければ、この人たちはその行為がわたしに死をもたらすと知りながら悪党どもに引きわたすだろう。医者の妻はめまいを起こしたように頭をぐらぐらさせた。飢餓のせいなのか、それとも突然奈落に魅入られたようにその思いに誘われたのか、意思に反して体が動いてしまい、話しだそうと口をあけた。と、だれかが腕をぐいと強い力でつかんできた。ふりむくと黒い眼帯の老人だった。犯人が自首などしたら、わたしがこの手でそいつを殺してやります、と老人は言った。なぜだ？と円居の人びとが老人にたずねた。われわれが生きていくことになったこの地獄で、さらに、われわれが地獄のなかの地獄に変えたこの地獄で、もしまだ恥という言葉が生きているならば、それは勇気を持って塒（ねぐら）のハイエナを殺したその人のおかげだからですよ。それはそうだが、恥で腹をふくらすわけにはいかないよ。あなたがどういうお方か知らないが、たしかにおっしゃるとおりでしょう。恥を知らずに腹をくちくしている人間は、かならずいるものです。しかし、われわれは、自分たちには値しない、ぼろぼろになった最後の尊厳以外に持てるものはなにもないのです。だからせめて、当然あるべき権利を求めて闘う能力がまだあることを示そうではありませんか。いったいなにが言いたいんだ？　女たちを送りこみ、下衆（げす）なヒモのように人に迷惑をかけて食べさせてもらうのをやめましょう。こんどは男たちの出番ですよ、男がいるとしたらですが。どうしろというのか説明してほしいが、その前にまず、あんたはどこの部屋の人間なんだ？　わたしは右側の棟の第一病室の者です。で、どうしろと？　単純なことです。われわれの手で食糧を取りにいきましょう。やつらは武器を持ってる。知るかぎりでは拳銃が一丁だけで、弾薬もほどなく切れそうです。あいつらはわれわれを殺すと言ってるんだぞ。もっとつまらないことで死んだ人もいます。他人を愉快にすごさせるために、命を落とす気にはなれないね。それではあなたに食糧をやるために他人が命を落としたら、餓死する気になれるのですか？　黒い眼帯の老人が皮肉をこめてたずねた。相手は返事をしなかった。

　右棟の病室に通じるドアのところに、一人の女があらわれた。女は物陰で人びとのやりとりを聞いていた。あのとき血しぶきを顔に浴び、死んだ男の放出を口に受け、医者の妻が、静かに、と耳もとでささやきかけた女だった。医者の妻は考えていた。この集団のなかですわっている場所から、わたしはあなたに黙っていろとは言えない。わたしの正体を明かさないでとは。あなたはきっとわたしの声に気づいてる。忘れるなんてむりだ。わたしはあなたの口を手でふさぎ、あなたの体はわたしに寄りかかっていた。そしてわたしは言ったのだ、静かにと。そしていま、この手で救った人のことを知るときがきた。あなたがどういう人かを知るときが。だから、わたしは話そうとしている。だから、わたしは大きな声で言おうとしている。あなたが告発できるように、はっきりと声を聞かせるのだ。もしもそれがあなたとわたしの宿命ならば。さあ、言うわよ。行くのは男だけじゃない、女たちもよ。わたしたちは辱めを受けた場所へ戻っていく。屈辱の痕跡をひとつも残さないように。わたしたちが口に出されたものを吐き捨てるのと同じように、あのときの自分たちを捨て去れるように。医者の妻はそれだけ言って、待ちかまえた。すると女が答えた。あなたが行くところなら、どこへでも行きます。それが女の口にした言葉だった。黒い眼帯の老人は莞爾（かんじ）として笑った。幸せそうな笑顔だったし、たぶん幸せだったろう。いまはそれを老人にただしても仕方がない。それよりむしろ、ほかの目の見えない人びとの驚いた表情を見るほうがはるかに興味深かった。まるで頭上を、鳥か、雲か、暁のためらいがちな光かなにかが、よぎったような顔をしていた。医者は妻の手をにぎって、問いかけた。ここにいる人たちのなかに、まだあの男を殺した人物を見つけることにこだわる人がいますか？　それとも、あいつを刺したのはわれわれ全員の手だと、いや、より正確に言うなら、全員がおのおのの手であの男を殺したことにしますか？　だれも答える者はいなかった。医者の妻が言った。もう少し彼らに時間をあげましょう。明日になっても兵士が食糧を運んでこなかったら、そのとき先を考えればいいわ。患者たちは立ちあがり、ある者は左に、またある者は右へと、それぞれ散りぢりに別れていった。不注意な話だが、人びとはまさかならず者の病室から聞き耳を立てにくる者がいるとは思いもしなかった。幸運にも悪魔はつねにドアの背後にいるわけではない、というのがこの場にふさわしい言いまわしであるのだが。この場にふさわしくないのは、そのときいきなり大音響で鳴りだしたスピーカーからの音声だった。このところスピーカーはかならずしも毎日は鳴らず、鳴らない日はうんともすんとも言わなかった。あきらかに発信装置にタイマーがついていて、約束どおり決まった時刻に録音テープが回りだす仕組みになっているのだが、どうしてしょっちゅう壊れるのか、外の世界の問題なのでわれわれには理由がわからないとしても、カレンダーの混乱という意味で、とにかくこれは深刻きわまりないことだった。カレンダーといっても日数の計算のことにすぎないのだが。事に執着する性格の者や、穏やかな強迫観念のあらわれともいえる秩序好きの人は、記憶をあてにせず、あたかも日記をつけるように、紐に小さな結び目をつくることによって几帳面に日数を追おうとしてきた。ついに、局面が変わるときがきた。アナウンスの時間にずれが生じていた。中継器のはんだづけがいいかげんで接続がおかしくなっているのか、機械はずっと故障のまま放置されているらしい。録音が永遠に最初に巻き戻されないことを祈るとしよう。そしてこの局面の変化こそ、盲目や狂気同様わたしたちが必要とするものだった。廊下に、そして各病室に、むだな最後通告のように、権威主義者の声が鳴り響いた。政府としては、緊急に権力を行使せざるをえないことを遺憾に思う。今般あらゆる情勢から判断して、失明の伝染病とみられるものが発生した。この病気は暫定的に白い病気と呼ばれているものである。かかる焦眉の急に際し、われわれはあらゆる手段を講じて、全力で国民を保護することが責務と考えている。これ以上病気を蔓延させないために、われわれが伝染病と闘っていること、そして、説明のつかない同時発生事件だと手をこまぬいて見ているのではないことを、国民のみなさんによく認識していただき、国民の公共心と協力を頼みとするものである。患者を一カ所に集め、すこしでも患者と接触した感染者を隣接した場所に隔離するという方針は、慎重な考慮なしには決定されなかった。政府はその責任を充分に認識しており、この放送を聞いているみなさんにも同様に、社会から孤立した現在の状況が、個人的事情をこえて国中の市町村が結束した結果決定されたものであることに留意していただき、疑いなく高潔な国民として責任を認識されることを期待している。したがって、以下の指示をしっかりと聞くように。一、照明はつねに点灯しておくこと。スイッチをいじってもむだである。二、許可なく建物から出た者は即刻死亡するものと心得よ。三、各病室にはひとつずつ電話があるが、それは衛生上、清潔な物資を調達する際にのみ使用が許される。四、収容された患者は衣服を手洗いする責任を負う。五、病室ごとに代表者を選出することを提案する。これは命令ではなく、提案である。患者は事情に沿うかたちでみずからを組織化し、いま通知している規則に従うようにしなければならない。六、一日三回、食糧の入ったコンテナが玄関ホールに運ばれる。右側に置かれるのが患者用、左側に置かれるのが感染者用である。七、残り物は焼却すること。これには食物だけでなく、可燃性のコンテナ、皿、ナイフ、スプーン、フォークなどがふくまれる。八、焼却は中庭、もしくは運動場でおこなうこと。九、患者は焼却の火を責任をもって始末すること。十、偶然もしくは故意に火災が発生し、消火不能になった場合も、消防隊員は出動しない。十一、同じく、いかなる病気が発生しても、あるいは施設内で騒乱や暴動が起きても、患者は外部の応援をあてにしてはならない。十二、いかなる原因であれ、死者が出た場合、患者は儀式をおこなわずに中庭に埋めること。十三、両翼に分かれた患者と感染者の接触は、建物中央にある玄関ホールでおこなうこと。十四、感染者が突然失明した場合、その者はただちに反対側の棟に移されなければならない。十五、この伝達事項は新しい患者が到着したらすぐにつたえること。政府と……、そのとき明かりが消え、スピーカーは黙りこんだ。紐を手にした患者は関心がなさそうに結び目をつくり、その数、つまり日数をかぞえようとした。途中であきらめたのは、重なり合った結び目があったからだ。医者の妻は夫に、明かりが消えた、と言った。電球が切れたのかもしれないな。これだけ長いあいだつけたままだったんだから、あまり驚きもしないが。全部消えてるのよ。外でなにか問題が起きたのかもしれない。これできみもぼくら同様、目が見えないわけだ。お日様が昇るのを待つことにするわ。医者の妻は病室を出ると、玄関ホールをよこぎり、外の世界をのぞいた。町のこの周辺は闇に包まれていた。軍隊のサーチライトもついていない。たぶん公共の電線から電源をとっているはずだが、全体の様子からすると、いまは電気が切れているようだった。

　翌日、早起きをした者も、寝坊した者もいたが、それは目の見えない人びとの場合、太陽が同時に昇るとはかぎらないからだ。どうやら夜明けの来る時刻は、おのおのの聴力の鋭さしだいのようだった。各病室の男女が、ぽつりぽつりと建物の正面階段に集まりはじめた。言うまでもなく悪党どもの病室からはだれもやってこない。この時刻なら、たぶん朝食をとっているのだろう。目の見えない患者たちは、音がするのを待っていた。がちゃりと門が開く。つづいて油のきれた蝶番（ちょうつがい）がぎーっときしんで動く。それが食糧の到着を告げる音だ。それから軍曹の声がする。そこから一歩も動くな。人を制止したあと、のろのろとした兵士たちの足音が聞こえて、コンテナがどさりと置かれる。足早に立ち去る気配がし、ふたたび門扉がきしんで、ようやくお墨付きが与えられる。さあ、出てきてもかまわんぞ。患者たちは日が高くなっても待ちつづけた。正午が過ぎ、午後になった。だれもが、医者の妻でさえ、食糧のことをたずねようとはしなかった。質問を口にしなければ、恐ろしい否定の答えを聞かずにすむからだ。聞かずにすめば、ああ来たぞ、来たぞ、落ち着け、もうちょっとだけ空腹を辛抱すればいいんだ、という言葉が聞けるのを期待していられる。しかし、頑張る気力はあったとしても、一部の者は辛抱の限界に達して、突然眠りに落ちたようにその場で気を失った。さいわい医者の妻がとっさに救いの手をさしのべた。起こるすべての出来事を的確に察知する彼女の能力を、人びとはとても信じられなかった。彼女が第六感に恵まれているのはまちがいないと思った。見えない目にかわる、一種の視覚があるのかもしれないと。おかげで、へなへなと崩れ落ちた者たちも太陽に灼かれることなく、すぐに建物のなかに運ばれ、水をかけられ、優しい平手打ちを受けて、全員が意識をとりもどせたのである。しかし、この人びとを闘いの戦力として当てにはできなかった。彼らには牝猫のしっぽだってつかめないだろう。これは古風な言いまわしだが、どうして牡猫より牝猫のほうが扱いやすいのか、とくに説明はなされていない。ついに黒い眼帯の老人が言った。食糧は来ません。これからも期待はできんでしょう。さあ、われわれの食糧を取りにいこうじゃありませんか。人びとはどうにか立ちあがり、悪党どもの砦からいちばん遠い病室へ集まることにした。先日の不注意をくりかえさないようにである。人びとはそこから反対側の棟へ斥候（せっこう）を送ることにした。左棟の患者たちが選ばれたのは、周囲の事情に明るいからだ。疑わしい動きがあれば、すぐに戻って警告してくれ。医者の妻も斥候に同行し、かなり落胆させられる情報とともに戻ってきた。彼らはベッドを四つ積み重ねて入口のバリケードにしているわ。ある男が、どうして四つあるとわかったんだ、と訊いた。むずかしいことじゃない。手でさわったのよ。だれにも気づかれなかったのか？　ええ、たぶん。それじゃ、どうしようか。行動開始です、と黒い眼帯の老人がふたたびうながした。決めたことを実行に移しましょう。行動を起こすか、ゆっくり死ぬか、どちらかです。あそこに行けば、すぐに死ぬ人が出るかもしれない。そう言ったのは、最初に失明した男だった。死んでいく者はだれでもすでに死んでいて、それに気づかないのです。われわれが死ぬのは、生まれた瞬間からわかってることじゃないか？　それは、ある意味で、われわれが生まれながらにして死んでいるということですよ。あんたたちのくだらない話にはもううんざり、とサングラスの娘が言った。わたしは一人じゃ行けないけど、もしまた決まったことを考えなおすというなら、ベッドに寝ころがって死ぬのを待つわ。死ぬのは余命いくばくもない者だけだ、だれも死んじゃいけない、と医者が言い、さらに声を大きくして問いかけた。行くと決心した人は手をあげてください。口をきく前に熟慮しない人にありがちなことだが、数える人がいないのに、あるいはみんなにそう思われているのに、挙手を求める意味がどこにあるのだろう。たとえば、それが十三人だったとする。そうなると、理詰めで考えれば、この不吉な数字を避けるためにさらに志願者を募るのか、それとも数を減らして避けるのか、その場合には抜ける人をくじで決めるのか、といった議論が始まるのは目に見えている。何人かは確信がなさそうに手をあげていた。ためらいと疑いがしぐさから見てとれたが、それはいまから危険に身をさらすことに気づいているか、それとも挙手を求める愚かさがわかっているか、どちらかの理由によるものだった。医者は笑い声をあげた。みなさんに挙手を求めるなんて、ばかげたことをしました。ほかの方法に変えましょう。行けない人、行きたくない人は部屋から出ていってください。行動を起こすのに賛成の人は残ってほしい。ざわざわと人の動く気配がした。足音、つぶやき、ため息とともに、弱者や臆病者が少しずつ抜けていった。医者の発案はすぐれていると同時に寛大でもあった。こうすれば、だれが残り、だれがいないか、あまりはっきりしないだろう。医者の妻が残った人びとの人数をかぞえた。自分と夫をいれて十七人だった。右棟の第一病室からは、黒い眼帯の老人、薬局の助手、サングラスの娘が志願した。ほかの病室からの志願者は一人をのぞいて全員が男だった。その一人は、あなたが行くところなら、どこへでも行きます、と言った女だった。志願者は廊下に整列し、医者が数を確認した。十七人、われわれは十七人だ。大勢とはいえないな、と薬局の助手が言った。これじゃむりだ。いや、軍隊用語を使わせてもらうなら、攻撃の最前線は狭くなければならんでしょう、と黒い眼帯の老人が言った。戸口を通り抜けなければなりません。これ以上人数がいたら、かえって問題がややこしくなります。拳銃で撃たれる者が多くなるだけだ、とある男が同意した。最後には全員が、人数の少ないことを歓迎したようだった。

すでに相手の武器がどういうものかはわかっていた。ベッドから取った鉄の棒は、工兵部隊が使うときはバールに、突撃部隊が闘うときには槍として使われている。黒い眼帯の老人はあきらかに若いときに戦術について学んでいたらしく、全員がひとかたまりになり、同じほうを向くべきだと提案した。それが、味方に襲いかからないための唯一の方策だからである。老人はまた、進むときは絶対に音をたててはならない、という作戦もさずけた。そうすれば、攻撃が相手の不意をついて効果的だからだ。靴を脱ぎましょう、と老人は言った。そんなことをしたら自分の靴がどこかにいってしまう、とある男が言った。別の男が口をだした。余った靴は死人のものと決まってる。ただしこの場合は、だれかが履いてしまうだろうが。その死人の靴とはどういうことだ。いや、ただの言いまわしなんだ。死人の靴を待つとは、なんにもならないものをむだに待つという意味でね。どうして？　埋められる死人の履く靴はボール紙製なのさ。われわれの知るかぎりじゃ霊魂には足がないから、それで充分なんだ。もうひとつ提案があります、と黒い眼帯の老人が口をはさんだ。向こうに着いたら六人がかりで、そう、もっとも勇敢な六人が満身の力をこめてベッドを部屋へ押しまくるのです。全員が部屋に入れるように。その場合、われわれは武器を置かなくてはならないな。そうは思いません。縦にあてがえば、むしろ武器が役立つでしょう。老人は少し休んで、また話しはじめた。その口調には厳粛な響きがあった。とにかく、われわれは分裂することだけは許されません。そうなったら死んだも同然です。女はどうするの？ とサングラスの娘がたずねた。女のことも忘れないで。あなたも来るのですか？ と黒い眼帯の老人が訊き返した。あなたには来てほしくありませんね。どうしてだめなの、理由を言ってよ。あなたはとても若い。この場所では年齢など全然重要じゃないわ、性別もね。だから、女たちのことも忘れないで。ええ、忘れたりしません。その言葉を口にしたとき、黒い眼帯の老人の声は別の会話からやってきたようだった。だが、つづく言葉はもとの調子に戻っていた。ただし、あなた方女性のなかで、一人だけでもわれわれに見えないものが見え、われわれをまちがいなく正しい道に導き、われわれの鉄棒の先端をあのごろつきどもの喉もとに当ててくれたら、話は別です。このあいだの女性がしたように正確に。それは望みすぎよ。前に使った手を、そんなに簡単にくりかえせるわけがない。それに、あのときあそこで彼女が死ななかったとは、だれにも言えないわ。あのあと噂もなにも聞かないし、と医者の妻がきっぱり告げた。女たちは生まれ変わるのよ、貞淑な女は娼婦に、娼婦は貞淑な女に、とサングラスの娘が言った。そのあとは長い沈黙が落ちた。あらゆることを言われてきた女たちのために、男たちは言葉を探さなければならなかった。それができないことは、とっくにわかっていたのである。

彼らは出発した。申し合わせのとおり六人の勇敢な男たちが前に並んでいた。そのなかには医者と薬局の助手がおり、後ろにいる人びともそれぞれベッドからはずした鉄棒で武装していた。みすぼらしい部隊、襤褸をまとった槍騎兵だった。玄関ホールをよこぎったとき一人が武器を落とし、タイル張りの床に耳を聾する銃撃のような音を響かせた。もしも悪党どもがこの音を聞いて、こちらの意図に勘づいたら勝ち目はない。医者の妻は夫にもだれにも言わずに先へ走っていき、廊下の前方をのぞいた。そして壁に身を寄せながら、抜き足差し足ですこしずつ病室の入口に近づくと、神経を集中して耳をそばだてた。部屋のなかの話し声に、警戒しているような気配はうかがえなかった。医者の妻がすぐにこの情報を持ち帰ったので、ふたたび前進が始まった。部隊がゆっくりと静かに動いているにもかかわらず、悪党どもの砦の手前にあるふたつの病室の人びとは、これから起こることに気づいて、戦闘騒ぎを聞きのがすまいと病室の戸口に集まってきた。さらにそわそわした一部の者たちは火薬が点火しそうな臭いに興奮し、土壇場で部隊に加わろうと、数人が武装するために室内に戻っていった。部隊はこうして十七名からほぼ倍の人数にふくれあがった。黒い眼帯の老人は見るからにこの援兵を喜ばなかった。指揮する部隊がひとつでなくふたつになったのかどうか、知るすべはなかった。

中庭に面した窓からその日最後の、いまにも死に絶えそうな灰色の光が差しこんでいたが、みるみるうちに日は暮れて、いまは夜の底知れぬ闇に変わっていた。わけがわからぬまま苦しみつづけている失明から生じた慰めようのない悲しみはさておき、患者たちにとって、目が見えていた遠いむかし、数知れない絶望的行為の原因となったこういう光の変化から生まれる憂鬱（ゆううつ）の発作を感じずにすんだのは、少なくともよいことだった。呪うべき病室の戸口にやってきたとき、すでにすっかり暗くなっていたので、医者の妻はバリケードのベッドの数が四台から八台に増えていることに気づかなかった。攻撃側が二倍になったように、こちらも二倍になっていた。結果がやがて判明するとはいえ、事は攻撃側にとってより重大だったといえるだろう。黒い眼帯の老人の叫び声が響き渡った。これは命令だった。老人は、突撃、というふつうの表現が思い出せなかった。いや、思い出したのかもしれないが、この軍事行動を考えるとばかばかしく思われた。なにしろ相手はノミやダニがたかった汚いベッドであり、マットレスは汗や小便で悪臭ふんぷんたるものだった。毛布はぼろぼろになり、色もすでに灰色ではなく、おぞましいあらゆる色をまとっていた。医者の妻はすでにそれを知っていたが、バリケードが増強されたことがわかっていなかったように、いま目にしたからではなかった。患者たちは光彩をまとった大天使のように前進した。指示どおり武器を縦に構えて、どしんと障害物にぶつけていったが、ベッドはびくともしなかった。あきらかにこの勇敢な先兵の力は、十字架を背負って運び、磔にされるのを待たざるをえなかった人に似て、後ろからついてくる槍を持つのがやっとの虚弱者たちとさほど変わりがなかったのだ。静寂はかき消された。外にいる者が怒鳴っており、内側にいる者も怒鳴りだした。患者たちの叫び声がどれだけ恐ろしいものか、たぶんこの日まで気づいた者はいないだろう。意味もなく叫んでいるような声。たとえば静かにしてもらいたいと人に話しかけ、最後には自分が大声をあげているとき、わたしたちに欠けているのは目が見えないことだけだ。いずれその日も来るのだが。いまの状況はといえば、攻撃しようと怒鳴る者、身を守ろうと怒鳴る者、人びとはそんなふうにふた手に分かれていた。外にいる者たちはベッドを動かせず、めったやたらに武器をふりおろしていた。一度に全員がぶつかると、ほんのわずかだけ戸口にねじこめる隙間があいた。後ろからは、攻撃に加われない男たちが押していた。彼らは押しに押した。そのうち成功しそうになってきた。ベッドがじりじり、じりじりと下がりだした。突然、警告も脅迫もなく三発の銃声がとどろいた。会計係が狙いを低くして撃ったのだ。攻撃側の二人が傷ついて倒れると、すぐにほかの者たちはわれがちに逃げまどった。人びとは鉄の棒につまずいたり、ころんだりし、叫び声は壁にわんわんと反響してやかましく増幅した。病室の内側でも叫び声があがった。あたりはほとんど暗闇になり、だれが撃たれたのかを知ることはできなかった。たしかに遠くから、だれなんだ、とたずねることはできた。だが、それはこの場にふさわしい言葉ではなさそうだった。負傷者は敬意と配慮をもって扱われなければならない。優しく近づき、さいわいそこに銃弾が当たっていなければひたいに手をのせ、小さな声で、具合はどうなのかと訊いてやるべきだ。傷はたいしたことない、いま担架が来るところだ、と安心させ、腹部を撃たれていないなら最後に水をやる。それが救急処置の手引きで推奨されている応急手当てである。どうしよう、と医者の妻が問いかけた。床には二人、負傷者が倒れてるわ。なぜ、けが人が二人だとわかったのか、だれも訊こうとしなかった。跳ねた弾丸の音を勘定からはぶくと、銃声が三発聞こえたのはたしかだ。けが人を探しにいかなければ、と医者が言った。危険が大きすぎます、と黒い眼帯の老人が力なく答えた。老人は自分の戦術が大惨事を招いたので意気消沈していた。そこに人がいるとわかれば、また拳銃を撃ってくるに違いない、と老人は言い、しばし無言でいたあと、ため息をつきながらつけたした。しかし意見をのべるなら、われわれは行かなければならんでしょう、わたしが行きます。わたしも行く、と医者の妻が申し出た。這っていけば、危険は少なくなるわ。とにかく、部屋にいるやつらに反撃するひまを与えないように、すばやく見つけることよ。わたしも行きます。昨日、あなたが行くところなら、どこへでも行きます、と宣言した女だった。だれが負傷したのか、調べるのは簡単だと言いだす者はいなかった。いや、いまの時点では、負傷したのか、それとも死んだのか、それすらわかっていなかった。人びとにできるのは、せいぜい、わたしが行く、わたしは行かない、と口ぐちに言うことだけだ。黙っているのは行かない人たちだった。

そこで、志願した四人は床を這っていった。まんなかに女が二人、両脇を男がはさんでいた。それは偶然のことで、とくに女性を保護すべきだという男性側の礼儀でもなければ、紳士的な本能によるものでもなかった。じつのところ、かりに会計係が発砲しても、すべては銃撃の射角しだいであり、だれかに命中するとはかぎらないのだ。行く前に黒い眼帯の老人は、たぶん、前回の作戦よりはましだと思われる考えをのべた。ここにいる仲間たちにできるだけ大声で話しはじめてもらおう。叫んでもかまわない。そうするのは自然だし、その音で彼らが往き来する避けがたい音を消せるかもしれない。あとはなにが起きようが、神のみが知ることだ。数分後、四人は目標にたどりついた。撃たれた体にさわる前に目標が近いことはわかっていた。わたしは命だったが、このさきにはなにもないよ、と告げる前触れの使者のような血の上を這っていったからだ。ああ、どうしよう、こんなに血が流れてる、と医者の妻は思った。これは現実だった。どろりとした血だまりが、床板と床タイルを糊のように覆い、彼らの手や服をべたべたと貼りつけていた。医者の妻は両肘をついて身を起こしながら進みつづけた。ほかの者もそうしていた。彼らは手をのばして、ついに死体にさわった。後方では仲間たちがあらんかぎりの音をたてつづけていたが、いまはそれが忘我の状態にある雇われ泣き屋のように聞こえた。医者の妻と黒い眼帯の老人の手が、犠牲者の足首をつかまえた。医者ともう一人の女が、残る遺体の腕と脚をつかみ、四人はどうにかして銃弾のとどかない火線の外へ出ようと、ふたつの死体を引きずりはじめた。楽な作業ではなかった。やりとげるには、来たときより体をすこし高く、つまりよつんばいにならねばならなかった。残された乏しい体力を有効に使うためにはそれしかない。ふたたび銃声がとどろいたが、こんどはだれにも命中しなかった。彼らは恐怖に圧倒された。しかし、だからといって逃げはせず、むしろそのせいで必要な力を最後までふりしぼることができた。四人は間一髪で危険から逃れ、病室のドア側の壁に身を寄せた。そこならば、飛んでくるとしても跳ねた銃弾ぐらいだろう。会計係が弾道について初歩的な知識すら持っているとは思えなかった。四人は死体を持ちあげようとして、あきらめた。その重さからすると引きずるのが精一杯だ。なかば硬直の始まった死体を引きずると、血はローラーでのばされたように床に痕をつけた。死体に残されたまだ新鮮な血が、傷口からあふれつづけていた。だれなんだ？　と待っていた男たちがたずねた。目が見えないのに、どうしてわかる？と黒い眼帯の老人が問い返した。ここにいるわけにはいかない、とだれかが言った。やつらが部屋から出て攻撃してきたら、被害は二人だけじゃなくなるぞ、と別の者が言った。被害ではなく死体だ、とにかく二人とも脈は感じられない、と医者が言った。患者たちは退却する軍隊のように死体を引きずりながら廊下を戻り、玄関ホールに着いたところで足をとめた。ここで野営だ、という声があがっても不思議ではないように、じつのところ、人びとはエネルギーをすべて使いきっていた。わたしはここにいるよ、もう一歩も動けないんだ。そろそろ、人びとも気づいてよいころだった。以前はあれほど攻撃的で、威張りくさり、手軽な残酷さをほしいままに味わってきた悪党どもが、まるで広い場所で一対一の直接対決になるのを恐れるように、いまは守勢にまわり、バリケードを築いて、部屋のなかから拳銃を撃つだけというのは驚くべきことだった。この世のすべてがそうであるように、これにも説明がつけられる。最初の首領が悲劇的な死をとげたあと、あの病室では、規律を守る精神や服従心というものがいっさい消え失せた。権力を簒奪するためには、拳銃を持つだけで充分だと思いこんだ会計係の深刻な過ちが招いたことだった。結果は正反対で、会計係が拳銃を撃つたびにそれが裏目にでた。言いかえれば、拳銃を撃つごとに、すこしずつ権威が失われていったのである。弾薬を使いきったときにどうなるか、見ものだった。修道服を着ても修道士にはならないように、王位についても国王になれるわけではない。このことをわたしたちは憶えておく必要がある。いま王位には会計係がついているが、たとえ死んで病室の床下七十センチたらずの深さの地中にぞんざいに埋められていようが、あの王は、けっして人びとの記憶から消し去ることはできないのだ。少なくとも、強烈な腐臭がその存在を感じさせている。そうこうするうちに、月があらわれた。前庭にのぞむ玄関ホールの扉から、ぼんやりと拡散した光が流れこみ、しだいに明るさを増していった。床に横たわる体のうち、ふたつは死体であり、残りはまだ生きている人びとのものだった。その体がだんだん光に照らされて、量感や、形や、特徴や、顔をあらわしていった。名状しがたい恐怖の重みもすべてそこにあった。医者の妻はそのとき、もはや目が見えないふりをしている意味はないと考えた。これまでは意味があったとしても、あらゆる希望が去った世界で生きるなら、だれ一人救えないのははっきりしている。失明もまたしかり。医者の妻はだれが死んだか知っていた。薬局の助手よ。彼は悪党どもがやみくもに拳銃を撃ってくるだろうと言っていた。まがりなりにも、その意見は正しかった。どうしてわたしに死者の正体がわかったのか訊かないで。答えは簡単だわ。わたしは目が見えるの。ここにいる何人かは前から知っていたけど、黙っていたのよ。ほかにも疑っていた人がいたが、その疑惑はいま裏付けられた。それ以外の人びとはびっくりした。しかし、思い返せば、それほど驚くべきことではなかった。こんな状況でなければ、この告白は人びとを仰天させ、抑えのきかない興奮を巻き起こしたことだろう。あなたはなんと幸運なんだ。どうしてこの世界的な災難から逃れられたの？　あなたがさした目薬の名前は？　かかった医者の住所を教えてください。この監獄からわたしを脱出させてくれ。しかし、いまでは目が見えても見えなくても、まったく同じことだった。死においては、だれの目も見えないのだから。とはいえ、人びとは徒手空拳のままここにとどまることもできなかった。ベッドからはずした鉄の棒は放りだしてきてしまい、こぶしはなんの役にも立たなかった。医者の妻の先導で人びとは死体を前庭に運びだし、月光のなかで、ミルク色をした天体の下に横たえた。表面は白くても、内部は黒いのだが。病室に戻りましょう、と黒い眼帯の老人が言った。あとで、力を合わせてできることを考えるのです。その言葉はひとりごとのようだった。だれもが耳を貸さないたわごとだった。人びとはもはや病室ごとに分かれてまとまろうとはしなかった。ただ知り合いと出会ったり、途中でだれかと連れになったりすると、ある者は左側の棟に、ある者は右側の棟に向かっていった。あなたが行くところなら、どこへでも行きます、と言った女は、これまでずっと医者の妻についていたが、いまはすっかり考えを変えていた。ただ、女はそのことを口にしたくはなかった。誓いというものは、あるときは弱さから、さもなければ、さらに強い、思いもよらない力のせいで、かならずしも果たされなくなるものである。

一時間が過ぎ、月は高くのぼった。どの病室でも飢えと恐怖が眠りを寄せつけず、全員が目を覚ましていた。だが、理由はそれだけではなかった。たとえ惨憺（さんたん）たる敗北に終わったとしても、さきほどの戦闘の興奮が醒めやらないせいか、それとも、いわく言いがたいもやもやした空気がたちこめているせいか、患者たちは心が落ち着かなかったのだ。廊下に出ていく勇気のある者はだれもいなかった。しかし、各病室ではぶんぶんと羽音をたてる蜂の巣のような話し声がしていた。ごぞんじのように、人は秩序と方法論がないと、これまで生きるためになにをしてきたのか、あるいは、ほんのすこしでも自分なりの未来に心をくだいてきたのか、はっきりとわからなくなる。それはこの目の見えない、不幸な人びとの場合も同じだった。軽率のそしりを受けないように、比較は慎重にしなければならないのだが、この人たちのことを、搾取（さくしゅ）者だ、寄生虫だ、などと責めるのは見当違いだろう。わずかな食糧を搾取する者や、慰安を与えるものに吸いつく寄生虫だなどと。とはいえ例外のない規則はなく、ここでもそのとおりで、右棟の第二病室に入ってきたある女のなかに気力が芽ばえることになる。女はすぐさま自分のボロのなかを探しまわり、見つけたある小さな物を、まるで詮索好きな他人の眼から隠すようにぎゅっと握りしめた。そのしぐさは、永遠に消えたと思ったときにぽろりと出るなかなか直らないむかしの癖を思わせた。個人は全員のため、全員は個人のため、という原則を持つべきこの場所で、わたしたちは強者が弱者の口からどれほど残酷にパンを奪ったかを目撃してきた。この女は、手荷物のなかにタバコのライターを持っていることを思い出したのである。ただ、この大騒ぎのあいだにどこかになくしたと思い、心配して探しまわったあげく、あたかもそれしだいで生きのびられるかどうかが決まるとでもいうように、ふたたびこっそりと隠したというわけだ。女はべつに、ある不幸な仲間がタバコの最後の一本を持っており、肝心の小さな火がないために吸えないでいるなどとは考えていない。それどころか、いま火を求めていることなど知りもしない。女は無言で部屋を出ていった。別れも告げず、さよならも言わず、人けのない廊下を歩いていった。第一病室の前を通ったが、だれもそれに気づかなかった。玄関ホールをよこぎると、傾いた月の光がななめに差して、大桶のミルクをぶちまけたように床のタイルを染めていた。女は反対の棟に入っており、また廊下を進んでいった。目的地はいちばん奥だった。一本道だから、まちがえようはない。そのうえ、比喩的な言い方をするなら、女には自分を呼ぶ声も聞こえた。その耳に聞こえるのは最後の病室で起きている騒がしい音だ。悪党どもは勝利を祝って、腹がくちくなるまで飲んだり食ったりしていた。わざと誇張しているのではない。人生はすべて比較の問題だということを忘れないようにしよう。彼らはただ手にしたものを飲んだり食ったりしているにすぎない。ほかの患者がどれだけこの饗宴に参加したがっても、それは叶わぬ願いであり、皿と彼らのあいだには、八台のベッドのバリケードと装塡された拳銃があった。女は病室の入口に膝をつき、ベッドにぴったりと身を寄せた。ゆっくりとベッドカバーをはがし、それから立ちあがると、その上に重なったベッドも同じようにし、三段目のベッドもそうした。四段目のベッドには手がとどかなかったが、もうかまわなかった。すでに導火線の分は確保した。あとはただ火をつけるだけだ。炎を長くするためにライターをどう調節するかも思い出すことができた。火がついた。小さな炎の短剣だ。ハサミの鋭い切っ先のように輝いている。女は上のベッドから始めた。炎は汚れたベッドカバーを苦労して舐めるばかりだったが、ようやく布に燃え移った。つぎは二段目のベッド。それからいちばん下のベッド。女は自分の髪が焦げる臭いをかいだ。火葬用の薪に火をつけなければならないのだ、注意しなければ。自分が死んではならない。部屋のなかで、ならず者の叫び声があがった。そのとき突然思いついた。やつらは水を持っていて、消火にかかるかもしれない。女は死にものぐるいで一段目のベッドの下にもぐりこみ、マットレスに炎をまわした。ここ、そこ、あそこ。いきなり炎が数倍に燃えあがった。巨大なひとつの火のカーテンへと変形した。そこへ水がざばっとかかってきた。水は女の上にも降ってきたが、なんにもならなかった。女の体はすでに炎に包まれて、篝火（かがりび）と化していた。室内はどうなったろうか。人間は一歩たりとも入れないが、われわれの想像力ならある程度は役立つに違いない。火はまたたくまにベッドからベッドへと燃えひろがる。そのさまは部屋中いっぺんに炎をつけんばかりの勢いだ。火は燃えつづけ、悪党どもは無差別にやられ、手もとにあるわずかな量の水ではどうすることもできない。彼らはまだ火のとどいていないベッドのヘッドレストに危なっかしくのぼり、高い窓に手をのばす。だが、突然炎が襲いかかる。彼らは足をすべらせて落ち、高熱で窓ガラスにひびが入り、すぐさま砕け散り、新鮮な空気がごおっと流れこむと同時に、風はふいごの役目をして火炎をさらに大きくする。おお、そうだ、忘れてはならない。激しい恐怖の怒号、苦痛と苦悶の遠吼えが沸きあがる。そして、いずれにしても、彼らがしだいに息絶えていくことも書きしるさないわけにはいくまい。ライターを持った女はとうに静かになっていた。

このころ、ほかの目の見えない患者たちは、恐怖に顔をひきつらせて煙のたちこめた廊下を逃げまどっていた。火事だ、火事だ、と人びとは叫んでいた。ここでわたしたちは、こうした孤児院や病院、精神病院といった施設が、いかに拙劣な青写真で設計されているかを、現実に即して見ることになる。まず、それぞれのベッドのフレームが角ばった鉄の棒でできており、ややもすると死を招く罠に変わる可能性があること。また、床で眠りこんでいる人を勘定に入れないでも四十人定員の病室にドアがひとつしかないため、最初に火が戸口に達してそこをふさいだら、全員が脱出できないという恐ろしい結果を招きかねないこと。さいわい人類の歴史が示してきたように、悪から善が生まれるのはめずらしいことではないし、善から生まれる悪というのも聞かない話ではない。それがわたしたちのいる世界の矛盾するところだが、これはなによりも考慮に値することである。いまの場合、善はまさしく病室にドアがひとつしかないという事実だった。

この要素のおかげで、悪党どもを焼いた火は延焼するのにてまどった。混乱がそれほどひどくなければ、われわれもさらに命が失われたことを嘆かずにすんだろう。患者たちはあわてふためき、何人もが踏んづけられ、こづかれ、押しのけられた。人間の動物性とはこういうものだと言ってもよいが、あわてるのは自然の道理でもある。もしも根が深く地面に張っていなければ、植物だって同じようにしたはずだ。森の樹々が火の手から走って逃げていくところが見られたら、なんとすばらしいことだろう。中庭の安全な場所は、廊下の窓から出てきた患者たちでごったがえしていた。彼らは窓から飛び降り、つまずき、倒れ、泣き叫んでいた。とはいえ、とりあえず命は助かったのだ。火がいったん屋根を陥没させ、炎と燃えさしを空と風へ噴きあげる竜巻を引き起こすことを期待しよう。そうすれば、樹の梢には燃え移らないだろうから。反対側の棟でも同じようなパニックが起きていた。人びとは煙の臭いをかいで、すぐそばで火事が起きたのだと思いこんだ。そのため、人がいっせいに廊下に出てきて大混乱になった。だれかが指示を出さなければ、大惨事になりそうだった。そのときある人が、医者の妻にまだ視力があることを思い出した。あの人はどこだ？　と人びとは問いかけた。あの人ならなにが起きたのか教えてくれる、どこに行くべきかも。どこにいるんだ？　わたしはここよ。いま、やっと病室から出てきたの。斜視の坊やがどこに行ったか、だれも知らなくて。子どもはちゃんといた。わたしがしっかり手をつないでる。この子の手を離すより先に、腕のほうがもげそうなくらい。もうひとつの方は夫の手を握ってる。そこへサングラスの娘がやってきた。そして黒い眼帯の老人も、最初に失明した男も、その妻も。つぎつぎにあらわれ、この熱気で笠が開かないように祈るよ、と言わんばかりの松ぼっくりのように、ぎゅっと身を寄せあった。さて、こちらの患者たちも、多くの者が左側の棟の患者と同じ行動をとった。窓から中庭に飛び降りたのだ。人びとは向こうの棟の大半が巨大な篝火のように燃えさかる光景を見ることはできなかったが、顔と手に吹きつけてくる熱風を感じていた。まだ屋根は持ちこたえており、梢の葉がゆっくりと巻きはじめていた。そのとき叫び声がした。こんなところでなにをしてる？　どうして逃げださない？　ぎっしりと埋まった頭のあいだから短い答えが返ってきた。兵隊がいる。だが、黒い眼帯の老人が言った。焼け死ぬより、撃たれて死ぬほうがましです。経験したことがあるような口ぶりだった。つまり、おそらくそのとき話していたのは老人ではなかったのだ。その口を通して、ライターを持った女が話していたに違いない。女は不運にも、会計係が撃った最後の弾丸に当たらなかったのである。そのとき、医者の妻が言った。道をあけてちょうだい。わたしが兵士に話してくる。わたしたちをこんなふうに死なせるなんて、彼らにもできないわ。兵士にだって感情はあるもの。兵士にも感情があるかもしれないという期待のおかげで小さな道があいた。火災の煙が視界をさえぎり、やがて手をつないだ一行とともにその間隙（かんげき）を突き進んだ。医者の妻は力をふりしぼって、手者の妻もみんなと同じく前が見えなくなった。玄関ホールに入るのはむりのように思われた。前庭に出る両開きの扉は壊れていた。前庭に逃げだした患者がすぐに安全な場所ではないと気づき、中へ戻ろうとして満身の力で押しまくった。しかし、ホールにいる人びとが力をふりしぼって抵抗し、扉を押さえた。しばらくは兵隊が突然あらわれるかもしれないという恐怖のほうが勝っていたが、ついに戻ろうとする側が力つきた。ホールでは火が近くまで迫っていたからだ。黒い眼帯の老人の言葉は正しかった。銃に撃たれて死ぬほうがましのようだった。医者の妻はぐずぐずしていられなかった。ようやく玄関ホールを抜けて正面階段の上に出たとき、彼女は半裸の恰好で、両方の手にとてもふり払えない小人数のグループを引き連れていた。進んでくる途中で、走る列車に飛び乗るようについていきたいと縋(すが)ってきた人びとだ。胸を半分あらわにした彼女を見たら、兵士たちは眼をむいたことだろう。門までぽっかりと広くあいた前庭を照らしているのは、もはや月光ではなく、荒々しい炎の輝きだった。医者の妻は叫んだ。お願いだから、あなた方の心の平和のためにわたしたちを外に出して、撃ったりしないで。外からの返事はなかった。サーチライトはあいかわらず消えていた。動くものはなにひとつ見えなかった。おそるおそる階段を二段降りた。どうしたんだろう、と夫がたずねた。だが、妻は答えなかった。自分の目が信じられなかった。彼女は斜視の少年と夫と、ほかの人びとを後ろに引き連れたまま、残りの階段を降り、門のほうへ歩きだした。やはりまちがいない。見張りの兵士はいなくなっていた。あるいは、連れ去られていた。彼らも失明に襲われて、ついにすべての人の目が見えなくなったのだ。

そのとき、問題を簡単にするように、あらゆることが一度に起きた。医者の妻は大声をあげて、彼らが自由になったことを知らせた。すると右側の棟の屋根が恐ろしい大音響とともに焼け落ち、建物の四方に炎を噴きだした。患者たちはあらんかぎりに叫びながら、いっせいに前庭へ殺到してきた。建物のなかで逃げおくれ、壁に押しつぶされて、声をたてなかった者たちもいた。人に踏みつけられ、形（なり）をとどめないほど変わりはてた人びともいた。血みどろの肉塊だった。突然燃えひろがった炎は、あらゆるものを焼き尽くして灰にした。門は大きくあけはなたれ、気の高ぶった人びとは逃げだしていった。

目の見えない人に、あなたは自由だ、世界を隔てていたドアをあけろ、と言ってみる。さあ行け、あなたは自由だと。目の見えない人は行こうとしない。道のまんなかで身動きもできずに立ちつくしている。彼だけではない、ほかの人びとも。みんなが怖がっている。どこに行けばいいのかわからない。そもそもが精神病院という合理的な迷路で暮らすのと、導き手なしに、あるいは犬の引き綱を持たずに、秩序をなくしたこの町の迷路へ危険を冒して進んでいくのとでは、くらべようがないほど違うというのは事実である。町では記憶が役に立たない。記憶はたんに場所の景色を思い浮かばせるだけで、そこに至る小道を知っているわけではないからだ。すでに端から端まで燃えている建物の前に立ち、患者たちは火炎から吹いてくる熱波を顔に感じていた。彼らはそれがある意味で自分たちを守るものだと受けとめていた。以前、壁がそうであったように。かつての監獄や避難所のように。人びとは家畜の群れのように身を寄せ合っていた。探しにくる羊飼いがいないことを知っていたので、迷子の羊にはなりたくないという心理だった。火勢はしだいに衰えはじめ、月光がふたたび冴えはじめた。患者たちは不安をおぼえてきた。ここにはとどまっていられない。一人が言ったように、永遠には。いまは昼なのか、夜なのか、と、どこからか問いかける声がした。この場にそぐわない興味を抱いた理由がすぐに判明した。もしかしたら、食糧の配給が来るかもしれないじゃないか。たぶんなにかで混乱してるんだ。これまでもあったように、遅れが出てるのさ。しかし、兵士たちはもういないんだぞ。たいした意味はないよ、もう必要がないからいなくなったんだろう。どういうこと？　たとえば感染の心配がなくなったとか。それとも、病気の治療法が見つかったのかもしれないぞ。だとすれば、すごいわね、ほんとうに。われわれはこれからどうしよう。おれはここに残るよ、夜明けまで。いつ夜が明けるのかわかるの？　お日様でさ、日が昇れば暖かくなる。曇りだったら？　時間には限りがあるんだ、いずれ昼になるに決まってる。憔悴した患者の多くは地面にすわりこんでいた。さらに衰弱した者たちは、くずおれたまま塊になっており、なかには気を失っている者もいた。冷たい夜気のせいで意識が回復することも考えられるが、野営を撤収したとき、不運な人びとのなかには立ちあがれない者もいるだろう。よくここまで耐えてきたが、ゴールまであと三メートルのところで息絶えたマラソンランナーのようだった。つまるところ、あらゆる命は天寿をまっとうせずに死んでいくのである。地面にすわりこんだり、寝ころがったりして、まだ兵士の到着を待つか、ひょっとしたら兵士のかわりに赤十字が食べ物や慰問品を持ってくるのではないかと期待している人びとにも、幻滅はすこし遅れてやってくる。違いはそれだけだ。この病気の治療法が見つかったと信じる人でさえ、もうそれほど満足したようには見えないだろう。

医者の妻は別の理由から、夜明けを待つほうがいいと思って、それをグループにつたえた。いちばん急を要するのは、食べ物を見つけることよ。でも、暗闇のなかじゃむずかしい。われわれがどの辺にいるのか、だいたいでいいから、わからないか？　と夫がたずねた。自宅からは遠いわ。そんなに離れてるのか。ほかの人びとも、自分の家からどれくらい遠くに来ているのか知りたがった。みんなが医者の妻に住所を言い、彼女はできるかぎり場所を説明してやった。斜視の少年は思い出せなかった。それと、驚くにはあたらないが、少年はもう長いあいだ母親を恋しがらなくなっていた。それぞれの家をまわるとして、近い順に訪ねるとすると、最初はサングラスの娘の家であり、二軒目は黒い眼帯の老人の家、そのあとが医者の妻の家、最後は最初に失明した男の家になった。人びとはこの順番で家を訪ねていくことになりそうだった。というのも、サングラスの娘がすでに、できるだけ早く家に連れていってもらえないかと頼んでいたからだ。両親がどういうことになってるか想像もつかない、と彼女は言った。この真剣そのものの心配ぶりを見ると、とくに公衆道徳の観点から嘆かわしいふしだらと見られる多くの人びとに、若い世代もふくめて、深い人情など存在しないという先入観を持つ人びとの考えがいかに根拠のないものかがわかるだろう。夜が更けるとともに空気が冷えてきたが、焚き火にするような木はたいして残っていなかった。焼け跡の燃えさしから流れてくる熱気も、患者たちを温めるほど強くなかった。人びとは精神病院の門からかなり遠いところで寒さに震えていた。医者の妻とそのグループもそうだった。三人の女と少年をまんなかにし、それを三人の男がぴったりと囲んですわっていた。これを見た人は、だれしも彼らがこの姿のまま生まれたのではないかと言っただろう。それほど彼らは体をひとつにし、息をひとつにし、飢えをひとつにしている印象を与えた。一人また一人、彼らはようやく眠りに落ちたが、それはたびたび目覚めるような浅い眠りだった。なぜなら麻痺状態から覚めたほかの患者たちが立ちあがり、朦朧（もうろう）としてこの人間の障害物に蹴つまずいたからだ。一人はその場にへたりこんだが、そこで寝ようが、ほかで寝ようが、たいした違いはなかった。夜が明けたとき、あちこちの焼けぼっくいからは数本の煙がゆらゆらと立ちのぼっているだけだった。だが、それも長くはつづかず、やがて細かい霧のような雨が、こやみなく降りはじめた。最初は焼け焦げた地面も濡らさぬぐらいで、たちまち蒸気に変わってしまったが、雨はとぎれることなく降りつづいた。ごぞんじのように、これはだれかに韻を踏んでもらってもいいのだが、雨だれは石をも穿（うが）つのである。一部の患者たちは、目が見えないばかりか判断力までくもっていた。そうでなければ、この雨のせいで待ち焦がれた食糧がやってこないと結論するひねくれた理屈の説明がつかない。前提がまちがっているのだから結論もまちがっているのだと説いても、人びとを納得させることはできなかった。たんに朝食の時間には早すぎるのだが、人びとは耳を貸そうともせず、地面が濡れるほど泣いた。来ないんだ、と何度もくりかえした。この悲しい廃墟がまだ最低限の住居として使われるなら、かつて建っていたような精神病院に戻ることになるだろう。

つまずいて倒れたままになった患者は、朝になっても立ちあがれなかった。雨がしだいに強くなりだしても、腹に残る最後の熱を守るかのように身動きひとつしなかった。死んでるわ、と医者の妻が言った。まだ体力があるうちに、わたしたちもここから逃げだしたほうがいい。人びとはよろよろと立ちあがったが、めまいを起こしてふらつき、たがいを支えにしなければならなかった。目の見える女を先頭にし、そのあとに目の見えない人びとが肩に手をかけて一列になった。二番目はサングラスの娘、つぎは黒い眼帯の老人、斜視の少年、最初に失明した男の妻、その夫、最後に医者がついた。グループのとった道は町の中心部に向かっていたが、医者の妻はそこに行きたいわけではなかった。なるべく早く安全に避難できる場所を見つけ、後ろについている人びとを置いて、一人で食糧を探しにいこうと考えていた。通りには人影がなかった。早朝だからだろうし、強まってきた雨のせいもあるだろう。いたるところにゴミが散乱し、あいている店もあるが大半はしまっており、内側には人の気配がなく、明かりも消えていた。医者の妻はこういう店の一軒にみんなを置いていけば安心かもしれないと考え、戻るときに迷わないように、通りの名称やドアについている所番地を憶えこんだ。医者の妻は立ちどまって、サングラスの娘に言った。ここで待ってて。動いてはだめよ。彼女は、とある薬局に近づいて、ガラス入りの扉から中をのぞいた。暗いなかで床に横たわる人影がいくつかあるように見えた。ガラスをこつこつと叩くと、一人が動いたようだった。もう一度、ガラスを叩いた。ほかの人びともものろのろと動きだしたようだ。一人が身を起こして、音のするほうに首を向けた。全員目が見えないのだ、と医者の妻は思った。だが、どうしてここにいるのか想像できなかった。たぶん、薬局の店の家族なのだろう。だとしても、なぜ自宅にいないのか。硬い床よりは、はるかに快適だろうに。土地や家屋を守っているのだろうか。だれの手から？　なんのために？　ここにある商品は人を治療すると同時に殺すこともできる。医者の妻はドアを離れ、先へ進んで、別の店をのぞいた。そこにはさらにたくさんの人が横たわっていた。女、男、子ども。そして、数人が出かけようとしていたらしく、一人がドアに近づいてきた。男は手を外にのばして言った。雨が降ってるぞ。激しい降りなのか？　これは店内からの問いかけだった。ああ、すこしおさまるまで待つほうがいい。男は医者の妻から二歩しか離れていなかったが、その存在には気づいておらず、彼女の声を聞いたときには肝をつぶした。こんにちは。男は、こんにちは、と挨拶する習慣をすっかりなくしていた。目が見えなくなってからは、必要がないだけでなく、だれもが昼か夜か絶対の自信が持てないせいだった。もしも、人びとが朝のだいたい同じ時刻に起きているとしたら、いまの説明とは相容れないけれども、だとすればそれは何人かが数日前に失明したばかりで、昼と夜の感覚、眠りと覚醒の感覚を完全にはなくしていないせいだろう。男は、雨が降ってる、と言ってから問いかけた。あんたはだれだ？　わたしは別の場所からやってきたの。食べ物を探してるのか？　ええ、わたしたちはもう四日も食べてないのよ。どうして四日だとわかる？　ただわたしがそう思ってるだけだけど。あんたは一人なのか？　夫と、ほかに連れがいるわ。何人いる？　全部で七人。ここでいっしょに暮らそうと思ってるなら、考えを変えろ。人数が多すぎるんだ。わたしたちはただの通りすがりよ。あんたたち、どこから来たんだっけ？　失明する伝染病が流行したときから施設に入ってたの。ああ、なるほど、隔離されてたのか。あんなことをしてもむだだったな。どうして？　あんた方は解放されたんだろ？　火事が起きてね、そのとき、見張りの兵隊がいないことに気づいたの。それで、出てきたのか？　そう。たぶん見張りの兵隊が最後に失明したに違いないよ。みんな目が見えなくなったんだ。この町の全体がさ。国中そうじゃないかな。かりに目の見える人がいたとしても、そいつは何も言わない。秘密は自分の胸にしまってる。どうしてあなた方は自分の家にいないの？　どこにあるか場所がわからないからだ。わからない？　じゃあ、あんたはどうなんだ、自分の家がわかるのか？　わたし？　医者の妻は思わず、夫や仲間といっしょに、これから向かうところだと言いそうになった。ただ、体力を回復するためには緊急に食べる物が必要なのだと。だが、そのとき彼女は状況をはっきりと把握した。家から離れた場所で目の見えなくなった人にとって、自宅を探し当てるのは奇跡的なことなのだ。以前なら、盲目の人は通りすがりの人の援助をあてにできた。道を渡らせてくれたり、いつもの道順からうっかりそれたときに、正しい道に戻してくれる人がいた。しかし、いまは違う。わたしにわかるのは、ここからだいぶ離れてることね、と彼女は言った。でも、あんたは絶対に行きつけないよ。ええ。それでわかったろう、こっちもそうなんだ。みんながそうなのさ。あんた方みたいに隔離されてた連中は、知るべきことがたくさんある。まず、家がなくなるのなんか、あっというまだ。どういうこと？　われわれみたいに集団で行動している者たちは、まあたいていの人がそうだが、食べ物を探しにいくときも、集団で行動せざるをえない。それがはぐれないための唯一の方法だからね。それで出かけるときは、家を守る者が一人もいないわけだ。つまり、もしまた家を発見できたとしても、これまた家が見つからない別の集団にとっくに占領されてるだろう。いわば、われわれはメリーゴーラウンドなんだ。最初は衝突もあった。だがすぐに気づいたのさ。われわれ目の見えない人間は、ある意味で、おのれの所有物を実質的に持っていないに等しいのだと。持ってるのは着てる服ぐらいかな。それをしないですむのは、食料品店で暮らすことぐらいね。ただし出かけずにすむのは、食料品が尽きるまでのことだけど。そんなとこに住んだら、少なくとも、いっときだって気が休まらないだろうよ。少なくともだぞ。聞いた話だが、それをしようとしたやつらがいたそうだ。戸締りをして店にこもっていた。ところが食料品の匂いには戸が立てられない。腹をすかした連中が外に集まってきた。そして、ドアをあけるのを拒まれると、店に放火したんだ。まあ、りっぱな解決策だな。この眼で見たわけじゃない。ほかの者から聞いた話だ。いずれにしても、りっぱな解決策だ。知るかぎりじゃ、同じことをやろうとしたやつはほかにいないよ。それで人びとはもう家やアパートには住んでいないのね。いいや、住んでる。でも、そこでも同じことさ。うちだって、数えきれないほど人がやってきては去っていった。また自宅を見つけたところで、どうなるものでもないだろう？　それにこの状況だ。店の地べたに寝てるほうが、はるかに実際的だよ。倉庫とか。とりあえず階段ののぼり降りをしないですむ。雨がやんだわ、と医者の妻が言った。雨がやんだぞ、と男が店にいる人びとに向かってくりかえした。その言葉を聞いて、寝ていた人びとが立ちあがり、自分の持ち物をかきあつめた。リュックサック、手提げ鞄、布やビニールの手提げバッグ、それらをこれから探検に出発するように携えていた。たしかに人びとは食べ物を求めて出ていくところらしく、一人、また一人と、店から出てきた。医者の妻は、色の取り合わせはめちゃくちゃだとしても、彼らがたっぷり服を着込んでいるのに気づいた。履いているズボンは、すねがのぞくほど短かったり、逆に丈が長すぎて裾をまくりあげたりしていた。だが、この一団は寒さを感じないだろう。男たちのなかには、長上着やオーバーを着ている者がおり、二人の女は長い毛皮のコートを着ていた。傘はだれも持っていなかった。おそらく持ち運びに手間がかかるし、石突きが眼を突く危険がつきまとうからだろう。こうして十五人ほどの集団が立ち去った。通りにはほかのグループがあらわれた。人びとはそれぞれ用を足していた。男たちは毎朝感じる切迫した尿意を壁に向かって晴らし、女たちは放置された車に隠れてするのを好んだ。雨で柔らかくなった大便が、あっちの歩道にもこっちの歩道にも散らばっていた。

医者の妻は自分のグループのところに戻った。仲間たちは本能に引きずられ、酸っぱくなったクリームや油が酸化した異臭をはなつケーキ屋に近づいて、日除けの下にかたまっていた。さあ、こっちに来て、と彼女は言った。避難所を見つけたわ。医者の妻はあいたばかりの店に仲間を連れていった。店の商品は手つかずだった。食べ物や衣類ではない。冷蔵庫、洗濯機、皿洗い機、オーヴンと電子レンジ、ミキサー、ジューサー、電気掃除機、そして、暮らしを楽にするために考案された家庭電化製品がたくさん並んでいた。あたりには不快な臭いが漂っており、品物の変わらない白さがばかげたもののように思われた。ここで休んでいて、と医者の妻が言った。食糧を探してくるから。どこまで行けば見つかるかはわからない。近くか遠くか。だから辛抱強く待っていてほしい。外には目の見えない人びとの集団がいるから、入ってこようとしたら、ここは先客でいっぱいだとことわるのよ。そうすれば彼らは別の場所を探す。それがこの町のルールらしいの。ぼくもいっしょに行こう、と夫が言った。だめ、一人で行くのがいちばんいいわ。どうやって町の人たちが生きのびてるのか、それを知るのが先決よ。聞いた話では、どうやら一人残らず失明したらしいから。それなら、と黒い眼帯の老人が皮肉を飛ばした。われわれはまだ精神病院にいるのと同じですね。はるかにこの方がいいんじゃない？　わたしたちは自由に歩いていけるし、食糧問題だってきっと解決できる。飢えでは死なないわ。衣類も探さないとね。みんな、着てるものがボロ雑巾みたいだもの。

じつは医者の妻本人がいちばん服を必要としていた。腰から上が裸同然だったのだ。彼女は夫にキスをしたが、そのとき心に痛みのようなものを感じた。お願い、なにがあっても、たとえほかの人たちが入ろうとしても、ここから立ち去らないで。追いだされたら、わたしが戻るまで入口のドアの近くにかたまっていて。そんなことは起きないだろうけど、あらゆる可能性を考えておかなければ。仲間を見る彼女の眼は涙でうるんでいた。いたいけな子どもが母親に寄りかかるように、みんなが彼女に頼っている。この人たちを失望させることはできない、と医者の妻は思った。彼女をとりまく人びと全員の目が見えなくなり、そのなかで生きていかざるをえない状況になるとは想像もしていなかった。人びとがあらゆるものに順応することを理解するためには、彼女自身も失明する必要があるだろう。とりわけこの特殊な状況で人びとが人間であることをやめたときに。そこまで達していなくても、たとえば、ここにいる斜視の少年などは、とっくに母親を求めなくなっている。医者の妻は通りに出ると、ドアの所番地と店の名前を読んでしっかり憶えこんだ。街角にある通りの名称も憶えておかなければならない。食糧を探してどこまで行くことになるか見当もつかなかった。どういう食糧があるかも、それが三軒先にあるのか、それとも三百軒先にあるのかも。ただ、自分が道に迷うわけにはいかない。道をたずねても、答えられる人はどこにもいない。目の見えていた人の目が見えなくなり、目の見える彼女さえ、どこにいるかがわからないなら。太陽の光が雲間から差してきた。ゴミのあいだにできた水たまりに光がきらめいた。歩道の石畳のあいだから、雑草がのびているのがはっきりと見えた。外にいる人はさきほどより増えていた。彼らはどうやって道を見つけるのだろう、と彼女は心のなかでつぶやいた。人びとは道を見つけるというより、建物の壁に沿い、手をつけて歩いていた。だから蟻のように人とぶつかってはいたが、抗議もせず、言葉をかわすでもなく、片方の集団が反対側の壁に移って歩きつづけた。こうしてつぎに集団とぶつかるまで進んでいくらしい。ときおり、人びとは店の戸口で立ちどまり、食べ物か、なにか匂いがしないかと期待してくんくんと嗅いだ。それからまた歩きつづけた。角を曲がり、姿が見えなくなったと思うと、また別のグループがあらわれた。彼らはまだ探しものを発見していないようだ。医者の妻はもっと速く動けたし、いちいち店内に入って食べられる物があるかどうか、いたずらに時間を費やしてもいられなかった。けれどもすぐに、食糧を入手するのがそう簡単ではないことがはっきりした。発見した数軒の食料雑貨店は、からっぽの貝殻みたいに食い尽くされていた。

　彼女は夫と仲間を残した店から、かなり遠くまでやってきていた。狭い通り、大通り、広場などを渡ったり渡り返したりして、いま一軒のスーパーマーケットが目の前にあった。中に入ってみるとそこも同じく、棚はからっぽで、陳列棚はひっくり返されており、そこに目の見えない人たちがうろうろと、ほとんどがよつんばいになって動いていた。あけようとする必死の打撃に耐えた缶詰、中身がなんであれ食品の包みらしきもの、踏みつぶされたジャガイモ、あるいは石のように硬いパンのかけらでもいい、なにかを見つけてやろうと、両手をほうきのようにして汚れた床を掃いていた。医者の妻は思った。なにもないように見えるけれど、きっとなにかが残っているに違いない。店はこんなに広いんだもの。目の見えない男が立ちあがって、膝にガラス片が刺さったと訴えた。すでに片方の脚に血がつたい落ちている。グループの人びとがまわりに集まってきた。どうしたんだ？　なにがあったの？　男がみんなに言った。膝にガラスが刺さったんだ。どっち？　左脚。ある女がしゃがんだ。気をつけろよ。ほかにも破片が落ちてるかもしれないから。女は恐るおそる手さぐりしながら左脚を見つけだした。これね、と女が言った。ガラスはまだ立ってる。ある男が笑いだした。立ってるなら、せいぜい利用すればいい。すると、ほかの男女もいっせいに吹きだした。目の見えない女は親指と人差し指をひらき、とくに訓練を受けたふうでもなく自然な動作でガラス片を抜いた。肩にかけたバッグからボロ布を見つけて、包帯のように膝に巻きつけ、最後にみんなを楽しませるように小さなジョークを口にした。なんにもできないわ。もう立ってないもの。みんなが笑った。けがをした男が言い返した。おまえらだってやりたくなったら、どれがいちばんよく立ってるか探せばいいんだぜ。このグループには夫婦者がいないのかもしれない。それを聞いても、ショックを受ける人はいないようだった。彼らが夫婦者でなく、自由を認めあっているならば、おそらく行き当たりばったりの関係にあるだらしない倫理観の持ち主の集団に違いない。実際、夫婦には見えないし、結婚した人間なら、ああいう下品なことを人前では言わないだろう。医者の妻はなにか使えるものがないかと周囲を見た。そういう品物は、それをめぐって人びとが口論をはじめ、殴りあいになり、ほとんどいつもパンチははずれ、多くは揉みあって、敵味方いりみだれての騒ぎとなっていた。そして争いの原因となった品物は、ときに人びとの手から離れて床に落ちており、だれかがそれに蹴つまずいて発見するのを待っていた。ちくしょう、ここから出てけなくなる、と彼女は思った。いつもの語彙にはない言葉だった。またしてもここで、環境の力と性質が言葉に及ぼす影響の強さを見ることができるだろう。降伏しろと命じられて、クソッと言った兵士のことを思い出せば、それより危険の少ない状況では、つい思いをぶちまけて礼儀にそむいてしまう罪も許されるのである。ちくしょう、ここから出てけなくなる、と彼女はくりかえし思った。そして店から出ていきかけたとき、幸せな霊感がひらめくようにある考えが浮かんだ。こういう施設なら倉庫があるに違いない。かならずしも大きな倉庫ではない。そういう場所はほかに、たぶん遠いところにあるだろうが、常時需要の見込める商品の在庫を置いておく場所があるはずだ。その思いつきに興奮して、彼女は宝物の洞窟（どうくつ）に通じる閉ざされたドアがないかと探しはじめた。しかし、ドアというドアはすべてあいており、中に入ると同じように荒らされた痕があって、散乱するゴミのあいだを目の見えない人びとが這いまわっていた。最後にたどりついたのは、昼の光がほとんどとどかない暗い通路だった。そこには荷物用のエレベーターのようなものがあった。鉄の扉はしまっており、その横にもうひとつ、なめらかに動く引き戸タイプのドアがあった。地下だわ、と彼女は思った。奥までやってきた人はいただろうが、通路は行きどまりになっているし、貨物用エレベーターに気づいたとしても、たとえばいまのように電気が途絶えた場合に使える非常階段があって当然だという考えが浮かばなかったに違いない。引き戸を力いっぱい引きあけたとたん、彼女はふたつのことに圧倒されていた。ひとつは、あやめも分かぬ闇。地下に達するためには手さぐりで潜っていかなければならない。もうひとつは、まぎれもない食糧の匂い。たとえ広口瓶や密閉容器に入っていても、飢えは犬のようにあらゆる防壁をかいくぐる鋭い嗅覚をつねに持っている。彼女はすばやく踵を返した。食糧を運ぶのに必要なビニール袋をゴミのなかから拾ってこなければならない。と同時に自問した。明かりもなしに、どうやって品物を見わけければよいのだろう。だが、肩をすくめて、なにをばかなことを考えているんだ、いま心配すべきなのは自分の体力が弱っていることだ、と思った。袋をいっぱいにしても、それをあの店まではるばる持ち帰るだけの体力があるかどうかではないか。そのとき、彼女は途方もない恐怖に襲われた。夫の待つ場所まで戻れなかったら？　通りの名前は憶えている。いっときたりとも忘れてはいない。だが、何度も街角を曲がってきた。絶望が彼女を麻痺させていた。と、思考を停止していた頭脳がおもむろに動きだしたようだった。彼女は町の地図をのぞきこみ、指先で最短ルートを探している自分に気づいた。まるでふた組の眼を持っているようだった。一対の眼は地図を調べる彼女を見ており、もう一対の眼は地図を精査してルートを確認していた。通路は人けのないままだった。あまりの幸運に有頂天になり、発見したものに興奮したので、引き戸をしめわすれていた。彼女は注意深く扉をしめた。するとそこは、外にいる失明した人びとの見る世界のように、視覚の及ばない完全な闇に閉ざされていた。違うのはその色だけだ。厳密に言って、黒と白が色と呼べるのならば。彼女は壁にぴったりと身を寄せながら、階段を降りはじめた。この場所が秘密でないとわかったら、つまりだれかが下から上がってきたら、表の通りで見たように進んでくるに違いない。ぶつかった場合どちらかが道をゆずって、寄りかかる安全を放棄しなければならない。通り過ぎる人の体がこすれるのを感じつつ、おそらく一瞬、おろかにも反対側には壁がつづいていないのではないかという恐怖におののく。気が変になる、と彼女は思った。明かりもなく、なにが見えるという希望もなく、どれだけ遠いかもわからずに暗黒の穴へ降りていきながら、彼女は理性を働かせて、あとどれくらいだろう、こういう地下倉庫はふつうそんなに深くはないものだ、と考えた。ひとつ目の踊り場。目が見えないのがどういうことか、これでわたしにもわかった。ふたつ目の踊り場。悲鳴が出てしまう。悲鳴が出てしまう。三つ目の踊り場。闇は彼女の顔にまとわりつくどろりとしたペーストのようだ。眼は黒いタールの球に変形していた。前にあるものはなんだろう？　そのとき頭に浮かんだのは突然の恐怖だった。どうやってまた階段を見つければよいのか。急に心の動揺をおぼえて倒れかかり、彼女はその場にしゃがんでこらえた。気が遠くなりながら、たどたどしくつぶやいた。きれいだ。床のことだった。彼女にとっては驚くべきことだった。清潔な床というのが。すこしずつ意識がよみがえった。胃のあたりに鈍痛があった。けっして新しいものではないが、いま感じるのは体内に生きている器官がなくなったような感覚だった。そこにあるに違いないのだが、気配がない。心臓は？　ある。大きな太鼓のように打っている。それが形づくられた腹腔の完全な闇に最初に包まれたときから、闇が果てるときまで、やみくもに働きつづけるだろう。彼女はしっかりビニール袋をつかんでいた。手放してはいない。あとは落ち着いて、これに詰めるだけだ。倉庫は亡霊やドラゴンの出るところではない。ここには暗闇しかなく、暗闇は嚙みつきもせず攻撃してもこない。階段はかならず見つけだす。たとえこの恐ろしい場所で、壁を部屋一周、つたい歩いたとしても。彼女の肚は決まった。そして立ちあがろうとしたとき、ふと、いまはほかの人びとのように目が見えないのだと気づいた。それなら、みんなのようにするほうがいい。食糧の置いてある棚かなにかに行き当たるまで、よつんばいで進もう。食べられるものなら、なんでもいい。調理や特別な準備のいらない、すぐに食べられるものが。料理をしている余裕はないのだから。

せいぜい数メートルも進んでいないのに、恐怖がこっそりと這いもどってきた。たぶん判断をあやまったのだと思った。目の前には口をあけたドラゴンが待っているに違いない。あるいは、亡霊が手をのばしている。いつもだれかに蘇生（そせい）させられて、けっして死ぬことのない死者のいる恐怖の世界へ彼女を連れ去ろうと。それから彼女は殺伐とした気分で、あきらめに似た果てしない悲しみとともに、発見した場所が食糧の保管庫ではなく、ゴミ置場だったのではないかと思った。そういえば実際に石油の臭いがするような気がした。人は頭のなかで怪物たちを創りあげ、それに屈したとき、さまざまな妄想に苦しめられる。そのときなにかが手にふれた。亡霊のべとべとした指でもドラゴンの熱い舌と牙でもない、冷たい金属の手ざわりだ。表面がすべすべして垂直に立っている。どういう名前かは知らないが、彼女はそれを何段か棚板があるスチール製の棚だと推測した。通例こういうものは、平行にいくつか立ててあるものだ。ともかく、まず食料品がどこにあるか探さなければ。この棚にはない。というのも、匂いがまぎれもなく洗剤のものだからだ。階段を見つける困難をかえりみようともせず、彼女は棚を調べはじめた。手でさわり、匂いを嗅ぎ、揺すってみた。段ボール箱、グラス、プラスチックボトル、あらゆるサイズの広口瓶、おそらく缶詰、さまざまな紙箱、包み、袋、飲料缶らしきもの。彼女は手あたりしだいビニール袋に詰めていった。みんな食べ物であればいいけど、と胸騒ぎをおぼえながら思った。医者の妻はつぎの棚に移動したが、そこで予期せぬことが起きた。見えないまま不用意にのばした手が、なにかに当たった。と思ったとたん小さな箱がばらばらと棚から落ちて、音が床に鳴り響いた。心臓がとまりそうになった。マッチだ。興奮に震えながら、彼女はかがんで床に手を這わせ、探し物を発見した。この匂いはまちがえようがなかった。箱をふると、小さなマッチ棒の鳴る音がした。ずらしてあける蓋、箱の外側についた紙やすり、そしてマッチ棒についた燐(りん)をこすりつけると、ついに小さな炎が発火した。霧を透かして星がまたたくように、まわりの空間をぼうっと照らす光の球体があらわれた。ああ、神様、光があります。わたしの目はまだ見えています。光よ、ありがとうございます。これからは収穫もたやすくなるだろう。まずマッチ箱を入れはじめ、ひとつの袋をほぼいっぱいにした。全部持っていくことはない、という常識の声が聞こえた。彼女はマッチをつけ、ゆらめく炎で棚を照らしていった。ここ、それから、あそこ。やがて持っていたいくつかの袋はみんないっぱいになった。最初に詰めた袋は、なにひとつ役立つ物がなかったのでからっぽにしたが、ほかの袋にはすでに町が買えるほどたくさん入っていた。といっても、これは大げさな比喩ではない。わたしたちとしては、かつて王国と一頭の馬を交換したがった王がいたことを思い出すだけで事足りるだろう。もしも飢えで死にかけた王に、食糧でいっぱいになったこのビニール袋を見せたとしても、馬は差しださないだろう。階段の場所はわかったし、出口は右側にあった。だが、医者の妻はまず床にすわり、ソーセージの包みをあけ、黒パンの薄切りと、瓶入りの水で食事を始めた。後ろめたさは感じなかった。もしいま食べておかなければ、必要としている人のところに食べ物を運ぶ力は出てこない。彼女は一家の大黒柱なのだ。食事を終えると、ビニール袋を左右の腕に三つずつ引っかけ、手を前に上げながら進んだ。階段を見つけるまではマッチをすった。階段をのぼるのもひと苦労だった。食べた物がまだ消化されておらず、胃袋から筋肉や神経にエネルギーがいきわたるまでには時間がかかるからだ。彼女の場合、もっとも抵抗が強かったのは頭だった。引き戸は音もなく開いた。通路に人がいたらどうしよう、と医者の妻は思った。そこにはだれの姿も見えなかった。だが、彼女はまた心にたずねた。

わたしはどうしたらいいのだろう。出口に着いたとき、ふりむいてスーパーマーケットの中へ叫んでもいい。通路のいちばん奥に食べ物があるわよ。階段があって、地下の倉庫に通じてる。行ってみたらいい。ドアをあけっぱなしにしてきたから。だが、彼女はやめることにした。肩を使ってドアを閉じ、なにも言わないほうがいいと自分に言い聞かせた。言えばどんなことになるかを想像したのだ。目の見えない人びとが、くるったように右往左往して走りまわるだろう。火事になったときに、精神病院で起こったことが再現される。人びとは階段からころげ落ち、後ろから来た者に倒され、踏みつぶされる。踏みつぶした者も、倒されて踏みつぶされる。すべりやすい体を踏むのと、固い地面を踏むのとではわけが違う。それに食糧が尽きても、またここに取りにこられる、と彼女は思った。そして袋をしっかりつかみ、ひとつ深呼吸をしてから通路を進んだ。人びとには姿が見えないが、食べた物の匂いがするはずだ。ソーセージ。なんと愚かだったのだろう。これでは匂いの跡を残しているようなものだ。医者の妻は歯がみをし、力をふりしぼって袋を持つと、走らなければと思った。ガラスの破片で膝を切った男のことを思い出した。あんなことになったら、どうしよう。よく見もせずに割れたガラスを踏んだら。わたしたちは忘れているかもしれないが、この女は靴を履いていなかった。しかも、街の人びとのように靴屋に行くひまがなかった。彼らは不幸にも目が見えないが、少なくともさわって靴が選べた。彼女はやむなく走りだした。まず、目の見えない人びとの集団をすりぬけようとした。体にさわらないようにすると、どうしても足は遅くなった。行き方を確かめるために何度か立ちどまったが、そうすれば食べ物の匂いも漂った。香りや気配だけではない微妙な空気があった。すぐに目の見えない男が叫んだ。近くにソーセージを食べてるやつがいるぞ。たちまちその言葉は、医者の妻が思いきった行動に出るよりも速くまわりに広がった。もうかまってはいられなかった。彼女は人にぶつかり、揉みあい、押し倒し、しゃにむに突き進んだ。それは非難されるべき行為だった。なぜなら、不幸になる理由をありあまるほど持っている人びとに対する仕打ちではないからだ。

通りに出ると、どしゃぶりの雨になっていた。そのほうが好都合だ、と彼女は息を切らしながら思った。脚はがくがく震えていた。この雨のなかなら、匂いもそれほど注意を惹かずにすむ。かろうじて腰から上を覆っていたボロ布がだれかに引きちぎられて、彼女はいま乳房をむきだしにしており、それが天からの水のおかげで濡れ光り、優雅で上品なたたずまいを見せていた。これは民衆を率いる自由の化身ではなかった。両手の袋に中身がつまっているのは幸運だとしても、旗のように高く掲げるには重すぎた。これがまた具合の悪いことに、野良犬が欲望をそそられて匂いを嗅ぎつけるにはころあいの高さだった。面倒を見たり、餌をやったりする飼い主のいない犬が、いま実際に群れをなして医者の妻のあとを追っていた。猟犬どもがビニールの硬さを試そうと咬みついてこないことを祈るしかなかった。これほどの大雨ならば、道は水浸しになるかもしれず、となれば、人びとも屋根の下で雨宿りをして、天気の回復を待つのが自然のように思われる。だが、そうではなかった。目の見えない人びとは口をあけて天を仰いでいた。喉の渇きを癒し、体のくぼみや奥まった場所に水を受けていた。もっと先見の明のある、つまり思慮深い人びとは、バケツやボウルや鍋を持って気前のよい空へ差しあげていた。渇いた人びとに神が雨雲をもたらしたのだ。医者の妻は、家の蛇口から貴重な水が一滴も出ないという可能性に思いいたらなかった。これが文明の欠点というものだ。わたしたちは各戸に引かれた水道管から水が出る便利さに慣れすぎて、つい、不足を調整し、貯水池を管理するコンピューターと、電力を必要とする取水塔のポンプのこと、そして水源のバルブを開閉する人びとがいることを忘れている。こうした操作は、眼を使ってするものだ。さらに眼はつぎのような場面を見るのにも必要とされる。ビニール袋をさげた一人の女がどしゃぶりの雨の通りを歩いていく。腐ったゴミと、人間や動物の大便が散らばっている道を。いつごろから放置されているのか、とまったままの車やトラックが目抜き通りをふさぎ、なかにはタイヤのまわりに雑草がのびている自動車まである。そして目の見えない人びとは口をあけて、白い空を仰いでいる。こんな空から雨が降ること自体、信じがたいことのように思われる。医者の妻は通りの名前を読みながら歩いていった。憶えているものもあれば、まったく思い出せないものもあった。そのうち、はっと道に迷ったことに気づいた。まちがいない。道に迷ったのだ。角を曲がってみた。それから、もう一度。もはや通りの名前が思い出せなくなっていた。すっかりうちのめされて、黒い泥で覆われた汚い地面にすわりこんだ。力が湧かない、どんな力もふるい起こせない。涙がぽろぽろとこぼれ落ちた。袋の匂いに惹かれて犬たちが集まってきたが、食事の時刻が過ぎたあとなのか、それほど執着しなかった。ある犬が彼女の顔をぺろりとやった。仔犬のころからずっと涙を舐めとってきたのかもしれない。女はその頭をくりかえしなでてやり、手を濡れそぼった背中へ下ろしていった。そして犬を抱きながら、最後の涙を流しつくした。ようやく眼をあげたとき、交差点の神を何度もたたえたくなった。市議会が町の中心部のあちこちに立てた地図の看板のひとつが眼に飛びこんできた。いまどこにいるのか、そして、これまでどこにいたのかを言いたがる観光客に役立ててもらい、彼らを安心させるために特別に設置されたものだった。あらゆる人が失明したいま、その金はむだだったと考えたくなる人がいるかもしれない。しかし、それは忍耐と、時の流れにゆだねることで解決する問題だ。わたしたちはこのことをきちんと知っておくべきだろう。運命は、どこかに至るまでに、たくさんの角を曲がるものだということを。ただ運命だけが、この女に現在地を教えるために、地図の標示板が設置されたことを知っているのである。彼女は思ったよりも遠ざかっていなかった。別の方角へ大まわりしていたからだ。この通りをまっすぐ広場まで歩き、左側のふたつ目の通りで折れてひとつ目を右に曲がれば、そこが探している通りだった。所番地は忘れていない。犬たちはしだいに彼女から離れていった。途中でもっと気をそそるものがあったか、その近辺が縄張りで、あまり遠くへはぐれていくのを渋ったのか。涙を舐めたあの犬だけが、涙を流した人についてきた。おそらく女と地図の出会いが運命の妙だとすれば、この犬も天の配剤ということになる。実際、店に入ったとき、涙の犬は床に横たわる人びとを見ても驚かなかった。それほど死んだかのように静かだったからだ。犬は慣れっこになっていた。ときおり人びとは犬をあいだにはさんで眠り、起きる時間になると、ほぼいつも生きていた。みんな起きて、眠ってるなら。食べ物を持ってきたわ、と医者の妻は言った。その前にドアはしめておいた。でなければ、通りすがりの者が小耳にはさむかもしれない。最初に首を起こしたのは斜視の少年だった。体が弱っているので、それが精一杯だった。ほかの人びとはもっと時間がかかった。彼らは石になった夢を見ていた。わたしたちはみな、石がどんなに深く眠るかを知っている。田舎をすこし散策してみればわかることだが、石はそこに半分埋まり、覚醒させるすべを知る者を待って眠っているのだ。それでも、食べ物という言葉には魔法の力がある。とくに飢えが切迫しているときは。言葉を知らない涙の犬でさえ、しっぽをふりはじめていた。この本能的な動作が濡れた犬に、まだ思いきり胴体をふるわせてまわりじゅうに水をひっかけていないことを思い出させた。犬はコートのように毛皮を着けているので、それをいとも簡単にやってのける。天から直接降ってきた聖なる水はすばらしい効き目をあらわし、はねとばされた水は石を人間に変身させた。そのあいだに医者の妻はビニール袋の口をつぎつぎにあけて、この変容の過程にはずみをつけた。すべてのものが中身を匂わせたわけではないが、饐えたパンの香りさえじつにうまそうで、大げさに言えば人生の精髄そのものだった。ついに全員が目覚め、手を震わせて、待ちきれない表情になった。そのとき、さきほどの涙の犬のようなことが起きた。医者が自分の職業を思い出して、こう言ったのである。注意してくれ、たくさん食べすぎないように。体によくないから。体によくないのは飢えだよ、と最初に失明した男が言った。お医者様の注意は聞くものでしょう、とその妻がたしなめた。男はかすかに憤慨しながら黙りこんだ。あいつは眼のことなどなにもわかっちゃいないんだ。しかし、この言葉は不当だった。とくに、医者がほかの人びとと同じように目が見えないことを考慮するならば。その証拠に医者は妻が上半身裸なのに気づいておらず、妻のほうから、体を隠したいから上着を貸してと言ったのだ。目の見えない仲間は彼女のほうをふりむいたが、もう遅かった。その前に見えない眼で見ていたとしても。

人びとが食事をするあいだ、医者の妻は冒険のすべてを語った。自分の身になにがあったか、なにをしてきたかを。もちろん倉庫の扉を閉じてきたことも話した。彼女はけっして自分を説きふせた人道的な動機に納得していたわけではなかった。それで、埋め合わせをするように、膝にガラスが刺さった男の話をした。みんなは腹をかかえて笑った。いや、全員ではない。黒い眼帯の老人は弱々しい笑みを浮かべただけだし、斜視の少年の耳には自分の食べ物を噛む音しか聞こえていなかった。涙の犬も分け前をもらい、だれかが外からドアを乱暴に揺すると激しく吠えて、すぐにその分を働いて返した。狂犬がうろついているという噂があったため、それでも押し入ろうとする者はいなかった。うっかり足を踏み入れてみろ、頭が変になっちまう、と。とりあえず落ち着きが戻ってきた。全員の飢えがやわらいだとき、医者の妻が、最初に雨のようすを見にこの店から出てきた男から聞いた話をして、こう結論した。あの話がほんとうなら、自宅を探しあてても、わたしたちが去ったときとは違ってる。そこに入れるかどうかも疑問よ。家を出たときに鍵を持ち忘れたか、なくしたかした人の場合だけど。たとえば、わたしたちは鍵を持ってない。火事の騒ぎでどこかにいってしまった。灰のなかから見つけだすのは不可能だわ。彼女はその言葉を、あのハサミをむさぼり食う炎を見ているかのように口にした。炎はまず刃に残る凝固した血を燃やし、つぎに鋭い切っ先を舐めてなまくらにし、だんだん鈍く、曲がりやすく、柔らかくして、ついには形まで消し去る。こうなれば、だれもこの物体が人の喉に穴をあけたとは信じないだろう。ひとたび火が仕事を果たしたあとは、溶けて塊と化した金属を、どれがハサミでどれが鍵だと見わけられるはずがない。鍵はぼくが持ってる、と医者が言った。そして不器用な手つきで、ぼろぼろになったズボンのウエスト近くにある小さなポケットに三本の指を差しこむと、鍵を三つ通した小さなリングを抜きだした。残してきたハンドバッグに入れておいたのに、どうしてあなたが持ってるの？　そこから取ったのさ。あのままなくなったと思ってた。ぼくが持ってるほうが安全だと思ったんだ。それに持ってると、いつかきっと家に帰れるという希望が湧いたしね。これでちょっと安心したけど、家はドアが壊されてだれかに侵入されてるかもしれない。無傷の可能性だってあるよ。しばらくのあいだ二人は仲間の存在を忘れていたが、みんなから鍵をどうしたかを訊きだすことが重要になった。

最初に話したのはサングラスの娘だった。救急車がわたしを連れてったとき、両親は家にいたわ。そのあと父と母がどうなったかわからない。つぎに黒い眼帯の老人が話した。わたしは失明したとき自宅にいたんです。家主がドアをノックして、数名の看護師がわたしを探してると言いましてね。鍵のことなど考えてるひまはありませんでしたよ。残るは、最初に失明した男とその妻だった。妻のほうは、わかりません、忘れたんです、と言った。じつはわかっていたし、憶えてもいたのだが、告白したくないことだった。彼女は目の見えなくなったことが突然見えたとき——という表現はばかばかしい言い方なのにもかかわらず、言語に深く根ざしているので避けようがないのだが——叫びながら家から駆けだして、近所に呼びかけた。同じアパートの人びとは助けにいこうかどうしようかと、よく考えた。彼女は夫がこの不運に見舞われたときはまるで動じず、てきぱきとしたところを見せたが、いざ自分のこととなると取り乱し、ドアを大きくあけはなったまま家を飛びだしていた。すこしでいいから、ドアをしめたりすぐに帰ると言い置いたりする時間をくれ、と頼むことなど頭に浮かびもしなかったのだ。斜視の少年に家の鍵のことをたずねる者はいなかった。少年は家がどこにあるかさえ思い出せなかった。そのとき医者の妻がサングラスの娘の手に優しくふれて、いちばん近いあなたの家から始めましょう、と言った。それにはまず、服と靴を手に入れなければ、こんな恰好では出歩けない。全然洗ってないし、ぼろぼろだもの。彼女は立ちあがろうとして、斜視の少年がまた寝入っているのに気づいた。安心したのと飢えがみたされたせいだ。ひと休みね、と彼女は言った。ちょっと眠ってから、なにがあるか見に出ていけばいい。医者の妻はびしょ濡れになったスカートを脱ぎ、温もりを求めて夫のそばで身をまるめた。最初に失明した男とその妻も同じようにした。きみなのか、とあのとき夫は訊いたのだった。妻は自分の家を思い出して悲しくなった。口に出さなかったものの、わたしをなぐさめて、と思ったようだった。わからないのは、サングラスの娘がどういう気持ちで黒い眼帯の老人の肩へ腕をまわしたのかだ。だが、彼女がそうしたのはまぎれもない事実であり、二人はそのまま離れなかった。娘は眠り、老人は眠らなかった。犬はドアのそばに伏せて、入口をふさいでいた。人の涙を舐めるとき以外は、粗暴にふるまう恐ろしげな動物なのである。

彼らは服を着て、靴を履いたが、体を洗う方法はまだ解決していなかった。といっても、身なりはほかの目の見えない人びとより格段によくなった。服の色にしても選べる範囲はごく限られていたが、果物はよく見て選び、くらべて見れば失敗しない、とよく言われるように、その場に助言者のいる利点が発揮されていた。あなたはこれがいい。このズボンにはこっちのほうが似合ってる、ストライプは水玉と合わない、などなどと。もちろん男たちの場合、こうした細かいことはどうでもよかった。だが、サングラスの娘と最初に失明した男の妻は、服の色とスタイルを知りたがった。想像力の助けを借りて容姿を思い描いたからだ。靴については、だれもが見た目よりも快適さを重んじた。凝った紐飾り付きのものやハイヒールである必要はないし、仔牛や人工皮革でなくともかまわない。道の状態を考えれば、そういう洗練された靴はばかげていた。むしろ、望ましいのは楽に脱いだり履いたりできる完全防水型の膝丈のゴム長である。ぬかるみの道を歩くときに、それ以上の靴はないだろう。残念なことに、このタイプの長靴を人数分確保することはできなかった。たとえば斜視の少年の足に合う靴はなく、大きなサイズのものはまるで船のようだった。そのため、少年はとくになんの競技用でもないスポーツシューズを履くことになった。不思議なものね、かりに息子の目が見えてたら、それと同じ靴を選んだと思うわ。少年の母がだれかからこのことを聞いたら、どこにいたとしてもそう言ったことだろう。黒い眼帯の老人は足が大きかったので、身長二メートルの選手の足に合わせてつくられた特製のバスケットボールシューズを履くことで間に合わせた。見た目は白いスリッパを履いたようでどこか漫画的だったが、それもしばらくのあいだの辛抱だった。人生のすべてがそうであるように、この靴も十分たったら汚れているだろう。時の流れにまかせれば解決策はきっと見つかる。

雨はやんでいた。口をあけて立っている人はもういない。人びとはなにをしたらよいかわからずに、通りをさまよい歩いていた。しかし、あまり長く時間をかけてはいない。歩くのも、じっと立っているのも、彼らにとってはまったく同じことだ。食糧を探すほかに目的もない。音楽はやみ、沈黙が世界を深く満たしていた。映画館も、劇場も、家を探すのをあきらめたホームレスの人びとが出入りするだけだ。かつて黄熱病やそのほかの伝染病に対してさほど効果をあげられなかったにもかかわらず、戦略を立て、さまざまな手段を駆使すればまだ白い病気が防げると、政府もしくはわずかな生き残りが信じていたとき、大劇場は目の見えない人びとを隔離する収容所として使われたこともあった。だが、いまやそれも終わり、火事さえ不要になっていた。美術館もまた悲しみのきわみだった。ここにも人びとが群れていた。そう、目の見えない人びとが。絵画の前にも、立体彫刻の前にも、鑑賞者はいなかった。はたしてこの町の人びとはなにを待っているのか。いまだに病気が治るのを信じているなら救いの手を待っているだろうが、失明の感染をまぬがれる者がだれもおらず、そして、顕微鏡のレンズをのぞく視覚を持つ者が一人もいなくなったことが周知の事実になったとき、人びとは希望をなくした。研究所は打ち棄てられ、細菌も生きのびるためには共食いをしなければならなくなった。当初は人びともまだ血縁の結束という意識をなくしておらず、大勢の失明患者が家族に付き添われて病院に殺到した。だが、そこには目の見えない医者がおり、見えない患者の背中とおなかに聴診器を当てていたのだった。医者たちにはまだ聴覚があったので、できるだけのことをしていたわけだ。そのあと、患者たちは飢餓に襲われた。歩く体力のある人びとは病院から逃げだし、結局無防備のまま町の路上で死んだ。彼らにまだ家族が残っていたら、どこかにいて、死体を埋葬しただろう。死体は人をつまずかせるだけでなく、臭いを放つ原因となった。ただしそれは大通りで死んだ場合である。犬がたくさん集まってきたのも驚くにあたらない。一部はすでにハイエナそっくりになり、毛皮の斑点がまるで腐っているしるしのように見えた。犬たちは生き返った死者や食われた亡骸から、身を守れない者を食べた侮辱の代価を支払えと迫られるのを恐れるかのように、後肢をちぢこまらせながら走りまわっていた。いまの状況を教えてくださらんか？　黒い眼帯の老人の質問に、医者の妻が答えた。病院の外側も内側と同じだったわ。あっちでもこっちでも違いはないし、大勢でも少数でも違いはない。わたしたちが生きてきた世界も、これから生きていく世界もね。人はどういうふうに暮らしてるの？　サングラスの娘が訊いた。幽霊みたいに歩きまわってるわ。生きて動いてるのは確かだから、これがほんとうの意味の幽霊かもしれない。あなた方の四感はその存在を感じられるのに、眼で見ることができないのだから。車はたくさんあるのか？　と最初に失明した男がたずねた。男は自分の車が盗まれたことがまだ忘れられなかった。墓場みたいにね。医者と最初に失明した男の妻はとくに質問しなかった。こんな返事を聞かされるなら、なんの意味があるだろう。斜視の少年はいつも夢見ていた靴を履いているので満足しており、それが見えなくても悲しくならなかった。だから少年は幽霊のように見えないのだろう。また医者の妻のあとをついて歩く涙の犬にも、ハイエナという呼び名はふさわしくなかった。この犬は屍肉の臭いを追わず、あのふたつの眼が元気で生きいきとしていることがわかっていて、それについていくのである。

　サングラスの娘の家はそれほど遠くなかったが、一週間飢餓に苦しみ、ようやく体力が回復したばかりのグループの足どりは重かった。休息をとるときも、みんなは場所を選びもせず地べたに腰を下ろした。服はあっというまに汚れてしまったので、あれだけ手間をかけて色やスタイルを選んだかいはなかった。サングラスの娘の住んでいた通りは短いばかりか、道幅が狭いため、当然のように車が一台も見当たらなかった。一方通行の道路のせいで駐車スペースはなく、駐車禁止区域になっている。人の姿がないのも驚くことではなかった。こういう通りでは、昼間でも人影が途絶えることがしょっちゅうだからだ。家の番地は何番なの？　と医者の妻がたずねた。七番よ。左側の三階に住んでたんだけど。窓のひとつがあいていた。いつもなら、これはたいてい家に人がいるしるしなのだが、いまは確実なことはなにもない。医者の妻が言った。全員が階段をのぼることはないわ。わたしたち二人で行くから、みんなは下で待っていて。彼女は通りに面した玄関のドアにこじあけた痕跡があるのに気づいた。埋めこみ式のドアロックがねじまげてあり、戸口の脇柱が割られて、長く裂けた木片がかろうじてくっついていた。医者の妻はひとこともそれにはふれず、勝手を知っている娘を先に行かせた。サングラスの娘は、階段が急に始まる暗がりなど全然気にしなかった。気がはやるせいか二度ほどつまずいたが、失敗を笑いとばした。ねえ、考えてもみて、以前は眼をつぶってでものぼり降りできたのに。こういうのが典型的な駄弁というものである。言葉の意味にこめられたさまざまな差異に鈍感といってもいい。この場合でいえば、眼を閉じた場合と、目の見えない状態の違いがわかっていないのだ。三階の踊り場に上がると、めざすドアはしまっていた。サングラスの娘は戸口のまわりに手を這わせて呼び鈴を見つけた。明かりはついてないわ、と医者の妻が言った。娘はそれをいかにも悪いニュースをもたらす言葉のように受けとった。ドアをノックしてみた。一回、二回、三回。三回目は強く、両手のこぶしでドアを叩き、お母さん、お父さん、と呼びかけたが、この愛情あふれる語句も現実を変えることはできなかった。まあたいへん、うちの娘が帰ってきたよ、もう会えないんじゃないかと希望を捨てていたのに、さあ、入って、入って、お友だちの方もどうぞ、ちょっと散らかってるけど、気にしないでちょうだい。そう答える者もなく、ドアはしまったままだった。だれもいない、とサングラスの娘は言い、ドアにもたれて、わっと泣きだした。組んだ腕に頭を埋め、娘は身も世もないといったふうに全身で悲しみを訴えていた。人間の精神がどれほど複雑になりうるものかを、わたしたちがあまり見聞していなければ、あれほど勝手気ままに生きていた娘が、こうして手放しで嘆くほど両親を好いていたことに驚きを禁じえないかもしれない。だが、いまの世だけでなく、すでにむかしから、それとこれとのあいだになんの矛盾もないと断言していた人もいるのである。医者の妻は娘を慰めようとしたが、かける言葉に詰まった。実際問題それほど長いあいだ、人が家にとどまっているとは考えられなかった。近所の人にたずねてみましょうか、と彼女は提案した。一人でもいればの話だけど。ええ、訊きにいってみる、とサングラスの娘が言った。しかし、声にはひとかけらの希望もなかった。二人は三階の踊り場の反対側にあるドアをノックしたが、やはり返事はなかった。上の階の二軒のドアはあけっぱなしだった。アパートは掠奪されており、衣装簞笥はからっぽで、食料品がしまってあった食器戸棚にはなにも残っていなかった。最近まで人がいた痕跡もあった。浮浪者の集団に違いない。いまでは程度の差こそあれ、人びとはみな家から家へ、空き家から空き家へと移り住んでいた。

二人の女は二階に降り、医者の妻がすぐそこにあるドアをノックした。応答がないものと思っていると、そっけない疑わしげな嗄れ声がした。だれだい？　サングラスの娘が進みでた。わたしよ。この上の階に住んでたの。両親を探してるんだけど、どこに行けば見つかるか、なにがあったのか知りませんか？　かさこそという足音が聞こえた。ドアがあいて、痩せ衰えた老婆があらわれた。骨と皮だけかと思うほどやつれており、長くのびた白髪はぼさぼさだった。むわっと流れたカビくさい臭いと、なんとも形容できない腐敗臭に、二人の女は吐き気をもよおして後じさった。老婆の大きくひらいた眼は、ほぼまっ白といってよかった。あんたの両親のことはなんにも知らないね。あんたが連れ去られた翌日、同じように当局が連行しにきたんだ。そのときゃ、まだわたしも目が見えてた。この建物にはほかに人はいないの？　さあね、ときどき人が階段をのぼり降りしてる音は聞こえるけど、みんなよそからやってきて眠っていくだけだ。わたしの両親はどうなったの？　言っただろ、なんにも知らないって。おばあさんの旦那さんは？　息子さんも、お嫁さんもいたわよね。みんな当局に連れてかれた。でも、おばあさんはなぜ残ったの？　わたしゃ隠れてたんだ。どこに？　どこだと思う、あんたの家さ。どうやって入ったの？　裏口から抜けだして非常階段をのぼったんだ。窓ガラスを割って、ドアを内側からあけてね。鍵は錠に差しこんであったよ。あなたはどうやって、たった一人で生きてきたの？　と医者の妻がたずねた。もう一人いたのかい？　老婆は肝をつぶしたように声のほうを向いた。この人は友だちなの、わたしのグループの人よ、とサングラスの娘が安心させた。ただ一人でいただけの問題じゃなく、そのあいだ食糧はどうやって手に入れてたの？　医者の妻はなおもたずねた。わたしゃばかじゃないんだ。自分の面倒ぐらいちゃんと見られる。言いたくないならいいわ。訊いたのはただの好奇心からだから。べつにかまわないさ。最初はこのアパートを全部まわって、食べ物を集められるだけ集めた。腐りそうなものはすぐに食べて、あとは保存にまわした。まだ残りがあるの？　とサングラスの娘がたずねた。いいや、もう終わった。返事をした老婆の見えない眼にさっと不信の表情がよぎった。こうした表現はいつも似たような状況で使われるが、べつに事実の裏付けがあるわけではない。取りだしてみればわかることだが、厳密に言えば目玉はのろまなふたつの球体なのであって、なんの表情も持っていない。ところが、視覚的な差異を表現する役目は、まぶたや、まつ毛や、眉毛にまかされているにもかかわらず、通常は眼がしたことだと思われている。それでいまはどうしてるの？　と医者の妻がたずねた。通りには死がうろついてるけど、裏庭じゃ命が生きてるんだ、と老婆は謎めかして答えた。どういう意味？　裏庭にはキャベツがある、ウサギがいる、メンドリがいる、花もある、花は食用じゃないけどね。それをどうするの？　ときに応じてさ。キャベツをとったり、ウサギやニワトリをつぶしたり。生で食べるの？　最初は火を焚いたけど、そのうち生肉にも慣れた。キャベツの芯もおいしいよ。で、あんたたちは自分の心配をしないのかい？　わたしの母親の娘は飢えじゃ死なないのさ。老婆は二歩さがって、家の闇のなかへ消えかけた。ふたつの白い眼だけがきらきらしていた。老婆はそこから言った。あんたの家に入りたければ入ってきてごらん。とめやしないから。サングラスの娘は、けっこうよ、と言いかけた。いろいろありがとう。でも、両親がそこにいないなら、なんの意味もないと。だが、突然自分の部屋が見てみたくなった。見てみたいなんて、なんというばかな、目が見えないくせに。壁や、ベッドカバーや、いかれた頭を休めていた枕や、家具にさわるだけだ。衣装箪笥の上にはまだ花があるかもしれない。彼女はその花瓶を思い出していた。ここにいる老婆が、食べられないじゃないかと憤慨して床に投げたりしていなければ。サングラスの娘は言った。そうね、かまわないなら、せっかくの申し出を受けたいわ。ご親切にありがとう。さあさあ、入りな。でも、食べ物を探そうなんて思わないことだよ。ほんのすこししかないし、生肉が好きでないなら役立たないしね。心配しないで、食べ物なら持ってるから。なんだ、食べ物を持ってるのかい。お礼が言えるなら、なにか置いてってほしいもんだ。安心して。すこし分けていくつもりだから、と医者の妻が言った。二人の女はもう廊下を歩いていた。異臭は耐えられないほど強くなった。キッチンには外から乏しい光が入ってきていたが、その仄明かりのなかで、ウサギの毛皮やニワトリの羽根が床に散らばり、食卓の乾いた血のこびりついた汚い皿に、何度も嚙んだような得体の知れない肉片が残っているのが見えた。ウサギやメンドリはなにを食べてるの？　と医者の妻がたずねた。キャベツ、雑草、残った生ゴミだ、と老婆は言った。ニワトリやウサギは肉を食べないでしょう。ウサギはまだ食べないが、ニワトリは喜ぶね。動物は人間みたいだ。しまいにはどんなものでも慣れちまう。老婆はよろけもせず、しっかりと歩いた。目が見えているようにじゃまな椅子をどかし、非常階段に通じるドアを指さした。ここから出ていくのさ、すべりやすいから気をつけな。手すりは信用しちゃだめだよ。ドアはどうなってるの？　とサングラスの娘がたずねた。押すだけでいい、鍵はわたしが持ってる、どこかそこら辺にね。わたしの鍵よ、と娘は言いそうになった。だが、同時に思った。この鍵は、もしも両親、あるいはその代理人のだれかが、玄関のほうのもうひとつの鍵を持ち去っていたら、なんの意味もないのだ。家に出入りしたくなるたびに、毎回この隣人に家を通してもらうわけにはいかないのだから。彼女はかすかに胸がしめつけられるのを感じた。おそらくそれは自分の家に足を踏みいれ、両親の不在を確認しようとしているからか、あるいはさまざまな理由からだろう。

キッチンは清潔で、片づいていた。家具につもった埃がさほど多くないのは、キャベツや雑草を生長させるのと同様、雨がちの季節のよいところだった。事実医者の妻は、階上から裏庭を眺めて、ミニチュアのジャングルのようだと驚いた。ウサギはこのなかを自由に駆けまわっているのだろうか。そうは思えない。おそらくウサギ小屋に入れられて、手さぐりの手がキャベツの葉を持ってくるのを待っているに違いない。そして、いずれその手が耳をつかんで引っぱりだし、そのあいだにもう一方の手が見当をつけて頭蓋骨の近くの脊柱を折る準備をするのだろう。階下の老婆がつまずきも、よろめきもしなかったように、サングラスの娘は記憶をたよりにアパートの部屋を案内した。両親のベッドは乱れていた。おそらく当局が早朝に身柄を拘束しにやってきたのに違いない。娘はそこにすわって泣きだした。医者の妻が隣にすわって言った。泣かないで。ほかになにが言えただろう。世界があらゆる意味をなくしたとき、涙はどんな意味を持っているのか。娘の部屋の衣装簞笥にあるガラスの花瓶には枯れた花が入っており、水はすっかり蒸発していた。手さぐりの手がのばされ、指が死んだ花びらをそっとなでた。棄てられた命のなんというもろさ。医者の妻は窓をあけて、通りを見おろした。仲間たちは道に腰をおろして辛抱強く待っていた。涙の犬だけが鋭い聴覚で気づいたのか、彼女を見上げた。またしても空は曇り、暗くなりかけていた。夜が近づいてきたようだ。今日はもう眠れる避難所を探し求めることはない。ここに留まっていよう、と彼女は思った。みんなが家を通り抜けるとしたら、おばあさんは機嫌をそこねるでしょうね、とつぶやいた。そのときサングラスの娘が彼女の肩にさわりながら言った。鍵が錠に差しこんであったわ。父や母は持っていかなかったみたい。もしも問題があったとしても、それはこうして解決した。二階に住む老婆の不機嫌をがまんする必要はなくなった。じきに夜になるから、下に行ってみんなを呼んでくる。とりあえず今日は屋根のあるちゃんとした家で眠れるなんて、ほんとうに助かったわ、と医者の妻が言った。あなたとご主人はうちの親のベッドを使って。それはあとで考えましょう。ここではわたしが命令できるのよ、わたしの家なんだから。そのとおりね、あなたの思いどおりにしてちょうだい。医者の妻は娘を抱きしめると、ほかの仲間を呼びに降りていった。みんなは興奮してしゃべり、案内役から一階分が十段だと聞かされていたのに、階段をつまずきながらのぼっていった。まるで人の家を訪ねる客のようだった。涙の犬は毎日のことだとでもいいたげに、騒がずについてきた。サングラスの娘は踊り場からそれを見おろしていた。人がのぼってくるときに、よくそうしていたからだ。それが見知らぬ人であれば、どういう人が来るのか知りたくて。知り合いであれば、迎えの言葉をかけたくて。いまの場合、だれがやってくるのかを知る眼はいらなかった。入ってちょうだい。みんな、ゆっくりしていって。二階の老婆が、人びとを眠りにやってきた集団だと思い、家の戸口からのぞいていた。けっしてそれはまちがいではなかった。だれなんだい？　と老婆が訊いた。上からサングラスの娘が答えた。わたしのグループよ。老婆はまごついた。あの娘はどうやって三階の踊り場に出たんだろう。それからひらめいた。老婆はなぜ玄関の錠に差してあった鍵を取っておかなかったのかと自分に腹を立てた。何カ月も独占して使ってきた建物の所有権をなくしたような気がした。老婆は突然の憤懣を埋め合わせようと、思わずドアをあけてこう言った。食べ物をくれると言ったことを憶えてるかい？　約束を忘れないでよ。医者の妻もサングラスの娘も、一人は仲間を案内するのに忙しく、一人は受け入れるのにかまけて、ろくに返事もできなかった。すると老婆は金切り声でわめきたてた。聞こえないのかい。これは老婆の失敗だった。というのも、ちょうどそこへ涙の犬が通りかかったからだ。犬は老婆に飛びかかり、猛りたって吠えはじめた。階段室いっぱいに吠え声がこだました。効果は抜群だった。老婆は恐怖の悲鳴をあげると、家に駆けこんでばたんとドアをしめた。あの魔女はだれですかな、と黒い眼帯の老人がたずねた。こういうことを、わたしたちは自分の姿をあまり見ることができないときに言いがちなのである。老人が老婆の暮らしを送っていたら、その洗練された物腰がいったいどれだけ保たれるか、見てみたいものだ。

袋に入れて持ってきたもののほかに食べ物はなく、最後のひとつぶまで倹約しなければならなかった。光についていえば、キッチンの食器戸棚からロウソクが二本見つかったのはすばらしい幸運だった。停電に備えた非常用だ。医者の妻はそれを自分のために灯したが、ほかの人びとは必要としなかった。彼らはすでに頭のなかに光を持っており、あまりに強すぎて目がくらむほどだった。この小さなグループが持っていた食糧は貧弱だったが、それでも家族のするような宴（うたげ）をすることができた。たまにどこかでなにかを祝って開かれる、それぞれのための、ひいては全員のための宴だった。みんなが食卓につく前に、サングラスの娘と医者の妻が階下に降りていって約束を果たした。より正確に言うなら、欲求をみたしてやった、というより、税関を通り抜ける手数料を食べ物で支払ったのである。老婆は泣きごとを言いながらそれを受けとり、犬に食われなかったのは奇跡としか言いようがないと険悪に毒づいたあげく、あんたたち、ああいう獣を飼えるくらいたくさん食い物を持ってるんだね、と厭味（いやみ）まで言った。あたかもこういう非難めいた意見を吐いて、ものも言えない動物が残りものをたらふく食べているのに、哀れな老婆を餓死させるのは鬼畜のすることだという良心の呵責を、二人の使者に――二人は自分たちをこう呼んでいた——引き起こしてやろうともくろんだかのようだった。二人の女はそれを聞いても、追加の食べ物を取ってこようとはしなかった。持ってきたものだけでも、現在の逼迫した生活からすればずいぶん気前のよい配給だった。そして奇妙なことに、階下に住む老婆もこの状況をそういうふうに評価していたのである。つまるところ、この老婆は思ったより卑しい心の持ち主ではなかった。裏口の鍵を探しに引っこんだかと思うと、サングラスの娘に、さあ、持っていきな、この鍵はあんたのものだ、と言い、それだけでは気がすまなかったのか、ドアをしめながら、うんと助かったよ、とつぶやいていた。二人の女は驚きを胸に三階へ戻っていった。あの厭味な老婆にも感情が残っていたのだ。悪い人じゃなかったのね。ずっと一人ぼっちだったから、心が乱れたのよ、とサングラスの娘が深く考えずに感想をもらした。医者の妻は返事をしなかった。話をするのは後にしようと決めていたからだ。人びとがベッドに入って寝息がたちはじめたころ、二人の女は、家のあちこちの雑用を片づける元気をふるい起こそうとする母娘のようにキッチンにすわっていた。医者の妻がたずねた。それで、これからどうする？　決めてないけど、ここで両親が戻ってくるのを待ってようかな。あなたは一人だし、目も見えないのよ。目が見えないのには慣れてるわ。でも、孤独には？受け入れていかなくちゃ。下のおばあさんも一人で暮らしてるし。あの人みたいには、なりたくないでしょう。キャベツや生肉がつづくかぎりそれを食べるのよ。この界隈の建物には、ほかに人が住んでないみたいだから、あなた方は食べ物が尽きるんじゃないかという恐怖に怯えながら憎みあうことになる。あなたが集めた茎は、一本一本、相手の口から引っこ抜いたように思えるでしょう。あなたにはあのみじめな女の姿が見えず、あの家から漂う悪臭を嗅いでいるだけ。わたしたちが前に暮らしてた場所でさえ、ここほど不快じゃなかったわ。でもおそかれはやかれ、わたしたちだってあのおばあさんみたいになるのよ。そしてすべてが終わるの。もう人生なんてないわ、どこにもね。それでもいまは生きてるじゃない？　聞いて、あなたはわたしよりたくさん知識がある。あなたに比べたら、わたしなんか無知のかたまりよ。でも、ひとつだけ意見を言わせてもらえば、わたしたちは死んでるんだわ。死んでるから目が見えないの。別の言い方がよければ、こう言ってあげようか。目が見えないから死んでるの、それは同じことなのよ。わたしはまだ見えてるわ。幸運ね、あなたのご主人も幸運だし、わたしも、ここにいる人たちも。でも、あなただって、このさきどれだけ目が見えているかわかんない。失明したら、あなたもわたしたちと同じになる。わたしたちはいずれ下のお隣さんみたいになっちゃう。そうはいっても、今日は今日、明日は明日の風が吹くでしょう。今日はわたしに責任があるけど、明日もし失明したら、もう責任はないわ。責任ってどういう意味？　ほかの人が失明したときは、目の見えるわたしに責任があるということよ。世界中の目の見えない人を導いたり、食べ物をあげたりなんか、あなたにだってできないわ。でも、やるべきよ。そんなの不可能だわ。わたしは自分にできる範囲で、どんなことでもするつもり。もちろん、きっとあなたはそうするわね。あなたがいなかったら、今日わたしは生きてないもの。わたしのほうこそ、いまあなたに死んでほしくないの。でも、わたしはここに残っていなくちゃ。それが務めよ、親が戻ってきたときに出会えるように。あなたは戻ってきたらと言うけど、それがあなたの両親かどうか知るすべはないのよ。どういうこと？　あなたは二階のおばあさんがほんとうは善人だと言ったわね。ええ、あの人はかわいそう。あなたの両親も、あなたもそうだわ。かわいそうに、あなた方は出会っても目が見えないし、感情も見えない。なぜなら、そのころわたしたちが暮らしのなかに持っていた生活を営ませる感情は、生まれ持った眼があるからこそのものなのよ。眼がなければ、感情はちょっと違うものになる。どういうふうにか、そして、なにが違うのかはわからない。あなたは目が見えないから死んでるんだと言ったけど、あの言葉の意味はそういうことなのよ。ご主人を愛してる？　ええ。自分を愛してるようにね。でも、もし失明したら、わたしは以前の自分ではなくなる。そのとき、どうしたら夫を愛しつづけていられるのか、それに、どういう愛情を持てばいいのかわからない。でも、以前目が見えていたときも、世の中には目の見えない人がいたじゃない？　それは、ほとんど比較できないわ。いま話してる感情は、目が見える人の感情のことよ。もともと失明していた人のようにじゃなく、この病気で失明した人は、目が見える人の感情を感じているの。いまあらわれてきてるのは、目が見えない人間のありのままの感情だわ。わたしたちはまだほんの始まりのところにいる。当面は、わたしたちにも感じたものの記憶が残ってるし、眼がなくても今日人生がどうなったかを知るのに困ることはないけど。いずれあなたは人を殺す、とだれかに言われたら、わたしは侮辱されたと受けとるでしょう。でも、じつはもう殺してしまった。じゃあ、わたしにどうしろと言うの？　わたしといっしょに来なさい、わたしたちの家に。ほかの人たちは？　みんなにも同じように言うわ。でもね、いちばん心配なのはあなたのことよ。なぜ？　なぜなのか自分でも考えてみた。たぶん、妹みたいに思えてきたからかもしれない。それにたぶん、夫がいっしょに寝たからかも。ゆるして。あやまるような罪じゃないわ。わたしたち、あなたの血を吸う寄生虫みたいね。なにを言ってるの、目が見えてたときも、そんな人たちは山ほどいたわよ。それに血のことだけど、血はおのれの肉体を維持するほかにも、なにかに役立てなければならないものだわ。さあ、明日はまた別の風が吹くから、ちょっと寝ておきましょう。

別の風か、それとも同じ風だろうか。目覚めたとき、斜視の少年は便所に行きたかった。弱った体がなにかを受けつけなかったらしく、下痢になっていた。だが、便所が使えないことはすぐにはっきりした。階下の老婆がアパート中の便所を専有して、これ以上使えない状態にしていたからだ。ただ、昨夜はたいそう幸運なことに、七人のだれもが寝る前に大の用をすませなくてもよく、それでここの便所のむかつく惨状をみんなが知らずにすんだのである。いまは全員が大便をしたくてたまらなくなっていた。とりわけ哀れな少年は一刻の猶予もならない状態だった。事実、あまり人が認めたくないことだろうが、この嫌悪すべき人生の現実はやはり考えておかなければならない。腸の調子がふつうなら、みんなにも考えが湧き、たとえば、眼と感情には直接の関係が存在するのか、とか、はっきり目が見えれば責任感覚は自然に備わるものなのか、などと議論できるだろう。だが、猛烈な下腹部の痛みと苦しみにさいなまれると、人間の動物性はきわめて露骨にあらわれる。庭よ、と医者の妻が叫んだ。それは正しい判断だった。早朝でなければ、階下の隣人がすでに庭に出ている姿が見られただろう。わたしたちはこれまで彼女を軽んじて老婆と呼んできたが、こういうふうに呼び名を変えることにしたい。いまも言ったように、早朝でなければ、二階の隣人が庭に出ていて、メンドリに囲まれてしゃがんでいたはずだ。なぜメンドリに囲まれてるのかとたずねる人は、この生き物のことを知らないのである。斜視の少年は医者の妻に守られて、下腹部をつかみながら必死の思いで階段を降りたが、なお悪いことに、最後の一段まできて括約筋が腹のなかの圧力に屈したのだった。結果はご想像におまかせする。そのあいだにほかの五人は最善策をとり、非常階段を、じつにこの場合にぴったりした名前だが、できるだけすばやく降りた。収容所にいたときの活動抑制が残っているとしたら、いまがそれをなくすときだった。人びとは裏庭の菜園に散らばった。そして唸りながらふんばり、わずかに残った不毛な恥に耐えて、するべきことを終えた。医者の妻までが人びとを見ながら泣いた。全員のために涙を流した。彼らにはもはやそのように、人のために泣くことができないように思われた。自分の夫も、最初に失明した男とその妻も、サングラスの娘も、黒い眼帯の老人も、少年も。医者の妻は雑草やごつごつしたキャベツの茎のあいだにしゃがむ人びとを見た。メンドリに見まもられながら、涙の犬も降りてきてそれにくわわった。人びとは手の届くところにある雑草や割れた煉瓦(れんが)のかけらなどをつかんで、大急ぎではあったが、表面だけでも精一杯そこをきれいにした。なかにはよけい事態を悪化させた者もいたが。彼らは無言で非常階段を戻っていった。二階に住む隣人は、だれだとも、どこに行くのかとも訊かなかった。まだ、昨夜の夕食に満足して寝すごしているに違いない。彼らは三階の家に入ると、なにを言ってよいかわからなかった。すると、サングラスの娘がこのままではいられないと言った。そのとおり、ここには体を洗う水がなかった。昨日のような豪雨があれば、もう一度、こんどは恥も外聞もなく裸で裏庭に出て、頭に、肩に、空から降る気前のよいシャワーを受けたことだろう。雨が背中を、胸を、脚を、流れ落ちていくのを感じる。両手を合わせて水を受け、最後に体をきれいに洗い、手にすくった水をだれかに差しのべて渇きを癒すのだ。だれの手にだれの唇がさわるかなど、どうでもいい。おそらく唇は、水にふれる前にその皮膚にそっとふれる。喉は絶望的に渇いている。きっと手のくぼみを最後の一滴まで舌で舐めつくすだろう。するとと、頭をもたげてくるのは、また別の渇きだ。サングラスの娘を道に迷わせたのは、ほかの場面でも見てきたことだが、こういう悲劇的で、グロテスクで、絶望的な状況にあっても思い出してしまう彼女の想像力だった。それはともかく、娘は実際的な感覚も持たなくはなかった。その証拠に、彼女は自分の部屋のワードローブをあけにいき、それから両親のもあけて、シーツとタオルを集めてきた。さあ、これで体をきれいにしましょう。なにもしないよりはいいわ。これはよい発想だった。すわって食事を始めたとき、みんなはずいぶん違った気分で食べられたのである。

その食卓で、医者の妻は考えていることを話した。わたしたちがしたいことを決めるときが来たようだわ。すべての住民が失明したのはまちがいない。少なくとも、これまで人びとの行動を観察したかぎりではそういう印象を受けた。水道も、電気も、公共で供給されるものはすべてとまってる。いわば、社会は無秩序状態といっていいし、これこそ混沌という言葉の意味そのものね。政府はあるんじゃないか？　と最初に失明した男が言った。わからない。でも、政府があったとしても、目の見えない人を支配しようとする目の見えない人の政府になるでしょうね。無に秩序を与えようとする無のようなものですな、と黒い眼帯の老人が言った。未来があるかどうかはわからないけど、いまだいじなのは、どうやって現在を生きていくかよ。もし未来がなければ、現在に目標など持てません。まるでそれが存在しなかったかのようになります。たぶん、眼がなくても人間性はどうにか生きのびるだろうけど、でも、それは人間性ではなくなるわ。結果は目に見えてる。以前自分たちが人間的だと思ってきたように、自分たちのすることを人間的だと考えるのよ。たとえば、わたしは人を殺した。人を殺した？　と最初に失明した男が不安そうにたずねた。ええ、向こうの棟で命令を出していた男を。ハサミを彼の喉に突き刺したの。あなたはわたしたちの復讐をするために殺したんだわ、女たちの復讐ができるのは女だけよ、とサングラスの娘が言った。それに、復讐自体が人間的よ。被害者が悪漢になんの権利も主張できないなら、正義なんてないじゃない。それに人間性もない、と最初に失明した男の妻がつけくわえた。最初の議論に話を戻しましょう、と医者の妻が言った。いっしょにいれば、わたしたちは生きのびられるかもしれない。ばらばらになれば、群衆の渦に呑まれて死ぬことになる。きみは目の見えない人びとがグループを組織してると言ったね？　と医者がたずねた。つまり、新しい生き方が創られているんだ。きみは死ぬと予言するけど、かならずしもそうとはかぎらないんじゃないか。でも、彼らが現実にどこまでまとまってるか、わからないわ。食糧と寝る場所を探してるところしか見てないもの。われわれは原始的な遊牧の民に戻るんでしょうな、と黒い眼帯の老人が言った。ただ、われわれが広大な手つかずの自然のなかにいる数千人の男女ではなく、追いたてられ、疲弊した世界にいる数億人だという違いはありますが。しかも目が見えない、と医者の妻がつけたした。水や食糧を見つけるのが困難になりだしたとき、そういう集団はばらばらになるわ。人はそれぞれ一人でいるほうが生きのびやすいと思うでしょうね。分配せずにすむし、手にした物はすべて自分のものにできるから。移動する集団にはリーダーがいるんじゃないか？　命令を出し、物事をまとめる人間が、と最初に失明した男が言った。おそらくいるでしょう。でも、命令を出すほうも、受けるほうと同じく目が見えないのよ。あなたは目が見える、とサングラスの娘が言った。だから、命令し、わたしたちをまとめる人はあなたしかいない。わたしは命令するんじゃなく、できるだけ物事を整えてるの。あなた方が持たない眼のかわりをしてるだけ。一種の自然なリーダーですな。目の見えない人びとの国の、眼を持つ王様です、と黒い眼帯の老人が言った。そういうことなら、目が見えるあいだはわたしの案内にまかせて。そこで提案するのは、彼女は彼女の家、あなたはあなたの家というふうに散りぢりばらばらになるかわりに、いっしょの暮らしをつづけることなの。ここを家にすればいいじゃない、とサングラスの娘が言った。うちのほうが広いよ、と最初に失明した男が口をだし、ただし、ほかの人びとに占領されてなければね、とその妻が補足した。行ってみなければわからないけど、占領されてたら、ここに戻ってくればいいわ。それとも、みなさんの家を見にいく？　あなたの家は？　彼女は言いたすように、黒い眼帯の老人のほうへ声をかけた。わたしのは家と呼べるもんじゃありません。ひとつの部屋に一人住まいでしたから。家族はいないの？　とサングラスの娘がたずねた。家族と名のつくものには縁がありません。奥さんとか、子どもとか、兄弟姉妹も？　全然。両親が帰ってこなければ、わたしもあなたとそっくり同じだわ。ぼくはおねえさんといっしょにいるよ、と斜視の少年が言った。お母さんがあらわれなかったら、という条件はつけなかった。奇妙な態度だった。いや、たぶんさほど奇妙ではないのだろう。まだ全人生が前途にある子どもはすぐに適応するからだ。あなたはどう思う？　と医者の妻がたずねた。あなたといっしょに行くわ、とサングラスの娘が言った。ただ、週に一度ここにわたしを連れてきてほしいの。両親が戻ってきたときのために。それじゃ、二階の隣人に鍵をあずけるのね？　ほかに手段がないならね。これまでさんざん荒らされてるから、これ以上は取れないし、壊されるかもしれないけど、きっとわたしが来たから大丈夫でしょ。わたしたちもいっしょに行く、と最初に失明した男が言った。でも、できれば、さきに自分の家に行ってみたいんだ。どうなってるか知りたいから。もちろんよ。わたしの家ははぶいてもらってかまいません。さっきも言ったとおり、ただのひと部屋ですから。でも、わたしたちといっしょに来るのね？　ええ。ひとつ条件があります。世話になっていながら条件をつけるとは一見不届きのように思われるが、一部の老人にはありがちなことで、わずかに残っている自尊心をそれで埋め合わせているのである。どういう条件です？　と医者がたずねた。わたしが始末に負えないお荷物になったら、かならずそう言ってもらいたいのです。もしも友情や憐れみから、あなた方が黙っていたくなっても、必要なことをする判断はわたしにまかせてください。それはどういうこと？　教えてほしいわ、とサングラスの娘が問いただした。退場ですよ。メンバーからはずれ、消えるのです、ゾウはそうするものだといいますが、最近聞いた話では、ああいう動物は老齢にも至らないそうですね。あなたはゾウと同じじゃないわ。わたしは人と同じでもありません。とくに、子どもっぽい返事ばっかりするときはそうね、とサングラスの娘は怒った。会話はそこで終わりになった。

ビニール袋はここに持ちこんだときより、かなり軽くなっていた。驚くことでもない。二階の隣人がそこから二回食べたからだ。最初は昨夜。そして今日出発するにあたって、隣人に鍵をあずけ、正当な持ち主がやってくるまで保管してほしいと頼んだとき、この年配の女の心をなだめるために一行はいくらか食べ物を分けていった。すでにわれわれは彼女の性格を充分すぎるほど知っている。食べ物は涙の犬にもやらなくてはならなかった。その訴えるような眼を前にして、無関心を装えるのは石の心だけだった。ところで、涙の犬はどこに消えたのか。家の中にはいないが、外へ出ていったようすもなかった。だとすれば、裏庭の菜園しか考えられない。医者の妻がよく見てみようと出ていくと、はたして犬はそこにいたのだが、じつはメンドリを一羽ほふっているところだった。襲撃は電光石火の早わざで、警告を発するひまはほとんどなかった。もしも階下の老婆に視力があり、メンドリの数を憶えていたら、怒りのせいで、あの鍵にどういう運命が降りかかったかわからない。涙の犬は罪を犯したという意識と、守っていた人間が去っていくという直感のあいだでほんの一瞬迷ったものの、すぐに柔らかい地面を掘りはじめた。そして、家まで聞こえてきた音の正体を確かめるために、二階の老婆が非常階段の踊り場に姿をあらわしたときには、メンドリの死骸は地面に埋まっていた。犯罪は隠され、自責の念を感じる機会は別のときまでおあずけになった。涙の犬は音をたてずに階段をのぼり、息を吹きかけるように老婆のスカートをかすめた。老婆はたったいま直面した危険がどんなものか考えもつかなかったに違いない。涙の犬は医者の妻の横にすわり、たったいま偉業をやってのけたばかりだと高らかに告げた。二階の老婆は犬があんまり獰猛に吠えるので怖くなり、わたしたちはもう手遅れだと知っているのだが、貯蔵食糧の安全のために首を上にのばしながら叫んだ。その犬をちゃんと見張っておくんだよ、うちのメンドリを食っちまう前にね。心配ないわ、と医者の妻が返事をした。この犬は腹をすかせてないもの。もう朝ごはんは食べたし、わたしたちはすぐに出発するから。すぐにだね、と老婆はくりかえした。その声は痛みでも感じたように途切れた。あたかもまったく別な意味に理解してほしいと言いたげに聞こえた。たとえば、あんたたちはわたしを一人ぼっちのまま、ここに置き去りにする気かね、と。しかし、彼女は返事も求めずに、すぐにだね、としか言わなかった。無情な心にも悲しみはある。この女の心は、そのあとわざわざドアをあけてまで、自分の家を自由に通してやったこの無慈悲なやつらに別れを告げなかったことにあらわれていた。女は彼らが階段を降りる物音を聞いていた。つまずかないように注意して。わたしの肩に手をかけて。手すりをつかめよ、などと仲間同士で声をかけあっていた。ごくふつうの言葉だが、いま、目の見えない人びとの世界ではさらにありふれたものといってよかった。彼女を驚かせたのは、ある女の言葉だった。ここはとても暗くて、わたしにも見えないわ。この女の視野が白くないこと自体すでに大きな驚きだが、なんと、とても暗くて見えないと言っているではないか。どういう意味だろう。老婆は考えたくなり、懸命に頭をふりしぼった。だが、回転が悪くて思うようにいかず、やがて、きっとなにかの聞き違えだ、とつぶやいた。通りでは医者の妻が、口をついて出た言葉を思い返していた。発言には注意しないと。行動は目の見える人らしくてもいい。でも、話す言葉は目の見えない人らしくしなければ。

人びとを歩道に集めると、医者の妻は仲間を三人ずつ横二列にした。一列目は、夫、斜視の少年、サングラスの娘の順。二列目は、黒い眼帯の老人と最初に失明した男、そのあいだにその妻が入る。医者の妻は全員を自分の近くに置いておきたかった。一列縦隊は列がちぎれやすい。もっと人数の多い集団や攻撃的なグループと出会い、行く手がまじわって体当たりをされたら、汽船にまっぷたつにされるヨットのようになるだろう。事故の結果がどうなるかは歴然としている。ヨットは難破して沈没、人は溺れ、広い海のなかでむなしく助けてと叫ぶ。汽船はとっくに遠ざかり、衝突したことにも気づかない。このグループはそうなりかねなかった。あそこに一人、こっちに一人と、海の波のようにどこまで行くかわからない、ほかの目の見えない人びとの無秩序な渦に巻きこまれたら、医者の妻でさえ最初にだれを守ればよいのかわからないだろう。夫の腕をつかみ、たぶん斜視の少年の腕をおさえたとしても、サングラスの娘や、ほかの二人や、黒い眼帯の老人を、つなぎとめるのはむずかしい。老人はゾウの墓場に向かって遠ざかってしまう。いま、医者の妻は、ほかの人びとが眠っているあいだに布を切り裂いてつくった紐をみんなに渡し、それぞれを結び合わせるように言った。なにが起きても、わたしにつかまらないで。このロープにありったけの力でしがみつくの。どんなことになっても放しちゃだめ。彼らは前の人を蹴とばさないように、なるべく近づきすぎないようにして歩いた。とはいえ、できれば直接のふれあいによって、隣の人が接近しているのを感じる必要もある。この陸上横断作戦から生じる問題に無縁なのは斜視の少年だけだった。少年は彼らのまんなかにおり、四方を守られていた。グループのメンバーはほかの集団がなにを頼りに進路を決めているのか訊こうとは思わなかった。このように結び合っているのか、それともほかの手段を講じて移動しているのか、ということも。これまで見てきたところからすると、答えは簡単だ。傍目にはわからない理由から比較的結合力の強いグループをのぞけば、一般に、人びとの集団は一日のうちにメンバーがゆるやかに出入りしている。つねに一人で歩いている人もいる。放浪している人、あるいは、集団からはぐれた人、重力に屈した人、人びとにつきまとう人もいる。集団に受け入れられるか、追放されるかは、その人の持ち物によって決められていた。二階の老婆はゆっくりと窓をあけた。気持ちの弱いところをだれにも見せたくなかったが、通りはしんと静まり返っており、人びとがすでに立ち去ったことははっきりしていた。彼らはこの家にほとんど手をつけないで発っていった。老婆は喜ぶべきだったろう。このさきメンドリやウサギを分けてやることもないのだ。しかし、なぜか喜べなかった。見えない眼にふたつぶの涙が浮かんだ。女は初めて、心のうちで問いかけた。自分には生きつづけていたい理由があるのだろうか。答えは見つからなかった。答えというものは、必要なときにやってくるとはかぎらない。よくあることだが、ひとつだけ答えがあるとすれば、それは彼らを待つことだった。

彼らは道順どおりに進んで、黒い眼帯の老人の一人住まいの部屋から二ブロック離れたところを歩いていた。一行はすでに立ち寄らないことに決めていた。そこには食べ物もなく、必要のない衣服と、読めない本しかなかった。街路は食べ物を求める人びとであふれていた。彼らは店への出入りをくりかえしていた。入っていくときは手ぶらであり、ほとんどの場合、出てくるときもやはり手ぶらだった。そのあとで集団は、この地区から出るべきか、ここを出て、町の別の場所で掠奪をしたら利点はあるだろうかと意見をのべあった。現在の状況そのものが深刻だった。水道はとまり、ガス管はからっぽ、家の内部から火事が起きる危険性もあった。料理だってできない。塩、油、調味料のありかがわかっていれば。過去の味をヒントにして、何種類かの料理を試みることもできるだろう。葉物野菜があれば、ただ茹でるだけでも満足できる。肉だってそうだ。ウサギやメンドリといった一般的なものでなくても、捕まるものなら犬や猫を料理してもいい。だが、経験は実際に人生の案内人であるから、以前は家庭で飼われていたそういう動物でさえ、愛撫を信用しなくなっていた。彼らは群れをつくって狩りをし、群れつどうことで狩られるのを防いでいる。さいわい彼らはまだ目が見えているので、危険を避けたり、必要なときに襲いかかったりする能力も人間より勝っている。こうした状況と事情を考えると、人間にとって最適な食糧とは缶詰や瓶詰だという結論になる。たいがいのものは調理ずみであり、そのまま食べられるばかりでなく、持ち運びに適し、緊急の際にも重宝だからだ。ただ、こうした缶詰や瓶詰、それに類した包装の食料品は、賞味期限を明記して売られている。その日付が過ぎたものを食べるのは冒険であり、場合によっては危険でさえある。だが、庶民の知恵は、ある意味で答えのない格言をすぐにはやらせた。時代遅れでいまはそれほど使われないが、これと表裏一体の格言に、眼見ざれば心悲しからず、というのがある。そして人びとはいまこんなふうに言うのである。見えざる眼は鉄の胃袋を持つ、と。ここには、人があれだけ不潔なものを食べている事情も説明されている。医者の妻は一行を先導しながら、持っている食糧がいつまでもつか頭のなかで計算していた。犬を計算に入れなければ、一回分の食事になるくらいだ。メンドリの首に咬みついて声と命を断ち切ったあの手際のよさで、犬には勝手にまかなってもらおう。だれかに押し入られていなければ、前に記したように、医者の家にはかなりの量の保存食品が蓄えてある。とはいえ夫婦だけなら充分だが、七人の口を養うとしたら、配給を厳しく制限しても長くはもつまい。明日、もしくは数日のうちにスーパーマーケットの地下倉庫に行くことになり、一人で行くか、夫に同行を頼むか、いずれ決めなくてはならない。あるいは最初に失明した男に頼もうか。彼のほうが若くて機敏だ。どれだけたくさん食糧を運べるか、どれだけすばやく動けるかが人選の鍵となる。退却するときの状況も忘れてはならない。街路にちらかるものは昨日の二倍に増えたように見える。つまり人間の糞便のことだ。このあいだの大雨で柔らかくなっているものや、どろどろに溶けたものがある。通りを歩くいまも、そばで男女が排泄している。鼻が曲がるほど猛烈な悪臭が空気を染め、濃い霧のようにたちこめている。そのなかを進むのはとんでもない難行苦行だ。中央に銅像のある樹に囲まれた広場では、犬の群れが男の死体をむさぼっている。死んでからさほど時間がたっていないのだろう。犬が歯のあいだに肉をくわえ、骨から剝ぎとろうと首をふっており、手足がまだ硬直していないのがわかる。一羽のカラスが祝宴の余禄にありつこうと、空き場所を狙ってぴょんぴょん跳びはねている。医者の妻は眼をそむけたが、間に合わなかった。吐き気はとめようがなく、二度、三度ともどした。彼女自身のまだ生きている体が、犬たちにふりまわされているような気がした。絶望感に圧倒されていた。どこまで行っても、これがついてまわるのだ。ここで死にたい。夫がたずねた。どうしたんだ？　紐でつながった仲間たちはひとかたまりになり、突然の不安をおぼえていた。なにがあったの？　気分が悪くなったのですかな？　なにかがよくなかったの？　わたしはなにも感じないが。わたしもよ。そのほうが彼らのためによかったろう。聞こえるのは犬たちの唸り声と、いきなりギャーと鳴くカラスの声だけだった。大騒ぎのさなか、ある犬がまったく衝動的に、通り過ぎたカラスの翼へ食らいついたのだ。そのとき医者の妻が言った。ごめんなさい、ついこらえきれなくて。すぐそこで犬が犬を食べてるのよ。うちの犬は食べられてない？　と斜視の少年が訊いた。いいえ、あなたの言ううちの犬は元気よ。離れてうろついてるけど、ついてきてる。メンドリを食べたから、やつは腹がへってないんだ、と最初に失明した男が言った。吐き気はおさまったかい？　と医者がたずねた。ええ、さあ行きましょう。うちの犬は？　と斜視の少年が訊いた。あれはうちの犬じゃないわ。ただ、くっついてくるだけよ。きっとどこかの犬の群れに入るでしょう。ひょっとしたらもう、以前いっしょにいた群れに戻ってるかもしれない。知り合いと再会したりしてね。

ぼく、うんこがしたい。ここで？　さっきからおなかが痛いんだ、いますごく痛いよ、と少年は訴えた。少年はできるだけ差し障りのない場所で用を足した。医者の妻はふたたび吐いたが、それはほかの理由のせいだった。一行は大きな広場を横断した。木立ちの日陰に入ったとき、医者の妻はふりかえった。犬の数はさらに増えて、いまは死体の残りの奪いあいを始めていた。涙の犬が鼻面を地面にすりつけながらやってきた。なにかの臭いをたどっているようだった。習性なのだろう。ちらりと投げたその視線を見れば、探していた女を発見したのは一目瞭然だった。

行進はつづいた。黒い眼帯の老人の家はすでにだいぶ後ろに置かれ、いま彼らは両側に堂々とした高層ビルがたちならぶ大通りを進んでいた。このあたりの自動車は大型で居心地のよさそうな高級車ぞろいなので、大勢の人びとが車内で眠っているのもうなずけた。実際、巨大なリムジンはどう見ても永住型住宅に変貌していた。おそらく家に戻るよりも、車のほうが戻りやすいからだろう。この車の入居者は、収容所にいた人びとがベッドを見つけるときにしたように、街角から車の台数を数えながら手さぐりで進んでこなければならない。通りの右側、二十七番目、いま帰ったよ、ということになる。リムジンがとまっているのは銀行の建物の前だった。毎週おこなわれる本会議のために、取締役会長を送りとどけてきた車である。白い病気の流行が宣言されてから初めて開かれる会議だったが、会議が終わるまで車を入れておく地下駐車場にもたどりつけなかった。運転手の目が見えなくなったとき、会長はふだんどおり正面玄関からビルに入るところだった。彼は叫び声をあげた。この彼とは運転手のことであるが、彼は――これは会長のことであるが――それを聞いていなかった。しかも、この数日間で数名の重役が失明していたため、本会議の出席者数はその名称にする要件をみたすものではなかった。しかも会長は会議を開くことができなかった。その日の議題は、重役とその補佐が全員失明したらどういう対策をとるべきかというものだった。会長は会議室にも入れなかった。会長を乗せたエレベーターは十五階をめざしたが、正確に言えば九階と十階のあいだで電気の供給がストップし、最後まで復旧しなかった。災害はけっして単独で起きるものではない。もとはといえば、同時に電気技師たちの目が見えなくなったのであり、彼らは国内の電力供給の維持と、ひいては発電機の保守管理をまかされていた。これらの発電機は旧式のモデルで、自動式ではないため長年交換が待たれていた。その結果、さきほども言ったように、エレベーターは九階と十階のあいだで停止することになった。取締役会長はエレベーター係の目が見えなくなるところを目撃し、彼自身は一時間後に失明した。電気は復旧せず、その日銀行内で起きた失明件数は増加した。二人はたぶんいまもそこにいるだろう。もちろん鉄の棺桶に閉じこめられた死体としてだが、そのかわり、さいわいにも貪欲な野犬に食われなかった。

こうした出来事の証人はいないし、かりにいたとしても、出来事を人につたえるべく証人が検死に呼ばれたという証拠もない。ならば、それがそのように起こり、それ以外には考えられないといったいどうしてわかったのか、人が疑問を持つのは当然だろう。

その返答はこうである。あらゆる物語は天地創造の物語に似ている。だれもそこにはいないし、目撃者はどこにもいないのに、だれもが起こったことを知っているのだと。銀行はどうなるのかしら、と医者の妻はたずねた。ひどく心配していたわけではない。支店にはいくらか預金があるのだが、彼女がその疑問を持ちだしたのはたんなる好奇心からだった。たとえば、太初、神は天と地を創りたもうた、地は形がなくからっぽで、闇が深淵を覆い、神の御霊は水の上を動いた、といった返事をだれかから聞けると期待するほど大それたものではなかった。もちろん実際に彼女の耳に聞こえたのは、大通りを歩きながら黒い眼帯の老人が口にした言葉だった。まだわたしの目が見えていたときに知ったことですが、最初は修羅場でしたよ。手もとに非常時の蓄えのない人びとは、失明することを恐れ、預金を引きだすために先を争って銀行へ駆けつけたのです。将来のために自己防衛しなければと感じたのでしょう。うなずけることです。いずれ働けなくなると知ったら、対処法はひとつしかありません。用心深くちびちびと貯金に励んでいた人は、好景気のときに遠い将来に備えてしておいた蓄えがつづくかぎり、それに頼るしかないのです。こうして各銀行に人びとが殺到した結果、主要銀行が一日にして破産寸前になりました。政府が介入して、大衆に冷静になるように頼み、市民の公共心と良識に訴えました。声明の終わりには、いま直面する社会的惨事から生じたすべての責任と義務は政府が引き受ける、と重々しく宣言までしました。しかし、この鎮静策も危機を緩和する役には立ちませんでしたよ。人びとの失明する勢いがとまらなかったばかりでなく、目の見える人びとは貴重なお金を守ることにしか興味がなかったからです。結局、銀行は破産しました。というより、入口を閉ざして、警察の保護を求めたといいましょうか。しかし、それも無意味でした。銀行の前に集まった騒がしい群衆のなかには、もちろん平服の警察官もいて、苦労に苦労を重ねて貯めたお金を要求していたからです。一部の警官は意思をはっきり表明しようと、目が見えないので解雇してくれ、と指揮官に言いました。一方、不満を訴える群衆に武器を向けて警備にあたっていた制服警官も、突然標的が見えなくなった者があらわれました。この人たちはたとえ銀行に預金があったとしても、すべての希望がなくなったのです。しかも不幸が追い打ちをかけるように、警官たちは経営側と協定を結んだという非難を浴びました。しかし事態がさらに悪化したのは、怒りくるった暴徒が、銀行になだれこんだときです。暴徒には目の見えない人もまざっており、全員が死にものぐるいでした。もはや冷静に窓口カウンターで現金を引きだすとか、金銭出納係に預金をおろしたいなどと話をする段階ではありません。人びとは手が入るところにはすべて手をつっこみ、現金入れの金はすべて奪い、残っている物はなんでもかんでも取っていきました。引出しの中身、不注意にも開いていた貸し金庫、祖父の世代が使っていた旧式の金袋に入っていたもの。みなさんはとても想像できんでしょう。広くて贅沢な銀行本店のホールや、各地の小さな支店では、ほんとうに恐ろしい光景が目撃されたそうです。現金自動支払機も忘れてはなりません。むりやりこじあけられ、いわば身ぐるみ剝がされました。電源が入ったままの機械の画面には、当行をご利用いただき誠にありがとうございました、という不可解なメッセージが映っていました。機械というのは、実際ほんとうに愚かなものです。いや、これらの機械は持ち主を裏切ったというほうが正確でしょう。ひとことで言えば、銀行システムは全面的に崩壊し、カードの館のように吹きとばされました。とはいえ金を持っていることが評価されなくなったわけではありません。その証拠にだれもが所持金を手放さなくなりました。まちがいなくそれは明日なにが起きるかだれにも予測できないからなのです。頑丈な箱が保管された銀行の金庫室を新しい住居とした目の見えない人びとの頭のなかにも、同じ思いがあるに違いありませんな。彼らは奇跡が起きて、大金と自分たちをへだてる金属の扉があかないかと待ちながら、食べ物や水を探しにいったり、体のほかの欲求を解消しに出かけたりするときしか、そこを離れないのですよ。彼らは入口に戻ってくると、合言葉と合図でよそ者が要塞に侵入するのを防ぎます。言うまでもなく内側は完全な闇ですが、それはどうでもいいことでしょう。この失明はすべてがまっ白に見えるのですからね。一行がゆっくりと街路を進むあいだに、ときおり斜視の少年が下腹の耐えがたい痛みに悩まされると、それがおさまるまで足をとめることはあったが、黒い眼帯の老人は以上のような銀行と金融界に起きた凄まじい出来事を語って聞かせたのだった。老人の情熱的な語り口は説得力にみちていた。とはいえ、その話にはかなり誇張があるのではないかと疑われても仕方がなかった。たとえば、金庫室に住む人びとの話である。老人が合言葉や合図を知らないなら、どうしてその実態がわかるだろう。それはともかく、これを聞いてわたしたちはある程度の想像図を思い描くことができたのだ。

日が傾いたころ、一行はようやく医者夫妻の家のある通りにたどりついた。そこも、町のほかの場所とまったく変わらなかった。どこもかしこも不潔で、目の見えない人の集団があてどなくうろついていた。これまで出会わなかったのが不思議なのだが、猫が遠まわりしてよけていく巨大な二匹のドブネズミがいた。それもそのはず、体格は猫と同じくらいで、おそらくはるかに獰猛かつ残忍に違いなかった。涙の犬はまるで別の感情の惑星に住む人のような無関心さで、ドブネズミと猫の双方を見た。この犬があくまでもこうした犬らしくない態度をとりつづけるなら、人間のような動物と言っていいかもしれない。医者の妻は懐かしい場所を見ても、ありふれた感傷的な反応を見せなかった。たとえば、時が過ぎるのはなんて早いの、ついこのあいだまで、わたしたちはここで幸せに暮らしていたのに、というような。感じたのは愕然とするほどの落胆だった。てっきり、自分の住む通りが清潔で、掃かれていて、片づいていると無意識のうちに思いこんでいた。隣人たちは目が見えなくなっても、思慮分別は曇らないと思っていた。わたしってばかそのもの、と彼女は声に出して言った。どうした。なにかまずいことでも？　と夫が訊いた。なんでもないわ、ちょっと空想しただけ。あれから時間がずいぶん過ぎたね。アパートはどうなってるかな。医者があやしむように言った。すぐにわかるわ。一行はあまり体力が残っていなかったので、階段をのぼる足どりは重く、踊り場に上がるたびに休憩をとった。家は六階にあると医者の妻から聞いていた。一行は全力をふりしぼってのぼり、男も女もそれぞれが息を切らしていた。涙の犬は一頭も羊を迷子にするなと命じられた生まれつきの牧羊犬のように、ときには先頭に立ち、ときには後ろにまわってついていった。途中にあるあけはなしたドアからは、なかの話し声が聞こえ、いつもの鼻をつく異臭が漂ってきた。目の見えない人が二度ほど戸口に出てきて、虚ろな眼を向けた。そこにいるのはだれ？　と彼らは問いかけた。一人は医者の妻にも聞き憶えがあったが、もう一人はこの建物に住んでいた人の声ではなかった。以前ここに住んでいた者です、と彼女は答えた。隣人の顔にわかったという表情がちらりと浮かんだが、その女は、もしかしてお医者さんの奥さんじゃない？　とは訊かなかった。たぶん、家に入るとこう言っただろう。六階の人が帰ってきたわ。一行が最後の階段にさしかかったとき、まだ踊り場に足をつけないうちに、医者の妻がみんなに告げた。ドアには鍵がかかってたわ。むりやり押し入ろうとした痕跡があったが、ドアは攻撃を耐え抜いたようだ。医者が新しい上着の内ポケットに手を入れて、鍵束を取りだし、それを差しだしたまま待っていた。だが、妻は優しく夫の手を鍵穴へとみちびいた。

住人の不在をいいことにつもった埃が、家具の表面をうっすらと覆っているのは別として――ついでに言えば、雑巾や電気掃除機にもじゃまされず、空中につむじ風を巻き起こしながら行ったり来たり駆けまわる子どものいない状態で埃がたまるのは、こんな場合しかありえないのだが――家はきれいに片づいており、目につくのは人が大急ぎで出発するときに生じた乱れぐらいだった。とはいえ、厚生省と病院から呼び出しがありそうだと待機していたあの日、医者の妻は、思慮深い人が存命中に身辺を整理する先見性のたぐいから、二人の死後、人がうんざりして乱暴に片づけることにならないように、皿を洗い、ベッドを整え、バスルームを掃除しておいた。結果はかならずしも完璧ではなかったが、実際、手が震え、涙で眼をうるませた彼女にこれ以上のことを求めるのは酷だったろう。ともあれ、ようやくたどりついた七人の巡礼にとって、ここは一種の楽園だった。印象があまりに圧倒的だったため、いや、圧倒的という言葉の厳密な意味を軽視するわけではなく、人知を超越していたため、とも言ってみたいのだが、彼らは戸口で思わず歩みをとめた。まさに予期せぬ匂いにあ然としたかのように。それは、ただたんに新鮮な空気を必要とする、ごくふつうのアパートの部屋の匂いだった。こんな状況でなければ、わたしたちは駆けていって、さあ空気を入れ換えよう、と言いながら窓を全部あけはなっただろう。いま空気をできるだけよくするには、戸外の腐敗臭が入ってこないように窓を密閉しなければならないのだ。最初に失明した男の妻が言った。わたしたち、どこもかしこも汚してしまうんだわ。そのとおりだった。泥と糞便にまみれた靴のままで家に入れれば、一瞬にして楽園は地獄に変わる。その道の権威によれば、罪人が耐えるべき最悪のものは、焼けた石炭ばさみや、煮えたぎるタールの大釜や、鋳造所と調理場にある種々の道具ではなく、鼻が曲がるほどの強烈な腐臭と、吐き気をもよおす有害な異臭だという。どうぞ、入ってちょうだい、気にしないでいいわ、あとで掃除をすればいいんだから、とは古くからの一家の主婦の決まり文句である。しかしこの主婦は、宿泊客もそうだが、自分たちの住む世界では、汚れがさらに汚れを広げることを知っていた。そこで主婦は客に、踊り場で靴を脱いでくれればありがたいのだが、と頼んだ。脱いだところで足も汚れているとはいえ、その度合いは比べものにならなかった。サングラスの娘のタオルやシーツがかなり効果をあげて、足の泥と汚物はほとんど拭きとられていた。彼らはこうして裸足で家に入った。医者の妻は大きなビニール袋を見つけだし、洗うためにみんなの靴をすべて入れた。いつどのようにして洗うかは考えていなかったが、とりあえずそれをバルコニーへ出した。外の空気もこれに関しては害にならないだろう。空は暗くなり、重たげな雲に覆われていた。雨が降ってくれたらいいのに、と彼女は思った。しておくべきことをはっきりと自覚して、仲間のところに戻った。彼らは静かに居間に立っていた。疲れきっているにもかかわらず、すわる椅子を探そうともしていない。ただ、医者だけが家具をなでていた。表面の埃に残した痕跡が最初の掃除の始まりであり、その指先にはすでに埃がすくいとられていた。医者の妻が言った。みなさん、服を脱いでちょうだい。服も靴と同じくらい汚いから、このままではいられないわ。服を脱ぐんだって？　と最初に失明した男がたずねた。みんなの前でというのは、まずいんじゃないか？　希望があれば、それぞれ家の違う場所に連れてってあげるけど、と医者の妻は皮肉っぽく言った。それなら恥ずかしくないでしょう。わたしはここで脱ぐわ、と最初に失明した男の妻が言った。あなたにしか見られてないし、それに、忘れてたけど、そうでなくても裸よりもっとひどい姿を見られてるもの。うちの夫は記憶力が悪いのよ。ずっと忘れていた不愉快なことを蒸し返して、いったいなんの益があるんだ、と最初に失明した男が不服そうにつぶやいた。あなたが女で、わたしたちの立場にあったら、考え方も違ってるんじゃない？　サングラスの娘が斜視の少年の服を脱がしながら言った。医者と黒い眼帯の老人はすでに上半身裸になり、ズボンを脱いでいるところだった。黒い眼帯の老人が隣にいる医者に、ズボンを脱ぐあいだ、つかまらせてください、と言った。二人がせかせかと脱ぐ恰好があんまりみじめで滑稽なので、見ていたら思わず泣けてきただろう。医者がバランスをくずし、黒い眼帯の老人を引きずりながら共倒れになった。さいわいにも二人ともそれを笑いのめしているが、見るとかわいそうになった。その裸は汚れほうだいに汚れていた。陰部は全体になにかがくっついており、体毛には白髪もあれば黒いものもあった。これが尊敬に値する高齢者と価値ある職業人のなれの果てとは。医者の妻が二人に手を貸して、立ちあがらせた。まもなくこの部屋もすっぽりと闇に包まれる。そうすれば、だれもが恥ずかしさを感じずにすむだろう。家のなかにロウソクがあっただろうか、と医者の妻は考えた。旧式のランプをふたつ見たことを思い出した。ひとつは口が三つある古いオイルランプ、もうひとつはガラスの筒を持つ古い灯油ランプだ。今日はオイルランプを使えばいい。油ならあるし、灯芯は直すことができる。明日、どこかの店で灯油を探そう。食糧の缶詰を探すよりは簡単なはずだ。食料品店で探したりしなければ、と彼女は思い、自分でも驚いていた。こんな状況でも冗談を考えるゆとりがあったとは。サングラスの娘はゆっくりと服を脱いでいた。なんと言おうか、そのしぐさには、どれだけ服を脱ごうが、いつもまだなにかが残っているような印象があった。裸身を覆う最後の一枚が。娘はこの突然の慎ましさの理由を説明することができなかった。とはいえ、もっとそばに寄っていたら、娘の顔がひどく汚れているにもかかわらず、まっ赤になっているのに医者の妻も気づいただろう。女たちを理解したほうがいい。素性の知れない男たちとさんざん寝ていた女が、突如羞恥心に打たれることがあるのだ。恥ずかしがらないで、彼には見えないわ、と彼女は言った。夫を指した言葉だった。もちろん、わたしたちはこの恥知らずな娘がどのように医者をベッドに誘惑したかを忘れてはならない。ごぞんじのとおり、女に関してはつねに、買い手はご用心という金言が当たっている。一見したところ、という印象はあてにならないのである。それはともかく、たぶん娘が赤面した理由は別だった。ここにはあと二人、裸の男がおり、そのうちの一人と寝ていたからだ。

医者の妻は床にちらばった衣類を集めた。ズボン、シャツ、上着、スリップ、ブラウス、汚れきった下着。下着は前に彼女がきれいにしてから最低ひと月はたっていた。医者の妻はそれを両腕にかけると、ここにいて、すぐに戻ってくるから、と言った。それを靴のようにバルコニーに持ちだし、陰鬱な曇り空の広がる黒い市街を眺めながら自分も服を脱いだ。建物の窓にはひとつも明かりが灯っておらず、家の前をぼうっと照らす仄かな灯影もない。そこにあるのは、もはや町ではなかった。建物、屋根、煙突といったものを、型で固めて冷やした漆黒のコールタールの塊だった。すべてが死に、すべてが消えていた。涙の犬が心配そうにバルコニーにやってきた。だが、女は内側を絶望でいっぱいにしているだけで、舐めとる涙はなく、その眼は乾いていた。医者の妻は体に寒さを感じ、なにを待つともなく裸で部屋のまんなかに立っている人たちを思い出した。家に入ると、彼らは単純な、性別のない人影であり、おぼろげな形であり、薄明のなかで主をなくした影法師になっていた。でも、だからといって彼らがどう変わるものでもない、と彼女は思った。とりまく光のなかに溶けてしまい、光は彼らに物を見ることを許さない。明かりをつけるわ、と彼女は声をかけた。わたしもいまはみんなと同じで全然目が見えないから。電気が戻ったの？　と斜視の少年がたずねた。いいえ、オイルランプをつけるのよ。オイルランプって？　斜視の少年がまた問いかけた。あとで教えてあげる。彼女はビニール袋をひっかきまわしてマッチを見つけ、キッチンに行った。オイルを入れてある場所は記憶にあった。量はたいしていらない。灯芯にするために布巾を細長く引き裂き、ランプが置いてある部屋に戻った。そのランプは製造されてから初めて実用に供されるのだ。こうなる運命など最初は知るはずもなかったろうが、わたしたちは、つまりランプも犬も人間も、そもそも、なぜこの世にやってきたのかを知らないのである。ひとつ、またひとつと、ランプの芯に火がつけられ、小さなアーモンド形の光が三つあらわれた。炎は上半分が宙に消えるように見えるまで何度かくりかえしてまたたき、やがて、しっかりとした密度の高い小さな光の丸石になった。医者の妻が言った。これで見えるようになった。わたしがきれいな服を取ってくるわ。でも、わたしたちが汚れてるのよ、とサングラスの娘が言った。娘も最初に失明した男の妻も、手で乳房を隠し、女性を覆っていた。わたしの視線を防いでるんじゃない、と医者の妻は思った。ランプの光に見られているからだ。それから言った。汚い体にきれいな服を着るほうが、きれいな体に汚い服を着るよりましよ。医者の妻はランプを手にして、箪笥の引出しやワードローブを探しにいった。数分後、彼女はパジャマ、部屋着、スカート、ブラウス、ズボン、下着など、七人の人間が人並みに装うのに必要なものをすべて持って戻ってきた。それぞれ体格が違っていたが、みんな痩せ衰えていたので、大勢の双子のようだった。医者の妻が服を着るのを手伝った。斜視の少年は医者が海辺や田舎にでかけるときに使う半ズボンを履いた。履くとどんな大人でも子どものように見えるあれだ。これでやっとすわれる、と最初に失明した男の妻がため息をついた。お願い、椅子に連れてって。わたしたち、どこにすわったらいいかわからないから。

部屋はどこにでもあるような居間だった。中央に低いテーブルがひとつあり、全員がすわれるだけのソファがまわりに置いてある。まんなかには医者とその妻、その隣に黒い眼帯の老人、反対側には最初に失明した男とその妻がすわった。全員疲れきっていた。少年はサングラスの娘の膝に首をのせ、ランプのことなどすっかり忘れて、またたくまに眠りこんだ。一時間が過ぎた。幸せといってもよいくらいだった。薄明かりのなかで、垢と脂でてかてかに光った人びとの顔は洗ったようにさえ見えた。そのなかで眠っていない眼がきらきらと輝いていた。最初に失明した男は手をのばして、妻の手に押しつけた。このしぐさを見れば、休息をとった体がどれだけ精神の調和に貢献するか、知ることができる。そのとき医者の妻が言った。すこししたら、なにか食べましょう。でもその前に、ここでどういうふうに暮らすかを決めなければね。心配しないで、わたしはスピーカーから流れてきた演説をくりかえすつもりはないの。部屋は全員の分がある。ふたつある寝室は夫婦用に、ほかの人たちはこの居間で眠ればいい。それぞれに専用のソファがある。もうすこしで食糧が底をつくから、明日になったら、わたしは食料品を探しにいかなければならない。それでなんだけど、だれかに食糧を運ぶ手伝いを頼めないかしら。ずいぶん助かるだけじゃなく、この家への帰り方も憶えられるでしょう。街の曲がり角を見わけられるように。だって、わたしが病気になったらどうするの？　それから目が見えなくなったら。わたしはいつ目が見えなくなるのかと思いながらやってるのよ。そのときは、わたしこそみんなから教えてもらわなければならない。それからもうひとつ、生理現象用にバルコニーにバケツを出しておいたわ。外に出るのは、とくにああいう雨や寒さのなかでは気がすすまないだろうけど、とにかく家中がとんでもなく臭くなるよりはいい。あそこに収容されたときの生活がどんなものだったか、忘れないようにしましょう。患者全員が人間の尊厳をなくす階段をどんどん降りていった。そしてどん底の生活にまで堕ち、わたしたちはそれでも零落したのは他人だと言いわけをした。たとえ形が違ったとしても同じことは起こりうるわ。でも、まず防がなくては。いま、わたしたちは善と悪に関してはみんな平等よ。お願いだから、なにが善で、なにが悪かとは訊かないで。目の見えないことが例外だったころは、行動すべきときがくるたびに善悪の区別をつければよかった。なにが正しくて、なにが誤りかを見きわめるのは、ただわたしたちが対人関係を理解する手段なの。自分自身とのかかわり合いではなく。人は誤っていることを信じるべきじゃないわ。ごめんなさい、なんだか話が教訓めいてしまって。まわりの人すべてが失明した世界で、目の見えることがいったいどういう意味を持つのか、あなた方にはわからないし、知りようもない。もちろんわたしは女王でもない。ただこの恐怖を見るために生まれてきた人間かもしれない。あなた方もこの恐怖は感じるでしょう？　わたしはそれを感じるし、見えるの。演説はここまでだった。さあ、食事にしましょう。だれも問いかけなかったが、医者がこうつぶやいた。もしふたたび視覚が得られたら、人の眼を注意深く見ることにするよ。その人の魂をのぞけるぐらいに。魂ですか、と黒い眼帯の老人が訊いた。あるいは精神と言ってもいい。名前はどうでもいいんだ。そのとき驚いたことに、というのは、これまでたいして教育を受けていない人だと考えられていたからだが、サングラスの娘がこんなことを言った。わたしたちの内側には名前のないなにかがあって、そのなにかがわたしたちなのよ。

医者の妻は残っていた数少ない食料品をすでにテーブルへ出していた。そして仲間たちをテーブルにつかせると、ゆっくり噛んでね、おなかをだましだまし食べるのよ、と言った。涙の犬は餌を求めてこなかった。飢えに馴れているせいもあるが、それ以上に、その日の朝ご馳走を食べたのに、泣いていた女の口からすこしでも食べ物をもらう権利などないと思ったからに違いない。ほかの人びとは犬のことには関心がなさそうだった。テーブルの中央で三つの炎を立てているランプは、医者の妻の約束した説明を待っていた。食事が終わると、いよいよそのときがやってきた。ちょっと手を出して、と彼女は斜視の少年に言い、彼の指をゆっくりと導いた。これが台。円形なのがわかるでしょ？　この柱がオイル入れのある上の部分を支えてるの。燃料タンクはここよ。火傷しないように気をつけて。これが炎の出るところ、ひとつ、ふたつ、三つ。ここから、オイルを吸いあげる材質の紐の頭が出ていて、そこにマッチで火をつけるの。そうするとオイルがなくなるまで燃えるのよ。明かりは弱いけど、おたがいの顔が見えるくらいの強さはあるわ。ぼくは見えないよ。いつか見えるようになる。そのときは、あなたにランプをプレゼントするわね。何色なの？　真鍮の物って知らない？　どうかな。シンチュウってなに？　真鍮は黄色。ふうん。斜視の少年はすこし考えた。母親を呼ぶかもしれない、と医者の妻は思ったが、それは早合点だった。少年は、水が飲みたい、死ぬほど喉が渇いちゃった、と言ったのだ。明日までがまんしなければね、この家には水が一滴もないから。そのとき彼女は水があることを思い出した。五リットルかそれ以上の貴重な水が。トイレの水槽の水がまるごと残っているはずだ。収容所で飲んでいたものと比べれば、あれより悪いはずがない。医者の妻は目が使えない暗闇のなかをバスルームに向かった。手さぐりで水槽の蓋を上げたが、水があるかどうかまでは見えない。そして指先が教えてくれた。水はあった。グラスを探し当て、慎重のうえにも慎重を期して水槽に入れると、水を汲んだ。文明は原始的なぬるぬるした水源に戻っていた。医者の妻が居間に戻ると、全員が同じ場所にすわったまま、ランプの明かりを浴びた顔を彼女のほうへめぐらした。まるで彼女から、戻ったわよ、ランプは永遠についてるものじゃないから注意して使ってね、と言われたようだった。医者の妻はグラスを斜視の少年の口に持っていって、こう言った。ほら、お水を持ってきたわ。ゆっくり、ゆっくり飲んでね。よく味わって。グラス一杯の水が飲めるなんて、奇跡的よ。それは少年に言った言葉ではなかった。いや、ほかのだれに言ったわけでもない。彼女はグラス一杯の水がどれほど奇跡的かを、世界につたえただけだった。どこから持ってきた？　雨水かい？　と夫がたずねた。違うわ、トイレの水槽。この家には、飲料水の大瓶が残ってなかったっけ？　と医者がまた訊いた。妻が答えた。そうだ、どうして思い出さなかったんだろう、使いかけのと、手つかずの瓶があったはずよ。なんて幸運なの。それは飲んじゃだめ、そこでやめといて、と彼女は少年に言った。わたしたちみんな、飲料用の水が飲めるわ。いちばん上等なグラスをテーブルに出すから、いっしょにお水を飲みましょう。こんどはランプを持ってキッチンに行き、瓶を持って戻ってきた。瓶を透かして明かりが光り、中身の宝物がきらめいた。医者の妻はそれをテーブルに置くと、夫婦の持っている最高級のクリスタルグラスを取りにいった。水はゆっくりと、儀式でもおこなうようにグラスにつがれた。待ちに待った瞬間、彼女は言った。では、飲みましょう。いくつもの手が手さぐりでグラスを見つけ、彼らは震わせながらそれを差しあげた。飲みましょう、と医者の妻がくりかえした。テーブルの中央にあるランプは、光る星に囲まれた太陽のようだった。みんながふたたびグラスをテーブルに置いたとき、サングラスの娘と黒い眼帯の老人は泣いていた。

落ち着かない夜だった。始まりは漠然としてつかみどころがなく、夢は眠る人から眠る人へと渡り歩いた。夢はここでうろうろしたかと思うと、つぎはあそこに居すわり、新しい記憶、新しい秘密、新しい欲望をいっしょに持ってきた。眠る人たちがため息をついたり、つぶやいたりしたのはそのせいだった。この夢はわたしのじゃない、と。だが、夢はこう言い返した。おまえはおまえの夢など知らないだろう。サングラスの娘はこうして黒い眼帯の老人の正体を見破ることになった。二歩ばかり離れたところで眠りながら、老人のほうもこのようにしてサングラスの娘という人間がわかったような気がした。いや、たんにそう思っただけかもしれない。娘と肩を並べるには夢を交換するだけでは足りないのだ。夜が明けたとき、雨が降りはじめた。激しく窓に吹きつける強風のせいで、乱れ打つ鞭のような音をたてていた。医者の妻は眠りから覚め、眼をあけてつぶやいた。あの雨音を聴いた？　それからまたまぶたを閉じた。室内はまだ闇夜のように暗く、まだ眠っていられた。だが一分ももたず、なにかをしなければと思って眼をあけた。それがなにかはわからないが、雨は彼女に言っていた。起きろ。雨がなにを望んでいるのだろう？　ゆっくりと、夫を起こさないように寝室から出て、居間をよこぎった。そのときすこし立ちどまり、みんながソファで眠っているのを確かめた。廊下をずんずん進み、キッチンまでやってきた。建物のこの部分の外壁には、強風にあおられた雨がもっとも強く叩きつけていた。部屋着の袖でドアにはまったガラスの湿気の曇りをぬぐい、外を眺めた。空全体がひとつの大きな雲に覆われて、どしゃぶりの雨になっていた。バルコニーの床には彼らの脱いだ汚れた衣類の山が積んであり、洗うつもりの靴を入れたビニール袋があった。洗う。眠りの最後のベールが破られた。しなければならないのはそれだ。彼女は勝手口のドアをあけて、一歩外へと踏みだした。滝の下にいるようだった。この水を利用しなければ。キッチンに戻り、できるだけ音をたてないように、鉢、深鍋、平鍋など、雨がすこしでもたまりそうな道具を集めはじめた。天から激しく降りそそぎ、風に追い散らされた雨は、大きな騒がしいほうきのように町の人家の屋根を掃いていた。医者の妻はバルコニーの手すりに沿って容器をならべた。これで汚れた衣類と不潔な靴を洗う水がためられるかもしれない。彼女はキッチンで石鹸と洗剤とたわしを探しながら、降りやまないで、とつぶやいた。精神のこの耐えがたい汚穢をすこしでも、ほんとうにわずかでも、洗い流せるものならば、どんなものでも使いたい。体の汚れだ、と彼女は抽象的な思考を訂正するかのように言った。それから、同じことだわ、とつけくわえた。そして、言ったことと考えたことを睦まじく調停するにはこれしかないと結論したように、すばやく濡れた部屋着を脱ぎさると、ときには愛撫し、ときには鞭打つ雨を体に浴びて、衣類と体を同時に洗いはじめた。水音に包まれていたので、だれかがいることにもすぐには気づかなかった。バルコニーに面したドアのところに、サングラスの娘と最初に失明した男の妻が立っていた。いったいどんな虫の報せが、どんな直感が、どんな内部の声が二人を駆りたてたのか、わたしたちには言えないし、二人がここにやってくる道をどのように見つけたのかもわからない。さしあたり説明を探すだけむだだろう。推論するのは自由だから。医者の妻は二人に気づくと、手伝って、と声をかけた。どうやって？　目が見えないのよ、と最初に失明した男の妻が言った。あなたたちも服を脱いで。あとで乾かす手間が減るだけいいから。でも、わたしたちは目が見えないのよ、と最初に失明した男の妻がくりかえした。関係ないわ、とサングラスの娘が言った。できることをすればいいじゃない。あとでわたしが仕上げをするしね、と医者の妻が言った。汚れが残っていたら、全部わたしがきれいにする。いまはとにかく洗うのよ。さあ始めましょう、眼があって手が六本ある女は、世界中でわたしたちしかいないんだから。おそらく向かいにあるビルの、閉じた窓ガラスの後ろでは、目の見えない男女がたえまなく叩きつける雨音に目覚めて、このように天から落ちてくる雨を最後に見たときのことを思い出しながら、窓に頭を押しつけ、冷たいガラスに夜の重苦しさをはあはあと吐きつけているはずだ。彼らはまさか三人の女が裸で、それも生まれ落ちたときのような素っ裸で、外に出ているとは思うまい。彼女たちは頭がおかしいように見える。きっと頭がおかしいに違いない。まともな神経の持ち主ならば、近所の目があるのにバルコニーで裸になって体など洗うわけがない、しかもあんな恰好で。われわれ全員の目が見えないことは関係ない。人はこういうことをしてはならないのだ。ああ、あの雨、ざんざん降りそそぐ雨、あんなに乳房のあいだをつたい落ち、水流になって体にまとわりつき、陰毛の翳（かげ）りに吸いこまれ、最後に腿をびしょ濡れにして流れている。そう、もしかしたらわたしたちは彼女らをまちがって見ているのかもしれない。たぶん、これを町の歴史始まって以来もっとも美しく、もっとも神々しい出来事とみなせないだけなのかもしれない。一面の泡がバルコニーの床からあふれだしている。自分もいっしょに、きれいになり、清められ、ありのままの裸で、果てしなく流れ落ちていけたらいいのに。わたしたちを見てるのは神様だけね、と最初に失明した男の妻が言った。さまざまな失意と挫折にもかかわらず、この女は神の目が見えるという信念にしがみついていた。医者の妻が答えた。神様にも見えないわ。空はすっかり雲に覆われていた。わたしだけよ、見てるのは。わたしって、みにくい？　とサングラスの娘がたずねた。あなたは痩せこけて汚れてるけれど、全然みにくくはない。わたしは？　と最初に失明した男の妻もたずねた。あなたも痩せこけて汚れてる。愛らしいとは言えないけど、わたしよりもきれいよ。あなたは美しいわ、とサングラスの娘が言った。見たこともないのに、どうしてわかるの？　夢を二回見たのよ、いつ？　ゆうべ二回目を見たの。あなた、きっと安全を感じて落ち着いたから、家の夢を見たんじゃない？　これだけつらい目に遭ってきたのだから当然だけど、あなたの夢ではきっとその家がわたしなんだわ。それでわたしを見るために顔が必要になって創作したのよ。わたしもあなたは美しいと思ってる。夢に見たことはないけれど、と最初に失明した男の妻が言った。目が見えないって、みにくい人にはものすごい幸運ね。あなたはみにくくないわよ。ええ、実際そうじゃないかもしれないけど、でも歳だもの。何歳なの？　とサングラスの娘が訊いた。もうすぐ五十になる。うちの母親みたい。それでお母さんは？　母親がなに？　お母さんって、美人？　むかしはけっこう美人だったみたい。だいたいみんなそうなんじゃない？　むかしはみんな美人なのよ。あなたはいつまでも美人よ、と最初に失明した男の妻が言った。言葉とはそういうものだ。あざむき、ぶつかりあい、どこへ行くかもわかっていない。突然のように、二語か、三語か、四語かの、それ自体は単純な、人称代名詞、副詞、動詞、形容詞といったものが、いきなり口から飛びだしてくる。わたしたちは、言葉が皮膚や眼を通していやおうなく表面にあらわれ、冷静な感情を乱すのを見て興奮する。かなりの重荷を耐えてきた、そしてすべてを耐えてきた神経は、たとえれば鋼鉄の鎧（よろい）を着ているといってもよいが、たまにもう支えきれなくなることがある。医者の妻は鋼鉄の神経の持ち主だった。それでも、人称代名詞、副詞、動詞、形容詞といった、たんなる文法上の分類やラベルに思わず涙した。同じように、二人の女、すなわちほかの人びとであり、不定代名詞であるものも泣いていた。彼女たちはその女を文章まるごと抱きしめた。降りしきる雨のなかの三女神だった。こうした瞬間はいつまでもつづくものではない。女たちはかれこれ一時間以上そこに出ていたので、体が冷えきっていた。寒いわ、とサングラスの娘が言った。服はこれが精一杯みたい。靴は真新しくなっていた。女たちが自分の体を洗うときだった。髪をこすり、たがいの背中を洗い、目が見えるころ庭で目隠し鬼ごっこをして遊んだ少女しかあげないような声で笑った。夜が明けた。空には曙光が世界の肩から顔をのぞかせ、ふたたび雲に隠された。雨は降りつづいていたが、だいぶ勢いがにぶってきた。洗濯女たちはキッチンに戻り、医者の妻がバスルームの戸棚からとってきたタオルで体を拭いたり、こすったりした。肌からは洗剤の強い匂いがしたが、人生とはそんなものだ。猟犬を持っていなければ猫を猟に使うしかないのである。石鹸はまたたくまに消えた。この家にはあらゆるものが備わっているようだった。あるいは彼女たちが、持っているものを最大限に利用するすべを心得ていた。ついに、三人は服を体にまとった。楽園は外にあった。ベランダに。医者の妻の部屋着はぐっしょりと濡れていたので、何年も着ていない花柄のワンピースを身につけた。すると、三人のうちでいちばん愛らしく見えた。

彼女たちが居間に入ったとき、医者の妻が目にしたのは、寝ていたソファにすわる黒い眼帯の老人の姿だった。老人は両手で頭を抱えるようにして、ぼさぼさにのびた白髪に指をつっこんでいた。髪は額からうなじまで、まだしっかりと生えていた。彼は冷静で、気持ちが集中しており、自分の思考を捕まえて放したくないのか、あるいは逆に思考を止めたいのか、どちらのようにも見うけられた。入ってくる物音を聞きつけた老人は、女たちがどこに行き、なにをしていたのかを知っていた。裸になっていたことも。老人がすべてを知っていたとしても、それは突然視力が回復して、あの老人たちのように入浴中のスザンナに忍び寄ってのぞいたからではなく、目が見えないまま三人をのぞいたからだった。老人はただキッチンのドアのところに行ったにすぎず、そこからバルコニーでの会話、笑い声、雨の音、叩きつける水音などを聞いていた。石鹸の匂いも嗅いだ。それからソファに戻ってきて、この世にはまだ人生があるのだと考え、自分にもいくらか残っているのだろうかと自問していたのだ。医者の妻が言った。女たちはもう洗ったわ。こんどは男たちの番よ。黒い眼帯の老人がたずねた。まだ雨は降っていますか？　ええ、降ってるし、バルコニーに出した鍋や鉢に水がたまってる。それではバスルームで洗いたいですね、風呂で。老人はその言葉を出生証明書を見せるように発音した。わたしの世代はバスタブではなく風呂と言うんです、とでも説明するように。それから、つけくわえた。もちろん、あなたがかまわなければですが。家を汚したくないわ。床にはけっして水をこぼしませんし、少なくともできるかぎり注意します。そういうことなら、バスルームに水を運びましょう、手伝います。わたしが自分でやりますよ。役に立ちたいの。体が不自由なわけじゃありませんから。じゃ、さっそく来て。バルコニーに出ると、医者の妻はほとんど水でいっぱいになった鉢を引き寄せた。さあ、ここを持って、と彼女は黒い眼帯の老人の手を導いた。よいしょ、二人はいっしょに鉢を持ちあげた。あなたに手伝ってもらったようなものだわ。一人じゃむりね。こういう格言をごぞんじですか？　どういうの？　老爺（ろうや）の仕事ははかどらざれど、けっして蔑むべからず。それは実態と違ってるわ。よろしい、それでは老爺のかわりに子ども、蔑むのところに侮（あなど）るを使いましょう。格言が意味を保ちつづけ、ずっと使われるためには、時代に適応していかねばなりません。あなたは哲学者ね。なにをおっしゃいますか、ただの老いぼれです。二人はバスタブに鉢の水をあけた。医者の妻は石鹸がひとつ残っていたのを思い出して、引出しから取りだすと、黒い眼帯の老人の手につかませた。わたしたちよりもいい匂いになるわ。全部使ってかまわない。心配しないで。スーパーマーケットには、食料品はあまり残ってないでしょうけど、石鹸は山のようにあるから。ありがとう。足をすべらせないように注意してね。お望みなら、手伝いに夫を呼ぶけど。そりゃどうも。でも、一人で洗いたいので。ご自由に。それからこれ、ちょっと手を出して。剃刀とブラシよ、髭を剃りたければ使ってちょうだい。どうも。医者の妻は出ていった。黒い眼帯の老人は衣服の分配で割り当てられたパジャマを脱ぎ、そろそろとバスタブに入った。水は冷たく、底のほうにすこししか溜まっていなかった。足も隠れないほどだった。三人の女が浴びた、からのバケツをひっくりかえしたような雨水とくらべると、これはいかにも悲しい水たまりだった。老人はバスタブに膝をつき、ひとつ大きく息を吸うと、両手で水をすくっていきなり胸にばしゃっとかけた。息がとまるかと思った。身震いするひまができないように、つづけて全身に水を浴びせた。それから順にひとつずつ、規則正しく石鹸をつけはじめた。まずは肩から、つぎに左右の腕、胸、腹、股間、ペニス、脚のあいだ。おれは獣以下だ、と老人は思った。痩せほそった腿から、べたべたした垢と汚れが層になってこびりついた足へと石鹸を塗っていった。老人はなるべく長く洗っていられるように、たっぷり石鹸の泡をたてた。頭を洗わないと、と言い、首の後ろに手をまわして眼帯の結び目をほどいた。おまえも水浴びをしなきゃな。老人は眼帯をはずして、水に落とした。いまは温かさを感じていた。髪には石鹸がつき、濡れた体は泡だらけだった。限りなく白い失明のただなかで、彼はだれにも見つからないまっ白な泡だらけの男になっていた。もしもそれが老人の考えたことならば、彼は自分をあざむいていた。老人は背中にさわるだれかの両手を感じていた。その手は両腕から、そして胸から泡をすくいとり、それをゆっくりと背中に広げていった。手のしていることが見えないから、よけいに優しくしなければと心がけるような動きだった。老人はたずねたかった。だれです？　だが、言葉が出てこなかった。身震いしたのは寒さのせいではない。その手は優しく洗いつづけていた。女はなにも言わなかった。医者の妻よ、とも、最初に失明した男の妻よ、とも、サングラスの娘よ、とも。洗い終わると手は離れ、静けさのなかでバスルームのドアのしまる優しい音が聞こえた。眼帯の老人は震えながら、身を震わせながら、天から降ってくる好意を乞い願うように、一人ぼっちでバスタブに膝をついていた。だれだったのだろう。彼は心に問いかけた。理性は医者の妻しかありえないと告げていた。目が見えるのは彼女だけだし、われわれを守り、世話をし、食べさせてきたのは彼女なのだから。あの人なら、わたしに控えめな気遣いを見せてくれても驚きはしない。理性はそう語りかけたが、老人は理性を信じなかった。体の震えはとまらなかった。興奮したせいなのか、寒さのせいなのか、わからなかった。バスタブの底から眼帯を探しあて、ごしごしと洗い、よくしぼって眼にあてがった。眼帯をつけると、いくらか丸裸の感じが薄らいだような気がした。老人が体を拭いて、よい香りをさせながら居間に入ったとき、医者の妻が言った。これで男の人も、一人は体を洗って髭を剃り終えたわ。それから、するべきだったのに、しなかったことを思い出したような口調で言いたした。かわいそうに、背中を流す人がいなくて。黒い眼帯の老人は返事をしなかった。ただ、理性を信じなかったのは正解だと思っていた。

残っていたわずかな食べ物は斜視の少年にやり、ほかの仲間はつぎの到着を待つことにした。食品庫には、密閉容器入りの保存食料やドライフルーツ、砂糖、古くなったビスケットとドライトーストなどがあったが、これらはそのまま手をつけずにおき、在庫を足して余裕ができたときや、不運にみまわれて食糧探しの旅が何日も手ぶらに終わるといった非常事態に備えることにした。そのときは、一人にビスケット二枚とスプーン一杯のジャムが配られる。ジャムはイチゴとモモがあり、どちらか好きなほうを選べばよく、半分に割ったクルミが三個と、水もグラスに一杯飲めた。これがつづくあいだは贅沢なものだ。最初に失明した男の妻が、食糧探しについていきたいと言った。三人いればいいこともある、目が見えなくても、食糧を運ぶ手伝いが二人になるし、それに、できたらの話だが、それほど遠くなければ彼女は自分の家にも行って、どういう状態になっているか様子を見てみたかった。人が占領しているのか。それはよく知っている人なのか。たとえば、親類縁者が集まったせいで家が手狭になった近所の人だとか。村を襲った失明の流行から助かりたくて、町にはつねに物資が豊富にあると、田舎から人が親戚を訪ねてきたらそういうこともあるだろう。こうして、三人が家のなかから探しだした乾いた服を身につけて出発した。体を洗った残りの人びとは、天気がよくなるのを待たなければならなかった。空は曇っていたが、雨の心配はなかった。とくに勾配のある通りでは、糞便やゴミが水に洗い流されて小さな山にまとまっており、歩道にきれいな場所を広くあけていた。雨が降りつづいてくれたらいいんだけど、ここに太陽が照りつけたら最悪の事態になるかもしれない、と医者の妻が言った。わたしたちにはもうたっぷり不潔な臭いや汚れがついてるのに。体を洗ったから、よけいに感じるのね、と最初に失明した男の妻が言い、その夫がうなずいた。彼は冷たい水で体を洗ったせいで風邪をひいたのではないかと疑っていた。街路には目の見えない人びとが群れていた。雨あがりを利用して、食糧を探しに出てきたり、乏しい量にもかかわらず飲み食いした物を排泄したりしている。犬たちはいたるところでくんくんと臭いを嗅ぎまわり、ゴミ屑をあさっている。ある犬は溺れたドブネズミをくわえていたが、これはおびただしい雨を降らせた豪雨の後でなければ起こりえない出来事だ。ドブネズミは洪水に押し流されて、思わぬところへ、いくら泳ぎがうまくても助からない場所へ運ばれたのだろう。涙の犬は以前いっしょにいた群れや狩りには、けっしてまざろうとしなかった。選択は終わっていたからだ。だが、涙の犬は餌をもらうまで待ちもせず、なにか得体の知れないものを、想像もつかないような宝物が隠れているゴミの山から探しだして咬んでいた。探して、掻きだして、見つけるだけの話だ。失明した男とその妻もそういうときが来れば記憶を探し、掻きだざるをえないだろう。いま二人が思い出したのは、よりたくさん思い出のある住まいのことではなく、住まいのある通りの、東西南北を知るようすがとなる四つ角のことだった。目の見えない人は方位には関心を示さない。どっちが東でも西でも、南でも北でもかまわない。ただ手さぐりする手が、正しい通りにいることを教えてくれさえすれば満足する。以前、目の見えない人の数が少なく、彼らが白い杖を持っていたころは、ひっきりなしに地面や壁を叩くこつこつこつという音が、歩く道順を見つけたり、確認したりするための一種の暗号になっていた。しかし、いまはあらゆる人が失明し、周囲が騒がしいため、白い杖もむかしほど頼りにはならない。くわえて視界が白に浸されているので、目の見えない人も自分が実際になにかを握っているのかどうか疑わしくなるのである。よく知られたことだが、犬はわたしたちが本能と呼ぶもののほかに、方向を定める手段を持ちあわせている。犬はひどい近眼のためそうそう視力には頼れない。そのかわり鼻が断然すぐれており、いつでも望んだ場所に行くことができる。いまの場合、涙の犬は確認するように、さまざまな方角から来る風に向かって片肢を上げた。ある日迷うことがあれば、そよ風が家に導く役割を果たしてくれるだろう。通りを進みながら、医者の妻は乏しくなった食品庫をたてなおせる店がないかと前を眺め、後ろをふりむいた。店が掠奪を受けていても、すっからかんということはなく、古いタイプの食料雑貨屋の倉庫には大豆やヒヨコマメがあった。乾燥豆だから料理するには手間がかかる。まず水に浸しておき、それから煮なければならないので、いまはもうありがたがられないのだ。医者の妻は教訓のあることわざをとくに好んでもいないが、それでもこの古い生活の知恵は記憶に残っていたとみえて、持ってきたふたつのビニール袋を大豆とヒヨコマメでいっぱいにした。いまは使わない物でもとっておけ、あとでかならず使い道がわかる。これは祖母のひとりが教えてくれたことだ。豆を浸した水は、そのまま捨てずにおいて煮炊きに使えばよい。水気のなくなった料理の残りはスープのだしになる。折りふし、すべてが失われるわけではなく、なにか得られるものがあるというのは自然界に限ったことではない。

　最初に失明した男と妻の住まいのある通りから、かなり離れていたにもかかわらず、なぜ彼らが大豆とヒヨコマメと手にふれた食料品をなんでもかんでも袋に詰めこんだのか、それは生まれてから一度も物不足に悩んだことのない者の頭にしか湧かない疑問である。たとえ石ころでも持ち帰るんだよ、とその祖母は言ったものだが、彼女はこうつけくわえるのを忘れた。そのあと地球を回らなくちゃならなくてもね。いま、彼らが乗りだそうとしているのはそういう離れわざだった。長い道のりをたどる家路についたのだ。ここはどこかな、と最初に失明した男がたずねた。訊いた相手は医者の妻だった。そのための眼を持っていたからだ。そうか、ここでぼくは目が見えなくなったんだ。この信号機のある四つ角で。ここで？　この四つ角だったの？　まさにこの場所でね。もう思い出したくないが、目が見えなくて車内で動けなかった。外では人びとが怒鳴っていて、ぼくはもう必死で、目が見えない、目が見えない、と叫んでた。そうしたら、あの男があらわれて、家へ連れてってくれた。かわいそうな男、と最初に失明した男の妻が言った。もう二度と車を盗めないのよ。人はみな、死んでいく恐怖にひどく怯えてるから、たえず死者を赦す理由を探そうとするのね、と医者の妻が言った。自分の番が来たら赦(ゆる)してもらおうと、あらかじめ頼んでおくように。すべてがまだ夢みたいに思える、と最初に失明した男の妻が言った。目が見えなくなった夢を見ているみたいに。家に帰ってきみを待っていたとき、ぼくもそう思った、と夫が言った。三人は事の発端となった交差点を後にして、狭い迷路のような一画を苦労しながら進んでいた。医者の妻はほとんど知らない場所だったが、最初に失明した男が通りの名前を知っているので迷わなかった。彼女が名前を読むたびに、左へ曲がる、とか、右へ曲がる、と男が答えた。そしてついに、ここが家のある通りだ、と言った。建物は左側、だいたい通りの中ほどでね。建物の番号は？　と医者の妻がたずねた。男は思い出せなかった。弱ったな、思い出せないんじゃないんだ。頭からすっぽり抜け落ちてるみたいだ。自分たちの住んでたところがわからないとしたら、こいつはよくない前兆だぞ。夢がぼくたちの記憶を置き換えてたら、その道がぼくたちをどこに連れていくかもわからない。大丈夫、それほど大事件じゃないわ。さいわい最初に失明した男の妻が、夫の面子（メンツ）をたもつちょっとした遠回りのアイデアを思いついた。彼女は建物の番号を憶えており、医者の妻は最初に失明した男をあてにしなくてもよかった。男は自分の魔法の手でさわれば自宅のある建物のドアがわかると自慢した。魔法の杖を持っているように、こんこん、ここは金属、こんこん、ここは木だ、というわけだ。それをさらに三、四回やればあらゆる形態がわかる。うん、このドアにまちがいない。三人は医者の妻を先頭にして建物に入った。何階なの？　四階、と最初に失明した男は答えた。彼の記憶力は見かけほど悪くなかった。あることは忘れ、ほかのことは憶えている。それが人生だ。たとえば、すでに目が見えなくなっていた自分がこのドアから入ったときのことは思い出せる。まだ車を盗んでいない男がたずねた。何階です？　四階、と彼は答えた。いまがあのときと違うのは、エレベーターではなく、見えない階段を歩いてのぼっていることだ。階段は暗くて明るかった。目の見える人はさぞ電灯の明かりが、あるいは太陽が、ロウソクの灯がほしいことだろう。医者の妻はすでに薄暗さに馴れていた。三人は途中で、上の階から降りてきた二人の女とすれ違った。たぶん四階からだろうが、だれもそれを訊かなかった。実際、二人はむかしの隣人ではなかった。

ドアはしまっていた。どうしましょう、と医者の妻がたずねた。まかせてください、と最初に失明した男が言った。ノックをひとつ、ふたつ、三つした。だれもいない、と夫婦の一人が言ったまさにそのとき、ドアがあけられた。遅れたのもむりはない、アパートの部屋の奥にいれば、目が見えないのに玄関まで走ってこられるわけがないからだ。だれだね？　なんの用事かな？　とドアをあけた男が訊いた。礼儀正しくまじめそうな表情を浮かべており、ふつうに話ができそうだった。最初に失明した男が言った。この家に住んでいた者です。ああ、なるほど、と相手が返事をした。だれかといっしょに来たのですか？　妻とわれわれの友だちとで。ここがあなたの家だと、どう納得させてくれますか？　簡単です、と最初に失明した男の妻が言った。わたしなら、家にあるものを全部話せます。相手の男はいったん黙り、やがて、入ってください、と言った。医者の妻が最後に入った。ここではだれもが案内を必要としなかった。男は、いま一人なのです、と言った。家族は食べ物を探しに出かけています。家族というより女たちと言うべきかもしれませんが、それが適切とは思えないので。男は間をおいてから、つけくわえた。でも、われわれはそれぐらい心得ておくべきでしょうが。どういう意味です？　と医者の妻がたずねた。いま言った女たちというのは、家内と二人の娘のことです。それをどんな場合に「女たち」と呼んでいいのかを心得ておくべきだというのですよ。わたしは作家ですから、そういうことは職業柄知っておくべきなのです。最初に失明した男は誇らしく感じた。考えてもみろ、作家が自分の家に住んでいるんだ。それから疑問が生じた。名前をたずねても失礼にならないだろうか。もしかしたら聞いたことのある名前かもしれない。書いたものを読んでいるかもしれない。好奇心と不信感のはざまでためらっていると、妻がまさにその質問をした。お名前は？　目の見えない者に名前はいりません。わたしは声です。ほかのものは重要ではありません。でも、本をお書きで、そこには名前が載っているわ、と医者の妻が言った。いまはだれも本を読めません。本などまるで存在しなかったようです。最初に失明した男は、会話が興味のある話題からずいぶんそれたような気がした。あなたはどういう経緯でぼくの家にやってきたのですか？　と彼はたずねた。以前住んでいた家に住んでいない多くの人びとと同じですよ。わたしの家は、常識的な話のできない人びとに占拠されていました。階段から蹴落とされたいのか、と言った人もいましてね。家は遠いのですか？　いいえ。とりもどそうとはしなかったの？　と医者の妻がたずねた。いまはほとんどの人が家から家へ移り住んでるわ。二回ばかり試みました。でも、その人たちが出ていかないのですね？　ええ。それで、ここがぼくたちの家だとわかったいま、あなたはどうします？　と最初に失明した男が答えを求めた。あなたがされたように、ぼくらを追い払いますか？　いいえ。わたしはそんなことのできる年齢でもないし、体力もありません。かりに実行しても、さほどすばやい行動がとれるとも思いませんし。作家というものは、書くのに必要なため、忍耐力をどうしても身につけてしまうのです。では、ぼくたちに譲って出ていくのですね？　ええ、ほかに解決案が見つからないなら。ほかの解決案が見つかるとは思えませんね。医者の妻は作家がどういう返事をするか予測をしていた。あなたと奥さんは、ご同行のご友人もそうでしょうが、どこかのアパートにお住まいですね？　ええ、じつは彼女のアパートにいるんです。遠くですか？　いいえ、それほどでも。では、お許しいただけるなら、ひとつ提案をさせていただきたい。どうぞ。わたしたちは、このままの状態をつづけるのです。現在、おたがいが住む場所を持っています。わたしは自分の家がどうなるのか、これからもつねに監視を欠かしません。自分の家が空いたら、すぐにそこに戻ります。あなた方もそうなさればいい。定期的にここへ来てみてください。空いてたら、引っ越してくればいいのです。その案はあまり気に入りませんね。お気に召すとは思っていませんよ。でも、代案といってもひとつしかないですし、あなたが積極的にそれを選びたくなるかどうか疑問です。代案とは？　あなた方が自分の所有しているこのアパートの部屋をとりもどすことです。でも、その場合は？　そうです、その場合はわたしたちがほかに住む場所を見つけなければなりません。いいえ、そんなことは考えてもいけないわ、と最初に失明した男の妻が割って入った。このままにしておいて、様子を見ましょうよ。いま、別の案を思いつきました、と作家が言った。どういう案です？　と最初に失明した男がたずねた。わたしたちがあなた方の客として、ここで暮らすのです。アパートは充分な広さがありますから。いいえ、と最初に失明した男の妻が言った。わたしたちはいまのまま、友だちといっしょに暮らします。あなたに同意を求める必要はないですよね？　これは医者の妻にたずねた言葉だった。わたしの返事も必要ないわ。ともかくみなさんの意見に従います、と作家が言った。わたしはずっと、いつこの家を明け渡せと言われるだろうと思っていました。目が見えない人の場合は、その人の持っている物をそのまま認めるのがいちばん自然だわ、と医者の妻が言った。あなた方は流行病の発生以来、どうやって生きてきたのですか？　わたしたちはつい三日前に収容所から出てきたの。ほう、隔離施設にいたのですか。ええ。ひどかったでしょう。ひどいなんてものじゃなかった。それは恐ろしいですね。あなたは作家だから、さきほどご自分でおっしゃったように、言葉をよくごぞんじのはずだけど、わたしたちには形容詞などなんの役にも立たない。たとえば、ある人が人殺しをしたとする。その場合、事実を隠すことなく率直に話すほうがいいし、その行為自体の恐ろしさがとても衝撃的だから、恐ろしいと言う必要はないと思うけど。あなたがおっしゃるのは、わたしたちは必要以上に言葉を持ちすぎている、ということですか？　わたしたちは感情に乏しすぎると言ってるの。なるほど、あるいは感情を持っているのに、それを表現する言葉を使うのをやめているのですね。だから感情をなくすのよ。隔離施設での体験をわたしに話してもらえませんか。どうして？　作家だからです。あそこにいなければわからないわ。作家はふつうの人びとと同じです。すべてがわかるわけではありませんし、すべてを体験できるわけでもありません。作家は人にたずねて、想像しなければならないのです。いずれ、どんなものだったかお話しするわ。そうしたら本にお書きになって。そうします。ところでいまも書いているんですよ。目が見えないのに？　目の見えない人間にも書くことはできます。ブライユ点字を憶える時間があったということ？　点字は知りません。では、どうやって？　と最初に失明した男がたずねた。お見せしましょう。作家は椅子から立ちあがり、部屋から出ていくと、一分ほどして戻ってきた。手には一枚の紙とボールペンがあった。これがわたしの書いた最後の一ページ分の原稿です。わたしたちには見えないわ、と最初に失明した男の妻が言った。わたしにも見えません、と作家が言った。では、どうやって書いたの？　と医者の妻が薄暗い部屋のなかで紙を見ながらたずねた。そこには強い筆圧で書かれた線があるのが判別できた。ところどころ重なっている箇所がある。ペン先の圧力で、と作家がほほえみながら言った。簡単に書けます。紙を柔らかいものに、たとえば紙を何枚か敷いた上に置いて、あとは書くだけのことです。でも、なにも見えないんでしょう？　と最初に失明した男がたずねた。目の見えない作家にとってボールペンはすぐれた道具です。読ませてはくれませんが、どこに書いたかを知らせます。書き手は指先で、最後に書かれた線の残した痕跡をたどるだけでいい。それから紙の端まで書いていきますが、行間を計算してつぎの行に移るのはけっしてむずかしくありません。いくつか行が重なってるわ、と医者の妻が言った。彼女は作家の手からそっと紙をとった。どうしてわかるのです？　わたしは目が見えるの。目が見える？　視力を回復されたのですか。いつ、どのように？　作家は興奮してたずねた。見えなくならなかったの。どうやらわたしだけのようだけど。なぜかな、どう説明します？　わたしには説明できないし、説明がつくとも思わない。つまり、あなたは起きたことすべてを目撃したわけですね。見たものを見ただけよ、選択の余地はなかったわ。隔離施設には何人ぐらい入っていました？　三百人近く。いつから？　最初から。ほら、わたしたちは三日前に出てきたばかりだから。たぶん、わたしが最初に失明した人間なんです、と最初に失明した男が言った。それはさぞ恐ろしかったでしょう。またそういう言葉を、と医者の妻が言った。すみません。われわれ家族やわたしが失明してから書いてきたことが、突然なにもかも滑稽なものになったようですよ。なにを書いてたの？　われわれの身に降りかかった災難や日々の暮らしです。だれもが自分の知ってることを話すべきだし、知らないことは訊くべきよ。だから訊いているんです。いずれ答えるわ、いつかはわからないけど。医者の妻はその紙で作家の手をこすった。もしよければ、あなたの仕事部屋と、書いているものを見せてくださらない？　かまいませんよ、さあどうぞ。わたしたちも行っていいですか？　と最初に失明した男の妻がたずねた。この家はあなた方のものです、と作家が答えた。わたしはただの通りすがりにすぎません。寝室に小さなテーブルがあり、明かりのついていないスタンドが置かれていた。窓から差しこむ仄暗い光で、左側に何枚かの白紙が、右側には執筆済みの紙が置かれ、その中間に書きかけが一枚あるのがわかった。スタンドのそばに真新しいボールペンが二本あった。ここです、と作家が言った。医者の妻が、よろしい？　と問いかけて、返事を待たずに書かれたページを手にとった。およそ二十枚ほどあるだろうか。医者の妻は目を走らせた。その小さな手書きの文字、波うつように上がり下がりする行、まっ白なページに刻印された言葉、目の見えない状態で記録されたものに。さきほど、わたしはただの通りすがりにすぎませんと、この作家は言った。これらは、彼が通りすがりに残した痕跡だった。医者の妻が作家の肩に手を置くと、彼は両手でそれをとり、ゆっくり持ちあげて唇に押しつけた。自分を見失わないでください。見失わされないでくださいい、と作家は言った。それは予期せぬ言葉、この場にはそぐわないように思える謎めいた言葉だった。

三人がたっぷり三日分はある食料品を運んで家に帰りつくと、医者の妻は、最初に失明した男とその妻の興奮した感嘆詞や言葉に中断させられながら、その日の出来事を話した。その夜、彼女はやむにやまれぬ欲求をおぼえて、書斎からとってきた本の数ページを仲間に読んで聞かせた。斜視の少年はその話をおもしろいとは思わず、しばらくするとサングラスの娘の膝に頭をのせて眠ってしまった。その足は黒い眼帯の老人の脚に置かれていた。

それから二日して、医者が言った。診療所がどうなったか知りたいんだ。この段階まで来たら、診療所もわたしも全然役には立たないが、万一ということがある。人びとの視力が回復したときに、診療器具や設備がすぐ使えなくてはならないからね。その気になれば、いつでも行けるわ、と妻が言った。いますぐがいい。もしかまわなければ、ついでに途中でわたしの家に寄ってくれないかしら、とサングラスの娘が言った。親が戻ってるとは思ってないわ。ただ良心の痛みをやわらげたいの。もちろんあなたの家にも行けるわよ、と医者の妻は言った。今回の偵察行に参加したがる者はほかにいなかった。最初に失明した男とその妻はすでになにが待ちうけているかを知っていたし、同じ理由ではないが、黒い眼帯の老人にもわかっていた。斜視の少年はいまだに自分の住んでいた通りの名前を思い出せなかった。空は晴れていた。雨はやんでおり、日差しは強くないものの、すでに肌に感じられるほどになっていた。気温がさらに高くなったら、人はどうすれば生きのびていけるのだろう、と医者が言った。この糞便やゴミがいたるところで腐るんだ。死んだ動物も、たぶん人間も。家には死人がいるに違いない。最悪なのは、われわれが無秩序だということだ。建物ごとに、通りごとに、地区ごとに組織が必要だ。ひとつの政府ね、と医者の妻が言った。ひとつの組織だ。人体だってひとつの組織化された体系だよ。人体は組織を維持しつづけるかぎり生きられる。死は組織の解体の結果にすぎない。どうしたら、生きのびるために、目の見えない人びとの社会を組織化できるのかしら。自分たちの手で組織化するんだ。みずからを組織化するということは、ある意味で、眼を持ちはじめることだ。たぶん、あなたの考えは正しいわ。でも、この視力を持たない経験はわたしたちに死と悲惨しかもたらさなかった。わたしの眼もあなたの診療所のように無力だった。あなたの眼のおかげで、わたしたちはまだ生きてるのよ、とサングラスの娘が言った。わたしの目が見えてなくても、わたしたちは生きてた、世界には目の見えない人がたくさんいて、わたしたちはみんな死んでいくのよ、時間の問題なのよ。死はつねに時間の問題さ、と医者が言った。でも、目が見えないという理由だけで死ぬとしたら、これ以上ひどい死に方はないんじゃない？　死ぬのは、病気や事故や偶発的な出来事でだ。そこに失明という死因がくわわったの、つまり死因は癌と失明、肺炎と失明、エイズと失明、心臓麻痺と失明、病気は人によって違うけど、実際にいま人を殺すのは失明なんだわ。わたしたちは不滅じゃない。死は免れようがない。でも、少なくとも、目は見えていなくてはならないわ、と医者の妻が言った。どうしたらいいんだ、この病気が明確な現実ならば、と医者は言った。わからない、と妻が答えた。わたしにも、とサングラスの娘も言った。

ドアは壊す必要もなく、ごくふつうにあけられた。ドアの鍵は、医者夫妻が収容所に連行された日、家に残した鍵束についていた。ここは待合室、と医者の妻が言った。わたしがいた部屋ね、とサングラスの娘が言った。夢はつづいているけど、どういう夢かはわからない、失明しそうだという夢を見たあの日の夢なのか、それとも、ずっと失明しているのに、失明する危険のない眼の炎症を治療するために診療所に来ていた夢を見てるのか。あの隔離施設は夢じゃなかった、と医者の妻が言った。ええ、そうね、わたしたちがレイプされたのも。それからわたしが男を刺したのも。診察室に連れていってくれないか。自力でも行けるが、案内してほしいんだ、と医者が言った。ドアは開かれた。ひどく荒らされてる、と医者の妻が言った。書類は床に散らばって、ファイル・キャビネットの引出しは抜かれてるわ。厚生省の指示を受けてきた人間の仕業だろうね。きっと時間の余裕がなかったんだ。そうみたい。設備や器具は？　一見したところ、手つかずみたいだけど。それだけでもホッとするよ。医者はそう言うと、一人で手をのばしながら歩いていった。レンズの入った箱、検眼鏡、机をさわった。それからサングラスの娘に言った。言おうとすることはわかるよ、その、夢を生きているというのが。医者は机に向かう椅子にすわり、埃のつもった卓上に両手を置いた。それからもの悲しい皮肉な笑みを浮かべると、前にすわる人に話しかけるように言った。いいえ、ドクター、大変申しわけないが、あなたの症状の治療法はわかっていないのです。聞いていただけるなら、最後にひとつだけ助言をしてさしあげましょう。古人曰く、忍耐は眼によし。これは正しい言葉でした。わたしたちを苦しめないで、と妻が言った。すまない、二人とも許してくれ。ここはかつて奇跡がおこなわれた場所だ。なのにいまは自分に魔法の力があったという証拠すらない。すべては奪われてしまった。わたしたちにできる奇跡は、生きつづけることよ、と妻が言った。来る日も来る日も生命というもろいものを支えていくこと。あたかもその目が見えず、それがどこへ行くかもわからないように。たぶん、それはそういうものなのよ。たぶん、それはほんとうに知らないの。それはわたしたちに知性を与えてから、わたしたちの手にその身をゆだねた。だから、これはわたしたちがそれから生みだしたことなの。あなたはまるで目が見えないみたいに話してるわ、とサングラスの娘が言った。ある意味では、そうね。あなたたちの目が見えないから、わたしも目が見えない。たぶん目の見える人がもっと増えたら、もっと見えてくるでしょう。なんだかきみは、得体の知れないものについて証言するために、正体不明の者によって招集された法廷を、探しまわってる証人みたいだな、と医者が言った。時は終わりに近づき、腐敗は蔓延し、病いはあけはなたれた扉を見つけた、水は枯れ、食べ物は毒となった、これがわたしの最初の供述よ、と医者の妻が言った。つぎのは？　とサングラスの娘がたずねた。つぎのは、さあ眼をあけましょう。できないよ、われわれは目が見えないんだ、と医者が言った。目が見えない人のなかで最悪なのは、見たいと思わない人だ、という言葉には大きな真理があるわ。でも、わたしは見たい、とサングラスの娘が言った。だからといって目が見えるようになるとはかぎらないが、これできみはもう最悪の失明者じゃなくなったよ、と医者は言った。それでは行こうか。これ以上見ておくべきものはないから。

　サングラスの娘の家に行く途中、三人は大きな広場で、目の見えない人びとの演説を聞く人びとの群れに出くわした。ひと目見ただけでは、どちらの集団も失明しているように見えなかった。話し手は気を高ぶらせて聞き手のほうを向いており、聞き手は注意深く話し手のほうを向いていた。彼らが公言しているのは、世界の終末、悔悛による贖罪、第七の日の幻想であり、天使の降臨、宇宙の衝突、太陽の死であり、部族精神、マンドラゴラの毒汁、トラの膏薬であり、予兆の美徳、風の規律、月の香りであり、闇の回復、悪魔払いの力、かかとの痕跡であり、薔薇の磔刑、泉水の純潔、黒猫の血であり、影の睡り、潮の反乱、食人の論理であり、痛みなき去勢、聖なる入れ墨、自発的な失明であり、でこぼこの思索であり、垂直に、水平に、斜めになり、集まり、散らばり、はかなく、消えていく声帯であり、言葉の死だった。ここにいる人たちは、だれも組織のことを話してないわ、と医者の妻が言った。組織のことは、きっと別の広場でやってるんだ、と夫が答えた。三人はまた徒歩の旅をつづけた。すこしして医者の妻が言った。いつもより道にある死体が多いみたい。さっき、きみはこう言った。われわれの抵抗は終わりに近づき、時は尽きかけ、水は枯れ、病いは増えつづけ、食べ物は毒になったと、と医者が言った。死人のなかに両親がいないと、だれにわかる？　こうして親を見ないまま通り過ぎるのよ、とサングラスの娘が言った。死者を見ないで通り過ぎるのはむかしからの習慣だわ、と医者の妻が言った。

サングラスの娘の住んでいた通りは、前よりいっそう寂しげだった。建物の入口のところに女の死体があり、なかば動物にむさぼり食われていた。今日涙の犬がいっしょに来たがらなかったのはさいわいだった。でなければ、亡骸に歯をたてようとするのを引き留めなければならなかったろう。二階の隣人だわ、と医者の妻が言った。だれだって？　どこにだい？　と夫がたずねた。ここよ、このアパートの二階にいた人、臭いでわからない？　かわいそうに、とサングラスの娘が言った。どうして通りに出てこなければならなかったのかしら。家から出ない人なのに。おそらく死期が近いのを感じたんだろう、と医者が言った。アパートの部屋に、腐るまで一人でいるのだと思うと耐えられなくなったんじゃないか。これじゃ、家に入れないわ。わたしは鍵を持ってないもの。ひょっとしたら両親が帰ってきて、待ってるかもしれないよ、と医者が言った。まさか、信じられない。信じなくてよかった、と医者の妻が言った。鍵はここにあるもの。死んだ女の地面に置かれた半びらきの手のひらに、きらきらと輝く鍵の束がおさまっていた。きっと自分のでしょう？　とサングラスの娘が言った。そうかしら、死にかけているのに家の鍵を持ってどこに行くの、筋が通らないわ。でも、目が見えないなら、いくらわたしが家に入れるようにおばあさんが鍵を持って降りてきたとしても、こっちにはわからないのよ。彼女がなぜ鍵を持ちだしたのか、理由は推測するしかないわね。あなたの視力が回復したと思ったのか。わたしたちがここにいるとき、やけにすいすいと動きまわっていたのが不自然だと疑ったのか。わたしがうっかり、階段が暗いから、ともらした言葉を聞いて、目がかすかに見えるんじゃないか、とね。それとも全然関係なく、ただ精神が錯乱して頭が働かなくなり、わけもわからずあなたに鍵を渡さなくてはと思いこんだのかもしれない。わかるのはただ、一歩外に出たときに命が尽きたということだけだわ。医者の妻は鍵を取りあげ、サングラスの娘に手渡すと、こうたずねた。それで、どうしましょう。このままにしておく？　通りには埋められないな、舗石を剝がす道具を持ってないから、と医者が言った。裏に菜園があるわ。だとしたら、二階まで運びあげて、非常階段を降りなければならない。それしかないわね。わたしたちにそんなことをする体力がある？　とサングラスの娘が問いかけた。問題なのは力があるかどうかじゃない。ここにこの人を放りだしておけるか、という問題よ。それはできない、と医者が言った。じゃ、力はどうにかすれば出るわ。三人はなんとかやってのけたが、死体を二階に引きずりあげるのは重労働だった。老婆は小柄であり、犬や猫が食いちらした後だから重くはなかったが、硬直していたため狭い階段室の角を曲がるのに苦労して、わずかなのぼりのあいだに四回も休まなければならなかった。建物にいるほかの住人は、物音にも、声にも、腐臭にも無関心で、踊り場には出てこなかった。思ったとおり、うちの親はいないわ、とサングラスの娘が言った。ようやく二階のドアにたどりついたとき、三人は疲れきっていた。これからまだ勝手口まで部屋を通り抜け、非常階段を降りなければならなかった。しかし、聖人たちのおかげもあって、階段を降りるのはまだ楽だったし、外階段なので曲がる苦労も少なく、手をすべらせて哀れな人の遺体を落とさないように気をつけるだけだった。死体が階段をころげ落ちでもしたら、修復は不可能になるだろう。死後の痛みがよけいにひどいことは言うまでもない。

裏庭はまるで未開のジャングルだった。最近の雨のおかげで野菜はのび放題になり、風に運ばれてきた雑草がぼうぼうに育っていた。跳ねているウサギたちは新鮮な餌に事欠かず、ニワトリも厳しい時代にもかかわらずどうにか生きていた。三人は地面に腰を下ろして荒い息をついていた。重労働のおかげで消耗しきっていた。隣では亡骸も同じように休んでおり、そこに寄ってくるメンドリやウサギを医者の妻が追い払っていた。ウサギは好奇心に駆られて鼻をひくつかせるだけだが、ニワトリはくちばしを銃剣のように突きだして、なにをしでかすかわからなかった。医者の妻が言った。出ていく前に、彼女はウサギ小屋の扉をあけるのを思い出したんだわ。ウサギを飢え死にさせたくなかったのね。むずかしいのは他人と暮らすことじゃないな、他人を理解することだ、と医者が言った。サングラスの娘は草をひとにぎり引っこぬいて、手を拭いた。うっかり死体の都合の悪い場所をつかんだのだ。それは本人の過失であり、目が見えないからこそ起きたことだった。医者が言った。シャベルか鍬があればな。ここで言葉の永久循環に気づいた人がいるに違いない。同じ理由で口にされた言葉が、また戻ってきた。最初は車泥棒のために、そしていまは鍵を返却した老婆のために。埋めてしまえば、だれかが憶えていないかぎり違いがわかる者はいない。医者の妻はきれいなシーツを求めてサングラスの娘の家に上がっていったが、あまり汚れていないもので間に合わせなければならなかった。降りてくると、ウサギは菜っ葉を噛んでおり、メンドリは死体をついばんでいた。布で亡骸をくるむと、こんどはシャベルか鍬がないか探しにいった。両方とも、ほかの道具とともに裏庭の物置で見つかった。わたしがやるわ、と医者の妻は言った。地面が湿ってるから掘りやすいし、あなたたちは休んでて。彼女は、鍬で根を切らなくてすむように太い根のない場所を選んだ。とはいえ簡単な仕事ではなかった。根はささやかながら独自の方法で、打撃を避け、致命的なギロチンの刃の効果を弱めるために土の柔らかさを利用するコツを知っているからだ。医者の妻は掘っているせいで、医者とサングラスの娘は眼が用をなさなかったせいで、三人が三人とも気づかなかったのだが、いつのまにか周囲のバルコニーに目の見えない人びとが出てきていた。住人のすべてではなく、数も多くなかった。おそらく土を掘る音に惹かれたのだろう。いくら土が柔らかくても、シャベルの一撃が隠れた石に当たって、大きな音をたてることがあるのを忘れてはならない。幽霊のようにふわりとあらわれた人びとには、男も女もいた。彼らは埋められたときの様子を思い出そうと、好奇心を抱いて埋葬に立ち会う幽霊さながらだった。墓穴を掘り終えたとき、医者の妻はようやく気づいた。彼女は痛む背中をぐっとのばし、腕を上げてひたいの汗をぬぐった。それから、おさえきれない思いに駆られて、考えもせずに、そこにいる目の見えない人びとへ、そして世界中の目の見えない人すべてに、彼女は復活するだろう、と呼びかけた。生き返るとは言わなかった。たいした問題ではないとしても、辞書はこのふたつが完全に絶対的な同義語同士だということを、裏付け、確認し、示唆している。人びとはぎょっとしてアパートのなかに戻った。どうしてそんな言葉が発せられたのか理解できなかったのだ。さらに言うなら、こうした啓示に馴れていなかったのかもしれない。魔術の預言が叫ばれている広場に行っていないのはあきらかだった。カマキリの頭とサソリの自殺があれば、あの魔術的な演説の光景は完璧になるのだが。医者が言った。どうして復活するなんて言ったんだ？　だれに向かって？　バルコニーに何人か出てきてたの。わたしも驚いたけど、向こうも恐くなったでしょうね。なぜ、ほかの言葉でなく、あれを選んだ？　わからない。頭に浮かんだことをそのまま言っただけ。どうやら、きみは帰る途中、広場で説教を始めそうな気がするよ。ええ、ウサギの歯とメンドリのくちばしについての説教をね。さあ、手伝ってちょうだい。ここよ。そう、そこ。彼女の足を持って。わたしがこっち側から持ちあげるから、穴にすべり落ちないように注意して。そう、そこ、そのまま、ゆっくりと低く下ろして、もっと、もっと、メンドリがいるから墓穴をすこし深めに掘ったの。もし掻きだしたら、どこまで掘るか見当もつかないから。これでいいわ。医者の妻はシャベルで墓穴を埋め、しっかりとその上を踏み固めながら、人を大地に戻すときにかならず余る土で小さな塚をつくった。まるで老婆がその人生でほかになにもしなかったようだった。最後に、庭の隅に生えている薔薇の茂みから枝を一本手折り、塚に植えた。復活する？　とサングラスの娘がたずねた。いいえ、彼女はしない、と医者の妻は答えた。それより自力で復活する必要があるのは、生きている人たちよ、やろうとはしていないけど。われわれはもう半分死んでるよ、と医者が言った。まだ半分は生きてるわ、と妻が言い返した。彼女はシャベルと鍬を物置に戻し、すべてが秩序立ったかどうか裏庭をよく見まわした。どんな秩序なのか。彼女は自問して、それに答えた。死者は死者のなかへ、つまりあるべきところへ戻すように求める秩序だ。生者は生者のなかへ。メンドリやウサギは食ったり食われたりするにすぎないが。両親のために、なにか印を残しておきたいわ、とサングラスの娘が言った。わたしが生きてることを知らせるものを。希望に水を差したくはないが、と医者が言った。それにはまず親がこの家を探しあてる必要があるし、それはかなり可能性が低いだろう。わたしたちだって、案内がなければここまで来られなかったんだ。そのとおりよ。それに、いま生きてるかどうかだってわからない。でも、なにか目印を残さなければ、自分が両親を見捨てたような気になる。たとえばどういう目印を？　と医者の妻がたずねた。親がさわればわかるような、とサングラスの娘が言った。悲しいのは幼いころ持ってた物を、なにひとつ持ってないことよ。医者の妻は娘を見た。娘は非常階段の一段目にすわっており、愛らしい顔を苦悩でゆがめながら力なく両手を膝に置いていた。長くのびた髪が肩に広がっていた。あなたが残せる目印を思いついたわ、と医者の妻が言った。彼女は階段をすばやくのぼり、娘の家に戻ったと思うと、ハサミと紐を持ち帰った。なにを思いついたの？　とサングラスの娘がたずねた。ハサミで髪をじょきじょきと切る音がしたので心配になったのだ。あなたの両親がここに戻ってきたら、ドアの把手にこれがぶら下げてあるの。ほかのだれがこんなところに髪を下げておく？　娘しか考えられないでしょう、と医者の妻が言った。あなたのせいで泣けてきちゃった、とサングラスの娘が言った。そう言ったとたん、娘は膝にのせた腕に顔を埋めて感情を解き放った。郷愁と動揺、医者の妻の思いつきによって掻きたてられた思い出に屈したのだ。そして、どういう感情の経路でそこにたどりついたのかわからないが、いつしか二階の老婆のためにも涙を流していた。生肉を食べていたおぞましい女のため、死んだその手に握って家の鍵を返してくれた醜女のために。するとと医者の妻が言った。どんな時代に生きていようと、物事の秩序が逆転することもあるわ。かならずといっていいほど死を意味していたシンボルが、生命の印になっていたり。手があるんだな、そういうものや、もっと大きな驚異を生みだす手が、と医者が言った。必要は強力な武器よ、あなた、と妻が言った。さあ、哲学と奇跡はもういいから、手をとりあって現実に戻りましょう。サングラスの娘自身がドアの把手にひと房の髪を結びつけた。親は気づくかしら？　と娘が訊いた。ドアの把手は家がのばした手みたいなものよ、と医者の妻が言った。このありふれた表現の意味は、こういうことである。きっと親は訪ねてくるわ。

その夜、ふたたび人びとは朗読に耳を傾けた。ほかに気晴らしはなかった。たとえば残念なことに、医者はアマチュアのヴァイオリニストでもなかった。でなければ、この六階の家では美しいセレナーデが奏でられ、隣人はうらやましげに言うことだろう。上の階の人たちはずいぶん余裕があるのか、それともすっかり気がゆるんで、他人の不幸を笑えば不幸から逃げられると思っているのか、どっちかだね、と。いま、ここには言葉の音のほかに音楽はない。こうした、とりわけ書物にある言葉は、慎み深いものだ。たとえ同じ建物のなかの人が興味をおぼえて、ドアのところで耳を澄ましたとしても、ある人物のつぶやくような声が聞こえるだけだ。それは無限につづくかと思えるような、長い音の連なりである。なぜならこの世の本は、すべてを合わせれば、宇宙がそうだと言われるように無限だから。深夜、朗読が終わった後で、黒い眼帯の老人が言った。だれかが読むのを聴く。われわれはこうなるわけですな。わたしは不平は言わないわ。ずっとここにいてもいい、とサングラスの娘が言った。わたしも不平をこぼしているのではありません。ただ、われわれ全員が、以前存在した人類の話の朗読を聴くだけの役回りになるのだな、と思っただけですよ。ここに一対の眼がある幸運を喜びましょう。最後に残った一対の眼なのです。そんなことは考えたくもありませんが、いつか消え失せるとしたら、そのときは人類とわれわれをつなぐ糸が切れることになります。そうなると、人はみな等しく目の見えない状態で、永遠に、宇宙のなかでそれぞれ切り離されたような気がするでしょう。サングラスの娘が言った。わたしはできるかぎり長く希望を持ちつづけたい、両親は見つかる、この少年のお母さんもあらわれるって。あなたはわれわれ全員が持っている希望のことを忘れましたね。それはなに？　視力が回復することです。そんな希望にしがみつくなんて頭が変なんじゃない？　おや、そうですか。そういう種類の希望がなければ、とうに自棄になっていましたが。たとえばどんな？　また目が見えることです。それはもう聞いたわ。ほかのことを言って。言いません。なぜ？　あなたは興味を持たないから。興味を持たないって、どうしてわかる？　わたしがなにに興味を持って、なにに持たないか勝手に決められるほど、あなたはわたしのことを知ってると思ってるわけ？　怒らないでください、あなたを傷つけるつもりはなかった。男ってみんな同じね。女のおなかから生まれてきたから、女のことで知っておくべきことは全部知ってるみたいに考えてるんだから。わたしは女のことをほとんど知りませんし、あなたのことも全然知りません。男ということで言えば、これは個人的見方ですが、現代の尺度で言えば、わたしは目が見えないだけでなく年寄りで片眼の男です。ねえ、自分を否定する以外のことはなにも言えないの？　まだたくさんありますよ。歳を重ねるとともに、どれだけ自己批判のリストが増えるものか、あなたにはわからないでしょうね。わたしは若いし、けっこう奔放にやってるわ。あなたはまだほんとうに悪いことはしてませんよ。どうしてわかる？　わたしといっしょに暮らしたこともないのに。そのとおり。あなたといっしょに暮らしたことはありません。どうして、そういう口調でおうむ返しに言うのよ。どういう口調ですか？　それよ、いまの。わたしはただ、あなたといっしょに暮らしたことはないと言っただけです。ちょっと、頼むからわかんないふりしないでくれない？　むきにならないで。むきにもなるわ、知りたいんだもの。じゃ、希望の話に戻りましょうか。いいわよ。さっきわたしが言うのをやめた希望の別の例をあげてみます。言って。わたしの自己批判のリストの最後にあるものです。頼むからちゃんと説明してよ、なぞなぞはわからないから。絶対に視力が回復しないでくれという、切なる願いです。なぜ？　このままの暮らしがつづけられるように。みんないっしょに？　それとも、あなたとわたしの二人だけで？　答えろと強制しないでください。あなたがただの男なら、ほかの男たちみたいに答えを逃げてもいい。でも、さっき自分で言ったように、あなたは年寄りだわ。長生きして分別がついてるなら、年寄りはけっして真実から顔をそむけるべきじゃないのよ。さあ、答えて。あなたとです。なぜわたしといっしょに暮らしたいの？　みんなのいる前で言わせたいのですか？　わたしたち、これ以上ひどいことはないぐらい汚いこと、醜いこと、むかつくことを、いっしょにしてきたのよ。これ以上ひどいことがあるなら、言ってみて。わかりました、そこまで言うなら成りゆきにまかせましょう。なぜなら、わたしの中に残っている男があなたという女を愛しているからです。ずいぶんまわりくどい愛の告白じゃなかった？　こういう年齢になると、人は滑稽を恐れるものです。全然滑稽じゃなかったわ。どうか忘れてください、お願いです。わたしは忘れる気もないし、あなたに忘れさせる気もないけど。またたわいもないことを、答えをむりに言わせておいて。こんどはわたしの番よ。ブラックリストじゃないですが、後悔するようなことは言わないことです。今日、わたしが誠実だったら、明日後悔したって関係ないわ。おやめなさい。あなたはわたしと暮らしたいし、わたしもあなたと暮らしたいの。あなたは分別をなくしてる。わたしたち、ここでいっしょに暮らしはじめるのよ、夫婦のように。そして、仲間たちと別れることになっても生活を共にするの。目が見えなくたって、二人なら一人よりよく見えるから。どうかしています、わたしを好きでもないのに。好きってどういうこと？　わたしはだれも好きになったことなんかない。ただ男たちとベッドに入っていただけよ。では、あのときのわたしには本気だったと？　そうでもなかった。正直に言いましたね。では、本気でわたしを好きだというなら、そう言ってください。いっしょにいたいと思うほど好き、こんなことを人に言うのは初めてだわ。以前どこかでわたしと出会ってたら、そんな言葉は口にしなかったでしょう。禿げかかってる白髪の老人で、片眼には眼帯をし、もう一方の眼は白内障をわずらっているんです。たしかにそのときは、そんなことを言わない女だったと思うわ、否定はしない。これを口にしたのは、今日ここにいる女のわたしよ。では、明日のあなたはどういう女になって、どんなことを言うか見なければなりませんね。わたしを試そうというの？　とんでもないです、あなたを試すなんて、そんな男じゃありません。こういうことを決めるのは人生ですから。では決断は下されたわ。

二人は面と向かって、この会話をかわしていた。たがいに見えない眼をじっと凝らしながら。二人は紅潮し、気を高ぶらせていた。一人が言いだして、二人がそれを求めたので、いっしょに暮らすことを人生が決めたのだと彼らはうなずき合った。サングラスの娘はそのとき両手を差しだした。それはどこに行こうかと探る手ではなく、ただ単純に人に与える手だった。娘は黒い眼帯の老人の両手にさわり、老人は優しく彼女を引き寄せた。そうやって二人は並んで腰かけていた。もちろんそれは初めてのことではない。だが、いまは約束の言葉が交わされた後だった。ほかの人びとは黙っていた。だれも祝福しなかった。だれも永遠の幸福を祈らなかった。ほんとうのことを言えば、いまはお祭り騒ぎをしたり、希望を持ったりしている場合ではなかった。決断がこうしてあまりに真剣に下されたようだったので、このようにふるまうには目が見えていてはいけないのだと思う人がいても不思議ではなかった。沈黙は最高の喝采だ。それでも、医者の妻はソファのクッションをいくつか玄関ホールに運びだし、快適なベッドにしつらえたあと、斜視の少年をそこに連れていって言い聞かせた。今日からあなたはここで眠るのよ。この最初の夜に居間で起きたことからすると、ついに、あの清めの水が豊富にあった朝、黒い眼帯の老人の背中を洗った謎の手がだれのものだったか判明したのは、どこから見てもまちがいないところである。

翌日まだベッドのなかで、医者の妻が夫に言った。食糧の残りが乏しいから、また出かけないと。今日はスーパーマーケットの地下倉庫に戻ってみようと思うの。最初の日に行ったところよ。あれからだれにも見つかってなければ、一週間か二週間分の食料雑貨が手に入ると思うんだけど。ぼくがいっしょに行こう。あと一人か二人、だれかに応援を頼んで。どちらかといえば、わたしはあなたと二人で行きたいの。そのほうが楽だし、迷う危険も減らせる。きみはいつまで六人の無力な人びとの重荷を運んでいけるのかな。力のあるかぎりやるつもり。でも、あなたの指摘は正しいわ。ちょっと疲れがたまってきたわね。ときどき心のどこかで、ほかの人と同じになるように、わたしも目が見えなくなればいいと願ってる。そうなれば、人よりよけいに義務に縛られることもないから。ぼくらはきみに頼りすぎて、それに馴れちゃってるな。きみがいなくなったら第二の失明に襲われるだろう。その眼のおかげで、みんなの目がすこしだけ見えているわけだ。わたしはできるだけつづけるけど、それ以上の約束はできない。あの人が言うように、ある日われわれがこれ以上よいことも、役立つこともできないと気づいたら、あっさりこの世を去るだけの勇気を持つべきだろう。だれがそんなことを言ったの？昨日の幸運な男さ。でも、彼が今日同じことを言わないのはたしかね。真の希望ほど人に意見を変えさせるものはないわ。たしかにそうだ、希望が長くもてばいいが。あなたの口調は、いらだってるみたいに聞こえる。いらだって？　なぜだい？　まるでなにかを奪われたよう。きみはあの恐ろしい場所にいたときに、あの娘がしたことを言ってるのか？　ええ。忘れないでくれ、セックスをしたがったのは彼女のほうだ。記憶はあざむくものだわ。あなたが彼女をほしがったのよ。自信があるのかい？　わたしは見ていたの。こちらこそ誓ってもいい。ただ偽証になるだけなのに。記憶が自分をあざむけるなんて、妙じゃないか。この場合はわかりやすいわ。ここに差しだされた問題は、克服すべきというより、わたしたちが持っているものなのよ。あの子はあれから二度と近づいてこないし、ぼくも近づかなかった。あなた方は、そうしたければ、記憶のなかでたがいに会えたはずだわ。そのために記憶はあるんだもの。きみは嫉妬してるんだ。いいえ、妬いてるんじゃない。あのときだって嫉妬は感じなかった。彼女もあなたも、かわいそうだと思ったわ。それとわたし自身も。あなたを助けてあげられなかったから。水の在庫はどうなってる？　よくないわ。ひどく質素な朝食の後、前夜の出来事はそれぞれの人のほほえみにやわらげられ、交わす言葉も未成年者の前であることを考えて適切にぼかされた。収容所にいるあいだに少年がいろいろな恐ろしい場面に出会ったことを思い出せば、奇妙な配慮ではあったのだが。今回、医者の妻とその夫は、家から出たがっている涙の犬だけを連れて出発した。

街路の状態は、時々刻々と悪くなっていた。暗闇の時間のあいだに、ゴミが増えているように思われた。まるで外部から、まだ平常の生活を送っている見知らぬ国から、だれかが夜陰にまぎれてゴミ箱を空けにきているようだった。わたしたちが目の見えない国にいなければ、この白い闇のただなかに、塵芥、残骸、瓦礫、化学性廃棄物、粉塵、油の燃えかす、骨、瓶類、臓物、使い切った電池、ビニール袋、山のような紙などを積んだ幻の荷車やトラックが見えたことだろう。運んでいないのは、食べ残された食糧だけ。飢えをまぎらわす果物の皮の一片とて運んでいない。角を曲がればなにかよいことがあるだろうと、わたしたちがこれほど待っているにもかかわらず。早朝なのに、気温はすでに暑苦しいぐらい上がり、大量の塵芥から異臭がもやもやと有毒ガスのようにたちのぼっていた。伝染病が発生するのは時間の問題だ、と医者が言った。だれも逃れられない。ぼくたちには防ぐ手段がない。雨が降らなければ、大風が吹くわ、と妻が言った。とりあえず雨になれば多少でも喉の渇きをいやし、風ならばこの臭いを吹きちらしてくれるのに。涙の犬は落ち着かなげにあたりを嗅ぎまわり、あるゴミの山を調べるためにに立ちどまった。このなかの奥深く、そうは見つからないところに貴重なご馳走が隠れているに違いない。犬は連れがいなかったらこの場を一歩も動かなかっただろうが、泣いた女は歩きつづけており、ついて歩くのはこの犬の義務だった。いつ涙を舐めることになるのか、だれにもわからないから。通りを行くのは大変だった。とくに急坂では、先日の大雨のときに水が奔流となって車を押しながし、ほかの車にぶつけ、建物の壁に押しつけていた。そのせいでドアは壊れ、店のショーウィンドウは割れ、地面にはガラスの破片がびっしりと散乱していた。二台の車にはさまれた男の死体は腐敗がすすんでいた。医者の妻は眼をそむけた。涙の犬がそれに近づいたが、死に怯えたのか、さらに二歩あるくと突然毛を逆だてて、喉の奥からひと声、おおーんと遠吠えを放った。この犬に問題があるとすれば、それは人間に近くなりすぎて、人間が苦しむように苦しむことだろう。二人は、目の見えない人の群れがほかの人びとの演説を聴いて、気晴らしをしている広場をよこぎった。ひと目見ただけでは、人びとは失明しているように見えなかった。話し手は気を高ぶらせて聞き手のほうを向いており、聞き手は注意深く話し手のほうを向いていた。彼らが賛美してやまないのは、秩序ある偉大な体系の持つ原理原則の美徳、私有財産、変動制為替（かわせ）相場であり、市場経済、証券取引、課税、利子であり、専有と没収、製造、流通、消費、需要と供給であり、富と貧困、情報伝達、抑圧と非行、宝くじであり、刑務所、刑法典、民法典、交通規則集、辞書、電話帳であり、売春組織、軍需工場、軍隊、墓地、警察、密輸、麻薬、放置された非合法貿易であり、製薬の研究、賭博、僧侶と葬式の費用、司法、貸借であり、政党、選挙、議会、政府であり、でこぼこに、垂直に、水平に、斜めになり、集まり、散らばり、はかなく、消えていく思索であり、すりきれた声帯であり、言葉の死だった。ここでは組織のことを話してる、と医者の妻が夫に言った。気づいたよ、と彼は答え、それ以上なにも言わなかった。二人は歩きつづけ、医者の妻が街角にある街路標示を調べにいった。むかし街道脇に立ててあった矢印のようなものだ。スーパーマーケットはすぐそこみたい。道に迷った日、彼女はこの近くで、幸運にも中身をいっぱいに詰めこんだビニール袋の重さに疲れて、みっともなくすわりこんだのだ。混乱と苦悶のなかで、彼女はなぐさめにきた犬になすすべもなく頼っていた。その犬がいま、やけに近寄ってきた犬の群れに向かって威嚇の唸り声をあげていた。まるで、おれを舐めるなよ、離れていろよ、とでも言うように。左へ曲がり、つぎを右に行くと、スーパーマーケットの入口があった。あそこだ。ドアがある。建物もそのままだ。だが、そこに出入りする人影はなかった。大勢の人の出入りによって成りたっている店につきものの黒山の人だかりが見えない。医者の妻は最悪の事態を恐れて、夫に言った。ひょっとしたら遅かったかもしれない。もうなにも残ってないのよ。どうしてそう決めつける？　出入りしてる人が見あたらないの。たぶん地下倉庫が見つかってないからだろう。そうだといいんだけど。二人はスーパーマーケットの反対側の歩道で話をしていた。隣には、信号が青に変わるのを待っているように三人の人びとが立っていた。医者の妻は彼らの表情に気づかなかった。困惑まじりの驚きの表情、一種の混乱した恐怖といってもいい。彼女は一人が口をあけかけて、また閉ざすのを見ていなかった。突然肩をすくめたのにも気づかなかった。その目の見えない男は、いずれわかるよ、と思ったに違いない。医者の妻と夫は道路を横断していたので、二人目の言葉も聞こえなかった。どうしていまの女は、見あたらないなんて言ったんだ？　出入りしてる人が見あたらないと言ったぞ、と。三人目が答えた。言葉のあやだろう。さっきだっておれがつまずいたら、おまえも言ったじゃないか。足元をよく見てろって。人間はまだ見るという習慣をなくしてないんだ。ああ、そういう話は聞きあきた、と一人目が嘆息した。

昼の光がスーパーマーケットのだだっぴろい店内全体にとどいていた。棚はほとんどすべてひっくり返されており、あるのはゴミ、ガラスの破片、中身のない包装紙だけだった。妙だわ、食料品がないとしても、どうして人がだれもいないのかしら。医者の妻がそう言うと、夫が答えた。そうだね。ふつうじゃないかもしれない。涙の犬が小さく鼻声をあげた。またしても毛を逆立てていた。医者の妻が夫に言った。なんだか嫌な臭いがする。嫌な臭いはそこらじゅうでするよ、と夫が言った。そうじゃないわ。もっと別な臭いよ、腐ったような。どこかに死体があるんだ。わたしには見えないけど。だったら気のせいに違いないな。犬がくうくう鳴きはじめた。この犬はどうしたんだろう、と医者が言った。いらだってるわ。これからどうする？　こうしましょう、臭いの原因が死体なら近づかないようにするし、ここまで来たら死体が怖いなんてこともない。ぼくのほうが簡単だ。見えないんだから。二人はスーパーマーケットの店内をよこぎって、地下倉庫に通じる廊下の入口のドアのところへやってきた。涙の犬は二人についてきたが、ときおり歩みをとめては彼らに吠え、また仕方なさそうに歩きだすのだった。医者の妻がドアをあけると、嫌な臭いはさらに強くなった。恐ろしい臭いだ、と夫が言った。あなたはここにいて。すぐに戻るから。彼女は廊下を歩いていった。一歩ごとにどんどん暗くなり、涙の犬はなにかに引きずられるようについてきた。腐臭が充満しているせいで、空気は重く濁っているようだった。半分ほど歩いたところで、彼女は嘔吐した。いったいなにがあったんだろう、と吐き気のあいまに考えた。それから同じ言葉を何度も何度もつぶやきながら、地下への降り口である鉄の扉にたどりついた。吐き気で頭が混乱していたため、医者の妻は前方でなにかがかぼそく光っているのに気づかなかった。だが、いまはわかっていた。ふたつの扉の縁に沿って、小さな炎がちらちらとまたたいていたのだ。階段室に通じる扉と、エレベーターの扉。ふたたび強烈な吐き気に胃袋をつかまれた。彼女の反応があまりに激しかったため、涙の犬は注意を引かれて、ひときわ長い遠吠えを放った。その叫びは、地下の死人の最後の声のように廊下にこだまして響きつづけた。いつ果てるとも知れぬ鬼哭（きこく）だった。妻が吐き、身を痙攣（けいれん）させて喘ぎ、咳きこむ音を聞いて、夫は力のかぎり駆けだした。つまずき、転倒し、起きあがってはまたころび、ついに妻の体をきつく抱きしめた。なにがあったんだ？　と彼はたずねた。声をわななかせて妻は答えた。ここから連れだして、お願い、わたしを連れだして。医者が妻を導くのは、目が見えなくなって以来初めてのことだった。どこへとも知らずに、医者は彼女を連れて歩いた。そのふたつのドアから、そして彼の目には見えない炎から遠ざかろうとして。二人が廊下から出たとき、突然彼女は泣きくずれた。すすり泣きが号泣に変わった。こうなると、もう舐めてとまる涙ではなく、泣き疲れるまで泣くしかなかった。それでなのか、犬も顔に近寄らず、ただ舐める手を探すばかりだった。なにがあったんだ？　ふたたび医者がたずねた。なにを見た？　死んでるの。すすりあげる合間に彼女は言った。だれが？　みんな。それ以上つづけられなかった。まず落ち着くことだ。話せるようになったら、そう言ってくれ。数分後に、妻は気をとりなおした。死んでるのよ。なにか見たのか？　きみはドアをあけたのか？　と夫が訊いた。いいえ、ドアのまわりの燐火だけ。そこに火が踊っていて、しがみついて離れないの。死体が腐敗して、燐化水素が発生したからだと思う。どういうことが起きたんだろう。きっと地下倉庫を発見し、人びとが食べ物を求めて階段を駆け降りたんでしょうね。そう言えば、あそこの階段はとてもすべりやすかった。一人が足をすべらせれば将棋倒しになってしまう。目的地に行きつけた人はいなかったのかもしれない。それとも、のぼろうとしても障害物が多すぎて上がってこられなかったか。でも、きみは扉がしまってたと言った。きっとほかの人がしめて、地下倉庫は大墓場になったの。わたしのせいだわ。わたしがビニール袋を持って駆けだしたとき、人びとは食べ物だと勘づいて、探しにいったのよ。でもある意味で、われわれが口にする食糧は、すべてほかの人から盗んだ物だ。たくさん奪いとれば、それだけ人を死なせた責任が生じる。だから多かれ少なかれ、われわれは殺人者なんだよ。ささやかななぐさめね。ぼくは架空の罪の重荷をきみに背負わせたくないんだ。そうでなくても、現実に六人のごくつぶしを背負って苦しい時を生きているのに。あなたのごくつぶしの口がなかったら、どうやってわたしは生きていくの？　ほかの五人を支えるために生きればいい。問題は、いつまでつづくかよ。もう長くはないな。食べる物がなくなったら、ぼくたちは野原を放浪するしかない。樹から果実を採り、捕まえた獣を殺すだろう。それまでに、こっちが野犬や猫にむさぼり食われなければ。涙の犬は反応しなかった。この問題はどうでもよいことだった。先日はむやみに涙の犬に変身したわけではなかった。

医者の妻は自力では歩けなかった。衝撃がすべての力を奪っていた。スーパーマーケットから出たとき、彼女はぐったりとしており、夫は目が見えなかったので、どちらがどちらを支えているかわからない状態だった。おそらく強い日差しがめまいを起こさせたのだろう。彼女は視覚をなくしたと思ったが、とくに怖くはなかった。一時的に失神状態になっただけだ。倒れもしなかったし、完全に意識が消えたわけでもない。横になって眼をつぶり、呼吸を整えたかった。二、三分、休息できたら、気力がとりもどせる。いや、とりもどさなければ。ビニール袋はまだ空っぽだ。不潔な路上には寝たくない。死のスーパーマーケットにも戻れない。あたりを見まわすと、すこし遠くなるが、道の向こう側に教会があった。そこにもきっと人がいるだろうが、休息をとるにはふさわしいように思われた。少なくとも、むかしはそうだった。そこで夫に言った。気力を回復させなければ。わたしをあそこに連れてって。あそこって、どこ？　ごめんなさい、気がまわらなくて。案内するから。どういう場所だい？　教会よ、そこですこし横になれば、新しい気持ちに切り換えられると思うから。では、行こうか。教会の前には六段の階段があるわ。六段よ。医者の妻はそれをのぼるのにとても苦労した。夫を導きながらだったので、よけいに大変だった。扉は大きく開かれていたので、ずいぶん助かった。もし回転ドアだったら、いちばん簡単なタイプであっても通り抜けるのにかなり苦労しただろう。涙の犬は敷居の手前でためらった。犬たちはこの何カ月か自由な行動を楽しんできたが、どの犬の脳にも、この動物の種族に定められた長い歴史を持つ禁止行為が遺伝的に組みこまれていた。教会に入るにあたって、おそらく犬はどこへ行くにも自分の縄張りに印をつけるというもうひとつの遺伝コードを思い出したに違いない。涙の犬の祖先は、善良で忠実な奉仕を捧げてきた。すなわち犬たちは教会に承認される前に聖者の爛れた傷を舐めるのである。とはいえ、たとえどれだけ体や、犬の舌の届かない魂にたくさん傷がついていようと、すべてのおもらいさんが聖者になれるわけではないから、これほど無欲な、思いやりにみちた行為はなかった。涙の犬はようやく聖なる空間に入る勇気をふるいおこした。扉はあいており、門衛はおらず、なによりも強い動機になったのは、泣いていた女がすでに入っていたことだ。魂の脱け殻になった女が、どうやって歩いていったのかわからない。ただ、女は夫にひとことだけつぶやいた。わたしを支えて。教会は満員だった。足の踏み場もないほどに。文字どおり、人の頭をのせる石もないと言っていいかもしれない。ここでふたたび涙の犬が役立つところを見せた。

悪意のない唸り声を二回あげ、二回つっかけただけで、たちまち医者の妻がへたりこめる場所をあけさせたのだ。ようやく彼女は深く眼をつぶることができた。夫は妻の脈をとった。鼓動はしっかりしており、規則正しかったが、いくらか弱くなっていた。夫は妻の身を起こしにかかった。これでは姿勢がよくない。血をすみやかに脳へめぐらせ、大脳の働きをよくすることが肝要だ。いちばんいいのはすわらせて、膝のあいだに頭を置き、自然の重力にまかせてうなだれる姿勢だった。何度か失敗したあとで、医者はやっとのことで妻を起きあがらせた。数分すると、彼女はひとつ大きなため息をつき、かすかに体を動かして、意識をとりもどした。まだ立っちゃだめだ、と夫が告げた。もうしばらく首を下げたままにしていなさい。だが、彼女の気分は回復しており、めまいも感じず、その眼は涙の犬が伏せる前に精力的に引っ搔いてきれいにしたタイルを見わけることもできた。医者の妻は顔を上げて、ほっそりとした柱や高い丸天井を見ながら、血の流れが無事に安定したかどうか確かめた。わたし、もう大丈夫よ、と彼女は言った。だが、まさにそのとき、ひょっとしたら頭が変になったのか、それともめまいが消えて幻覚が生じたのかと思った。その眼がとらえたものは、とうてい現実とは思えなかった。磔にされている男は眼に白い包帯を巻いていた。その隣にいる心臓を七本の剣で刺された女も、やはり眼に白い包帯が巻かれていた。そうなっていたのは、その男女にとどまらなかった。教会にある人物像はひとつのこらず眼が覆われていた。彫像の頭には白い布が結ばれ、描かれた人物には白いペンキで濃く線が引かれていた。娘に文字の読み方を教えている女。二人とも眼が覆われていた。小さな子どもを膝にのせて本を開いている男。二人とも眼が覆われていた。体を何本もの矢で射られた男。彼も眼が覆われていた。灯ったランプを持つ女。彼女も眼が覆われていた。両手と両足と胸に傷のある男。これも眼が覆われていた。獅子を連れた男。人も獣も眼が覆われていた。鷲を持つ男。人も鳥も眼が覆われていた。小羊を連れた男。両方とも眼が覆われていた。角とひづめのある男の上に槍を持って立っている男。二人とも眼が覆われていた。天秤を持つ男。これも眼が覆われていた。抜き身の剣に寄りかかった老人。これも眼が覆われていた。鳩を持った女。両方とも眼が覆われていた。二羽の大鳥を持つ男。人も鳥も眼が覆われていた。ただ一人、眼に包帯を巻いていない女がいた。それはえぐりだされた眼球を銀の盆にのせて運んでいるからだ。医者の妻は夫に言った。わたしの目の前にあるものを話しても、あなたはきっと信じないでしょうけど、この教会にある人物像はすべて眼が覆われてるわ。それは奇妙だね！　なぜだろう。どうしてわたしにわかる？　もしかしたら、自分もいずれ同じように失明すると悟って、ひどく信仰がぐらついた人間の仕業かもしれない。ここの司祭の可能性さえあるわね。目の見えない人びとは二度と絵や彫刻を目にしないし、人物像にも目の見えない人びとを見せてはならないと思って。絵や彫刻は目が見えないよ。それは違うわ。絵や彫刻はそれを見る人の眼で見ているの。ただ、いまはだれもが見えないだけ。きみはまだ見えている。わたしはどんどん見えなくなるわ。失明はしていないけど、わたしを見る人がいないから、すこしずつ見えなくなる。かりに絵や彫刻の眼を覆ったのが司祭だとしたら？　それはわたしの想像よ。でも意味を持つのは仮説だけだし、それだけがわれわれの受難にいくらかでも尊厳を加えることができるんだ。たとえばぼくはこんな想像をする。ここに目の見えない世界からある人間がやってくる。その人物はそこへ戻れば自分自身失明することがわかっている。閉ざされた扉、見捨てられた教会、沈黙がある。彫像、絵画がある。ぼくにはその人がひとつひとつ、それらに近寄る姿が目に浮かぶ。祭壇に上がり、包帯を巻いて二重結びで縛る。けっしてゆるまないように、ずり落ちないように。彼らが投げこまれた白い夜をさらに濃くするために、絵画には絵の具を二度塗りつける。この司祭は史上かつてない、あらゆる宗教を通じて最悪の瀆神(とくしん)行為を犯したに違いない。彼は究極的に、神は見る眼を持つに値しない、と宣言するためにここに来たもっとも公正でもっとも急進的な人間なんだ。医者の妻がこれに答えるひまもなく、そばにいた何者かが口をはさんだ。いったいなんの話をしているのです？　あなた方はだれですか？　あなたと同じ目が見えない人間よ、と妻は言った。でも、あなたがさっき見えると言ったのを聞きました。あれは言葉のあやだわ。習慣はなかなか消えないものなの。これからも聞きあきるほど言うでしょうね。では、絵や彫刻の眼が覆われてるというのはなんですか？　それはほんとうの話なの。目が見えないのに、どうしてそんなことがわかります？　わたしがしたようにすれば、あなたにもわかるわ、手でさわってくればね。手は目の見えない人の眼よ。なぜあなたはそんなことをしたのです？　わたしたちがこうなったからには、だれかの目が見えなくなってるに違いないと思ったの。それから教区司祭が絵や彫刻の眼を覆ったという話ですが、わたしは司祭のことをよく知っているのです。あの方はそんなことのできる人じゃありません。人になにができるかなど、事前にわかるはずがないわ。あなたは様子見をすべきだし、時間を置いてみなければわからない。支配しているのは時なのよ。時はテーブルの向こう側にいる賭け事のパートナーなの。時はひと組のトランプのカードすべてをその手に握っていて、わたしたちは、人生の、自分たちの人生の、勝ちカードを推理しなければならないんだわ。教会で賭け事の話をしたら罰があたります。さあ、立って。わたしの言葉を疑うなら、その両手を動かせばいい。あなたは絵や彫刻の人物の眼が覆われていると誓えますか？　なにに誓うの？　あなたの眼にです。では、あなたの眼とわたしの眼に、合わせて二回誓うわ。ほんとうに？　ほんとうよ。この会話はすぐそばにいる人びとの耳に入った。そして誓いによる確証を待つまでもなく、この報せは人びとのあいだに口づたえで流れはじめた。ささやき声の調子は不審そうな響きから、不安げになり、それがまた不審そうな響きに戻った。不幸なことだが、信徒のなかに、迷信深く想像力旺盛な者が数人いた。聖なる人物たちの情け深く憐れみにみちた目が見えず、ただおのれの闇を見ているだけだと考えたとたん、自分たちが生ける屍に囲まれていると告げられたように、それは耐えがたいものになったのだろう。叫び声は一人があげただけで充分だった。つぎからつぎへと叫び声があがり、恐怖に駆られた人びとは一人残らず立ちあがり、あわてふためいて正面扉へと押し寄せた。

ここでも避けられない事態がくりかえされた。あわてふためく気持ちのほうが速く、足はついていけなかった。逃げる人の足はつんのめりやすい。目の見えない場合はなおさらだ。倒れたら倒れたで、あわてふためく心が急かす。立て、走れ、やつらが殺しにやってくるぞ。立ちあがれたとしても、そこへ逃げてきたほかの人びとが倒れかかる。もつれ、からまった人体の塊。よほど意志が強くなければ、自由になろうとして自分の腕や足を探しているこの醜怪な塊にぷっと吹きだし、大笑いすることだろう。六段の外階段は断崖のようだ。とはいえ、結局、転落はそれほど深刻な事態にはならない。ころびなれて体が鍛えられているし、地面に体がつけば本来的に安心する。わたしはこのままここにいよう、とまず思う。たまに致命傷を負う場合もあるが、そのときも、このままここにいよう、というのが最期の思いとなる。いずれにしても変わらないのは、人は他人の不幸を利用するということだ。ごぞんじのように、開闢(かいびゃく)以来、相続人の相続人の相続人はそうしてきた。人びとはわれ先にと逃げだしたので、持ち物は残したままだった。必要が恐怖を抑えこんだとき、人びとはそれを取りに戻ってくるだろう。そうなると、どれが自分のもので、どれが他人のものか、人が満足するように解決するのはむずかしい。場合によっては、ささやかな食糧をなくすこともある。おそらく、あの女が絵や彫刻の人物の眼が覆われていると話したのは、たちの悪い策略だったのだ、哀れな人びとに残された乏しい食糧を奪うためにあいうでたらめを吹聴(ふいちょう)したのだ、と疑う人もいるだろう。さて、過ちを犯したのは涙の犬だった。犬はからっぽになった主廊を見て、あちこちあさりまわり、正当に自然に、働いたなりの成果をあげた。つまり、犬が宝庫の入口となったのだ。それで医者の妻と夫は盗んだという自責の念もなく、ビニール袋に半分ほど食糧を入れて教会を後にした。とはいえ、二人が手にしたものの半分は食べられればいいほうであり、残り半分は、どうやってこれを食べるつもりだったんだ、と言わずにはいられないものばかりだった。すべての人が不幸な場合でも、つねに人より不幸な者がいるものである。

その日の報告では、それぞれの出来事が語られるたびに仲間たちはめんくらい、愕然とした。おそらく言葉が思うにまかせなかったせいだろう、医者の妻が地下のドアのところで体験した凄まじい恐怖感や、もうひとつの世界に通じる階段の最上段にあった、長方形にちろちろとまたたく青白い炎の恐ろしさは、それほどはっきりと人びとにつたわらなかった。むしろ人物像の眼が白く覆われていた話のほうが仲間たちの想像力に強い印象を与えたが、その反応はいろいろだった。たとえば、最初に失明した男と妻は動揺した。夫婦にしてみると、それは許しがたい敬意の欠如だった。人類がみな視覚を失ったことは、だれの責任でもない惨禍であり、だれもが逃れられない不幸だった。しかし聖人像の眼を覆うなど、それだけでも許せない犯罪なのに、もしも教区司祭がしたならばさらに悪いことだと衝撃を受けたのである。黒い眼帯の老人の反応はまったく違っていた。あなた方が衝撃を受ける気持ちはわかります。わたしは彫像の眼がすべて隠された美術館を想像するのです。彫刻家が眼のところまで石を彫りたがらないからではなく、あなたの言うように包帯で覆われた影像です。ただ目が見えないだけでは足りないというように。妙なことに、わたしのしているような眼帯は同じ効果をあげませんね。ときには男の魅力とさえ思われることがあります。彼はいまの言葉と、自分自身をおかしそうに笑いとばした。サングラスの娘はただ、そういう呪われた展示室は夢に出てこないでほしいと言っただけだった。悪夢はうんざりするほど見ていたからだ。人びとは変質した臭い食品を食べた。それでも、持っている物のなかでは最上のものだった。医者の妻が、これからは食べ物探しがむずかしくなる一方だ、たぶん町を出て、田舎で暮らすべきかもしれない、そのほうが、よほど健康的な食糧を入手できる、と話した。きっと放牧されてるヤギやウシがいるわ。乳しぼりができる。ミルクが飲めるのよ。井戸水があるし、望むものを料理することもできる。問題はいい場所を見つけることだわ。それから全員が意見をのべはじめた。人より熱をこめて話す者もいたが、全員が緊急に決断を下すべきだとわかっていた。斜視の少年は無条件で賛成を表明した。おそらく長い休暇かなにかの楽しい思い出を持ちつづけていたのだろう。人びとは食べ終えると、横になって眠った。いつでもそうだった。収容所でもそうしていたが、そのときの経験から、肉体を休息させれば、かなりの飢えが耐え忍べるということを学んでいた。その夜、人びとはなにも食べなかった。不満をしずめ、空腹をやわらげるために斜視の少年だけがすこし口にした。ほかの者たちはすわって朗読を聴いた。少なくともそのあいだは、悪化した食糧不足の不平を頭のなかで考えずにすんだ。問題は体が衰弱しているせいで、ときおり注意力が散漫になることだった。知的関心がなくなったわけではない。そう、動物が冬眠に入るように、ともすれば脳が半分眠りだす。ちょっと失礼、と。こうして聞き手がそっとまぶたを閉ざし、魂の眼で物語の筋をなんとか追ううちに、活気のある箇所にさしかかって朦朧とした意識が目覚めることはよくあった。本はけっしてばたんと閉じられなかった。医者の妻が音をたてないように本を閉じるのは、夢見る人が眠りに入りかけていることがわかっているのを気どられないためだった。

最初に失明した男はこのまどろみに入ったようだが、そう見えただけだった。実際、眼をつぶりながらも、朗読にはほとんど注意を払っていなかった。田舎に行って暮らすという案が男を眠らせなかったのだ。自宅から離れるのは重大な過ちのように思われた。あの作家は親切な人かもしれないが、自宅に注意を払い、ときおり訪ねてみるのは悪いことではない。最初に失明した男の意識ははっきりと覚めていた。意識のある証拠をほかにあげるなら、目の前にまばゆい白があることだ。たぶん、視界を暗くするのは眠りだけなのだろう。だが、だれにも確信はないはずだ。眠りながら目覚めていることなどありえないのだから。最初に失明した男は、突然まぶたの内側が暗くなったとき、ついにこの疑問を晴らしたと思った。おれは眠りに落ちたんだ、と思った。いや、そうじゃない、眠りこんでなどいない。医者の妻の声はまだ聞こえている。斜視の少年が咳をした。そのとき、とてつもない恐怖で心が染められた。ある失明からまた別の失明へ移ったのではないだろうか。明るい失明のなかで生きてきたのに、こんどは闇の失明に入りこんだのでは。彼は恐怖に慄えた。どうかしたの？　と妻がたずねた。男は眼をあけずに、ぼんやりと答えた。目が見えない。まるで驚くべき報せをつたえるような口ぶりだった。妻は優しく夫を両腕に抱いた。心配しないで。わたしたち、みんなが見えないのよ。どうすることもできないんだわ。すべてがまっ暗にしか見えないんだ。眠ったのかと思ったら、眠ってはいなかった。おれは覚めてる。眠ったら？　そうしたほうがいいわ、なにも考えずに。彼はその言葉を聞いて頭を悩ませた。ここにいるのは、苦悩にさいなまれる男だった。妻は眠るべきだという以外にかける言葉を思いつけなかった。男はいらいらして、つい乱暴な返事をしようと眼をあけてみた。男は見ていた。目が見える、と叫んでいた。最初の叫び声はまだ半信半疑だった。だが、二度目、三度目、そして回を重ねるごとに確信は強まった。見える、見える、男は狂喜して妻を抱きしめた。それから、医者の妻に駆け寄ってこれも抱きしめた。初対面だが、わけなく彼女は見わけられた。医者、サングラスの娘、黒い眼帯の老人がいた。まちがえようがなかった。斜視の少年。妻は後ろからやってきて夫を放さなかった。男は抱擁を中断して、ふたたび妻を抱きしめた。それから医者をふりむいた。見える、目が見えます、先生。男は医者を敬称で呼んでいた。それは長いあいだ、やめていたことだった。医者がたずねた。以前同様、はっきりと見えますか？　白い色の痕跡は残っていませんか？　全然。前よりよく見えるような気がします。かなりよく。ぼくは眼鏡をかけてませんでしたから。それから医者が言った。それは全員が考えていながら、思いきって口に出せなかったことだった。この失明の流行が終息するかもしれない。われわれ全員が視覚をとりもどす可能性がある。それを聞いて、医者の妻が泣きだした。うれしいはずなのに、泣いていた。人はなんと奇妙な反応をするものだろう。もちろん、彼女はうれしかった。ああ、そのほうがわかりやすい。彼女が泣いたのは、つっぱってきた気力が突然ゆるんだからだ。まるで生まれたての赤ん坊のように、初めて自意識もなく手放しで泣いていた。涙の犬が近づいてきた。この犬はいつも必要とされるときがわかっていた。それで医者の妻は犬に抱きついたのだ。けっして夫を愛していないわけでも、みんなの幸せを願っていないわけでもない。ただ、いまは彼女の耐えてきたあまりに強い孤独の重圧が、この犬に涙を飲んでもらうという奇妙な渇望をみたすことによってしか、癒されないような気がしたのである。

人びとのあいだに広がった喜びは懸念に変わった。で、これからどうする？　とサングラスの娘が問いかけた。こんなことになったんじゃ、とても眠れないわ。だれも眠れませんよ。とりあえず、われわれも動くべきじゃないでしょう、と黒い眼帯の老人が言った。老人はまだ不信がぬぐえないように口をつぐみ、それから結論を下した。待つことです。人びとは待った。三つの炎をつけたランプが、取り囲む顔を照らしていた。最初は会話にも活気があった。いったいなにが起きたのだろう、変化はその眼にだけ起きたのか、それとも、脳にもなにかが感じられたのか。それから、だんだん言葉から元気が失われていった。しばらくすると、最初に失明した男が思いついたように、明日家に帰ろう、と妻に言った。でも、わたしはまだ目が見えないのよ、と彼女は答えた。問題ないさ、ぼくが連れていってやる。その場でじかにそれを聞いた人は、たったそれだけの簡単な言葉に、安全の確保、自尊心、威厳といった、さまざまな感情がふくまれているることがよくわかった。その日の深夜、ランプの油が尽きかけて炎がまたたきだしたとき、二人目の視覚が回復した。こんどはサングラスの娘だった。娘は視覚が内部から再生するのではなく、外から眼を通して入ってくるような気がして、眼を見ひらいていた。突然、娘は言った。わたし、もしかしたら見えてるみたい。慎重になるのはよいことだった。かならずしもすべての場合が同じとはかぎらないのだから。盲目などというものはなく、あるのはただ目の見えない人だけだと言われたものなのに、この長い経験がわたしたちに教えてくれたのは、まぎれもなく、目の見えない人というものはなく、あるのはただ盲目だけだということだった。すでに目の見える人間は三人になった。もう一人増えれば、過半数を超える。ふたたび目が見えるようになった喜びのなかで、わたしたちはほかの人びとを無視していたかもしれないが、彼らの生活もはるかに楽になり、今日までの苦しみとも別れられるのである。あの女を見るがいい。まるでちぎれたロープのようではないか。まるで、ずっと加えられていた重力を支えきれなくなったバネのようではないか。おそらく、だからサングラスの娘はまっさきに彼女を抱きしめにいったのだろう。二人はとめどなく涙を流し、涙の犬はどちらの涙を先に舐めればよいかわからなくなった。二人目の抱擁の相手は黒い眼帯の老人だった。わたしたちはいま、どういう言葉に真の価値があるか知ろうとしている。先日この二人はりっぱな公約を交わし、いっしょに暮らすと言ってみんなを感動させた。だが、状況は変わった。サングラスの娘の前には一人の老人がおり、娘はその眼ではっきりと実際の姿を見ていた。感情的な理想化、無人島での偽りの仲は終わった。皺は皺であり、薄くなった頭はそのものがあった。黒い眼帯と見えない片眼もそのままだ。これがそうなのだと、老人は言おうとした。わたしをご覧なさい。あなたがいっしょに暮らすと言ったのはこういう男です。娘は答えた。わかってる。わたしが同棲してる相手はあなたよ。結局、価値があるのはうわべを飾る言葉ではなく、こういう言葉であり、言葉を伴うこの抱擁なのである。翌日の夜明けごろ、三人目の視覚がよみがえった。こんどは医者だった。これで人びとが視覚をとりもどすのは時間の問題だということがはっきりした。今回も当然予想どおりの言葉がかわされたが、これまで充分に書いてきたことだから、たとえ物語の主人公だとしてもくりかえす必要はあるまい。ただ、医者の投げた疑問がはっきりしないまま残された。外はどうなっているんだろう。その返答は、彼らの住む建物からやってきた。一階下の踊り場に出てきた人が叫んだのだ。見える、見える。お日様がお祭り気分で町の空に昇っていくようだった。

朝食は祝宴に変わった。量は微々たるものであり、ふつうの食欲なら尻込みするようなものがテーブルに並んでいたが、高揚しているときはいつもそうであるように、感情の強さが飢えをしのぎ、至福の気分が最高のご馳走となった。だれも不平をこぼさなかった。目の見えない人でさえ、すでに視覚をとりもどしているように笑った。食事を終えたとき、サングラスの娘があることを思いついた。いまなら自宅に戻って、ドアに伝言の紙を貼ってこられるわ。わたしはここにいます、って。両親が戻ってきたら、どこを探せばいいかわかるもの。いっしょに行かせてください。外でなにが起きているか知りたいのです、と黒い眼帯の老人が言った。われわれも出かけよう、と最初に失明した男だった男が妻に言った。あの作家も視覚をとりもどして、自宅に帰ることを考えてるかもしれないぞ。途中でなにか食べ物を探してみてもいい。わたしもそうする、とサングラスの娘が言った。数分後、医者と医者の妻は家にとりのこされた。彼らは並んで腰かけており、斜視の少年がソファの端でうたた寝をしていた。涙の犬は寝そべって、前肢にあごをのせており、ときおり警戒を怠っていないことを示すように眼をあけてはつぶっていた。高い階にいるにもかかわらず、あいた窓から、通りからたちのぼる興奮した声が聞こえてきた。街路には人びとが群れているのだろう。群衆が叫んでいるのは三文字の言葉だった。すでに視覚が回復した人びとは、見える、と言った。ちょうど目が見えたばかりの人びとは、見える、見える、と言った。目が見えない、と人びとが言った物語は別世界のことのように思われた。斜視の少年がもぐもぐとつぶやいた。夢の途中で母親に出会って、たずねているに違いない。ぼくが見える？　ぼくが見える？　医者の妻がたずねた。残りの人たちは？　医者が答えた。この子は目が覚めたら治っているだろう。ほかの人びともも似たようなものだ。たぶん、いま視覚が回復しているところだと思うよ。黒い眼帯の男は動揺するかもしれない。なぜ？　白内障のせいさ。ぼくが最後に診たときから症状が進んでるはずだから。では、目が見えないままなの？　いや、生活が平常に戻って、すべてが機能しはじめたら、ぼくが手術をする。何週間かのことだろう。どうしてわたしたちは目が見えなくなったのかしら。わからない。いつかわかる時が来ると思うが。わたしの考えを言ってほしい？　言ってくれ。わたしたちは目が見えなくなったんじゃない。わたしたちは目が見えないのよ。目が見えないのに、見ていると？　目が見える、目の見えない人びと。でも、見ていない。

　医者の妻は立ちあがり、窓のところへ行った。そして塵芥だらけになった街路を見おろした。人びとが叫んだり、歌ったりしていた。顔を空へあげると、すべてがまっ白に見えた。わたしの番だわ。恐怖に駆られて、彼女はすばやく目を落とした。町はまだそこにあった。

文庫版訳者あとがき

かつて二十世紀初めに、突然部屋で巨大な虫に変身した男の物語が書かれました。一方、二十世紀末に書かれた『白の闇』では、突然ある男が車の運転中に視界が真っ白になる病を発症し、失明が社会に伝染します。ともに超自然的な異変の原因は追究されず、起こったあとの人間の心理や、パニックにおちいった周囲の変化が描かれていきます。もちろん、あの『変身』と本書ではテーマが大きく違いますが、あり得ない災いを現実世界に持ちこんで、人間社会の変容を空想するところはおなじです。この『白の闇』の失明は原因不明のまま無差別にどんどん伝染し、失明者は集団隔離され、やがて一人をのぞいてすべての人間が視覚を失うに至ります。奇妙なことに人びとに見えるのは、のっぺりとした白い色だけ。そうなったとき、世界ではいったいなにが起こるのでしょうか。

作者のジョゼ・サラマーゴは、この小説を着想したとき、レストランで食事をしていました。「もし、われわれが全員失明したらどうなる?」という問いが、無意識の淵から忽然と頭に浮かんできたそうです。その問いに答えるかのように、彼は考えました。「だけど、われわれは、実際みんな盲目じゃないか!」

サラマーゴはこのひらめきを物語にしようとしました。まず全員が失明したら、つぎになにが起こるのか。目が見えることを前提として考えられ、つくられた文明社会。そのなかで暮らすわれわれが視覚を失ったら、「極めて暴力的な、私自身をもぞっとさせるくらいの真に恐ろしい暴力的な状況」になるのではないか。サラマーゴは政治的経験からそれを出発点と考えて、理詰めで物語を組み立てていきました。作中でも、ある登場人物に、これはとても論理的な病気だと語らせています。

世界全体が盲目になるという設定は、あきらかに比喩にすぎません。いわば人間の精神が裸にされ、理性や感情が極限まで追いつめられる部分にこそ意味があるのです。サラマーゴは、「人間が理性の使用法を見失ったとき、たがいに持つべき尊重の念を失ったとき、なにが起こるかを見たのだ。それはこの世界が実際に味わっている悲劇なのだ」と言っています。

『白の闇』*Ensaio sobre a Cegueira*（原題の意味は「見えないことの試み」）は一九九五年に刊行され、一万部売れればベストセラーといわれるポルトガルで、たちまち十万部が店頭からなくなりました。九七年秋に英語版が出ると、反響はさらに世界へ広がりました。九八年、サラマーゴはポルトガル語圏で初めてノーベル文学賞を受賞しました。本国やヨーロッパではすでに評価の定まった作家だったとはいえ、やはり受賞のきっかけとなったのは、奇抜な着想で人間社会の光と影を描いた本書の成功でした。その各国語版の書評には、「カミュの『ペスト』やゴールディングの『蠅の王』のようなモダン・クラシック」といったものや、サラマーゴの天性の語り部ぶりをたたえるものがあります。しかし、ややもすれば美辞に類する言葉よりも、「想像力、あわれみ、アイロニーに支えられた寓話によって、われわれがとらえにくい現実を描いた」というスウェーデン王立アカデミーの発表したサラマーゴへの授賞理由が、いちばんこの物語の特徴を言いあてているように思われます。

それでは、ここからサラマーゴの人生をたどり、作品を見ていくことにします。（このあとがきで引用するサラマーゴの言葉は、一九九九年七月にNHK教育テレビ「人間講座」で放送されたインタビューのテキスト、『NHK人間講座――一九九八ノーベル賞　二一世紀への英知』から要約したものであることをお断りしておきます。インタビューは同年三月、当時サラマーゴが住んでいたスペイン領カナリア諸島のランサローテ島でおこなわれました。）

ジョゼ・サラマーゴは一九二二年十一月十六日、ポルトガルの寒村アジニャーガの小さな農家に生まれました。二歳のとき、一家は貧困から逃れるために百キロほど離れた首都リスボンに引っ越して、下町に住みつきました。その年、四歳の兄が病気で亡くなっています。父は警察官になりましたが、リスボンでの暮らしは貧しく、一軒の家に、二、三家族が同居するという間借り生活でした。彼はリスボン移住後も親戚のいるアジニャーガと行き来があり、苦しくも楽しい牧歌的な少年時代をすごしています。この断片的な思い出や、素養、親戚、家族については、サラマーゴという名前の由来もふくめて二〇〇六年に刊行された『ちっちゃな回想録』*As Pequenas Memórias*（近藤紀子訳、彩流社、二〇一三年）で読むことができます。サラマーゴは貧しさから高等中学を中退し、工業学校で機械に関する技術を修得しました。十八歳から二年間、工員として働いたあと、職業を転々とすることになります。

青年時代、サラマーゴは読書好きでしたが、本が買えなかったため、知識欲はもっぱらリスボンの公立図書館に通って満足させていました。図書館の一隅でひたすら本を読みつづけることで、サラマーゴの文学的教育がなされたそうです。二十代はジャーナリストをこころざして試行錯誤の日々をおくり、二十二歳でイルダ・レイスと結婚し、ヴィオランテという娘をもうけました。一九四七年、二十五歳のときに『罪の土地』*Terra do Pecado* という小説の出版にこぎつけたものの、「自分が言わねばならない非常に重要なことなどなにもない」と考えて、それから約二十年間、作品を発表しませんでした。

一九六六年と七〇年に一冊ずつ詩集を出したサラマーゴが、そのころ全力を傾けたのが、雑誌と新聞に書いた文学的な社会時評でした。一九七〇年には妻に先立たれましたが、時評は七一年と七三年にそれぞれ『この世について、あの世について』*Deste Mundo e do Outro*、『旅人の荷物』*A Bagagem do Viajante* という本にまとめられました。ここには、サラマーゴがのちに書く小説にこめたテーマや主張が、すでになんらかの形であらわれているようです。サラマーゴは六九年に共産党員となり、ポルトガルの独裁政権を倒した七四年の「リスボンの春」をジャーナリストとして支援しています。また、彼は十九世紀に多く語られたポルトガルとスペインの政治的統合をめざす統合主義(イベリスモ)を唱えて、論議をまき起こしました。

「この時代を通じて私が過ごした人生は、非常に質素なものでした。個人的な野望はもちろん、物質的な意味での野心や、作家としての活動に関する野心といったものも、まったく持ち合わせませんでした。私は公務員として社会福祉施設で働き、短いあいだですが出版社や新聞社で働きました。要するに、日々の暮らしのなかで自分のできることをしていったにすぎないのです」

一九七五年十一月、ポルトガルの新聞「ディアリオ・デ・ノティシアス」の副主幹をつとめていたサラマーゴは、前年の政治活動を理由として、軍部による介入によって失職したため、専業作家となることを決意します。そして、八〇年の長編小説第三作『大地より立ちて』*Levantado do Chão* で独特のスタイルを確立します。サラマーゴの読者にはおなじみの、語りの地の文と会話のあいだに「　」などの記号がなく、段落も極端に少ない、読みにくいスタイルです。これはアレンテージョ地方の農業従事者一族の生活を、二十世紀初頭から三世代にわたって描いた物語でしたが、サラマーゴによれば、自分と農業従事者との接触のすべてが書き言葉では言いあらわせないことに気づき、口から発せられた言葉を口承的に伝えるスタイルとして編みだしたものだそうです。原文では会話の最初が大文字になっているかどうか、また文節の終わりがピリオドかカンマかによって、セリフか否かを判断しなければなりません。ただし、慣れてくると不思議にそれがおもしろく思えてきます。

一九八二年、八四年と、サラマーゴはたてつづけに傑作を発表し、海外で注目を集めました。八二年の『修道院回想録――バルタザルとブリムンダ』*Memorial do Convento*（谷口伊兵衛／ジョバンニ・ピアッザ訳、而立書房、一九九八年）は、ポルトガルの年間最優秀小説賞に選ばれ、各国語に翻訳されて、彼のたぐいまれな想像力を印象づけ、名声を決定づけた作品でした。これは十八世紀を舞台に、史実と虚構をないまぜにして織りあげた空想歴史冒険恋愛ロマンとでもいうべきもので、透視力をもつブリムンダという女性の恋が描かれています。

一九八四年には、やはり年間最優秀小説賞に選ばれた『リカルド・レイスの死の年』*O Ano da Morte de Ricardo Reis*（岡村多希子訳、彩流社、二〇〇二年）が発表されました。リカルド・レイスとは、近年日本でも知られるようになったリスボン生まれの詩人フェルナンド・ペソア（一九三五年没）の別名です。ペソアはレイス名義で、浮世ばなれした古典主義的傾向の強い美しい詩を発表していました。若いころ、サラマーゴはその詩に強くひかれた時期がありながら、長年、「どうしてこれほどの知識と感受性と知恵を備えた人が、世の中で起こる問題に対して無関心でいられるのか」と疑問に思っていました。サラマーゴはこの疑問を解くために、リカルド・レイスの死んだ三五年から三六年にかけてのリスボンの社会状況を、この小説で再構成しました。つまり独裁体制、軍事警察、検閲といったファシズムがはびこる「灰色の、哀しい、陰気な世界」を描いて、どうしてあなたは黙っていられるのだ、とレイスに語りかけたのです。

さらに二年後の『石の筏』*A Jangada de Pedra*（一九八六年）でも、サラマーゴは壮大な想像力を発揮しました。この小説は、ポルトガルをふくむイベリア半島がピレネー山脈でちぎれ、ヨーロッパ大陸から離れて大西洋を漂流し、南米大陸にせまり、最後には南米とアフリカのあいだでとまるという破天荒な物語です。これは当時ポルトガルの欧州共同体（EC）加盟に反対して書かれた本ではないかと騒がれました。サラマーゴはここでラテンアメリカやアフリカへの親近感を示し、自国の独自性について考えを深めています。暴力的なナショナリズムに断固反対する立場をとるサラマーゴは、「（われわれは）人類に属する人間という種類」なのだとのべています。

一九八九年の歴史小説『リスボン包囲物語』*História do Cerco de Lisboa* の後、サラマーゴは『イエス・キリストによる福音書』*O Evangelho Segundo Jesus Cristo*（一九九一年）で聖書の世界を批判的にとりあげました。これは無神論者のサラマーゴを象徴する一冊として知られています。肉体を持つイエス・キリストの生涯についての私的解釈は大胆で、冒瀆的でもあったため、カトリック教会や自国の政府からの反発を招きました。これをきっかけにサラマーゴは母国を離れ、住まいをスペイン領のランサローテ島に移して、亡くなるまでそこで執筆を続けることになります。

この本のなかで、彼は受胎告知をする天使であると同時に悪魔でもある羊飼いというミステリアスな人物を登場させていますが、こうした奇想天外な着想で現実を変容させる手法は、本書『白の闇』で見事に結実しました。これをサラマーゴは昔風の技だとのべています。

「たとえばテレビは現実のありのままの映像を映しだします……しかし、こうしたあまりに直接的な描写は、われわれをいくらか無感覚な人間にしたと言えます。このことから、かつて大いに使われていた、昔風の叙述法にのっとることも必要だろうと思うのです。ある十八世紀の哲学的な短編小説は、まったく別の問題について話をするために、ある歴史上の出来事を語っています」

本書が刊行された一九九五年、サラマーゴはポルトガルでもっとも権威ある文学賞のカモンイス賞を受賞しました。三年後にノーベル賞を受けたのは前述したとおりです。私生活では一九八八年に、本書の献辞にある〝ピラール〟ことマリア・デル・ピラール・デル・リオ・サンチェスと再婚しました。彼女はスペインのジャーナリストで、彼の作品のスペイン語訳者でもありました。カナリア諸島のランサローテ島で暮らす二人のおしどりぶりは有名で、サラマーゴが亡くなった年には『ジョゼとピラール』*José e*

Pilar という百十七分のドキュメンタリー映画がミゲル・ゴンサルヴェス・メンデス監督によって作られています。

サラマーゴは二〇一〇年六月十八日、白血病により八十七歳でこの世を去りました。作家としては、六十歳代後半から七十代、八十代に世界が注目する作品をたくさん生みだし、老いて旺盛な筆力を発揮した、まれな才能でした。

本書後の作品を簡単に解説しますと、この二年後、一九九七年には短編『見知らぬ島への扉』*O Conto da Ilha Desconhecida*（黒木三世訳、アーティストハウス、二〇〇一年）と、庶民的な人間存在の尊厳とおもしろさを描いた『あらゆる名前』*Todos os Nomes*（星野祐子訳、彩流社、二〇〇一年）、二〇〇〇年には陶工を主人公にした『洞窟』*A Caverna*、二〇〇二年には歴史の教師が自分の複製である別人を映画のなかに発見し、その男を探しあてる『複製された男』*O Homem Duplicado*（阿部孝次訳、彩流社、二〇一二年）を発表しました。これは二〇一三年に「Enemy（敵）」のタイトルで映画化されています。

二〇〇四年、本書の続編となる『見えることの試み』*Ensaio sobre a Lucidez*、二〇〇五年に『中断する死』*As Intermitências da Morte*、二〇〇八年には十六世紀にポルトガル王がオーストリアの大公へ贈った象の長旅を描いた歴史小説『象の旅』*A Viagem do Elefante* を発表。遺作である二〇〇九年の『カイン』*Cain* ではふたたびキリスト教を読み解き、殺人者のカインをロバとともに放浪させてバベルの塔、ノアの箱舟などの聖書世界を体験させ、聖書の不毛さを語りました。精力的な作家というしかありません。

生涯と作品紹介の最後に、本書と関係が深い『見えることの試み』と『中断する死』の内容を補足しておきます。

八十一歳で発表された『見えることの試み』は「見えないことの試み」という原題を持つ本書の姉妹編で、脇役として今回の主人公である医者の妻たちが再登場します。時は伝染性の〝白い失明病〟が終焉した四年後となり、首都である同じ街で議会選挙の投票がおこなわれています。政党は保守、中道、革新と三つありますが、投票日、なんと市民の八三パーセントが棄権を意味する白紙票を投票しました。政党はすっかり市民の支持を失っていたのです。政府は立法府の議員を選べなくなり、弱りはてた首相率いる政権は非常事態を宣言して、内閣を市外へ移すとともに、首都を封鎖して圧力をかけます。しかし、警察もなく、行政機構も手薄な自治体で、市民はとても穏やかに、平和に暮らしつづけます。苛立つ政府は民主主義を守るためと称して揺さぶりをかけますが、首都はまったく音をあげません。そんな折り、集団白紙投票事件の首謀者は医者の妻だという匿名の告発状が政府首脳に届き、内閣は三人の刑事を首都に派遣して陰謀を暴きにかかります……。

サラマーゴは本書同様、政治と社会、集団と個人、束縛と自由、それぞれにおける人間の尊厳といったものの関係性を、意外な設定で語り、最後の数ページでは甘い予測を打ち砕く結末をつけています。世界を盲目に変えた『白の闇』に対して、この続編では〝見えることの意味〟を読み手へ問いかけているようです。

もう一冊の『中断する死』は、翌年八十二歳のときに発表されました。この物語の主人公は死神（伝統的な大鎌を持ち、フードをかぶったローブ姿の骸骨女性）ですが、全体の六割までは彼女と無関係に話がすすみます。ここでの奇想天外な着想は、ある新年が始まる一月一日午前零時をもって、その国の国境の内側では、どんなに死にかけている人でも死ななくなる、つまり一人も死者がいなくなってしまう、という事態が勃発することです。零時を過ぎたとたん人が死なず、一日ごとに状況は悪化します。病院は重病人で満杯、葬儀社はつぶれ、人は教会に行かない……。そこで暗躍するのが非合法活動を得意とするマフィアです。彼らは臨終間際の人を違法に国境外へ連れだし、死なせてから国境内に戻して葬儀をするというビジネスを大規模に展開するのです。ところが、それが何カ月も続いたあと、こんどは突然明日午前零時から人が以前のように死に始めるという紫色の手紙が、テレビ局の社長のもとへ届けられます。ここで封書の送り主である主人公の死神が本格的に登場し、意外にも、死の告知状を送るべき一人のチェロ奏者に関心を抱きはじめて……という具合に展開します。

後半は『あらゆる名前』や『複製された男』などの作品にも共通する、一見小市民的なわかりやすいドラマになるのですが、テーマが「死」だけに読者はさまざまな想像にふりまわされることになります。

サラマーゴ作品がどれもそうであるように、本書を含めたこの大胆な三作では特に、無神論者の視点で世界を描いていることを言い足しておきたいと思います。人には現世しかあり得ないという筋金入りの肯定感が背骨に入っている、とも言えるでしょうか。

いずれにしてもこの『白の闇』は、さまざまに読みなおせる大きな器です。たとえばそれは、なぜ医者の妻のみが最後まで失明しないのか、なぜそれが女性であるのか、どうして登場人物には名前がないのか、なぜ彫像にも目隠しがされているのか、といった疑問として現れるかもしれません。物語を読み解くのは読み手の特権ですから、どんな疑問の解答も、わたしたちの自由な楽しみとすることにしましょう。現代ラテンアメリカ文学への親近性。レトリックにおけるギリシャ神話や、あるいはセルバンテス、スウィフトといったヨーロッパ古典文学の響き。ブリューゲル、ボスなどの写実的かつ幻想的な風刺性の濃い北方芸術への共感など、『白の闇』から喚起されるものは、おそらく、サラマーゴが小説宇宙にほどこした巧妙な仕掛け以上に数多くありそうです。また作者のユーモアと、太い精神力、忍耐強さがあちこちに表れているところも、魅力のひとつでしょう。

『白の闇』は「ブラインドネス」のタイトルで、二〇〇八年にフェルナンド・メイレレス監督によって映画化されました。主演のジュリアン・ムーアが医者の妻を演じており、最初に失明した男とその妻を、日本人の伊勢谷友介と木村佳乃が演じました。

翻訳の底本は一九九七年に刊行された翻訳家、ジョヴァンニ・ポンティエーロの英語版*Blindness*（The Harvill Press, London）を使い、オリジナルの*Ensaio sobre a Cegueira*（Caminho）を参照する形をとりました。ポルトガル語の解釈については専門家の長島幸子氏にご教示を乞い、ことわざや特有の言いまわしなどに有益な助言をたまわりました。氏によれば、一見とっつきにくいサラマーゴのポルトガル語の文体も、じつはすらすら読める流れるような文章だということです。この文庫化にあたって再び単行本の訳文を見直し、適宜改めて新版としたことをお断りします。サラマーゴの人と作品については『リカルド・レイスの死の年』に岡村多希子氏の、また『複製された男』に阿部孝次氏のくわしい解説があることも申し添えます。

二〇一九年十二月

雨沢泰

本書は、二〇〇一年二月にＮＨＫ出版より刊行された『白の闇』（二〇〇八年五月に新装版）を文庫化したものです。

白(しろ)の闇(やみ)

二〇二〇年 三 月二〇日 初版発行
二〇二三年 一 月三〇日 6刷発行

著　者　ジョゼ・サラマーゴ
訳　者　雨沢泰(あめざわやすし)
発行者　小野寺優
発行所　株式会社河出書房新社
〒一五一－〇〇五一
東京都渋谷区千駄ヶ谷二－三二－二
電話〇三－三四〇四－八六一一（編集）
〇三－三四〇四－一二〇一（営業）
https://www.kawade.co.jp/

ロゴ・表紙デザイン　粟津潔
本文フォーマット　佐々木暁
本文組版　株式会社創都
印刷・製本　凸版印刷株式会社

Printed in Japan ISBN978-4-309-46711-5

見えない都市

イタロ・カルヴィーノ　米川良夫〔訳〕　46229-5

現代イタリア文学を代表し世界的に注目され続けている著者の名作。マルコ・ポーロがフビライ汗の寵臣となって、様々な空想都市（巨大都市、無形都市など）の奇妙で不思議な報告を描く幻想小説の極致。

ボルヘス怪奇譚集

ホルヘ・ルイス・ボルヘス　アドルフォ・ビオイ＝カサーレス　柳瀬尚紀〔訳〕　46469-5

「物語の精髄は本書の小品のうちにある」（ボルヘス）。古代ローマ、インド、中国の故事、千夜一夜物語、カフカ、ポオなど古今東西の書物から選びぬかれた九十二の短くて途方もない話。

パタゴニア

ブルース・チャトウィン　芹沢真理子〔訳〕　46451-0

黄金の都市、マゼランが見た巨人、アメリカ人の強盗団、世界各地からの移住者たち……。幼い頃に魅せられた一片の毛皮の記憶をもとに綴られる見果てぬ夢の物語。紀行文学の新たな古典。

ある島の可能性

ミシェル・ウエルベック　中村佳子〔訳〕　46417-6

辛口コメディアンのダニエルはカルト教団に遺伝子を託す。2000年後ユーモアや性愛の失われた世界で生き続けるネオ・ヒューマンたち。現代と未来が交互に語られるSF的長篇。

青い脂

ウラジーミル・ソローキン　望月哲男／松下隆志〔訳〕　46424-4

七体の文学クローンが生みだす謎の物質「青脂」。母なる大地と交合するカルト教団が一九五四年のモスクワにこれを送りこみ、スターリン、ヒトラー、フルシチョフらの大争奪戦が始まる。

なにかが首のまわりに

C・N・アディーチェ　くぼたのぞみ〔訳〕　46498-5

異なる文化に育った男女の心の揺れを瑞々しく描く表題作のほか、文化、歴史、性差のギャップを絶妙な筆致で捉え、世界が注目する天性のストーリーテラーによる12の魅力的物語。